我说出了风的形状

杨克——著

人民文学出版社

图书在版编目（CIP）数据

我说出了风的形状/杨克著. —北京：人民文学出版社，2018
ISBN 978-7-02-013898-2

Ⅰ. ①我… Ⅱ. ①杨… Ⅲ. ①散文集—中国—当代 Ⅳ. ①I267

中国版本图书馆 CIP 数据核字(2018)第 042125 号

责任编辑 脚 印
责任印制 徐 冉

出版发行 人民文学出版社
社　　址 北京市朝内大街 166 号
邮政编码 100705
网　　址 http://www.rw-cn.com

印　　刷 三河市宏盛印务有限公司
经　　销 全国新华书店等

字　　数 270 千字
开　　本 890 毫米×1290 毫米 1/32
印　　张 9.75 插页 3
版　　次 2018 年 6 月北京第 1 版
印　　次 2018 年 7 月第 2 次印刷

书　　号 978-7-02-013898-2
定　　价 35.00 元

目 录

第一辑

诗林簿记

第二辑

诗说心语

第三辑

品藻管窥

第四辑

思行天下

第一辑　诗林簿记

那时我真年轻啊！

三十岁以前生命充满热血，三十岁以后血管塞满尘土。听说一片崖壁上布满了一千多个土红人和动物，如同涂红了手掌，那血的颜色令几条精壮的小伙子激动。

我在《诗刊》的第一声啼哭吼上了头条

——我与《诗刊》

那个血脉偾张的年头，你不吼一嗓子诗歌你都不好意思说你是青年。

我在《诗刊》的第一声啼哭，一不小心，竟吼上了头条。

1984 年末，我写出了第一波小高潮。我以为这一节点是我真正写作的发端。我先写了《走向花山》，那是关于古代壮族先民岩画的一组诗，它们从无文字记载，考验我写作标高的是想象的奇诡，那些战争、祭祀、庆典、爱情场景，是我根据崖壁上的图形展开的联想。这是一组回溯之诗，用骆越先民的歌谣体呈现远古的赭红，气势恢宏而悲壮。它与寻根文学的区别，不仅是一个汉族诗人，写出了原住民的文化之源，而且是从外来者的眼光变成了“内置的、在地性的书写”（邱靖语）。一个诗人对他民族文化呈现必须是少数族裔发自内心接受的。我贴近去写，仿佛我是我外婆，真的相信菜园的枇杷树下住着一只鬼。它发在《广西文学》1985 年 1 月号上。次年二十多个省电台联播过这组诗歌。2016 年花山获得世界自然文化双遗产名录，重读这组诗，我很自信广西三十年来写花山的作品，没有超越之作。

如同南极北极，花山向左，深圳向右。我另一首写于 1984 年底的诗，与上面的诗歌背道而驰，唯一的共同点是建立在想象的经验之上。也许我的写作一开始就有未来主义指向，我对新颖的事物有一种无法自拔的迷恋。我以赞誉的口吻写崭新的城市，写一座在建的中国最高的商业大楼，可我写的时候，我还从未去过特区，这栋名叫国贸大厦的楼也没有建成，我更不知道胡耀邦总书记后来会给这栋楼题名，邓小平南行会在上面眺望深圳。诗叫《在地面与天空之间》，之所以“我萌生了亲近天空的愿望”，是因为新闻说它最顶部是旋转餐厅。对那个年代居住在绿城南宁的小年轻来说，这实在是太令人啧啧称奇了。钢筋水泥建筑不是凝固的吗？楼的顶部怎么还能转动呀？“那不可感召的离心力，拽着我的思绪悠悠飞翔”。

一组诗追溯过去，一组诗射向将来，它们非现实又是现实，来自想象边界的扩展。

十年后的1994年，美国诗人大卫·艾诗乐评论说：“作为一个读者我们不应该抱怨杨克的诗欠缺某种哲学的一致性，杨克的诗浸淫着一种狡黠的聪颖。惠特曼说：‘我自相矛盾吗？一点也不错，我自相矛盾。’杨克是一个现代的玄学派诗人。在他生活着的日益兴旺发达的地域和他的祖国的广大的国土上，他看到了诸多的矛盾，然而他对此津津乐道，礼赞着人类的精神。”

我把这两组诗装进信封，写上《诗刊》编辑部收，从边疆寄往遥远的北京。我没有写任何编辑的名字，我也不认识任何人。

1985年3月，我的诗赫然上了《诗刊》头条。我这写登楼的诗发表九个月后，1985年12月，这座五十三层的超高层楼宇“中华第一高楼”方才竣工。我的诗发表没多久，接通知由广西作协换部门到《广西文学》当诗歌编辑。八十年代期刊为王，作家大多时候只与刊物发生关系，业务骨干都去各杂志社。

1986年赴京，《诗刊》编辑唐晓渡请几个外地诗人一道吃涮羊肉，我才知道我的诗是他从自由来稿中挑选出后送审的。

我觉得很有必要写出责任编辑的名字，一是有恩要感，毕竟是给了我的写作一个平台。再就是倡导一种久违了的八十年代的良好风气，素昧平生，以诗取稿。当下不少谈创作的文章，跟编辑称兄道弟，当然凭的也是质量，总未免让读者心存疑虑。

由此我想展开诗歌写作与散文的根本不同。尽管诗有叙述，或者叙事，但诗歌表达的还是情，情愫、情绪、情怀，总之是情感的元素。《诗刊》发稿两个月后，出版社要出我一册薄薄的诗集《太阳鸟》，我给编辑推荐了林白，一个新人竟然举荐另一个新人出书，可见我好为“伯乐”的毛病早已有之。

随后一年的写作分别在这两个向度展开，“红水河”系列是“花山”的延续，大多发在《青年文学》，有关城市和现代生活的诗歌，则发在《萌芽》《星星》等刊，1986年最后一天，我出席了全国青创会，1987年，《诗刊》通知我到秦皇岛参加“青春诗会”。

那时参加“青春诗会”不是作者申请的，各种评奖亦然。要本人申报是九十年代以后的事情，但通知作者后，似乎也是预先交稿，传闻推荐我的编辑是寇宗鄂老师，只是疑似，我们之间从未提起过这事。君子之交淡如水。当然也要感谢刘湛秋先生拍板。我参加的第七届“青春诗会”过后被称为八十年代三个梦之队之一，有西川、欧阳江河、陈东东、简宁、力虹、张子选、程宝林、郭力家等。另两个梦之队是首届舒婷、顾城、梁小斌、王小妮、叶延滨、杨牧等，第六届于坚、韩东、翟永明、吉狄马加、阿吾等。

也许诗人有某种密码，仿若接头暗号，如今远在美国的程宝林跟我说：“在北京到秦皇岛的火车上，我凭‘气味’认出西川和陈东东。满火车的人，也没有见过他们的照片，但认定他们是去开诗会的！”之前我也写过，我曾半夜在秦皇岛火车站里晃荡，只上前跟一个旅客打了招呼，他是欧阳江河。巧合的是，只有第一届和我们第七届有幸到北戴河举办。这个地点在中国有象征意味。

有一年《诗刊》出纪念“青春诗会”专辑，我提供了一张与欧阳江河和《诗刊》编辑王家新等人在耀华玻璃厂参观的照片，还有全体“青春诗会”诗人、编辑在海滩上的合影。照片用后《诗刊》肯定退回给我了，可我不记得放在哪了，一直没空找，甚是可惜。当时欧阳江河交的诗有一首没通过，要求他补写一首，上午在耀华玻璃厂采风，我跟他住一屋，半夜醒来，问他活干得怎么样了，他说快写好了，我是最早知道他写出代表作《玻璃工厂》的诗人之一。

我发在“青春诗会”的一首诗《某种状态》，是我最早被翻译为英文、日文的诗，收进美国出版的诗选和发在日本的刊物上，几年后我才知道此事。今年在美国出版的一本英文杂志再次翻译了这首诗，并用我的照片做了封面人物，可见“青春诗会”上的诗至少经受了三十年的时间淘洗。在秦皇岛的玉米高粱地，我写了《北方田野》，其后我在《广西文学》也编发了一期“青春诗会”同仁的诗，加上欧阳江河推荐的钟鸣的一首，也发在这个小辑中，我自己比较喜欢那首诗。“青春诗会”后回到北京，我去请谢冕老师为诗集《图腾的困惑》作序，序的题目谢老师用了诗中的句子“秋天的语言诞生于这片寂静”。

我有一本诗集《笨拙的手指》，很长时间里我对自己的写作一直有怀疑，我写的在我们那代诗人中有点异类，当时最时髦最叫好的是王寅《想看一部捷克电影想不起片名》那种调调的诗，可我的个人化写作与社会与公共空间总有相切点。在“青春诗会”上，编辑王家新也对我之前发在《青年文学》上几组很火的写红水河的诗有微词，可今年美国俄克拉荷马大学出版社翻译并将出我的英文诗集，他们自己挑选的作品，“红水河”系列选了不少。比如《大迁徙》，这是一场因建设水电站而导致的山民搬迁，批评家邱婧新写的论文说：“宏大的仪式性依然令人震撼不已。从文化人类学的角度进行考察，很多南方民族都有着迁徙的历史和口传史诗，杨克真实地体现了少数民族面对现代性的阵痛与伤感。与其说是人文关怀，毋宁说是发自内心的悲歌，这种全球化和现代性对当地文化的冲击，与组诗中的其他章节构成了延续和对应关系。”想不到中国的拆迁延续了三十年，这种本土元素具有时代历史语境的现代在地书写，如今我愈发相信没有问题。

我特别感谢八十年代在《诗刊》工作的编辑，在那个年代马上终结的时日，在编辑部大换班之际，他们还发了我一组新作。

与《诗刊》的情谊迄今未变，铁打的营盘流水的兵，一代又一代，川流不息。再说两件有趣的事，1999 年我在北京做访问学者时，《诗刊》头条推“每月一星”，李小雨约我写一大组诗，我婉谢了。我说我参加“青春诗会”都十几年了，怎么我还是新星呀？编辑们都笑说我看上去还像新秀。再就是很多人不知道办《诗刊》的艰难，那时美国一个风险资金投办一个文学网站，我是参与者之一，听《诗刊》主编叶延滨说起窘境，于是我与网站联系赞助了《诗刊》最初的四台电脑。我们惺惺相惜，我并没有因此给《诗刊》一行诗交换。诗是精神的海洋，水总是相通的。

1985前后的几个片段

1985年我比较走运，出版了第一本诗集《太阳鸟》，与其称之为诗集，不如叫诗歌小册子更准确。薄薄的五十来页，二十多首。但那年月能出这样的诗集已很了不起，当时还没有自费出版一说，并非出版社付不起稿费，而是论资排辈，出诗集似乎是艾青、李瑛那样卓有影响的“前辈”的荣耀，跟二十多岁的年轻人没什么关系。之前之后只有叶延滨、王家新等一些青年诗人也出过这种开本的集子。其实在国外，很多著名诗人一直出版只有二十来首新作的册页，只有中国诗人出版诗集以及民刊都愈来愈像买电器，喜欢大型和豪华。

两年后，《太阳鸟》获了广西首届文艺创作“铜鼓奖”。

能碰上这种运气，起因完全是广西民族出版社想推出几个少数民族特别是壮族的青年诗人，觉得需要加入同等数量的汉族作者，这样我有幸成为非少数民族的第一人选。我于是推荐了林白和李逊。林白那时还用本名林白薇写诗，开始成为叫林白的小说家还是一年以后的事情。李逊写诗，而他的小说一起步就很醒目，才二十一岁处女作就获了《中国青年》“五四征文奖”，同时获奖的几个人有韩少功、王安忆、陈村。

二十世纪八十年代全国各地都有民间文学小团体，我们那个小圈子也是每周隔三岔五见面，为文学争吵，互相读作品，碰上谁家做饭，有什么就随便吃点。林和李之外，还有梅帅元和张仁胜。1985年我们整天忙乎于打“百越境界”旗号，主张并身体力行魔幻现实主义加中国寻根再加少数民族地域背景元素的写作。我和梅帅元执笔写了一论和再论，在广西吵得沸沸扬扬，人大复印资料等都转载了。《上海文学》当时把我们的文章和韩少功的《文学的“根”》、李杭育《理一理我们的“根”》放在一起，尽管他们影响更大，但说实话我并没有受他们“启发”，因为我跟他们没有任何个人联系，我写的也早于他们几个月发表。只能说是出自生命的敏感。就像这一年前我写了《走向花山》，后来才看到江河《太阳和他的反光》，尚不知欧阳江河在成都吭哧吭哧写《悬棺》。

我写的组诗《红河的图腾》作为要目上了《青年文学》1985 年 3 月号封面，可能是当年这家发行六十万份的期刊唯一的上过封面的诗歌。该组诗后来获得了“1984—1988 青年文学奖”，同一奖项的“牛人”要数史铁生《我的遥远的清平湾》和王朔《橡皮人》，但后来没有举办颁奖仪式。拖到九十年代，我还是拿到了奖杯和庄重文先生的一点港币奖金，奖座据说太重没人愿意帮从北京带到南宁。

现在回过头去看，我才明白当初我在南宁写诗为何单枪匹马，不是故意追求“孤独”，也不是清高，而是确实没有几个很能写诗的。与我来往较多的诗人是吴小军（无尘）。而写小说的几个“狐朋狗党”甚为了得，李逊把我们主张的小说连续写上了李陀编的《北京文学》，还有《上海文学》，张仁胜拿了国际青年小说奖，梅帅元的中篇作为《人民文学》头条尽管因前一期马健《亮出你的舌苔或空空荡荡》被牵连撤掉，后来还是出笼了。林白更是屡有斩获。但最终这一代人的文学还是被历史无情终结了。九十年代以后，这几个哥们都不写小说了，他们跟各省我那批中断文学写作的朋友一样，成了“有钱人”，梅帅元做出品人的《印象刘三姐》被张艺谋演绎在阳朔的山水间，眼下每天都在创造利润；张仁胜为策划者之一的“大地飞歌”国际民歌节，也替他挣了银子；李逊也早就不写了。只有林白和我一直写，所以今天被看成小说家和诗人。但我对这种“坚持”并不感到多少骄傲，1990 年年头，《作家》杂志发表了我《观察河流的几种方式》等诗歌，写还是不写，在当时对我而言是个问题。

1985 年年中，我当上了《广西文学》诗歌编辑，头一桩活动就是举办全国大学生诗歌征文比赛，这个评奖如今唯一有趣一点的细节是，我上任第一次责编就发了西川“正式出版物”的处女作《鸽子》，他好像念大四了。评委陈建功、王小鹰等都是刚出校门两三年的著名作家。不开会，初评终评都是从北京上海等地把选票寄过来，也许他们都是写小说的缘故，初评推选西川一票都没有。那年月年轻气盛，我作为编辑个人意见，补进了西川，终评也是同一批评委，西川却反过来拿了唯一的最高奖。列在小说散文之上。奖金相当于大学毕业生两个月的工资，对在校生的他而言也算一美事。

或许是源于生命中的艺术直觉，1985年我闯荡到西南走了一圈，成都、重庆、贵阳如同诗歌圣地。记忆深刻的是被赵野拉到川大旁边的黑屋子里,他们吵吵嚷嚷要高举“第三代”大旗,那个年代这种“非法集会”警察要找你麻烦是不难的。我毕竟是长途坐火车到的，半夜三点实在困得不行，就说我看来当“第二代”算了，独自爬到床上睡觉，迷迷糊糊听他们继续争吵或互相出主意。几年后台湾《创世纪》介绍“朦胧诗”。继而又推出大陆“第三代”小辑，不仅我在其中，宣称自己不是第三代的陈东东在其中，海子还在榜首。至今我都不甚清楚“第三代”的确切含义，两个月前在黄山，“第三代”的发明人赵野说也就是泛指朦胧诗后写诗的那一拨人吧。成都给我的第二印象是吃，也是刚从校园里出来的吉狄马加花了二十八元请我大撮了一顿川菜，这是我吃过的空前当然不是绝后的最贵的饭了，是他大半个月的工资。而他那时连住的固定的床都没有一张，今天成了我辈诗人最大的官。

其实1985年我已经“老江湖”了,跟现在70后80后“大器晚成”不同,“第三代”中的绝大多数都是十几二十岁就“冒头”了的。我不清楚我出任主编的“晨钟”文学社是不是广西第一个民间文学社团，但肯定是广西同时最早的几个社团之一。因为中国各地只有最早办民间文学社的才知道最初的民刊很少是纸刊,而是大面积贴到墙上去的。到处都有人来抄,我本人贴在墙的诗就在几百里外的另一所学校被大学生集体朗诵。这种墙上民刊因北京“民主墙”的中止才中断。也编过报纸型的，但被点名批评了。我曾主持了广西各主要高校学生文学社的联席会议，打算出一本共同的纸刊，但因为国内大学生联办的第一家民刊《这一代》只出一期就被叫停,我们的自然没问世就夭折了。有的学校参加联席活动的学生,比如广西艺术学院，当年度好些人被剥夺评“三好生”资格，原因不是说文学或诗歌，而是跳了“摇摆舞”，也就是迪斯科。因此我很早就明白一个原理，有时打击一个人的理由。跟端到桌面的那一个也许风马牛不相及。

因为办文学社的缘故，我竟然也“混”进了中国现当代诗歌史上第一次全国性的讨论诗歌理论问题的学术会议。那就是1980年的南宁诗会，全称“中国当代诗歌讨论会”。作为大二学生原本无资格与会，我是被抓差去录音。我记得会上最尖锐的支持朦胧诗的发言是孙绍振先生，可以说振聋发聩。谢冕先生题为《新诗的进步》的发言层次分明，相对用词比较温和。但会后谢老师在《光明日报》发表了《在新的崛起面前》，遂有“第一个崛起”。（1995年和孙老师在澳门参加诗会，我还开玩笑说：你干吗会后不发文章呀？）会上具体肯定朦胧诗人作品的，是诗人公刘，他关于顾城的几首小诗的那篇文章是我根据发言录音整理的，首发（可能是《当代文学学会会刊》之类）署名杨克根据录音整理。九十年代后期去三亚参加一个诗会，在飞机上遇到公刘先生，两人还说起过我学生时代的回忆。会议期间最糟糕（悲哀）的事件，是曲有源被邀请到南宁师院（就是现在的广西师院）做讲座，被听课的告到上面（不知是老师还是学生），这是导致曲有源回去被抓的因素之一（当然还有他参加民主墙贴诗）他当时发在《广西日报》的诗，也是最“先锋”的了。因为他被抓，导致有关部门来找我们要会议的录音带，我和几个参与录音的同学私下议了一下，决定把录音全部洗掉，很可惜这样会议的全部发言录音就没有了。1987年曲有源平反，出狱后第一个活动，就是我以个人名义邀请他来广西一走（还有谢冕、英儿、罗洛等），以表达作为一个广西人的歉意。（他们在南宁期间的住宿等，就是我写诗的朋友吴小军个人出的，其他地方是我找不同部门接待的。）在桂林，当年曾和艾青一起在“桂林文化城”办诗刊的画家阳太阳（当时七十九岁），听闻过程，还专门给我们写了书法条幅，给曲有源写的是“风骨”二字。

我最早认识的“朦胧诗人”是王小妮，她读书期间就有此身份了。毕业分配在长影总编室，1983年来南宁组稿，我主要的任务就是几乎每天转交一封徐敬亚寄给她的信，这种罗曼蒂克恋爱是受俄罗斯文学影响。后来我还跟她一道去广西电影厂见了张艺谋、张军钊，因为她听说他们拍的《一个和八个》和《黄土地》很了不得，没上映，想看看。老谋子说《一个和八个》有几个镜头审片没通过，陈凯歌正去北京找关系。张艺谋他们比小妮年长,但对“朦胧诗人”很恭敬。大约 1984 年小妮又来，自治区主席的司机也爱好诗歌，我私下打电话给他，竟能用他的车拉小妮去大学做讲座。可见文学暴热的八十年代，“先锋诗人”在社会上威望之高。

另一个好玩的人是顾城，那时开笔会，二十来岁的，没有一个人能够带夫人，但是顾城每次都带谢烨，因为他连买个火车票也弄不太明白。顾城跟日常生活有隔膜，会议晚上有卡拉 OK 什么的，他觉得受不了，只想钻到桌子底下去，他似乎只能跑去森林里面，听那种诸如鸟的叫声，树叶掉下的声音，蚂蚁从地上爬过的声音。顾城发言时眼睛会翻到上面去看屋顶，不看会场。说“街上走过的女孩像水草，男人都像矿石”，他用这种语言来谈诗。我跟他一起在桂林上街，街边有人卖古钱币，我过去问，这个多少钱？人家会说二十或三十块。顾城一问，人家会说，你们买不起的，走吧，就把我们赶走。因为他问的都是比较真的，我问的都是假的。我很奇怪，顾城说他有一个笔记本，写了厚厚的一本，专门记这些东西。

我不清楚王小妮还记不记得顾城 1986 年在漓江游轮上随口给我们几个人朗诵的几句诗。他说一个诗人，需要一把刀子，切几片面包。王小妮在船上给了我徐敬亚邀请参加深圳青年报诗歌大展的信，但老徐要求参加者必须有流派和宣言,我那时写的《现代诗朗诵会》《某某》绝对口语，但我觉得自己没有流派。“86 大展”有其非常重要的意义，但同时也有好些“流派”和“宣言”是为了参展临时命名的,这些人之前没怎么写诗，之后也不写。今天说这些，是让那些不在场的研究者明白，当时并非真的有如此多的“流派”。

我最后见到顾城是在 1986 年 12 月 31 日召开的“全国青年创作会议”，名曰“第三届”，第一、二届是五六十年代开的。在人民大会堂照相前，跟他聊了一会。《诗刊》请参加那个会议的诗人座谈了，除了舒婷、杨炼等朦胧诗人，于坚、韩东、唐亚平等“第三代”也参加了，王家新好像还做了大会发言。会外跟唐晓渡去吃涮羊肉，吃了很多。那是我第一次见他,我当初第一次上《诗刊》是他编发的。那个会议很无聊,几无内容,没有主题和调子，变成看电影和联欢。天很冷，下雪，于是互相打电话，冒充崇拜者来访，约到楼下去等人。据说贾平凹最惨，等了好久。我也参与了这种把戏，因为被骗在前，幸好只走到电梯口就明白过来了。听说这一玩笑的“始作俑者”是舒婷和《青年作家》副主编徐慧,无从考证。八十年代不仅老百姓，就是一般干部都是不能乘飞机的，为了避免多事，主办方要求散会后不要停留在京，特批所有人乘飞机返回。我于是生平第一次飞行。

次年参加了“青春诗会”，凌晨四五点抵达秦皇岛火车站，外面黑咕隆咚。在候车大厅等天光。终于瞅到一个模样有点像诗人的，上前询问，竟是欧阳江河。说起来《诗选刊》(不是后来河北的,是当时内蒙古办的)上还有诗歌和照片，于是结伴同行，自然被安排“同居”一室。这届还有西川、陈东东、简宁、郭力家、张子选、刘虹等。老木作为文艺报记者从头至尾采访,《诗刊》来了副主编刘湛秋、编辑王燕生和王家新。欧阳江河有的诗没能通过，白天参观完耀华玻璃厂，熬夜另写，半夜我醒过来,问他搞好没有,他说好了,这就是《玻璃工厂》。诗会上西川提出“知识分子写作”，几个人有点结盟的意思。郭力家说：你发言再当庞德秘书总提他语录我就打你一拳。西川喜欢独自观海，张子选容易被湖北来的女诗人邀去玉米地谈心，我则跟老木、简宁夜里去海边小店吃螃蟹。由此跟简宁的兄弟情谊持续至今，我前几个月去北京，都还住他家。多年过后程宝林去美国，往来广州办签证，也都是我张罗住处。十二年后发生“盘峰论剑”，当晚回到北京，在北师大朗诵诗歌出来，到简宁的黄亭子酒吧，遇到欧阳江河和贾樟柯，跟他们两个换了两个地方喝酒到凌晨三点。“论剑”刚发生我们都还能一起泡吧，完全是因为“青春诗会”同室。说明诗人除了所谓诗歌观念，还有个人交往。生命之树常绿，理论总是灰色的。

从北戴河回到北京,去谢冕先生家,请他为我的《图腾的困惑》作序,遇见程文超，谢老师说，这是我带的第一个博士生，刚来的。于是我和文超到外边的小店小聚。这个好人，九十年代也到了广州，正当大好年华，却被折磨多年的癌症夺去了生命。噫嘘！

2007 年 1 月 18 日于广州

我以青春荐诗歌

——1987年“青春诗会”记忆

钢盔和迷彩服上的弹洞
张大嘴巴合唱：
让世界充满爱。
蝴蝶咬破庄周的梦境，
落在康定斯基的花朵上
一只死去的眼睛盈动泪水。
红蝙蝠黄蝙蝠优美了二十岁的
夏天，六月的少女很鸽子。
慈父给爱子买了一副玩具手铐。
酒窝布下生命的陷阱。
慈善机构为筹集残疾人福利基金，
举办惊心动魄的拳击赛。
红地毯上的踢踏舞，
噼叭噼叭踩着乡间音乐的节拍。
艺术家争论孤独气氛热烈。

——《某种状态》

如果说中国诗歌在八十年代闪耀着无比璀璨的光芒，青春则是其最绚烂的一抹色彩。提及“青春诗会”，还是先得说说诗文本，《某种状态》是我发表在《诗刊》1987年11期“第七届青春诗会”小辑上的诗之一，如今回过头去看，这首诗很明显带有哪个年月“第三代”写作的某些特征：口语化，反讽、调侃的口气，嘲弄他者与自嘲。似乎一开始我的诗也具备了个人写作的某些特征，那就是关乎世态人生，不那么私人化、琐碎化。“一直执着于对中国本土性的生活经验与生命体验进行审视，既有效地整合了这个时代的全息图景，最大限度地保留了生活现场的鲜活与丰富，又在内在价值观念上显示出高度的历史理性。”（赵思运语）这也就是王国维在《人间词话》提到的，写“真感情”，亦要写“真景物”。大约是1994年，一个美国诗人问我："KEYANG是你吧？"我方听说这首诗早就被收进在美国出版的一本中国诗歌英译选集中，迄今我尚不认识那个译者。2005年11月我第二次赴日本参加国际诗会，某天与汉学家佐佐木久春聊天，他突然想起很早前就翻译过我的这首诗。于此说来，它应该是我第一首被西方汉学家翻译为英语和日语的诗，借助了“青春诗会”这个当时广被注视的平台。

“青春诗会”风风雨雨，如今已进入三十届。被公认为“梦幻”“黄金组合”的是二十世纪八十年代的先后三届，那就是顾城、舒婷、梁小斌、江河、王小妮、徐敬亚、叶延滨、杨牧、梅绍静等参加的第一届；于坚、韩东、翟永明、吉狄马加、宋琳、车前子、潞潞、晓桦、张锐锋，阿吾、伊甸等参加的第六届；再就是我们第七届，我参加的这届有西川、欧阳江河、陈东东、张子选、简宁、程宝林、郭力家、力虹等诗人。巧合的是，第一届和第七届都在秦皇岛举办。这硕果累累的三届与当时自由碰撞的宽松大气候有关，但《诗刊》社主事者个人诗学立场亦不应忽视，那就是第一届的邵燕祥和第六、第七届的刘湛秋，他们能够接纳作品带刺且敢于探索的“先锋派”青年诗人。而好多届“青春诗会”之所以不够“显山露水”，在我看来过多挑选了沉稳、温情、中规中矩的“好诗”。其实从北岛们开始，中国诗歌与世界文学是一致的，那就是个人的原创精神，与他人不一样的元素。而小说主流，从莫言、格非、余华、阎连科、苏童、毕飞宇，包括虹影、林白们，到王安忆，韩少功，阿来、方方这些作协主席们，都是有艺术精神的。这就是八十年代读者认同诗歌，如今还认同主流小说家，却不认同主流诗歌的原因——因为体制内主流诗歌写作，非政治层面仅就艺术层面而言，往往也是安全性的，有意忽略狂飙突进的探索精神。“冒犯俗世几乎是艺术家的天然特权。”（萧瀚语）后者恰恰才是一个优秀青年诗人的根本。

1987 年从南方乘坐火车到达北京，需要三十个小时，转车再到秦皇岛，已是三更半夜。下车后找水龙头抹了一把脸，我没有丝毫睡意，车站外黑咕隆咚的，出去瞅了一眼，要天亮后才有公共汽车。于是就在候车大厅里瞎晃悠。写诗或许就是一种精神病，那年头患病的人一个个都很有精神，在人来人往中显得跟其他人哪里总有点不同，直觉认定有个旅客行迹很像同道，大胆上前一问，果然是来参加青春诗会的，他就是欧阳江河，交谈中说起前不久出版的《诗选刊》我俩的诗选在同一期，彼此有印象，立即结伴同行。八十年代《诗选刊》十分火爆，是雁北和阿古拉泰在内蒙古办的公开刊物，青年而先锋。我被选的诗出自《青年文学》，当时发行量六十万。后来该组诗在 1989 年夏天获了“第二届青年文学创作奖”，获奖的小说有史铁生《我的遥远的清平湾》、王朔《橡皮人》、张炜《秋天的愤怒》等，诗人有李晓桦、廖亦武等。很微薄的奖金是香港庄重文给的港币，那年头港币很吃香。获奖作品也并不都出自《青年文学》，比如张炜那篇小说好像出自《当代》。颁奖会因故没有如期举行。去年在黄山，遇到去国多年返归的晓桦，特意与这位高大的汉子合影，以志纪念诗歌的青葱岁月。晓桦离开太久，九十年代以后进入诗坛的人可能很多不了解他了，他可是八十年代最火的军旅诗人，《收获》这家几乎从不发诗歌的刊物，在晓桦返归时破例发了他的长诗。

天亮后和欧阳江河一起去吃早点，然后转了几路车前往指定的招待所报到，被安排同屋。直到写这篇文字的 2014 年秋天，与欧阳江河在一个诗人的书画展见面，他开口就说：“哈，青春诗会我们‘同居’十几天。”

诗会期间我交往最多的是简宁和老木，编《新诗潮诗选》爆得大名的北大老木毕业后在《文艺报》工作，他是报社派来采访这届“青春诗会”的。我们三人嘴馋，常一起去吃宵夜。在海边的排挡，边大嚼螃蟹边吹着啤酒，大赞海鲜在这地界实在是便宜。渤海的螃蟹跟南海的品种不太一样，在这里我还平生第一次吃了驴肉。诗歌加吃喝的友谊高雅而接地气，自然天长地久。在两年后的纷乱日子里，我收到老木寄给我他的油印个人诗集，其后他就消失了。之后二十年间，简宁是全国所有诗人中接待过我最多的了，他是个热心肠的厚道人。我去北京很多时候都住他家，或空政招待所。简宁在空政创作室供职，这招待所一则便宜，二则离他家很近。我也多次去他开的“黄亭子酒吧”免费吃喝，这位仁兄是恢复高考后首届中国科技大学毕业生，那一批学生备受关注，大多毕业后留学深造，如今在美国名校当教授，学飞机热物理的简宁可能是唯一成了诗人的例外，因为身份特殊，也许他至今未出过国门，也不知人生选择是对是错。1998 年有次我到京城，他特意叫了西川、欧阳江河几个人一起小聚，美其名曰“同学聚会”，这是 1987 年后我参加过的唯一以“青春诗会”名义的回望。

当时《诗刊》来了三位编辑，副主编刘湛秋主持工作，他比较随意，对诗人要求甚少，经过一个球场的围墙，他会爬上去往里面瞅一眼，郭力家经常与他开玩笑，说开舞会的话要跟他抢舞伴。诗会住的招待所啤酒尽可喝，王燕生常显醉态，他喜欢跟我们说起首届青春诗会如何发现农民诗人才树莲。王家新是诗刊社聘用的编辑，他说的则是面包中乌云翻滚一类的诗句。

东北来的郭力家，这个以一首美国电影“特种兵——第一滴血”为题的诗扬名的家伙是真正的“莽汉”，讨论诗歌时老是找茬和挑衅，对主张“知识分子写作”的欧阳江河他没什么举动，却老跟西川过不去。给西川起了一个绰号“庞德秘书”，因为西川发言时常引用西方大师的话。他还叫程宝林“地主孙子”，因为程宝林的简介开头第一句就是“我祖父是个地主”。程宝林是大学生在校时就出诗集的，在八十年代可谓全国头一个。十年后他先是去美国读书，再全家移民，都是到广州美领馆签证，我给找的住处。张子选是个很有故事的人，在西北漂泊的他似乎发生过很多爱情，在诗会上好像也有绯闻，夜里与女诗人穿过玉米地去看海。我一直觉得他的诗很好，还有一个没有参加我们诗会的郑单衣，他们俩确实是不该被当下的诗歌界忽略的诗人。诗会后我们跟张子选都失去了联络，我编《中国新诗年鉴》，曾特地到网上找来他的《藏地诗篇》。力虹几个江浙诗人常凑在一起，他的样子斯文而高挑，其后他的人生十分坎坷，到广东找工作的日子，似乎带话让我帮忙，却没了下文。力虹过世时，我在新浪微博的消息上跟帖了悼念字样，祭奠一代人消逝的青春。

欧阳江河常在屋里念他的诗给我等人听，给我留下深刻印象的是用拆字法写的《手枪》:“手枪可以拆开 / 拆作两件不相关的东西 / 一件是手，一件是枪 / 枪变长可以成为一个党 / 手涂黑可以成为另外一个党”如此巧妙的嵌入西方“长枪党”和“黑手党”，令人赞叹。这样的诗《诗刊》当然无法通过，幸亏没过关，他必须重写新作。上午我们全体诗人参观了耀华玻璃厂，晚上他写到半夜，就有了他的代表作《玻璃工厂》。可见哪怕直到今天评奖，要是因为某首诗你未能通过，我觉得可以祝贺你，也许随后的那首恰恰是杰作。

我拍摄了与王家新和欧阳江河等参观耀华玻璃厂的照片，也保存了全体诗会人员在南戴河沙滩上的留影。十几年前《诗刊》出纪念专辑，让我提供照片，拿去发表了。我要求诗刊社必须归还我的照片，记得他们也给我寄回来了的,我却不知放在家里那个角落了,尚未翻箱倒柜查找。

每天要经过一大片高粱地玉米地才能到达海边。西川喜欢独自望着大海沉思。那片一望无际的田野让我这个南方人很震撼，写下了一首诗《北方田野》。据说之前参加“青春诗会”的诗人中有当编辑者，承诺回去后在自己编的刊物发与会诗人一个小辑却没有兑现，我立誓一定发出《诗刊》之外另一个“青春诗会”特辑。回去我在《广西文学》上编发了，除了全体与会诗人，还有欧阳江河另外给我推荐的钟鸣。我那首《北方田野》就发在这个小辑里。

这个小辑能发出来，我特别要借此小文感谢《广西文学》当年的副主编张辛，一当诗歌编辑我就能在《广西文学》上编发西川、阿吾、陶天真等在校大学生的处女作，还有任洪渊《东方智慧》、吉狄马加《一个彝人的梦想》等他们的代表作，包括他让人编发林白等人那些探索性的小说，和我的诗歌《走向花山》。《广西文学》短暂的辉煌完全依赖于张辛。他是我的恩师。他让我很早就明白,别光拿体制做借口,同一本刊物,同样的体制，在不同的人主持下，完全可能是另一个面目。

北方田野

鸟儿的鸣叫消失于这片寂静

紫胀的高粱粒溢出母性之美
所有的玉米叶锋芒已钝
我的血脉
在我皮肤之外的南方流动
已经那样遥远
远处的林子，一只苹果落地
像露珠悄然无声

这才真正是我的家园
心平气和像冰层下的湖泊
浸在古井里纹丝不动的黄昏
浑然博大的沉默
深入我的骨髓
生命既成为又不成为这片风景
从此即使漂泊在另一水域
也像茧中的蚕儿一样安宁

秋天的语言诞生于这片寂静

那一年我们走向花山

那时我真年轻啊！

三十岁以前生命充满热血，三十岁以后血管塞满尘土。听说一片崖壁上布满了一千多个土红人和动物，如同涂红了手掌，那血的颜色令几条精壮的小伙子激动。

那时还没有寻根理论，无非受拉美爆炸文学影响，一觉醒来，要去追踪无汉字记载的狞野神话。梅帅元、张仁胜、李逊、我，四人。说走就走。为什么不叫林白，记不清了，可能是有个女的起居不方便。

如今极快的行程，当时需几个小时舟车劳顿。到了宁明县城，住进县委招待所，两人一间。公共卫生间在走廊尽头。喝了啤酒，半夜起来小便，却死活也开不了房门。只好拉在镀锌铁皮桶里。次日清晨起来吆喝，女服务员费了半天劲，才从外边把门打开。

租了蚊帐、薄被、席子。到了江边，乘船而下，水之湄，看见了那一切绝壁。

血脉偾张！

夜晚歇息在乡村小学的教室里，课桌拼的床。困难的是就餐，村里没有小店，只好到井边搭讪。谁胆敢与我们说三句话，便倒霉了，我们铁定混到他（她）家搭伙。

那是个只热爱外国文艺的年代，水足饭饱，几个人沿着江滩大步行走，用意大利咏叹调高唱："你吃过饭没有？""我吃过了！"

打听到哪个屋檐下有老人，就闯去人家里，缠着翁媪讲民间传说。以为上了岁数，就一定有我们闻所未闻的故事。殊不知山羊的胡子更长，却只会咩咩叫唤。

如此数日，打道回南宁。

班车开到半路，停下来，终于进了饭馆。同桌的小老板，见我们狼吞虎咽，把他的一盘白斩鸡推到我们面前。彼此观望，都不好意思动筷子，突然混战起来，风卷残云。

过后互相指责，谁最先没有绅士风度，竟然抢吃别人的菜肴。

尔后半个月，我最先写出《走向花山》。

一年后张仁胜获了“国际青年小说奖”，两年后李逊在《上海文学》连发五篇小说，三年后梅帅元的中篇发了《人民文学》，本来是 1987 年三月号头条，可一二月合刊马建《亮出你的舌头或空空荡荡》出事，被连累拿下来，许久后再发，已引不起波澜了。

后来我陪同谢冕先生、师母陈素琰乘一叶乌篷船游览了花山。

再后来遭遇那场春夏之交的“风波”，他们似乎从文学界金盆洗手。从此都比我有钱了。梅帅元日子过得最好，他是大型桂林山水实景演出《印象刘三姐》制片人，张艺谋是他雇的导演。

只有我还写。可以自傲的是，三十年了，广西并没有任何人为壮族文化写的诗歌超越我这组少作，全国也没诗人为花山岩画写出名篇来。

2016 年花山岩画为中国申请世界自然和文化双遗产唯一项目，六七月出结果。据说志在必得。

于是当地新创刊的文学杂志要头条重发我的《走向花山》。

但愿有朝一日，选一方石碑，把这组诗镌刻上头，立于花山下。而口碑，方彰显真正的艺术生命力。

2016 年 3 月 30 日

编者注：2016 年 7 月 15 日，联合国教科文组织世界遗产委员会正式将广西花山岩画列入世界文化遗产。

一鳞半爪（六则）

达尼娅

9月21日我们从满洲里过境，火车走了一夜，在凛冽的黎明进入赤塔，放下行囊漱洗完毕，我走到前厅等候其他游客。这是用居民楼底层改建的简易宾馆，像中国很普通的那种招待所，只是干净一些。旁边一个漂亮淳朴的俄罗斯女孩，用汉语跟我搭话，问我在中国是做什么的，我说在一家文学杂志社，她说，噢，我最喜欢叶赛宁的诗歌。

她就是达尼娅。后贝加尔师范学院五年级大学生。暑假里才刚刚客串做起导游。

叶赛宁！我脑海里不由得浮起他波斯抒情《莎甘奈啊，我的莎甘奈……》中的句子：你的卷发像月光下翻滚的麦浪。这是我中学时代最喜欢的一首抒情诗，诗人写给的也是旅途中一面之交的姑娘，我想诗里那舒卷的长发一定也像达尼娅的头发一样是栗色的。那回环往复的一咏三叹，曾被我很认真抄写在笔记本里。人与人之间有些奇怪，有的朝夕相见，还是隔阂。有的只是第一次见面，彼此从眼睛和微笑里，就已是值得信任的亲近的人。这时同行的小说家和批评家过来了，我给他们作了介绍，批评家说：嘿，你怎么不说你也是写诗的呀？

前几天沿着额尔古纳河漫游，眺望对岸辽阔的俄罗斯大地，我顿悟为什么那个国度产生过如此众多的大师。一旦走进他们的日常生活，哪怕只是浮光掠影，便对这个民族的精神有进一步了解。赤塔相当于中国的省会，可无论市政建设还是食品日用品，都远逊于中国经济不发达地区内蒙古的一个县级市，可见今日俄罗斯的窘迫。然而，从迎面走来的任何一个人的神态上，你都能看到一种自信，随便走进一家餐馆，也都能领悟到环境的典雅高贵。当食客把餐桌上的残渣收拾得干干净净才离开，当你走过卧铺车厢过道地毯上再铺一层的干净布匹，这些时刻都提醒着你一个人要有基本的教养和良好的习惯。当然也不能否认夜幕下有许多手抓着空瓶的酒鬼。

而最让我心仪的，是一个文明社会对艺术的尊重，因为再没有比在俄罗斯当一个诗人更让人骄傲的了，达尼娅领我们参观军事博物馆，卖纪念章的柜台上，同行拿起第一枚徽章，就是诗人莱蒙托夫的肖像。各种纪念钱币上，建筑物的外墙上，看见最多的也是普希金。70后之前的中国作家，莫过于对俄罗斯文学熟悉而又心灵相通了，所以当达尼娅讲解时，我总是迅速说出一个个艺术家及他们作品惯用的汉语译名，成了她半个翻译帮手。而最让人震撼，深感俄罗斯民族伟大的，是全部用一根根大原木搭建的十二月党人纪念教堂。百多年前这批贵族知识分子被沙皇流放到此，他们的妻子也都追随而来，在矿场服罢苦役，他们自动为穷人建起了一间间医院、学校，身体力行实践自己的理想！

突发奇想，我们临时要求达尼娅带到寻常百姓家里看看，她把我们领到七十六岁老人芭芭莲娜的屋子，老人的老伴和一个儿子已过世，另两个儿子分开住，在门口，遇到其中一个儿子看望母亲刚出来。老人生活很简朴，除了一台旧电视机，没有多少值钱的家当，但屋子收拾得很清爽，窗明几净。连菜园子里的茅坑也很利落。她家的廊檐下挂着两幅陈旧的普通木版画，一问，其中的一个人物竟然是叶赛宁，一位同去的作家即表示愿高价索买。老人不卖，她说这是她家里最珍贵的。

在车里，达尼娅给我们唱过邓丽君的歌，在白桦林里，背诵过叶赛宁的诗。跟我通过汉语翻译理解的舒缓宁静的叶赛宁不太一样，她的语气显得有些急促，她告诉我那是情诗，我没弄明白具体是那几首。临别时，达尼娅不收小费，我送了一只水晶烛台给她作礼物，那是她祖国国徽上鹰的形状。达尼娅，在这个广大世界的茫茫人海里，有一个不同种族不同性别的远方朋友，和你一样热爱生活和诗歌，这是多么美好的感觉。

纸上得来终觉浅

就说那次江西之行吧。一到南昌，直奔滕王阁。虽早知木质结构难敌千年风雨，这楼应是现代工业的产物，但一路仍不由地默诵落霞孤鹜，秋水长天。果不其然，在钢筋混凝土的牢固支撑上，红墙绿瓦光鲜亮净。登楼游人们——包括我——全都肃穆静思，心潮澎湃，梦回千年前一个二十七岁的才子如何运笔成风，大醉赋辞。我站在滕王阁顶层俯瞰赣江，鹤汀凫渚，白水千里。此时的高度，不是楼，而是对文学经典的仰望。记得早些年从重庆坐船到九江登庐山，在武汉转船只停留几小时，仍赶去一睹那一建再建，仿佛永不破旧，永不倒塌的黄鹤楼。也是一样的心情，也是因为崔颢题诗在上头的缘故。

鲁迅说："一首诗吓不走孙传芳，一炮就把他轰走了。"由此看，似乎百无一用是书生。但不仅前边提到的那两座建筑，还有岳阳楼，历经战乱火烧而不断得以重生，并不是因为它们在建筑工艺上如何了得，非要保存下来，而是因为名诗千古传颂。前几年三峡大坝截流前，急忙把白帝城抢救搬迁到更高处。那城郭我很多年前曾在江中远眺，并不起眼，成为如此重要的人文景观，也是李白的诗歌造化。

可若是以为诗歌精彩，它所观照的对象就必然精彩，未免也太书生气了，文学毕竟是想象的产物，如水中望月，雾里看花，伯乐的《相马经》实操性极强，其子执经求马，归得一大蛤蟆。何况诗歌？大诗人陆游便深谙个中奥妙，他告诫道：纸上得来终觉浅，绝知此事须躬行。

游人觉得最"货不对版"的要数"飞流直下三千尺，疑是银河落九天"的庐山瀑布了，诗中的景象那是怎样叫人心驰神往的壮美。然而云雾茫茫，劲松苍苍，如出入仙境，一路不停奋力攀爬，腰酸腿痛间，导游突然说声到了。凝神屏息，顺着他的手指方向，终于瞄见一条约莫十来米的小水沟。导游见状，赶紧十分职业化地申明："游客观赏，请到这儿使用望远镜——只需两元。"使人哭笑不得。

我前年去苏州，最想看的不是虎丘，是寒山寺，那天游人如织，光日本旅行团就有好几个。在我源自诗歌的想象里，这是个依山傍水而建的巍峨大庙。想不到它小小的地盘，就建在平坦的小河边，枫桥要不是立块碑，跟别的普通石拱桥没有二致。徜徉半晌，我还是交费，到钟楼撞了几下钟。尽管不是夜半，也没有客船。

这种“按图索骥”导致的偏差在北京香山，在吐鲁番的葡萄沟都曾发生。红叶锦簇，并非漫山红遍，层林尽染；咕噜串串，藤蔓竟爬在水泥柱支架上，诗意殆失。1999年去台湾，又惨遭文字引诱，想入非非于“阿里山的姑娘美如水，阿里山的少年壮如山”歌中。在山头跑上跑下，几近半夜。“壮如山”的没见着一个，山里少年大多为闽南人后代，身材并不高大威猛。卖茶叶的姑娘听说我们是大陆来的，非常热情好客，其间却也难得一见花容月貌。转念一想，水这个意象，不一定阐释为漂亮啊？看见的是山涧，便纯洁；看见的是河湾，便柔情；呵呵，也可以理解成“水性扬花”。再深入去想，民风不正淳朴如山溪清澈，敦厚如山峰巍峨？那卖茶叶姑娘的声音不就似山泉般叮咚作响，担茶少年的胳膊不就如阿里山般雄壮？在艺术王国里，夸张实在是常见的修辞手段。古代有自以为是的批评家，点评杜甫《古柏行》里的诗句“双皮溜雨四十围，黛色参天二千尺”，讥讽说，这树不太细长乎？今人读诗，不能再闹这样的笑话。

陌生女朋友

很久很久以前，故事总是这样开头的。其实“很久”也不过就十几年吧，但似乎那时世界是另一个背景。我时任诗歌编辑仅一个月，选发了北大学生刘军用西川作笔名的处女作《鸽子》，觉得很棒，便动了到贵阳、成都等地的大学跑一圈组稿的念头。十多天下来，记忆犹新的唯有在川大旁边的黑屋子里听赵野他们筹划要搞“第三代”诗歌运动。次日清晨，来到重庆朝天门码头上船，那是我平生头一回乘长江轮，进了船舱的小房间里，见到一个女的睡在里面，吓了一大跳，还以为自己跟误进女厕所一样犯错了。一问才知道船票的铺位不分男女，很多人都是前一晚就上船睡觉，省下住旅店的钱。

那是个小妇人，用今天的眼光应叫作“女孩子”，因为也就二十三四岁模样，但她有身孕了。坐船很枯燥，我们闲聊起来，得知她是来重庆参加产品推销会的，也不好意思问人家名字。她对我倒很清楚，因为最新一期《青年文学》我的一组诗标题赫然印在封面上，杂志发行六十多万。我给她看了刊物，在全民热爱文学的年月，这有那么一点儿炫耀的意思。船在万县停一夜，以便白天过三峡，灯下逛街数小时，我觉得她行动不太方便，就帮她提她买的整篓橘子、竹器等东西。等到再上船，她听说我还要去庐山，认为我光带外衣，山上太冷，好说歹说，非要我到武汉后去她家拿她丈夫的毛衣。也是巧了，我们到达码头，竟错过了她接船的先生，拎着一堆东西，只好送她回家，也就带上了两件几乎全新的毛衣。

接着赶去排队买船票，一位戴眼镜的中年女士过来问我，这是去九江的吗？我对前边长长的队伍努努嘴，点头应诺。想不到几分钟后她竟然又折回来了，说她托了排在最前面的人买票，顺便也给我搞了一张。还有五个小时才开船，于是便一道去游黄鹤楼。她是“文革”前大学毕业分配到四川“三线”研究兵器的，从广州开科研会议回程，女儿半个月前大学毕业分到九江水泥船厂，也就拐道去看看。

九江下船，没看见她女儿，那时没有电话的，我不好意思独自走人，便陪同她一直找到她女儿的单位。女孩见到母亲高兴坏了，张罗着吃午饭，不让我就这样一个人饿着上庐山。单位领导和同事听说新来大学生的妈妈来了，不断前来看望，都以为我是她们家未来的女婿。才大学毕业两年的我应该说长得很精神，所以女孩并不跟人分辨这种“误会”，倒是我不断解释我跟她妈妈只是路上相识，显得很傻气。

上山住进酒店，遇见的同室小青年竟是柳州来的采购员，老乡见老乡，自然结伴同游。没乘旅游车，我们从一个景点走到另一个景点，步行走遍全山，连李白当年没看见过的三叠泉，都一步步挪下去，那才真叫“飞流直下三千尺”。从清早走到下午 4 点，有三个女孩走的线路似乎刚好跟我们相同，前前后后碰到十几次，最后在五老峰的山巅上，彼此都好像是认识许久的熟人了，一个女孩过来，叫我用她相机帮她们合影。之后五人同行，才得知她们是株洲纺织厂的女工，假期有限，次日就要下山，我俩只好放弃第二天再玩的计划，陪她们游览。那天真是累极了，早没了绅士风度，不断跟几个女孩子玩“石头剪刀布”，输者负责背包半小时。一直走到晚上 11 点，腿沉甸甸的根本移不动了。翌日，按头晚的约定，乘同一辆车下山，候船时，两男的跑去看电影，把行李扔给她们保管。回到武汉，我头一件事，是赶紧登门还衣服。

我从不知道她们姓甚名谁。但迄今我一直把她们看作值得交往的朋友。在我的观念里，朋友就是那种彼此真诚相待并相互信任的人，那种不为了回报时时为对方着想的人。在网络时代，人们可能有了更多的陌生朋友，但“情义”这种美好的品质真的依然存在，真的还没有被消费社会腐蚀殆尽吗?

那异国他乡的绅士

曾听人说起，在茫茫戈壁滩骑自行车旅行，烈日炎炎，口渴难当，这时一辆拉西瓜的汽车从身边风驰电掣驶过，素昧平生的送货人从车上扔下一个大西瓜，在马路上碎成几瓣，抱起牛啃，暑气顿消。在无人区，随便碰上谁，哪怕是个强盗，都很亲切。

这我也有过类似体会，有一年我跟朋友徒步穿越桂林龙胜的花坪自然保护区，三天里，只要对面走来一个人，都会停下来搭话。这时人跟人之间身份、学问、地位、贫富等差别都不存在了，在这个只有树木和飞禽走兽居住的地方，任何能直立行走的动物，就是同类。

但我想人最孤独的时刻恐怕并非独处。陕北一个放羊汉跟羊群在一起很温暖，可假若他只身来到大城市熙熙攘攘的火车站广场，在人群里看着一张张陌生的脸，听各种方言洋话，他内心一定会感到前所未有的孤单和惶惑。这时候给他些微帮助的就是个好人。因为一个真正的绅士绝不只是衣冠楚楚，谈吐得当，他应当具有一颗高贵正直的心，不畏艰难，乐于助人，特别是向一个弱女子伸出援手而心无邪念。

1997年，我应邀到澳大利亚进行文学交流，被安排住进悉尼市中心离“中国城”（唐人街）两条街道的一家自助酒店。负责接待的朋友也住该市，可从酒店到他家，乘轻轨火车要一个多小时，我这才了解悉尼市里还有许多小市区。几天下来，除了开过一个讲座，见了几批诗人，多是游玩。朋友陪着来来往往看了好些地方，也去过他家一两次，我觉得对悉尼也算熟悉了。周末他再约到家里小聚，我在电话里说不要他过来接，我自己去好了。

到了中央车站，我进到曾来过的三站台等车。悉尼的轻轨地铁行驶很科学。比方说，你去的地方距离八个站，那就要坐一趟每站都停靠的列车。可假若你去的地方距离二十一个站，就要乘坐另一趟直抵第十五个站之后才开始每站都停的车。这跟国内高层电梯有些相似，所以去不同地点在哪一道候车颇有讲究。我等了二十分钟左右，还没见到本该每隔四分钟就有一趟的列车。其间，一旁不断有经过的人朝我咕哝一句，我英语臭，不明白他们说什么，以为是随意跟我打招呼而已。后来又有一个路人过来，停在我面前，他西装革履，看上去四十多岁的样子，很和蔼，用英语连比带画，跟我说了一通，我终于听明白了——原来周末前方修路，我乘的车子改在第九道上车。我道了谢，他并未马上走人，一直领我走下站台，从地道穿行到九站台才离去。

后来去日本参加“东京·2000·世界诗人节”，住在英国大使馆边上的“钻石”酒店。跟日本的朋友联系都是用房间电话，偶尔打国际长途，被指点到大堂打插卡电话。我发现旁边另一部电话机颜色相异，并未深究有何不同，以为色彩变化只是为了美观。

吃了，喝了，朗诵了，发言了，参观了，看完演出了，诗会也就结束了。于是乘新干线火车去大阪。本来约定在那儿留学的中国诗人田原接站，可出站口有好几个，彼此走岔了。急忙找了一个电话，颜色跟酒店里用过的相同，插卡后拨打，忙音，叽里咕噜一串日语录音。再打，依然如故。一个瘦小的日本老人见状忙过来跟我解释，我这才明白原来日本打国际和国内电话分别是不同颜色的机子。赶紧换了一台，忙乱中电话卡老是插不进去，老人掏出他的卡给我插上，通话后才发现，因为焦急我错拿出中国的电话卡了，日本买的卡还在钱包里。

这两个异国他乡的绅士给我帮助，于他们是非常自然而然的，并没有像中国人那样动不动就把一件日常小事虚张到某种精神高度。就像假如发生灾害和险情，市政负责人亲临指挥抢险，在他们看来是应尽的本职，而不是我们所惯常宣称的“百忙中的奉献”。我感激他们，也由衷认同这种生活的态度。

女人花

不久前一个朋友的母亲因病住院，老人家已是七十高龄了，一生务农，没享过几天清福，如今儿子做生意发了财，自然想好好孝顺娘亲，便千方百计寻找省里最好的医院和病房，把老人从乡下接来。在做小手术前，我前去探视，老太太牙不好，吃不了水果，又有高血压，不宜喝补品。左想右想，还是买了一只大花篮送上。第二天一个熟人又邀我领他去，他也买了花篮。

这件事再普通不过，却不由得让我生出许多联想来。老人先前贫困，早年跟绝大多数中国平民百姓一样，为温饱奔波劳碌，尽管这十几年来家境殷实，过上了好日子，逢年过节收到礼物想必不少，但恐怕这一生没有人给她送过鲜花，对她，住院也是人生的一种补偿。

“这花不是浪漫，只是一种很礼貌很合适的别致礼物。”一个在欧洲读生物化学工程的网友，九月就要念博士，前天刚通过硕士学位论文，教授送了她一大束花，她这样说及令她十分开心的馈赠。我想这跟我给老太太送花相似，寓意祝福。可见送花这种礼节本是舶来品，跟当今惟有玫瑰象征爱情，而不再是月季或者牡丹一个原理。近年西风东渐，愈刮愈烈，城里的人们也就觉得这一束束花卉天经地义是日常生活的一个部分，特别是男人给女人送花似乎是与生俱来的习性了。其实以前在“民以食为天”的中国，送花应该是很稀罕的。二十世纪八十年代，有人住院，一般都是送“麦乳精”“鱼肝油乳液”一类能下肚的东西，假若有人送罐装奶粉，已是非常贵重的了。1993 年我去上海，一个门第儒雅的女孩来酒店看我，进门的第一句话就说：“我一路上犹豫要不要送你一束花。”说明那时人们对送花还不是很习惯。八十年代天津作家吴若增有篇小说很有影响，写一个老头临终前最遗憾的，就是他尽管有实在的婚姻，一辈子却没接过吻。一个留学（或是华侨回国探亲我记不太清楚了）归来的远亲小姑娘，曾在他脸颊亲了一下，令他回味无穷。坊间笑话，也有不少这类段子。应该说如今这位乡下的老大娘赶上了好时候，有人送过花，人生也就圆满了。

为写这篇短文，曾分别向几位熟人和朋友做过“女意”调查，发现她们都中意有人送花，现在不仅大学，据说连中学也时兴男生给女生献花。我说我总觉得送人礼物要实际一些的才实用，一个女作家说：“哈，你这人不浪漫！”想来形容女人为花再恰当不过，哪怕第一个这样打比方的被看成天才，第二个是庸才，第三个被讥为蠢材。所以新奇一点的，也只能想出“女人是一朵会走的花”这样的句子。前不久，在电视台一个制片人开的读书吧里，采访一位在广州当歌手的老乡，那天太巧了，一只进口瓷杯的花色竟跟她衣服上的印花一模一样，当即送她这只杯子，完美实践了我送花的实用主义理念。

冥冥中某个女人有某种花对应，不同星座的女孩生日花不同，心理测验试题判定那些喜欢在花瓶里插一束花的女性较花心，插一枝花的感情较专一，不无道理。选我《现代诗写作与鉴赏》课程的一个学生，人长得出众，诗也写得很狂放，容易给人一种无拘无束的感觉，可她在日常生活里却是很内敛的人。她说她最喜欢的花是茉莉，那种淡淡的高雅的清香。女人的花，最能体现一个人的心性。

但一个时髦女孩真的必须要有人送花吗？就像涂指甲一定要用指甲油，不能古人那样再用指甲花和蔻丹了吗？几年前一个北京的朋友过生日，因为熟悉，我问她要不要送花，她说你不如送些巧克力和果冻实在，给我印象很深刻，我觉得仅就这点而言，她是个很地道的中国女孩。

今天的大学还有没有梦想

看台湾一个综艺节目，其中有“你猜我猜”环节，要嘉宾猜一个满脸稚气的中学生考了十七种证书是不是真有其事，它们几乎囊括了管道工、电工等种种日常生活里“有用”的技能，甚至包括爬树的技术，结果那中学生真的身怀十七技，确实了不起。

于是想起龙应台二十年前轰动海峡对岸校园的文章——《幼稚园大学》，龙女士当年痛心疾首的大学生们的状态，今天在中国大陆恐怕有过之而无不及。当然不同的是今天的大学生们就像那个娱乐节目里的典型好孩子，掌握了好些新的知识和技能。比如电脑，比如英语；有人有秘书证，有人会开车，有人有导游资格……

但在我看来，天然属于大学的最宝贵的东西今天普遍丢失了，那就是马丁·路德·金所心仪的：“我有一个梦想”。

这不是一个做梦的时代，白日梦会被人耻笑。大学扩招的结果使毕业生就业空前严峻，且学习的经济成本又是前所未有的高，也许根据占家庭收入比例来计算，我们供一个大学生的费用全世界最高。所以当今每个人的目标都十分具体，连“梦想”本身都变得很实际，我在网络上就读过这样一段话：“我有一个梦想。拥有一套属于自己的房子。也许并不宽大，并不富丽。但起码是安全而温暖的。”

我不讳言，这样的梦想值得尊重。尽管我是一个诗人，但我的写作从来就不是高高在上、不食人间烟火的。我希望葆有“哀民生之多艰”的情怀去感受生活与观察事物，对生命、对人的生存困境有深刻体察。文学创作一定要体现存在感，也就是和时代相连接，用真性情去表达自己的灵魂。因此我不排斥多种选择，不做道德批评。

但我还是要惋惜今天的大学日益物质化，功利化了。印象最深的是有次给学生做文学讲座，在听众自由提问的环节，有个男生面红耳赤迫不及待地要求发言，那男生不知道是紧张还是激动，讲话吞吞吐吐，他滔滔不绝地说了很多，看起来他倒不是对我的文学观有很多不满，而是对人文质疑，只依稀好像听到他说“……我要和你辩论……诗歌有什么用……”是的，不仅李白没有什么“用”，《红楼梦》没有什么“用”，从老庄孔丘到世界上的一切先哲的思想都可以说没有立竿见影的“用”。那男生的想法也代表了现在许多大学生的想法，把任何东西都进行量化，凡是不能带来直接的物质利益的都是没有用的，文学也是一样，文化也是一样，精神也是一样，如果不是把它们用来赚钱，它们都无用！

是的，做梦有什么用呢？小提琴协奏曲《梁祝》有什么用呢？假如你并不打算教人弹钢琴来挣钱，懂得欣赏肖邦又有什么用呢？一个人有没有艺术修养和人文气质，似乎并不影响他发达。

但这种看起来言之凿凿的“硬”道理，其实是不值得一驳的。这等于问独立思考还有没有用，一个人有丰盈的精神感受还有没有用，除了肉体，心灵和灵魂有什么用。

这不是一个大学生应该提的问题。

一个生活中的可造之才，一个社会的可用之人，并不必然就是一个没有玄思、没有情怀的人，反之，历数终成大器者，几乎无不同时怀抱着理想主义和实用主义：没有梦想的驱使，马丁·路德·金的目标就不会在今日美国实现；没有理想主义的激情，五十八岁的仝正国就不会苦读三年，考入昆明理工学院，二十岁的比尔·盖茨也不会放弃哈佛学位从而创造微软帝国。

一个人没有读过大学，我觉得最遗憾的，倒不是少读了几本书，少写了几篇论文，少做了几个实验。少学了几种谋生技能，而是你生命感受里缺失了最美好的“校园”。已故清华大学校长梅贻琦曾说过：“大学者，非谓有大楼之谓也，有大师之谓也。”而我认为，在大师普遍缺失的当下，能否固守精神“校园”，便是评判一所大学是否合格的标准了。小学和中学没有校园，只有围墙，而大学的校园首先是一种文化，一种独特的气味，一种说不清道不明的虚无。校园就是一堵爬满青藤的老墙，一座旧楼里斑驳的地砖，几十年前印过某个大师的背影或足迹。校园是偏执，是壮怀激烈，博闻天下事，指点江山，是无用之用，校园是让人做梦的地方。

没有梦想的大学生是让人惋惜的，然而更可怕的是，当这批大学生将来成为社会的中坚时，我们国家的未来也因而泯灭了梦想和希望。因此，我有一个梦想，那就是相信今天和未来的大学生们，也像当年的“新青年”和马丁·路德·金一样，每个人的内心依然“有一个梦想”！

2007年3月8日

对酒当歌

哥不在酒桌，酒桌却有哥的传说。这想必就是文学江湖喝酒的最高境界了。唐代酒仙李白如是，当代酒神孟繁华亦如是。

孟繁华这个大名似乎只见于批评文章署名上，在日常生活中，早已世无孟繁华，只有老孟。年长他三十岁的如此叫他，年少他三十岁的也如此叫他。大凡很年轻便被人以“老”称呼的，皆因学问了得，有“吾爱孟夫子”的意思。老孟长得高大威猛，宽厚正派，文坛一方掌门人，喝起酒来滔滔不绝，颇有人生几何，指点文学江山的气派。在九十年代末我未见其人之时，已先闻其声，当然是文学批评和喝酒之名声。

跟老孟喝酒的多是文人，传闻说他喝酒有三重境界，王国维以诗作宏论，“昨夜西风凋碧树，独上高楼，望尽天涯路”，“衣带渐宽终不悔，为伊消得人憔悴”，“众里寻他千百度，蓦然回首，那人正在灯火阑珊处”。老孟的第一重境界是推杯换盏之初，盛赞当代小说写得还是不错的；第二重境界是喝到意兴珊阑时，说批评家见识牛逼；第三重境界瓶歪杯倒两眼迷蒙，为文学史的真伪辩诬。尽管关于他喝酒的各种传闻玄乎，有加油添醋的嫌疑，当不得真的，但老孟喝酒，确实言必谈文学，不涉及其他，一片冰心在玉壶。

头一次跟老孟喝酒是“龙脉诗会”。说起这诗会，谢冕先生当时还对我嘉许连连，说他在北京几十年了，都找不到免费提供住处开诗会的地方，我到北京做他带的访问学者才一个月，怎么就有办法让大名鼎鼎的龙脉温泉度假村免费提供这么多栋别墅开诗会？还可以泡温泉。其实功劳有一半是侯马的。那素不相识的女经理，被我俩侃侃而谈半小时，便认知了诗歌在中国的重要性，以及诗会对度假村美誉度的传播如何有效，轻易就答应了。晚上七八个人，张柠、谢有顺等，黎明鹏买来几箱啤酒，边喝边听老孟“布道”,都是有关文学的“真理”,温远辉不时插一则段子，我也讲点笑话。可老孟绝无我们的低级趣味，他口若悬河，愈演讲愈激动,完全是个当教授的料。难怪他这个社科院文学所当代文学研究室主任，后来主动转岗去沈阳师范大学当博导。

数月后，冬天，北京日渐冷了，傍晚聚在北大南门旁边一家小店吃火锅，记得有摩罗等，二十来个人，老孟又开讲他一个人的文学史。11点左右，人纷纷散去。于是又转移，到另一家小店，还剩谢有顺等五六人，换了几种酒，老孟热泪盈眶，说谁谁如何被打成右派，谁谁经历了什么样的磨难而痴心不改,感同身受,完全打不住话题。到了凌晨2点多，听众一一散去，可老孟丝毫没有停下来的迹象，只遗下我一个人，这时酒主要靠他喝，话主要也是他讲，我偶尔抿一口小酒，插一两句短语。到了凌晨4点左右，困得不行，而实在不好意思灭了老孟的雅兴。他说到最激动处，口若悬河，甚至义愤填膺。老孟大学毕业就是中国电大的老师，后来到北大做谢冕先生访问学者，继而又读博士，可见他读书做学问的决心多么坚定，这就是学者跟诗人的不同，我就纳闷自个为何就没想过要好好念书呢？1987年我去谢冕先生家中，请他为我诗集《图腾的困惑》作序，先生指着家中一个青年人说，我当博导了，当代文学专业第一批，全国就四个导师。第一个博士生今天来报到了，这人就是程文超。随后我还跟程文超到小馆子一起搓了一顿。文超毕业后也是到中山大学教书。可我为何就不想走这条路呢？熬到十几年后先生马上就要退休了，又说起，我才做了他的访问学者，先生最后的关门弟子之一。这样说起来我与老孟也算同门，他是科班，我是旁门，我非常理解老孟教书育人的理想，边喝酒边为他扼腕叹息，一道愤愤不平。眼看天就要亮了,快早上6点了,我不知道老孟住在北大的哪个院子,他也说不清楚，于是我只好冒昧给谢冕老师打电话，这才明白老孟住在蔚秀园，把他送到院内，他说他知道家在哪儿了。

头天有约，我早上8点去谢冕老师家中，师母陈素琰问，杨克你怎么脸色惨白惨白的？我说跟老孟喝了一整晚的酒。师母说，你那点酒量，怎么去跟老孟喝酒？他喝起来不要命。我说不好意思不喝，他还约了我中午去社科院，跟他们“酒协”的喝呢。

到了社科院，“酒协”的几个人一张小桌，继续喝。会长是靳大成，副会长是老孟、蒋寅。蒋寅曾在广西读硕士，在广东也有过一面之缘，所以不陌生。说起已陪老孟喝了一整晚，他们都让着我。喝酒的话题是互相调侃，要警惕林彪那样的野心家，篡夺会长的权利，嘻嘻哈哈，两小时很快就过去了，反而没觉得经受酒精考验的巨大压力。

后来我请老孟下过广东，之后他也参加活动来过羊城，酒自然是喝了的，可喝酒的印象不太深了。

终于熬到我也混迹于茅盾文学奖评委，被“关”在八大处近一个月，评奖期间不得与外人交往，于是又自费跟老孟几个喝了酒。饭桌上还能勉强应对过去。有晚老孟叫我，说他有酒，一起去王彬彬教授的房间喝，陈福民兄也在。没有任何小菜，就着小卖部买来的袋装花生米喝，也许因为《饮中八仙歌》和太白遗风，诗人都爆得喝酒的大名，可比起三位批评家来，我犹如蜥蜴遇见猛龙，甘拜下风。

再后来大霾之日上京，与老孟等批评家在北大附近喝过，幸而陈晓明教授、张燕玲主编等在场，证明批评家也并不都是海量。

据说现在老孟不喝酒了，因身体有恙。他一戒酒，病竟然好了。这也是喝酒的妙处，要是之前不喝，如何调理，换一种新的生活方式呢？如今老孟改喝茶，似乎他只好广东潮汕的凤凰单枞。但他喝酒的故事依旧流传。老孟连酒都不喝了，那他说起文学来还滔滔不绝么？

以浪为枕，对月而吭

飞机在降落，假寐的厦门枕在海浪中，接机的是不请自来的一望无垠、湛蓝清澈、碧波荡漾的大海。这次是到厦门参加“中韩作家会议”，还没下机就接到舒婷的电话，邀请黄怒波和我晚饭后到她家坐一会，再去她一个朋友开的会所喝茶。这不，半空的白云怕也听到了诗的邀约。

上天真是煞有安排，原来那天是她生日。舒婷是从不张罗此等俗事之人，无奈会议报到要登记酒店住宿，给“暴露”了。她拎着一个小蛋糕，我们两手空空跟她一起渡船过鼓浪屿，要是在古代，三人恐怕得要赋诗酬唱“鹭岛夜泊”了。黄怒波倒是带有礼物，却不是专门为“庆生”准备的，他刚成功登顶珠穆朗玛峰，带来了珠峰山沟里的海贝化石，异常罕见，我亦有幸获赠。夜晚的鼓浪屿很美，绕过一条二十余米的窄巷子，闹市喧嚣虑尽之处，就是舒婷家那栋古雅的别墅。

舒婷问我来过她家没，我说没有。其实我上过鼓浪屿好几次，当年舒婷举办首届“鼓浪屿诗会”，我们就住在岛上。二十世纪八十年代，江湖就传闻舒婷对登门拜访的不速之客不胜其烦，因为她家的地址赫然印在游客指南小册子上，经她无数次抗议，最后才删除。在文学最火爆的年月，一个活着的诗人住所变成无数人向往的景观，只有舒婷受此厚爱。

舒婷广被读者喜爱的例子我深有体会。十八年前参加一个诗会，过后她电话问起托会务组送给我的《舒婷诗选》我拿到没，她说与会者众多，只带了四本，亲自送怕被误会厚此薄彼。我方知写了我名字的诗集被“易手”了。诚然鲁迅早就借孔乙己之口说过“窃书不算偷”，在一个讲实惠的消费年代，竟然还有人“窃诗”？为此我在《南方周末》写了短文《作家的幸福》。

她家先生陈仲义早迎候在门前。进了院落，一棵十几丈高的大树赫然遮了半空，这可能是整个鹭岛上最高大的木棉树了，即使木棉为市花的广州，也很难得见到如此高大的巨树。由此我想起舒婷名篇《致橡树》里句子“我必须是你近旁的一株木棉，作为树的形象和你站在一起”。入了厅堂，一种质朴到骨子里的优雅迎面而来。这是一栋建于二十世纪三十年代的别墅，基本没怎么修葺过，却透出一种低调的奢华。正墙两面精致考究的镜面，还是八十年前“入伙”的纪念品，1949 年后罕有做工如此考究的镜子了，难得的是完美如昨，要是寻常人家，或许早就被孩子不小心打碎了。挂着的整个家族二十多口的大照片，也是“民国”时期的作品，陈仲义笑着说，看来中国造假由来已久，正中的老太太，当年照相时并不在场，儿孙们排成三行，簇拥着一个空位，照相馆师傅晒照片时，把另一张老太太的照片合成进去的。屋里的家具也是三十年代的，雕花镶嵌云石的桌椅，上好的木料，黄怒波用手摩挲背靠，我不好意思问他用的是什么材质。这并非文物收藏，而是一直使用至今的家什，那包浆独具一格，如同常年戴在身上的翠玉，散发着跟人的肌肤历久弥新相触的古朴光泽。

沿着书墙中的楼梯上到阔大的天台，不远处，灯火灿烂的日光岩异常醒目，我不由得说起舒婷的又一首诗《日光岩下的三角梅》，仲义说，你还记得这一首诗？舒婷接道：当年三角梅评上厦门市花，跟这首诗有些关系。舒婷妈妈为此很高兴，还收集了各种颜色的三角梅花瓣。而我觉得鼓浪屿、日光岩、舒婷，这些名字一个个都很好听。

去会所的路上，我心里未免感慨，说诗人是“贵族”，意思是说哪怕你写最底层的打工者，你诗歌的精神也是高贵的，而舒婷由里至外则是地地道道的“贵族”，包括她的背景、她的生活方式。从木棉到三角梅，让我想起唐人张继的名作，原来一直以为“对愁眠”的“江枫”和“渔火”出自诗人的想象，去了寒山寺，才知道此庙宇并非坐落在我遐想的深山大岭上，而是在枫桥镇里，尽管夜半漆黑，诗人仍能感受到江枫的存在。“纸上得来终觉浅，绝知此事要躬行”。一个人的写作。跟他的生活密切相关。

喝了茶，分吃了舒婷切的蛋糕，鼓浪屿上任不久的管委会主任曹放还给黄怒波赠了他的书法条幅，他也是个文化人。于是一行人乘电瓶车夜游鹭岛，当然首先奔林语堂旧居。大屋很破败了，杂居着不少人家。曹放说这些人也不是屋子的产权人，只不过一年年住下来了，按理说应该搬迁，把林先生的故居修旧如旧，鼓浪屿也多一个人文历史遗迹。但给出合理赔偿，住户也硬是不走，谁也没有办法。由是说起鼓浪屿那些大排档食肆，既不够雅观，也很污染海滩。本该清理，可业主声言要去市政府闹，整顿也就搁置了。其实他们也不是穷人，十几二十年开店，早赚了盆满钵满。看着美丽小岛的自然风光日渐消逝，人们唯有痛心疾首。

鼓浪屿不仅没有汽车，连自行车也不准通行。难怪舒婷先前吩咐我不要再叫人，电瓶车几个人刚好满员。边走，舒婷边讲解，让我们在这个淡蓝色的夏夜享受了最高规格的导游。舒婷说，美女代薇写过一篇文章——《远去的双桅船》，二十世纪八十年代，少女代薇跟自己的重庆闺蜜非常喜欢舒婷的诗，那女孩买了一本舒婷的《双桅船》，代薇非要先拿来看，可意想不到女孩嘉陵江上沉船遇难，再也读不到《双桅船》了。霎时，大家都颇感伤。我给代薇发了一条短信：舒婷生日，正夜游鼓浪屿，她说起你的文章。代薇回复说，代我祝舒婷生日快乐，致敬我们终将逝去的青春。我想，对于一个诗人来说，青春也是贵族，住在诗一般的纸上帝国里。

临别，陈仲义送给我们他的新作《现代诗：语言张力》，记得在好几次诗歌研讨会上，仲义每每说起陌生化，我都故意跟他斗嘴。作为“诗歌教练”，舒婷的诗似乎最不符合他主张的艺术审美要求，因为舒婷广被读者认知，恰恰不在于语言奇谲，而在于传递了人的普遍情感。被专家评说，获奖，被写进文学史，舒婷做到了，她的写作还抵达了许多当代诗人无法企及的高度与难度，那就是口口相传。只有活在人们嘴里的诗歌，才是最有生命力的诗歌。

冲冷水澡和请学生吃饭

我迄今依然记得第一次听谢冕先生关于“朦胧诗”的激情演讲，简直使人热血偾张。那时候“今天派”的北岛们正被诟病，幸有谢先生为“新诗潮”登高一呼。其时先生因有北大背景，一言九鼎，影响深远。所谓位置决定价值，如今矿泉水在便利店两元一瓶，在五星级酒店六十元一瓶，即是此理。

三十年河东三十年河西，只二十余年。2009年我编选“中国文库”的《朦胧诗选》，给先生发短信息告知，他十分欣慰。然则有网友留言说：想写点就写点的北岛，已从“旗手”回归凡人了。真是时过境迁，势也命也！

谢冕先生精神不竭，从生活细节可见一二。他久居京城，数十年如一日，坚持冲冷水澡，无论寒冬腊月、大雪纷飞，直到年逾七十，从不更易。某次“批评家周末沙龙”，他提到年轻时读外国小说，革命者为了磨炼意志，赤身睡在布满铁钉的木板上。这使我联想他大冬天冷水淋头是否也受此启迪。

可先生不是钢铁战士，他是个乐呵呵的师长，面相很温暖，很乐意扶植新人。我第一次登门拜访，是参加“青春诗会”路过北京，请他为我的一本诗集作序。在那个有文学、有诗歌、思想解放的二十世纪八十年代后期，谢冕先生不知不厌其烦地接待过多少像我这样贸然登门的“有为青年”！

谢先生的心态随和是出了名的，新诗版本学家刘福春最爱举一个例子：某次开会，谢冕一进屋就呵呵笑个不停，大家还以为他撞到了什么大喜事，闹了半天，才弄明白竟是他在路上搞丢了钱包！

谢先生说，他吃东西不肥不吃，不咸不吃，不甜不吃，完全反医学科学。可八十三岁，他还徒步登上泰山。而我迄今只上过泰山一次，乘缆车上去的，快步走下山，腿疼了一星期。

八十年代我曾跟谢冕、曲有源、英儿等诗人跑过几个地方，许多年之后在贵州，先生有点好奇地问我，当年他怎么就看不出别人之间感情的端倪，我说你关心的都是国家和文学的大事，不窥私人生活。近日读到温家宝总理追忆胡耀邦的文章，又一次唤醒了谢冕先生留给我的深刻记忆，胡耀邦逝世当日，我和他正好同在南宁，先生面色严峻，忧心忡忡，对我说，他必须马上回北京。

我曾在北大做过访问学者，谢冕是我的指导老师，体会最深的，是先生身上那种传承了“五四”精神的宽容学风，容许争论，容许学生跟他观点不一致。世纪之交还没流行手机短信息，我常跟先生学舌社会上流传的各种笑话，先生听得很高兴，说讲“段子”他成了学生了，我可以反串做他的“博导”。每次“批评家周末沙龙”结束，我们一干人都喜欢聚餐，而顿顿都是先生埋单。这很让人过意不去，先生解释说他喜欢热闹，所以不聚不散，可假如有谁付账，就会有闲言碎语，以为他提议饭局是想揩学生的油水。这个理由太严重了，由此谁也不敢造次抢埋单。我不好妄言谢冕是请过学生吃饭最多的大学老师，但谢先生每学期请学生无数次，却是我亲身经历的。

一个诗人与一本诗刊

创办于1947年，享誉日本和国际诗坛的诗刊《地球》，在走过漫漫六十余载之后，突然传来终刊消息。《地球》向我约稿并要我通知沈奇，给最后的这一期留点纪念性的文字。《地球》之所以选择在2009年春天凋谢，乃因为它的创办人和社长秋谷丰先生，于去年11月18日在日本的琦玉仙逝了。在他的追悼会上，汉学家佐佐木久春教授代读了我为这位享年八十六岁的著名诗人撰写的挽联：逝水无言，诗泣东瀛秋谷谢；环球有迹，樱飘富士白云飞。

这个世界有梦想的人很多，但为梦想身体力行的人太少。秋谷丰生于1922年，在他人生最执着于梦想的二十五岁创办了《地球》诗刊，这一办竟是六十一年。中国人先前的纪年方式是六十一甲子，周而复始。如今生命跨越六十岁的人不在少数，但坚持六十年做一件事情的人则相当罕见，并且秋谷丰先生终身就靠写诗谋生，是日本为数极少的几个职业诗人之一——“我的收入全部来自写诗和与诗歌有关的活动，所以我交税时填的职业也是诗人。”日本的诗刊全靠民间和个人之力支撑，一个除了诗歌没有别的经济来源的诗人锲而不舍的主办一本诗刊六十一年，这在全世界都是奇迹，因为这个地球上再没有比写诗挣钱更少的手艺人了（何况真正的写作还要耗尽心力），也再没有比办诗刊更无盈利可能的“职业”了。作为全球第二大经济实体的现代化富裕国家的国民，穷极一生奉献给最纯粹的最无商业价值的艺术，年复一年乐此不疲，这样的诗生活可谓高尚。给秋谷丰一枚银币做支点，他就能够撬动《地球》！

我第一次见到秋谷丰先生是本世纪初叶，承蒙他发来亲笔签名的邀请函，邀我参加《地球》主办的“东京·2000·世界诗人节”。被邀的中国诗人还有王小妮，诗评家有徐敬亚、程光炜、沈奇。《山花》的主编何锐也在受邀之列，他很犹豫，说平时跟日本作家没有联系，诗会结束后若再待几天到各地走走不知该找谁帮忙。我感念何锐是中国最有献身精神的期刊主编，他几乎凭一己动把边缘省份的一本文学杂志办得如此精彩，于是我便陡生“初生牛犊不畏虎”的豪气，在电话里答应会后带他同行。

曰“初生牛犊”，乃因为这之前我也从未去过日本，其实自己心里也没有底。我提请日方再多邀一位大连诗人麦城，他在日本有业务，经常往来，没有护照签证之虞。中国诗人都是汉学家佐佐木久春教授牵线，到了东京，方知来了三十五个国家的近四百位诗人。讲英语、法语、西班牙语、韩语等的诗人分别由日本研究不同语种诗歌的教授提供名单。我迄今不清楚其他国家的诗人是否也像中国诗人那样由《地球》提供在日费用，可就算别的诗人自付，一再举办这种大型国际诗会也费用不菲，由此可见秋谷丰先生的威望和号召力。我不懂日文，跟秋谷丰先生对话都是靠汉学家和留学生翻译，在我的印象里，他是个温和敦厚的长者，与会的诗人对他都很尊重。秋谷丰是日本现代抒情诗派的代表性诗人，当年他的长女出生才二十一天就在轰炸中死去。丧女的切肤之痛让秋谷丰先生更深刻地体验到战争给人类带来的不幸和劫难。故他的诗歌中有很多反战主题。罗洛编选、上海教育出版社 1998 年出版的《当代世界名诗》,收入他的《背包》,全诗通过士兵拟人化的背包说出了对战争的憎恶，他的另一首诗《漂流》也是同一主旨。他更多的诗篇取材于大自然，代表作品有诗集《遍历之信》《芦苇的履历》《攀登》《冬之音乐》《油灯的远近》《时代的黎明》《喜马拉雅的狐狸》等。他还是日本海文学大奖评选委员长和日本现代诗人会会长。同时他也以登山家的身份为世人所知，有很多关于山和旅行的著述。我读过其中由佐佐木久春翻译成中文的《井上靖和我》，记述了他 1955 年见到井上靖后两人的来往：“偶尔见到井上先生，我们之间很少谈诗，话题基本上是山或者丝绸之路”，“遇难的登山之友和旅行的近况成了我们的话题。

说实话，我是一直默默关注井上旅行中的一个。但是我的旅行总是落在井上先生的后面。珠穆朗玛峰井上早我半年，丝绸之路早我一年。喜马拉雅、塔克拉玛干、健太罗（Gandhara）、吉尔吉斯，这些井上走过的遥远的、人迹罕至的土地，我也都走了过来。尽管有些晚。”井上靖生前访问了中国二十七次，1972 年 3 月起秋谷丰走了相同的路线，我不知道他无数次云游了中国哪些地方，仅从他的文字，我相信他寻访过的中华文化远比我这个中国人要多得多。2002 在西安、2007 在香格里拉，我和好几位中国诗人就参加过他举办的第 8 届和第 10 届“亚洲诗人大会”，令人汗颜的是，即使在中国举办，我们的交通食宿费用也由秋谷丰先生筹措解决。我还应邀于 2005 年再赴日本参加《地球》诗社举办的“第十届亚洲环太平洋诗人大会”，而 2006 年到东京参加的“日本诗人俱乐部法人化纪念国际交流会——中国现代诗的状况”专题演讲会，尽管不是《地球》举办，秋谷丰先生也是与会者中举足轻重的人物。所谓“法人化”就是文化团体“公司化”，带有经营性质，日本文化省给予一定的经费资助，这有点像资本主义国家学社会主义体制。秋谷丰先生发言说：法人化，政府支持文学当然是件好事，但令人担心会丧失写作的独立性。老先生的话言犹在耳。

《地球》先后发表过多次我诗歌的日文译作，还译介过数十位中国诗人作品，其中不少诗作译自我历年主编的《中国新诗年鉴》，这是我和秋谷丰先生的缘分，也是中日文化、中日诗歌交流史中值得纪念的篇章。我曾送过秋谷丰先生一块巴掌大的石头，上面用刀刻有一首唐诗，是凸起的阳文汉字。先生则回送我一只陶制的大风铃，我多年来一直挂在阳台上，去年在一场台风中被吹落摔碎，岁末就惊悉先生过世，冥冥中似乎有种呼应。若是在中国，先生的讣告会写成八十七岁，因为他已经走进生命的第八十七个年头，算是很高寿了。这位八十五岁高龄还到香格里拉看梅里雪山的老人，如今乘鹤远去，我听见蓝天白云之上，响动着他诗歌清脆的风铃。

我无法伸过手去同你相握

1989年10月23日，冰峻静坐在叫作汕头的那座临海城市的窗前，写下题为《怀念》的诗时，他看上去显得很健康，“癌”这个可怖的字眼只是身体外面遥远的黑洞。但直觉中他似乎已经感到了迫近的死亡的威胁。深不可测的黑夜正无以抗拒地压来，一点一点地笼罩住他的生命，逼使他从生存的尘世撤离。“我现在惟一能做到的 / 只是一个动作 / 背过身去 / 深深怀念自己。”他急切地写下这些句子，以笔这尖利的武器同死亡抗争，他明白他的写作就是蘸自己的心血，“作一幅远景 / 挂在最黯淡的地方 / 照亮以后的日子”。他一笔一画地力图在人类精神的最后领地铭刻下他超越肉体的永恒存在。而1993年8月的此刻，在中国最喧嚣最世俗化的另一座都市广州，我再度将我疲惫羸弱的灵魂囚禁于冰峻的诗里。“一切都在语言 / 所能触及之外”。这是他用枯瘦冷硬的语言筑成的“壳”，他一人的清凉世界。我整个儿变成了一只耳朵，仔细谛听他的背影歌唱。数月前骤然离诗而去的他瞬间复活了，他的脸孔重新呈现在一个个词的背面，我感觉到了他的体温，他飘动在字里行间的灼人的生命光焰。但，冰峻，“我无法伸过手去 / 同你相握 / 空间阻隔重重 / 我心力交瘁 / 正被一步一步 / 逼上悬崖”。

除了冰峻的诗，我对他几乎一无所知。大约是1990年，我当时尚在南方另一个省的刊物编诗，从来稿中选发了他寄自汕头——一个我只有很模糊的间接概念的地名——的作品。之后他便跟我通了几封信，给我寄他打印的小册子，这样我才知道在更南方的经济特区，有几位土生土长的志同道合的现代诗探索者。1991年1月8日，他寄给我一本安徽文艺出版社刚出的《一行诗人作品选》，这本集子选有他的诗，这之前他的诗还入选过唐晓渡和王家新编选的《实验诗选》。在中国当今多元纷呈的诗坛，评判优秀的诗与诗人有着相去甚远乃至截然相反的标准，而就我的审美观念而言，这两种“为诗而诗”的选本在艺术上是相当严肃认真的。彼此更有了认同感。再后来我调到《作品》编辑部，自然与他有了较多的笔墨交往，还拜读了他新出的诗集《红雪》，他的诗讲究叙述的不间断性，跳跃度极小，结构上似应归属“传统”模式，但他叙述的语调却非常“现代”，这两者如何统一，我至今仍很迷惑。

1992年间他与妻子来广州，双双到杂志社找我，这是我最初一次却万万想不到竟是最后一次与他一晤。人与人之间有许许多多东西讲不清楚，有的人朝夕与共，仍觉得有隔膜，而有的人从未有过谋面，便感到彼此已是朋友。我原来将他想象为那种进行嚣张语言实验将诗变成自己“身体语言”和“行为语言”的人物，见了面方知他为人非常敦厚谦和。他约我找个时间去汕头，他陪我到处走走。而将来的某一天我一人走过这座有鸟飞过的城市，听“香暖的 / 七时暮钟 / 敲响”，“我注视着失去花朵和鸽子的窗口 / 一种透明而坚硬的精神 / 涌自很多说不清的地方”。内心的某种欠缺，那种注定了的失落和孤独，使我害怕着这个日子的到来。

在我们所处的这个商品的世界和务实的年代，金元坚挺与艺术疲弱的反差日益加大，文人内心的敬业精神正大面积溃塌，媚俗和投机大行其道。冰峻在特区的总商会工作，本是商海一舟，心知肚明“当诗人是一生潦倒的”。“无论怎样祝愿 / 落日终是归去”，却十年如一日至死不悔坚持无任何功利价值（甚至在既成事实的诗歌秩序面前也不讨好）的“纯诗”写作，“你就这样构思诗 / 你就这样为寻找诗而醉生梦死 / 变得一无所有 / 诗人你却说你一生的财富就是幻想”。这种对艺术的由衷挚爱，怎不令人肃然起敬。内地也不乏执着于诗的赤子，他们无疑也代表了一种良知，但恐怕他们别无选择，抛弃了诗更是一无所有。而冰峻弃诸种实惠独钟情缪斯，方显其小人物的大人格，几十年来批评界视“为艺术而艺术”作贬义，而我以为物欲横流中敢于“为艺术而艺术”的知识分子，至少表明其精神的高尚。“人类尊严的最美妙的时刻仍然是我在伯罗奔尼撒山上所见到的情景，它不是一座雕像，不是一面旗帜，而是三个希腊

字母 oxi，意思是‘不’！”（出自奥林埃那·法拉奇）

冰峻走了，遗留的只有一卷诗歌。“我们坐在小屋里 / 看一只小鸟从枝头飞去 / 许多要说的话 / 都无从说起。”冰峻，你“留下一个永久的背影 / 生灵的足迹被它覆盖 / 被它照亮”。

佐佐木久春教授

东京天黑得很早，当地时间傍晚才 5 点，车窗外已经漆黑，挤逼的幢幢高楼大厦如火树银花，盛开在大片大片的灯光里，使城市的明亮部分，像浮世绘描画的日本古仕女，妖娆而丰满。大巴走得很慢，下班时间无论高架路还是高速公路上，都排起汽车的长龙，我们从成田机场“到着”品川皇子饭店，走了三个小时，我跟赵野、王光明议论日语“到着”比现代汉语“到达”更有古汉字的韵味，它既有停泊着地的意思，还让人感到清晨 6 点各自从广州北京出门到现在，终于有了着落。一行人踩着 7 点 42 分的钟摆进入辉煌的酒店大堂。

跟着指示牌，直奔新馆 24 楼“亚洲环太平洋诗人会议”报到处，一字儿排开的长桌，坐着十多个工作人员，他们前面是中英韩日等不同文字的签到指引。一出电梯口，我就看见了在桌前走动的佐佐木久春教授，急忙上去寒暄。

一晃又是三年没见面了，教授还是老样子，快七十的人了，依然没有变老，依然显得温和亲切、厚道而书卷气。我先向他介绍跟他没见过面的赵野，在他俩握手之际，我说我跟赵野认识都二十年了，那时他还在四川大学念书，“第三代诗人”这个诗学概念最早就是赵野编的诗报提出的。一旁的王光明当年跟佐佐木先生在武夷山诗会见过，自然就搭上了话。另一个担任这次活动翻译的河北大学日语系副主任太阳舜，跟先生就比我更熟了，他在日本读博士时就是教授的学生，两人亲热得几乎要拍肩搭背。我们告诉教授沈奇可能要晚上 10 点多才到，他下午从西安起飞。

几个人很快就办好报到手续，教授说诗歌朗诵会 6 点就开始了，叫我们先参加。大家把行李就胡乱堆在报到的过道里，我从包里拿出几十本装订得非常精致的小册子，那是我七首短诗的日语翻译和一首长诗英文翻译，深圳诗人桥的公司用两天时间帮忙赶制的，我递给佐佐木让他帮派发，他问我谁给翻译的，我说日文是竹内新，他说他知道这个诗人。他还说他翻译王光明明天下午宣读的介绍中国诗歌状况的千字发言用了六小时，王光明使用的语言太学术化了，要找出对应的日文词汇还要把那种味道表达出来有难度。“他太不口语，搞得我很辛苦。”教授开玩笑道，也可见佐佐木先生做事的认真。

推门进到会场，赶紧找地方落座。台上一个女子吹横笛表演刚结束，有好几个诗人先后上来打招呼，太阳舜在旁边翻译说他们提起跟我见过好几次了。我模模糊糊有些印象，却分不清谁是谁。就好比一个法国诗人或者一个葡萄牙诗人来广州参加过多次诗会，却不懂中文，中国诗人也许都知道他了，他却几乎永远只认识懂自己母语的邀请者，和主办方负责人。其中一个脸很熟的韩国诗人跟我拿了两本中英文的《杨克短诗选》，留下一张名片：徐芝月。我记起来，家里有这个起了一个女性名字的男诗人好几张名片了。

这次诗会由日本当代诗创作集团《地球》社主办，日本现代诗人会、日本诗人俱乐部协办，“期待长期以来致力于当代诗的创作和研究、为加强人与诗之间的交流及友谊贡献力量的世界各国诗人参加”，佐佐木久春就是这次赴会的中国诗人的联系人，他是汉语诗歌在日本的嘴巴和拐杖。其实西方每个国家现代汉诗的研究者就那么几个人，日本还有是永骏、岩佐昌彰等人。佐佐木教授是个热心人，乐意承担事务性的工作，日本签证很麻烦，他一再打电话发函联系中国诗人，办理各种担保手续，很多中国诗人赴日都是他邀请的。光我就跟王小妮、徐敬亚、沈奇、程光炜等人曾来参加过“东京·2000·世界诗人节”，2002 年还跟于坚、伊沙、吴思敬、唐欣、中岛等参加了“第八届亚洲诗人节”。佐佐木久春为此不仅搭上了许多时间与精力，还耗费了钱财。因为外国诗歌活动少有政府资助，都是诗歌团体筹措，他们虽然每次都包了与会中国诗人食住等大的费用，但会议总有些远足之类额外的开支，要诗人稍稍交点钱的。这回又是中国诗人比别国诗人要少交，过后两天一打听，才知是佐佐木先生替大伙付了，这很让人过意不去，因为摊在每个人头上也就人民币几百元，可归给他一人就是一笔数了。

先生事无巨细替人想的周全，但跟他熟悉的中国诗人都知道他的一"怪"，就是不知道是因为日本太忙，先生都退休了只是"名誉教授"却还在上课，还是他个人习性使然，平时无论你给他寄书还是写信，全部渺无音讯，直到你以为先生早把你忘了，他突然一联系就是有活动给你发邀请了，至今我都不甚明白最初佐佐木先生是怎么跟我有交往的。他为当代汉语诗歌和中国文化的传播作了许多事情，却不图任何回报，连个荣誉的也没有，外国偶有政府给别国翻译家授个勋章什么的，可全世界的汉学家好像没有人有过此殊荣。佐佐木为中国文学奔波大半生，乐此不疲，或许因为他曾在中国大学教书的情结，或许因为我们都热爱诗歌。用东京大学博士毕业留校教书的批评家林少阳的话作评价：在日本，佐佐木应该算得上一个"顽固"的"亲中派"了。

正襟危坐听朗诵，我给头一次参加国外诗会的赵野打预防针：就这么回事，各自用母语念，只能大概听个声音和节奏，等于来旅游。这时坐后边的友人打招呼，我一看是佐佐木先生的夫人，以及他的儿媳妇、台湾女孩林均蔚，急忙一一为中国同行介绍。我扫了会场一眼，问小林来了哪些国家和地区的诗人，她说有印度、韩国、斯里兰卡泰米尔、美国、蒙古等国的，中国除了你们，台湾也有人来。我问哪一个"牛"一些？小林朝后几排一个高大的黑人诗人努努嘴：听说他不错，他是刚果的，得过美国和英国的诗歌奖。我掉头告诉旁边的赵野，详细打听也没用，我们上次世界诗人节来了四十多个国家诗人，据说有个法国诗人诺贝尔文学奖都进到最后几名了，我问佐佐木先生他的情况，也回复说不清楚，因为那是另一个懂法语的日本教授邀请来的。只有一个西班牙诗人给我留下很深的印象，不是他诗歌的内容，而是他头上绑块红布，朗诵诗时口哨吹出深林中的鸟鸣。赵野说年轻人太少了。我说去年浩波跟尹丽川被柯雷请去荷兰，据说朗诵还火爆，但小尹怕他过度期待，说了早前几个在北欧，有次朗诵才有四个听众。有年轻人又能怎样呢？ 2000 年有个法国女孩挺漂亮，可中国来的诗人没有一个会说法语呀。

轮到中国诗人上场了，我们的出场倒是挺隆重的，佐佐木把我们全部领上台，一一作介绍。

然后朗诵，我先背诵了《夏时制》，下来后，赵野上去读《母语》。王光明跟我说读得不错，他是全场少数几个能听懂汉语的之一了。佐佐木顺子夫人指着我英文诗集中的《夏时制》，那意思是问是这首吗，我点点头，她也不会中文。

又过了半小时，朗诵会结束，我们终于能把行李放到各自的房间。佐佐木先生的儿子，也是大学老师的佐佐木太良也赶来了，会议晚餐我们没赶上，他们全家请中国诗人上街吃饭。

澳大利亚汉学家 Simon Patton（西敏）曾问过我对日本的印象，我说澳洲是大象的时间，日本是蚂蚁的时间。在这世界上，除了东京，恐怕再没有比中国城市人数更多的了，而且每个人都那么匆忙。品川又是闹市区，我们在人流中穿行，找了一家又一家饭店，都是满座。最后好不容易才在一家小店坐下来。佐佐木说不好意思，环境太小旧了。几个中国诗人都抢着说很好，这样的才有日本传统特色。点了许多菜，又是清酒又是啤酒，我们也有些饿了，嘴不停忙乎了两个多小时。

出得门来，他们一家想带我们再找一饭店，平常日本人下班，同事都是连吃几家才归去的。仍是人满为患。最后到了酒店，他们执意领我们到顶层的酒吧再喝，却被门口的侍者拦住了，说等半小时才有位。跑了一整天，大家都有些倦了，连声说罢了，都过了 12 点，不如回去洗澡休息。佐佐木说你们明天可以睡懒觉，上午的活动是纪念一位韩国诗人百年诞辰，韩国大使馆赞助的，中国团可去可不去。日本人都是很严谨的，我们发觉佐佐木性格不像他的同胞，率性而潇洒，太可爱了。

次日午时，我从酒店的会场到房间来回跑了好几趟，几个当地蹭会的学者找我要《杨克卷》和《中国新诗年鉴》。这时沈奇拿来一本日文书，我才知道上面有佐佐木先生翻译的我的诗，书是 2003 年出的，我想这老头真是的，换上别人做了这等好事，早就给作者通报表功了。日本有几个人都译过拙作，我后来问林少阳，请他比较相同的诗谁译得好些，少阳看了说还是佐佐木，他的翻译极具日语的语感，也传达出了原作词语的张力。这时佐佐木来跟王光明对稿，用笔勾上标示，以便王光明知道念到什么地方先停下，让他读日文后再念。

先生原来这次打算邀请我跟沈奇这两个老朋友到秋田玩的，他在秋田大学任教，家里有私人游艇，说哪儿风景很美。可我原先不知道秋田离东京有五百里，会后只预留了三天，买的是不能更改的往返机票，而先生还有两天有课，若去等于在路上就耗掉了。他很遗憾地说只能下次了，反正现在天有些冷，没有秋天好看。我说下回专程来玩吧，不要参加诗会了。

批评家们演讲毕，又是朗诵，一个美国诗人布衫素裤，盘腿弹琴唱诗，像古代的行吟诗人。一个日本女诗人拿着宣纸的手卷，边展开边吟诵。我想下次再出国要向她学习，只有这样朗读才有东方诗歌的韵味。

正式晚宴煞是热闹。大家端着酒杯和碗碟游走寒暄，那个高大的黑人诗人给了我一张名片，两个大大的红色汉字占了半页：诗人；还有两个黑色的小了许多的汉字：作家。更小的是英文姓名，很奇怪他的地址是卢森堡，想必也是客居海外。他说他很希望有日能被邀请访问中国。日本诗人饭岛正治走来说它想译我一些诗，但愿我同意。这怎么会不同意呢?

老朋友林少阳下午担任《读书》主编汪晖讲座的讲评人，约好晚上8点邀请我们一行和佐佐木全家到涉谷继续吃喝，那是东京最时尚的地段，离东大分校部很近，大家又是狂欢到午夜才罢休。

日本的诗会很程式化，安排跟2000年相似，随后的一天是野外朗诵会，由拥挤混浊走向空旷清新。从东京乘会议大巴经“首都高速”到埼玉县，在一个很大的音乐喷泉前，东京创作舞蹈团的女孩给我们表演现代舞《沙漠的僵尸》，接着参观埼玉近代美术馆。饭后，所有诗人来到名叫“别所沼”的湖畔，那里有一间木屋，是日本早逝的天才诗人立原道造曾经生活过的地方，在二十世纪三十年代，这个只活了二十四岁零八个月就病逝的早慧的才子，来到这个芦苇茂盛的寂静的湖边，打算建一座屋子。立原道造毕业于东京大学建筑系，他画的许多草图对后来日本的建筑学家影响很大，他的诗音乐性极强，向人们展示了口语自由诗的可能性。这间木屋就是二十年前按照立原道造当年的构思兴建的。诗人们一个接一个朗诵，有的只是母语，有的伴有翻译，没有高潮，也没有低谷。轮到我了，我选的诗是《在东莞遇到一小块稻田》，请哈尔滨姑娘王婷婷在我读原诗后替我念日译，我先前来东京时她还是佐佐木教授带的硕士生，现在已毕业了。可能是她朗诵好，也可能是她读之前按我的交代做的写作背景说明起作用，她阐释道：位于珠江三角洲的东莞原先遍布稻田和蔗林，现在是中国经济最发达的地区，是世界的工厂。我们下来后，竟先后有几个日本诗人过来表扬，有的说写得很好，有的说中国现在变化很大，他对这种变化很有兴趣，而我的诗传达了中国人生存境遇的变异和生活文化背景的转换。王光明说你在这里找到“知音”了，你的诗应该是反现代性的呵，被误读了。我说我只是客观呈现，谈不上反对或赞美。又开玩笑道，像沈奇念什么远山啊灵魂啊谁欣赏嘛，哪个国家诗人不会这样写呀，还不如只念第二首《12 点》，很有现代感。这时拍朗诵会摄像的叫人过来找我要诗的日文译作，说要播出。旁边的王婷婷和林均蔚都说你赶快给呀，这可是 NHK，日本的国家电视台，就像中国的中央台。

朗诵还在继续，会议的组织者对中国诗人似乎特别照顾，铃木丰志夫把我们几个叫上，带到几百米外的咖啡屋，给我们买了咖啡，他自己滴水不沾又赶回去，要我们在这喝到散场。

很多年前，我给台湾尔雅版《诗是什么——二十世纪中国诗人如是说》中写过：“诗人不可能言说一切，他在自己生存的特定空间里写作。”而此刻我内心更加明晰，无论小说诗歌，唯有“根性”的写作，才可能跟世界对话。

回到酒店，沈奇给我们送来佐佐木先生临走时托他转给大家的礼物，每人一卷手绘在“禅纸”上的日本民俗画，令人爱不释手。

2005 年 11 月 21 日清晨，我一个人来到上野公园，想参观里边的几家大美术馆，这里满耳都是乌鸦的聒噪，一棵古树上站立着几十只。我记起这是八十年前鲁迅听过的鸦声，他写下了《藤野先生》。我想我也应该给佐佐木久春教授写点文字。在这个世界上，有这么多的隔阂、纷争，而诗歌，是我们共同的语言。

2005 年 11 月 28 日写于广州

不怕雨不怕风

佐佐木久春是个充满童趣的人。是个活在尘世间的诗人。诗人般地做着现实中的事情。他有点怕老婆，做得一手好菜，这在日本男人当中太少了。

我不久前托人问候他，他回邮件说："我不怕雨，不怕雪，不怕风，每天走五公里，身体棒着呢！这样走五年就走到中国了！"这是他即兴改的日本著名作家宫泽贤治的诗，这首诗在宫泽死后才被发现，写在一本黑色笔记本上，在日本非常有名，影响深远，"不怕雨不怕风"是开头名句。

佐佐木最大的特点就是酷爱中国，他二十世纪八十年代之后从教授日本文学改行研究中国朦胧诗，从此爱屋及乌，喜欢上中国的一切，在他眼里中国几乎没有缺点。

当时他在黑龙江大学日语系任客座教授半年，日本人是不吃狗肉的，可东北的朝鲜狗肉馆子很火爆，他入乡随俗，便跟着同事、学生大啖，满口生香。可有一天，他突然一口不尝了，只因那次他恰巧走过狗肉店，看见门前的树上吊着一条死狗，那死不瞑目的眼神盯着他惊恐的眼瞳。

有次在北大，谢冕教授跟他聊起曾去过熊本，谢先生居京城五十年了，可说话仍带南方口音，老佐耳朵有点背，听成谢先生曾去过日本小便，这两个词在日语里发音近似，最后才闹明白，捧腹，笑成俩老小孩。

佐佐木就读于日本著名的东北大学，硕士毕业留校任教，后来到秋田大学。当了多年教授，退休后，重回母校读了个博士学位。论文是研究日本叫作"能"的戏剧，一种国粹，类似中国京剧的东西。可谓活到老学到老的表率。

说起在中国供职那段时间，他感到最尴尬的是领工资，日本的薪水是装在信封里的，那年月中国大学教师工资才几十元，可佐佐木有一千五，令旁人艳羡。彼时人民币还没有百元大钞，最大面额十元，很多还是饭堂、菜市收回来的，每次在财务室当众数那些残旧油腻的钱，很不习惯。

我在日本也领过钱，日本诗人俱乐部曾安排我演讲，给了二十万日元，据说是外国作家在日讲座的最高报酬了。当然他们是信封装着的，但有好些政府准予免税的单子要一一填写，也挺繁琐。这次听众一百三十来人，其中有近八十个教授，他们跟佐佐木久春一样，不少人都出过诗集。这有点让我感叹，因为如今中国的教授大多光评不练。在答问环节，我才了解到日本历史上从没有兴过文字狱，中国古代文化影响日本上千年，这非常难得。作家陈希我说过，日本学习中国，但没学太监、缠足、鸦片。

佐佐木是把书本当作生活，把生活当作书本的人。我应邀第三次访日时，他安排我到他生活的秋田游玩。当我们乘电梯爬上高高灯塔时，他说，这是序章；我们眺望城市全景，他说，这是概论……

候鸟人——诗意生活方式的选择

冬天在西双版纳猫冬，夏天在香格里拉避暑，春秋回上海以及周边的江南水乡逍遥。这就是默默现在年复一年的好日子。很多中国诗人熟悉荷尔德林的名言：诗意地栖居在这大地上。但真正能如此幸福的又有几个呢？

默默能选择这样的生活方式当然不是因为写诗，尽管他十五岁就在诗坛“冒头”，二十世纪八十年代，诗人不乏少年得志者。二十二岁时，他和京不特发起了“撒娇”诗派，那时他叫“锈容”，还没有“默默”。所谓“撒娇”，也就是一种柔软的反抗。这倒也吻合中国诗歌“温仁敦厚”的传统。古典诗歌很少有绝对否定的作品，多为“哀怨”的讽喻。在当代，这种命名似乎也只可能出现在喝咖啡的上海。很难想象，一个吃大葱的东北爷们会起这种名字。

默默“撒娇”给自个儿带来了麻烦，问题出在他写牙膏厂工人的诗，说工人像牙膏被挤压。要是在今天，那组“打工”诗歌非但不出格，说不定还可以拿大奖，谁叫你在大伙儿都穿绿军裤的年代偏偏要穿有破洞的牛仔裤？最后还是出来了，只是丢了“工人阶级”的铁饭碗。

诗人大多也就能耍嘴皮，动手干活可不灵，可天上要给他掉馅饼咱也没办法，二十世纪九十年代上海起飞，动动嘴写写字成了“策划”人，默默因此捡了便宜，帮有资本的老板谋划了几个楼盘。记得有次我去上海，他领我参观，有板有眼地介绍。其实直到本世纪前两年，上海郊外的房子每平方米才两千多元，且还可以按揭，只交两成首付。他自个儿购买了多套，至少跟我说过十次要我去买，说马上地铁一通，就算蛮中心的了。后来价格真的翻了数倍，我却没有发财的命。

默默没有忘记诗歌，他在上海自家楼下的一套房设了“撒娇诗院”，大约九年前，在那儿开过一场我的个人朗诵会，平生唯一一次穿长衫，就是默默整来的。他还别出心裁地要授予我“上海荣誉诗人”称号。谁知朗诵会开场后定制的旌旗送来了，写成了“上海荣誉市民”，这个默默就没有资格授了。后来他又整蛊十个诗人一道出资去云南香格里拉开了一家“撒娇”客栈，据说后来亏大了。我去那里住过几天，他也一再邀请再去。我自叹是水牛，很难在牦牛出没的地方呼吸自如。

默默也写过长篇小说，最令人惊奇的是近年鼓捣摄影。他的摄影抽象、观念、流动、破碎，自成一格，中国其他诗人的摄影似乎无人能出其右。我只能用“灿烂”来形容。海波说，默默“对我们的眼睛发动了一场战争”。更别出心裁的是，他还为每幅作品都自创了一句诗作为标题，几年前曾赠送我一幅“静得空气里全是你”。我的诗集《石榴的火焰》就用他的摄影作品来做封面。

默默特别中意波德莱尔推崇的爱伦坡的幸福观——在自然中生活；一场爱情；放弃一切野心；接近美或创造美。这四条起码有三条他接近了，是否有“一场爱情”的邂逅，我就不得而知了。

因为“魔”的缘故

洛夫先生有首诗叫《因为风的缘故》，据说是要过生日，“被命令”写给太太的。当他抓耳挠腮冥思苦想之际，一阵风吹灭了蜡烛，顿时将灵感吹到了纸面上。古今中外打动人的情诗大多是恋爱的衍生物，或者陆游唐婉那样婚后被生生拆散的慨叹。婚姻生活的磕磕碰碰难免磕掉诗意，洛夫也说，“要知道给自己身边的人写诗是很难写出好诗的”，故而说这首诗是诗歌史中的异数当不为过。可我又觉得洛夫先生写出这诗再自然不过了，从跟他第一次见面至今，这么多年来，每次她夫人都陪伴在侧。首届鼓浪屿诗会上，洛夫也是妻荣夫贵，被作为厦门的女婿介绍给朗诵会的听众。执子之手，与子偕老，且恩爱如初，单凭这一点，台湾的洛夫与大陆的王蒙可为天下文人的楷模。

我办公室的墙上一直挂着洛夫先生写给我的条幅：“长剑一杯酒，高楼万里心”。落款书于台北望雪楼。这是二十世纪九十年代从台湾邮寄到广州的。洛夫有一首名作《湖南大雪》，可见诗人日夜萦怀，对他的故乡湖南望眼欲穿。先生研习书法数十年，行草灵动洒脱，曾劝过我练毛笔字，所谓“文人字”，主要靠诗文的名气。说来汗颜，如今他在世界各地已举办了十余次书法个展，我尚未起步。今年 5 月我将再次访台，但见不到先生了，他移民温哥华已十五年，加拿大外交部曾将他的书法作品作为礼品赠送中国外交部，也算是某种“回归祖国”吧？

虽非授业弟子亦非门生，洛夫却的确是我的恩师。早年，我曾在海峡对岸获过一个诗歌奖第一名，评委是洛夫、罗门等，为避免互相影响，他们采用通信方式投票，作者是匿名的。其实只有洛夫一人投了我那组诗头名，只是其他评委也都给了名次，故总分第一。获奖后，我给他去信，他才知道我是大陆的。那年月大学毕业生工资才涨到百来元，奖金对我来说也算一笔不菲的收入，我用来买了一部相机。洛夫曾任台湾《创世纪》诗刊总编辑数十年，因为他发稿严苛，始终保持了刊物的艺术品质。该刊八十年代在彼岸最早介绍“朦胧诗”，记不清1990年还是1991年，刊物又推出大陆“第三代”两个小辑，海子打头，我也忝列其间。我先后在《创世纪》发表过几十首诗，他们创刊四十年时给过我“优选奖”，不过证书上署名的是社长痖弦。

从早期的长诗《石室之死亡》到晚年的长诗《漂木》，洛夫无疑是他那代人中最有才华的诗人之一，他超现实的怪异和诡谲，使得他被称为“诗魔”。他的短诗尽管也很优异。但在大众那儿，毕竟没有余光中的《乡愁》和郑愁予的《错误》流行，我想洛夫不会为此遗憾，他本来就不在乎人间烟火。

在海峡的另一边

在九月渐稠的秋声中到达台北，于机场附近吃罢自助午餐，我们一行随即就去孔庙、保安宫参观。秋阳暖暖的，亮得刺眼，台北的街头行人不多，显得很祥和。我十一年前曾来过台湾，参加诗歌研讨会，可眼前的这一切依然很新鲜，过往的记忆已了无痕迹。台湾给我的第一印象亲切而熟悉，人文风物跟广州很相近，绵延相连的骑楼，道旁的大榕树和凤凰木婆娑叠翠，沿街的小店铺一间挨着一间，人们的着装随意多姿，炎热的天气和潮湿的气息更令我如同置身羊城。而今，“流水它带走光阴的故事改变了我们”，广州这二十年来新建了一幢幢现代后现代风格的高楼，城市风貌勃发而气势如虹，可惜却渐渐丧失了台北留存的那种旧有建筑文化的醇厚韵味。

这次“两岸文化论坛”是1949年以来最高层级的文化交流。应台湾财团法人沈春池文教基金会邀请，文化部部长蔡武以“中华文化联谊会”名誉会长身份率团前来，此时，蔡部长领十多位行政领导去了胡适故居。来台参观的三十来位专家则由中国作家协会书记处书记、《人民文学》主编李敬泽和中国美术馆馆长范迪安带领，参观人员有博物馆的馆长、艺术品拍卖公司的董事长、剧院院长、大学教授、表演艺术家、作家和画家，似乎没有两个人专业是相同的，彼此也不太熟悉。过往的人并不怎么特别关注我们，因为一群人跟寻常大陆游客看上去没什么分别，三三两两饶有兴趣地照相，听讲解。所不同的是担任导游的是台北市文献委员会委员庄永明，还来了一些记者，询问怎么没看到蔡武会长。我没想到的是，其后“台湾中央社”发布的消息，竟也提及我在参访团中。

游览的过程自由而松散，保安宫是很典型的传统闽南建筑，民间色彩浓郁，琉璃瓦顶，飞檐斗拱，雕塑别具一格。入乡随俗，我跟几个团员也焚了三炷香，祈求身体康健阖家平安。我一直没有弄明白非佛非道的大殿供奉的是哪一路神仙，请教批评家李敬泽，他说好像是闽南一带膜拜的神灵。后来我方查实，它的主神“保生大帝”是宋代福建同安县白礁乡一名救人济世的神医。孔庙在其东侧，跟保生宫相距百余米，格局不算大，一草一叶其情殷殷，一砖一瓦古风仆仆，回廊亭榭与大陆各地的孔庙相仿，然而那种发自内心的尊孔让人崇敬：数十年间，这里每年 9 月 28 日，都由台北市长主持祭孔大典，门外的巨幅照片，就是去年小学生们穿汉服在释奠典礼上的表演。

随即住进酒店，诗人颜艾琳来访，在大堂相见。我主编的《中国新诗年鉴》是一本由民间编选并连续出版了十一年的年度选本。早在 1999 年就将台港诗人单列为一卷，选了她的诗，这些年来我已先后编选台湾诗人八十七人（次），诗作一百多首。除了洛夫、余光中等老一代诗人外，《2006 中国新诗年鉴》单列了“台湾中生代”诗人小辑，是通过电子邮件请《台湾诗学季刊》主编白灵先生代为组稿的，《2008 中国新诗年鉴》头条推出“台湾新生代诗人”，则是找“台湾中央研究院”杨小滨代为组稿。但除了向明、管管、张默、简政珍等来往大陆较多的中老年诗人外，许多诗人我从未谋面。我久闻颜艾琳其名，她的诗隐含大胆辛辣的现代女性意识，说起来彼此还有“同门之谊”，当年台湾《创世纪》诗刊创刊四十周年，我跟她都获“优选奖”。她和夏宇都是我最推崇的台湾女诗人。前不久她也在新浪网开了博客，我们相互发“纸条”才联络上的。颜艾琳跟我想象中的样子很一致，性格柔美中带着豪气，她说起她刚完成的一次“壮举”，自编自演半真实半虚构的舞台剧《无色之色》。大陆写半自传体小说的女作家这些年大有人在，但出演自己作品由角色的尚未听闻，在台湾她或许也是头一个。这部戏从头至尾以个人独白或旁白贯穿，属小剧场实验性演出，她说登台的瞬间头脑一片空白，吓得差点要窒息了。颜艾琳来也匆匆去也匆匆，约定过几日我重返台北她再约一些诗人相见，因为晚宴是“文建会”请大陆访问团，要着正装，需留点时间给我回房间换西装扎领带。

宴会气氛热烈融洽，蔡武部长和盛治仁主委致辞，表达了加强两岸文化交流的愿景。我记得蔡武部长还说及了他在飞机上第一次看到宝岛的激动心情。我那一桌有“文建会”处长和几个台北文化局的女性幕僚，气氛十分热络,其中一位女科长快人快语,喝酒可用“豪情万丈”来形容，堪比大陆北方的少数民族女子。这着实让同桌的文化遗产研究院副院长侯卫东等我们几个大陆男子汉黯然失色。类似的宴请后来不少，在海基会的午宴上，我还请董事长江丙坤和大陆文化部部长蔡武在我的饭桌名牌上签名，作为本次台湾之行的纪念。

饭后白灵先生到来，他本想带我们逛诚品书店，我问了几个同行，他们都觉今早 6 点从北京出的门，现在太累了，于是我俩留在屋内聊天。说起他一次次到大陆游历以及当年他跟管管等诗人陪我夜游台北的情景，细节一一浮现，愉快而亲切。这第一日台北行，也是其后一周台湾文化之旅的基本模式。

翌日，一早参观剥皮寮，这地名怪怪的，颇像杀猪宰牛之地，据说是清代海运杉木在此剥掉树皮而得名。因为附近是老松国小，数十年间不准改建，意外为台北保留了一条历经清代样貌完整的老街区。台北市政府用了十一年完成土地征收，再花四亿台币维护，前后二十年，米铺、茶馆、表店、私塾、浴室、理发店、旅馆一一再现，终于为市民留存了最珍贵的历史记忆。台北的街道几乎全部都是用大陆各个城市来命名，剥皮寮比邻广州街，我在街边照了一张留影。由此联想我生活的广州市，最富特色的西关老城差不多被房地产开发商折腾光了，二十世纪九十年代我们还常去中山 4 路的“妙奇香”酒家，鲁迅日记里提到在此吃饭，毛泽东当年主办农民运动讲习所，这是他跟柳亚子首次品茶吟诗会面之处,几十年后还写下“饮茶粤海未难忘”诗句记之,却也痕迹荡然。可不远处的“五月花”广场，却赫然展示香港歌星杨千嬅、古巨基手模，令人啼笑皆非。难怪年轻人要拍一部本土文化纪录片《正在消失的羊城》，在网络上广为流传，颇有人气。

民俗生活场景里，给我留下较深印象的还有台中市的逢甲夜市，这儿人流熙熙攘攘，布满小吃摊档和卖各类服装箱包杂货的门面。大陆南方城市几乎都有似曾相识的街区，我也曾带外国朋友到广州上下九老街吃牛杂，但跟部长和副市长在闹市里满口生香大啖章鱼烧、大肠面线、铁板牛肉和鲜榨果汁，相信这是不少访问团成员难得的人生经历。台中市长胡志强得知蔡会长很乐意体验台湾的庶民文化，临时取消晚宴而特别改为这个活色生香的“节目”。

有趣又大有文化传承意味的地方要数南投县的台湾工艺研究发展中心，我们在此参观了半天，颇有心得。比如玩具展示，不仅有我们孩童时期玩过、如今市场上已见不到的东西，还有不同年代孩子们动手自制的各种玩意，这让如今已习惯买玩具的儿童觉得非常新鲜，现场就展示了小朋友们受此启发而利用塑料瓶等废物做的玩具。这里还有竹艺、竹雕、陶艺、金工、铸造、印染、漆艺等各种作坊，在此开办工坊，政府不收房租，连水电费均全免，为的是给全球都市化浪潮下成长起来的中小学生们创造一个学艺的小环境，在“师傅”的示范下亲手编一个竹篓，染一小块蓝花布，体验先人祖祖辈辈曾经的生活。

南投确是江山胜景地，日月潭蜚声四海，十一年前我就曾到此一游，不同的是当时还可以登上湖心的光华岛，而今该岛已复名拉鲁岛，因“921大地震”部分沉入水中，只能乘船观测。而南投让我震惊的是中台禅寺，虽然去年在陕西法门寺开了眼界，但就是让我想破头，也想象不出现代寺庙可以如此高迈而豪华，三十三层大厦仿如金字塔直抵祥云，其十六楼大帷幕玻璃墙内，高达三十九米空间，是罕有的楼中塔“药师七佛塔”，以缅甸柚木接榫建造，安立于万佛殿中央。其他宝殿内的佛像也都动辄一百多吨，举世罕有。据说一般游客只能游览底下几层大殿，寺庙副住持陪同蔡部长一行参访，直达顶层。饭后惟觉和尚又陪同游览了禅寺的博物馆，讲解非常仔细。中台禅寺是高度现代化信息化的五星级寺庙，把宗教和俗世结合等如此亲密，让我领悟与时俱进的“人间佛教”的真谛。

这次在台主要行程都跟文化建设密切相关，我们先后参观了台湾剧院、音乐厅、台湾美术馆、台北故宫博物院、历史博物馆、台湾文学馆等代表性场所。“两院厅”朱瓦飞檐，红柱彩拱，分别以北京故宫的太和殿与保和殿为蓝本，尽显了传统中国宫殿的典雅气派，却又糅合了现代建筑理念和世界一流剧院的设计要求。同行的京剧大家尚长荣先生曾多次在此表演，赞不绝口。他说他在北京俗称“巨蛋”的国家大剧院和香港文化中心也都演出过，比起台北这座八十年代末建成的剧院，北京、香港的新建筑看上去当然更新潮更有震撼力，但登台一开腔音色却没这儿润，显得有点干。正如“两院厅”艺术总监黄碧端女士在茶叙上致辞所言：“艺术使一座城市伟大！”

两岸文艺界人士其乐融融，可门口音乐厅的台阶上，一群小学生在画画，门口右边清一色都是女生，左边则全是男生，仿佛男女生中间画了一条“楚河汉界”。很像大陆我们这代人小时候的情景。台中市的美术馆正在展出的“台湾艺术心貌”极有特色，在承袭古典山水画中国道统中参与了在地性书写，并嵌入当下浮世生存镜像，创造了古今交融素朴魔幻和谐的山水。这种艺术形式将大量民间元素带入文人画中，从而构成了当代艺术簇新的语言方式，值得大陆新潮美术家借鉴。

历史博物馆跟观众的互动良好，张誉腾馆长向我们介绍，2007 年 5 月举办“秦兵马俑特展”，人流络绎不绝，每天排队的长龙蜿蜒到门外，共有一百二十万观众看了展览；2008 年 6 月举办“惊艳米勒——田园之美画展”观众也多达数十万，最后不得不调整闭馆时间至晚上 11 点、12 点。在感叹台湾民众艺术审美修养和参与文化活动热情之际，我随手触摸了一下导引的电子屏，发现不只有馆舍文物介绍，还有不少有趣的观众参与内容，譬如，你刚看了一件唐三彩，屏幕上有该件文物未上彩的造像，和各种釉色，你可凭记忆将釉彩一一涂上去，然后对比跟原色有多大出入。

无论在美术馆还是历史博物馆，蔡武部长都被记者们的摄像机和照相机“长枪短炮”围的“水泄不通”，我乐得躲在后面拍记者。相比北京的中国现代文学馆，台南的台湾文学馆面积显然是小巫见大巫，但布局却匠心独具，成功营造了非常浓郁的文学氛围，布展者的人文素质就像空气渗入每一个角落，使人顿悟文学馆并非贴几张作家照片摆上他的几本书那样简单。当然并非大陆的展馆软件都一般，在殷墟之地安阳建的中国文字博物馆，从大量最古老的刻有甲骨文的卜骨卜甲到 4D 影院，展品布置、服务，硬件软件堪称一流。依我见闻所限，浙江省博物馆的品位也非常高，可以跟台湾任何一个展馆媲美。这是我第二次参访台北故宫博物院，院长周功鑫女士会见了我们，而多年前我在此拜见的院长是穿长衫的秦孝仪，内心颇有物是人非的感慨。

“把握契机，开创新局”的“两岸文化论坛”才是此次文化交流的重头戏，台湾文化总会会长刘兆玄致欢迎词，认为此举是两岸文化互动的里程碑，蔡武在专题致辞中对两岸交流前瞻提了四点建议，而台湾“文建会”盛治仁主委则用“并蒂花”来形容两岸文化。开幕式之后，论坛正式登场，分为“文创产业与市场”“文物与非物质文化遗产”“视觉艺术与表演艺术”“文学与社区文化”四大组别进行探讨交流。在我们这一组，李敬泽以昆德拉“文学让人理解他人的真理”推己及人，从语言细微差异纵论大陆和台湾的互相阅读。女作家张典婉展示了台湾客家文学地图。我很感兴趣张典婉送给我的一本书《太平轮 1949》，这部报告文学讲述了大迁徙时严重超载的太平轮与另一艘运煤船相撞，上千人罹难舟山海域，只有三十六人漂流中生还的惨剧。要是发生在今天，这场海难会举世震惊，但在战争年代，这些生命像草芥一样被历史遗忘。感谢张典婉，她以强烈的社会责任感记录了大时代中个人苦难的命运。我们这个组每个与会者都做了发言，我谈及个人与台湾诗歌界的长期交往。随后大会复会，每个组由一个代表总结汇报本组发言重点，我们组的作家韩石山幽默生动地概述了大家发言的要点，赢得满堂彩。

文学根本上是个人性的，两岸文化交流更要紧的是人与人、心与心的交流。台湾文化的经典之作在我看来非诚品书店莫属。我是乘台北捷运（地铁）过去的，十多年了，书店风貌依旧。我在店里碰到了好些个大陆访问团的团员。诚品的成功不在于卖书，而是让书店成为一代又一代年轻人无法割舍的生活方式。人们在此约会、交往、吃喝、购物，天性再愚笨也总会翻翻书，一个人从小浸淫在书本里，腹有诗书气自华。此行我还去了另类先锋书店布拉格书店，见了十多位诗人，是颜艾琳邀请来的。白灵先生也来了。年龄段从 60 后到 90 后。其中有台湾大学语言研究所所长江文瑜教授，乾坤诗刊主编紫鹃、前辈诗人古月等。更年轻的有诗人、联合报副刊编辑林德俊，60 后诗人罗任玲告诉我“08 年鉴”

首推的台湾新生代诗人里有她的诗。李清照私人剧团的导演刘亮延，年轻诗人陈静玮，风球诗刊的社长廖亮羽也来了，她主编的这本刊物是台湾最年轻诗人聚居地。天下诗人都是亲戚，两岸文化血脉相连，诗人初见更没有丝毫陌生感。

闲聊中，我扯到在论坛分组发言时说的话题，二十年前我第一次向台湾的诗刊投稿时五味杂陈，当时手抄诗稿要通过邮递抵达对岸，我遇到之前没有过的难题，那就是必须写繁体字。而在我上小学前许多年，大陆就早已推广汉字简化了，我能够通读繁体字印刷的书籍，可笔画多的字，一时却写不出来，要翻字典一个个比照。正如后来我给台湾诗人寄贺年卡写下的一句话：诗是精神的海洋，水总是相通的。我第一次投稿就获得了诗人洛夫、罗门和黄德伟教授的首肯，给了我一个奖。后来台湾《创世纪》诗刊首次专题介绍大陆“第三代”诗人，发了海子等十七人的作品，我也忝列其间。其时海峡两岸文学交流已中断了三十年，而大陆对台湾诗人的推介则较早。1983 年 8 月，重庆出版社出版了诗人流沙河编选的《台湾诗人十二家》，在大陆引起了很大反响。几年后中国青年出版社的《青年诗选（1987—1988）》也收入了林耀德和侯吉谅等台湾青年诗人的诗，记得其后的《青年诗选》收入的杨平等台湾诗人的诗，是在诗选即将截稿时编辑请我帮忙约稿的，时间紧迫，写信来不及了，那时候家里又没有安装电话，要专门跑到电信局给他打长途，花了我这个大学毕业生一半月薪。而在“地球村”的今天，海峡两岸的沟通十分便利，今年春节后，我猛然想到，二十世纪九十年代我在《创世纪》先后发表过几十首诗歌，却已经好久没给过《创世纪》投稿了，便给素昧平生的现任总编牧辛发了一封电子邮件，才几个小时，便收到他 5 月号使用拙作的回复。

布拉格书店特色之一，是卖场专营中外文学绝版书和二手书，其中有许多诗人的绝版诗集，高价卖到上千台币一本。我说起手上有夏宇十几年寄给我的她 1986 年出版的诗集《备忘录》，颜艾琳惊呼，你要好好保存，她近年是被举荐诺贝尔文学奖提名人选，此书当初只印七百本，绝版诗集卖到一万八了。颜艾琳邀我来此的目的，是她正帮我总策划我个人在台湾的繁体字诗选，这家书店很多诗集样式是大陆没有的，布面的，塑料的，让我长见识，以便我确定个人诗集的装帧设计风格。兴奋之余，我也甘当伯乐，表示要为台湾最年轻一代诗人找家大陆刊物发一个专辑，请廖亮羽代为组稿。多年来，许多台湾诗人给过我真诚帮助，1999 年我的台湾之行，是由台湾《葡萄园》诗刊牵头邀请的，我在多种不同风格流派的台湾诗刊发过诗，哪怕是强调本土意识的《笠》诗刊，其主编来广州我个人也曾接待，他儿子在广东中医药大学学习中医。可见，诗歌与文学，在许多时候是可以超越两岸政治意识形态分歧的，两岸诗人之间的情谊，也跨越了彼此艺术观念的差异。

从《诗经》《离骚》以降，汉乐府、唐诗宋词、元曲、明清诗词乃至“五四”以来的现代汉诗，构成了无与伦比的巨大传统。可以说，1949 年是个分水岭的年份，但是海峡两岸铺陈出一卷源于相同文化母体的差异和求聚的文化史图景。两岸文学尤其是两岸诗歌，在数十年变迁中既各自发展、短暂隔膜，又始终心魂相连、彼此交融，成为两岸文化母体的精神脐带。

吃虫记

有一则笑话说，假若捉到一个外星人，北京人送去搞研究，上海人拿去开展览，广东人拿来——煲汤。这个段子虽然未免过于夸张，在我看来却道出了京、沪、粤三地文化的特色。粤菜飘香，名扬四海。广东人不仅吃的高级，吃的精细，吃的生猛鲜活，令世人垂涎。吃的大胆同样叫人闻风变色。“长翅膀的，除了飞机不吃；有腿的，除了凳子不吃。”外地对广东人食谱品种繁多的戏谑，可谓入木三分。

入乡随俗，居广州久了，入口的东西难免也与时俱进。记得最早吃“虫子”是 1992 年，有次和同事路过中山，当地文化局请客，席间点了鸡蛋蒸禾虫，主人介绍说这东西特有营养。那虫子的长相，实在不敢恭维，它拖着一条细小的尾巴，很容易让首次碰它的人联想到蛆虫一类恶心的软体爬虫。我不愿逆主人好意，勉强吃了几筷子，在嘴里倒也没觉得有什么异味。

俗话说万事开头难，有了第一次，后来每次吃起这东西，也都觉得蛮爽口的。于是龙虱、蝎子之类也渐渐成了盘中餐。较大的突破在珠海西区，也是去采风，记得那天是红旗镇有关部门接待，上了一道菜名曰“蔗狸”，我直觉便知道其实是田鼠，但人家不点破，我也就懒得细问。且鼠肉已切成块状，已看不出原来的模样，说真话，吃起来还挺鲜甜的。这点小事广州人当然见怪不怪，可在京城说到吃老鼠就是很了不得的事情了，绝不亚于第一个吃螃蟹的人的勇敢。前年北大谢冕教授到肇庆出席一个学术会议，途经广州，匆匆见了一面。因我要赶着去参加 2000 年东京世界诗人节，便把接风的任务交给了当初同在谢先生门下访学的老友，谁知道这位仁兄竟领着自己的导师去吃田鼠，当然事先打了“埋伏”，丝毫不敢声张，等谢老师明白过来，想不吃已经晚矣，早就下了肚了。事后有几次碰到师母，她都跟我提起，谢老师在广州吃过老鼠了！可见对“吃在广州”印象之深刻。

让人每每提及都会一惊一乍的食物虽然不是粤菜的主流，却让人过目不忘。1994 年广东青年文学院在全国招聘作家，加拿大国际广播电台派了一位女记者专程前来采访，她非要拉我一道去“田基蟥”酒家吃饭。原来“醉翁之意不在酒”，她听说那儿的菜特殊。这顿饭她专门点了蚂蚁煎蛋、炸蝎子，炒蚯蚓等几样菜，拍照片带回北美去，打算给那边的人们开开眼界。这些古灵精怪的菜肴并不涉及野生动物保护，令她赞不绝口。不过赞归赞，其中的好几样菜我俩只是“欣赏”，从头至尾都没有勇气尝一口。

尽管好些酒家的菜谱有某种昆虫，但它们不过是众多“正经”菜肴中的个别异类，至今让我记忆犹新的饭局，是在佛山品尝的“虫类全席宴”。

1995 年庄重文文学奖在广州颁奖，白天大家忙乎了一整天，吃毕晚饭，《佛山文艺》的总编刘宁给我来了电话，说晚上没活动安排你干脆领几个作家过来走走吧。兴之所至，便把在酒店大堂里遇到的湖北作家方方、池莉、刘醒龙叫上，乘车转眼便到了佛山。

彼此在杂志社里说了一阵闲话，刘宁说，都吃过饭了，那就去尝点新鲜的东西吧。于是招呼上车，带着我们一伙人七拐八拐，来到一家门面不算大，看上去还挺干净考究的小店。

甫坐定，老板就过来了，说一口夹生的普通话，很热情地给大家一一递上名片，连同刚摆上来餐巾纸，都赫然印着三个字：地主雄。

我心想要不是改革开放，以前讲“阶级斗争”的年代谁敢叫这样的绰号不是找死？又一想人家未必取的那层意思，很可能他的“英雄壮举”只不过体现在给顾客提供泥土里的动物罢了。

菜上来了，果然不同凡响，满满一桌，全是另类食物：其中有蛇、蟾蜍粥、蝎子、龙虱、蚕蛹等一般还能见识到的东西，更有竹象、蚯蚓、秋蝉、蚂蚁等等。方方只是扫了一眼，便跑到店外呕吐。过了许久才敢回来，依然一副惊魂未定的样子，只看着别人动筷子。最镇定的是池莉，她不动声色，把每样品种至少都象征性品尝了，刘醒龙则只是选择性地吃了一些。因为有池莉做榜样，又经过了几年历练，我也跟着都尝试了一遍。《佛山文艺》的几位编辑想必以前来过，在谈笑风生中把这些“虫子”最终一扫而光。

过后我总结起来，觉得通过吃东西也能体现一个小说家的写作风格。比如方方的追求要阳春白雪一些，所以“和者”也相对少一些。池莉不仅写得好，还很符合老百姓的口味，所以她的《来来往往》等作品风靡天下。三个人里，刘醒龙则居中。

尽管我们有的敢吃有的不敢吃，回广州的路上，都觉得这个夜晚特别开心，一路欢歌笑语，纷纷建议《佛山文艺》以后稿约不要再提每千字稿酬人民币多少元了，应改成“每千字蚯蚓一条，蚂蚁五只，外加龙虱一对”。

一个中国诗人亲历的麦德林诗歌节

“麦德林国际诗歌节不仅仅是一次分享自己诗歌的机会，而是一次经历和平的伟大机会。和平并不仅仅意味着没有战争，而且还有分享、友谊、创造，创造世界的不同繁荣。”说得多么好啊！这就是诗歌的真谛。诗不是要创造世界的“共同”繁荣，诗分享的是不同种族、不同国家、不同文化、不同语言的独特魅力。这是诗会结束七天后一个名叫“巴希尔”（Basir）的诗人同时发给三十五位诗人的电子邮件，他（她）说：“亲爱的朋友，我希望大家旅途一路顺风。我写这封邮件给你，因为我想告诉你，见到你是多么的愉快。在此次诗歌大会期间，我学到很多东西，遇到了一些一生中最美丽的人。我希望能有机会再次相见，分享我们的思想，我们的诗歌。”

写此短文时窗外北京的天空灰蒙蒙一片，我脑海里也雾霾弥漫，白的黑的一张张面孔人影憧憧，我分辨不清当初与会数十个国家上百位诗人中谁是“巴希尔”，我甚至不敢肯定根据英文这样来念他（她）的名字是否跟他（她）的母语发音相似。比如今天收到阿约（Ayo）的来信，通过他人查实，是那位高个子总穿着绚丽服装的住在加纳的尼日利亚女诗人，较易辨识是因为她信中提及希望有一天来我的祖国读非洲的诗歌。

2015 年 7 月 11 日下午 4 点（北京时间 12 日黎明 5 点），在地球的另一半，与我们时差十三个小时的地方，第 25 届麦德林国际诗歌节在希望公园（Parque de los Deseos）开幕，巴希尔、阿约等近百位诗人坐在台下左侧的遮阳张拉蓬下，那儿有六七排白色椅子。我本是他们中的一员，却十分荣幸，作为大会安排在开幕式上朗诵的九个诗人之一被请到舞台上就座，眼前的广场人山人海，人们密密麻麻，大多席地而坐，也有斜卧的，都是自发前来听诗歌的市民，让人惊讶这其中有许多英俊靓丽的年轻面孔，有男有女，使这宏大的场面如此情意绵绵。热带雨林的夏季溽热湿闷，他们衣着随意，手臂裸露，腿脚松弛，挂满饰物，丁零当啷，全身心投入聆听之中，如同盛大的节日，在消费主义主导世界的二十一世纪，这个为诗歌万众狂欢的火爆的场面十分震撼。

诗歌节主席费尔南多·雷东任何时刻总是雄狮般充满激情，红光满面，真诚得像一个大菠萝，他是改变了世界的人，让诗歌变得如此"有用"的人，正是他们的努力让麦德林这座曾经最不安全的"毒枭之城"变成了和平的诗歌之城。我不相信苍白的生命，我从来相信对一切事物充满热爱和投入的诗人才是最好的诗人。他简单豪迈地致了开幕辞。

第一个朗诵的是哥伦比亚诗人乔瓦尼·盖塞普（Giovanni Quessep），在他读诗之前颁给他一个奖牌。我觉得他在哥伦比亚德高望重，尚未开口台下一片欢呼的声浪。哥伦比亚是松弛浪漫的国度，人们时间观念很随意，缓慢而诗意地生活。开幕之前半小时人们姗姗前来，我还担心会不会读诗了还有很多听众未到场，但开始那一刻广场早已人满为患，组委会宽松并尊重诗人，并无任何安排也未私下要求每个诗人读几首诗，随你尽兴。他用西班牙语读了五首诗，只有他和另一个本国诗人不需要翻译。除了一位80后黑人姑娘，在台上朗诵的都是我的前辈或同龄人，有个老是戴着墨镜的诗人长相有点像黑帮头子，我认为他是俄罗斯诗人，他朗读的时候双手握拳，往前撞击，发出呼哧呼哧的声音，令我印象深刻。当电视台的资深主持人介绍完毕，我走去麦克风那一刹那，台下已沸腾，有人尖叫，有人大声吹口哨，在场的中国大学生金涛杰过后描述："上台的时候台下一片呼喊，非常棒！"这一刻不是我的光荣，是汉语诗歌的荣耀。汉语是世界上最多人口使用的语言之一，却也是最少国家使用的书写文字。这届诗歌节我如同独角兽，不仅是唯一的中国诗人，也是世界上唯一说汉语的诗人闯入麦德林这个极少见到黄肤色的城市，也许我还是这届诗歌节最远道而来的哪一个，飞了三十九小时。我朗读了《人民》，从事美术创作的小帅哥哈梅·圣地亚哥·罗德里格斯为我读西班牙译诗，我接着读《夏时制》，他继续读，译为《夏天变化的时间》。我觉得西班牙语读诗声音很好听。面对台下激情翻滚的人海，华严经的一句话犹响在耳畔：不忘初心，方得始终。从二十世纪八十年代至今，我写关于世界的诗歌，将现代性锲入现实关怀，把个体生命融入时代语境，呈现特定生存空间的元素，同时坚信为人类写作。当一行行诗像涓涓细流滋润人心，诗是精神的海洋，水是相通的。

没有音乐、唱歌、舞蹈等任何其他表演，三个小时都是读诗。听众安静听诗，间而欢呼，电视台实况直播。这是马尔克斯读中学和大学的城市，这是诞生了《百年孤独》的伟大国度，这是养育聂鲁达、帕斯等诗歌巨人的拉丁美洲，这是诗人洛尔迦等大师的西班牙语家园。麦德林是世界上四大诗歌节之一，全世界恐怕不会再有一个城市如此为诗狂热。麦德林人听诗歌如嚼古柯叶一般亢奋。他们仿佛是几万只哥伦比亚窜鸟，又仿佛是亚里吉斯薮雀，忽然飞来，栖落在这里，很荒诞，很魔幻，已经持续了二十五年，年年如此！太阳很毒，候鸟们收伏着数万双翅膀，静静守候，等待诗歌的湖泊升起来。那一瞬，我为我们这个号称唐诗宋词的“诗国”心生惭愧。

期间发生了一个有趣的插曲，当第八个诗人朗诵完毕，突然主持人拿起话筒，说有一个玻利维亚诗人的包被偷了，护照等在里面。主持人说小偷你至少要归还证件让诗人回国吧？我一踏上哥伦比亚的国土，在任何场所都被魔幻般提醒注意小偷，这次终于成为现实。第二轮自由朗诵，安排了四五位诗人，大约一小时，我在台下与费尔南多闲聊，他说今天到场的市民有六千人，我问他诗歌节经费从何而来，他说哥伦比亚文化部、麦德林市政府和联合国教科文组织各资助一部分，不够的靠组委会寻找赞助。朗诵快结束时，主持人上台大声说，小偷将失物全部归还失主了。顿时全场一片欢呼。

诗朗诵后是音乐会和跳舞，听众走了一半，这时陆陆续续有人来找我合影签名，二十多个吧，两个男的，一个小孩，其余几乎都是年轻女性。有黑人，更多是小麦色、栗色的皮肤，有个黑人姑娘还热情约了我等会儿跳舞。西班牙与印第安混血的后裔们如同这块土地上的鲜花灿烂而奔放。然而诗人们已出来五小时，要乘车回酒店晚餐，我只能婉拒了。

四天前我在广州白云国际机场南方航空公司的柜台前办理登机牌，年轻的女职员说：好远哦。

“生活不只是眼前的苟且，还有诗和远方。”这是中国近年最流行的一句话。纯从地理角度，离中国最远的国家是阿根廷。2013 年，我已获邀请参加第二十三届麦德林诗歌节，哥伦比亚和阿根廷的签证也都办好，可惜因事自行放弃了。去年与舒婷同车赴东莞参加青年诗协的活动，她说起与于坚经巴黎赴第二十四届麦德林诗歌节，路途三十小时，又说还是与我同行更舒心。我和舒婷等一道去过芬兰、挪威，也说不上照顾人，一贯奉行“三人行必有我师”罢了。我的线路经停美国，本来应首选西雅图，可八小时待机实在难熬，哪儿唯一在网上与我有过联系的诗人是姚园，但无法保证给她留纸条私信她能及时收到，数天后我到了哥伦比亚，严力才来微信，问我去不去他那里，我方知他新近搬去西雅图了。于是走旧金山，十二小时后飞迈阿密，再越过古巴上空抵达麦德林。作为二十世纪九十年代就出国参加诗歌交流的独行侠，仍有点担心语言不通，一入境两眼一抹黑。正发愁，看到新浪微博有未关注人的私信，浙江金华刚毕业的大学生金涛杰在麦德林当志愿者，他说“我寄宿的家庭极力推荐我去听二十五届麦德林诗歌节，我拿到宣传资料，我想国际诗歌节会有中国诗人来吗，没想到在第二页上找到了您的名字，太好了，我想到时候过来看您念诗。”我立即与他联系，顿时心情轻松了许多。飞了四十个小时到达麦德林。下午 3 点半，中国是午夜。这个航班上无一华人，我模仿邻座填写了西班牙语入境卡，好在没写错。几个热情的哥伦比亚小伙子姑娘是诗歌节的工作人员，在机场接机。先后也到了十来个各国诗人。感谢中国驻哥伦比亚前任大使现麦德林孔子学院院长高正月先生也来接机，高大使非常谦和、亲切，此行我立即有了说话的嘴巴和语言的拐杖。

人多，组委会让各国诗人乘一辆小中巴，安排我和高大使另一辆的士，到市区用了一个半小时，没有丝毫疲劳感，也无须倒时差，看来我的身体素质还不错。高大使年轻时就派驻拉美，几乎到遍与中国有邦交的国家，前两年从大使任上退休。沿途山坡植被葱茏，好些大叶的植物，开大朵的白花，像堆积的油彩。高大使说古柯叶漫山野生，并非人工种植，古时印第安人就嚼它，所以麦德林曾经是毒贩老窝。麦德林像个大锅底，四周的缓山遍布建筑，小屋居多，蜂巢似的。中心区域有不少高楼。刚进市区，高先生带我去超市的兑换店用三百美元换比索，1 美元等于 2480 元比索，才两分钟，诗人腾地生出百万富翁的感觉。

到酒店见到了麦德林国际诗歌节主席费尔南多，我在青海湖见过他。他儿子和漂亮的儿媳等人也都在，我拿到了诗歌节诗选，上面有翻译为西班牙语的我的《信札》，是组委会请里昂·布兰科（Leon Blanco）翻译的，我特满意，我一直觉得这首是我最好的诗之一。

次日上午 10 点诗人相会，大家松松散散，随意坐或者站着，我被安排在主宾台，按照外国举办的所有诗歌节惯例，大会主席费尔南多一一介绍与会诗人，一个不漏。我即席发言：脚下这块土地非常亲切！作为中国二十世纪八十年代写作的一代人，写过“红水河”系列和《走向花山》的一个诗人，当时对我们影响最大的国家就是哥伦比亚，是马尔克斯和他的《百年孤独》。百年来的大师，我个人非常喜欢拉美的诗人，他们是天才，诗出自生命与土地，大气磅礴。相比起来，欧洲的诗人更像语言的炼金术士。我到此向他们致敬！

高大使即席翻译后，悄悄跟我说，关于欧洲的那一句他没有译，在座有不少欧洲诗人，没必要得罪。这时候大学生金涛杰也到了，忙里忙外帮我照相。

不少诗人的发言讨论战争与和平话题，我本来想说，中国古老《诗经》中最好的一首诗，我以为是《小雅·采薇》：昔我往矣，杨柳依依；今我来思，雨雪霏霏。中国文化是中庸之道，并非西方文学那样决绝地否定战争，但“中和”、哀婉的表达，同样使得一代代汉诗读者潜移默化认为战争是不人道的。打好了腹稿，一再忍住不说，是觉得让高大使即席翻译古诗可能有点不厚道。

会后哈梅·圣地亚哥·罗德里格斯来了，我们在酒店大堂碰头，高大使和金涛杰帮翻译，我与他沟通下午开幕式需要朗诵的诗。其后，他和小金陪我去逛街。满街的鲜花、水果，除了几种当地的水果，大多是广州也都有芒果、菠萝、橙子。餐馆布满鲜花，菜肴多油炸，我觉得很可口。女服务员穿着传统的民族服装，我们邀请照相，她们都很乐意。餐毕，酒馆的女老板过来，问需不需要请我喝一杯，我一看两点多了，还要赶回酒店乘车去开幕式，便婉谢了，小金他们跟我开玩笑，说女老板看上我了。哥伦比亚确实风气很开放，据说男女那点故事，往往一杯啤酒就搞掂。

开幕式前，一个一米九的高个子诗人来寒暄，他喜欢笑，很开朗，与许多诗人打招呼，当时以为他是巴基斯坦的诗人，回到中国收到他“来自巴勒斯坦温暖的问候”。才明白他是巴勒斯坦诗人哈难。他叫我把我的诗歌英文文本发给他，我发邮件后，他回复将翻译为阿拉伯语。

12 日上午金涛杰一早就赶到了，带我去游览麦德林最有名的雕塑广场，我觉得可以称为“胖人广场”，有十来件费尔南多·波特罗的大型雕塑，站立躺卧，都是很有喜感的大胖子。我去哥伦比亚之前，已知道他享誉全球，有人建议我，趁国人不太怎么了解他，价格合适的话，赶紧买一张回来。其实他的作品早已经很贵了，原作也不可能随便出售。地摊上卖的不少是他的小工艺仿制品，也有卖盗版书的，《百年孤独》盗版封面有点花哨。广场边上的美术馆，里边有很多他的画，色彩很明艳，画幅也大，男女老少、鸽子、水果都发酵面团似的膨胀开来。这是他典型的风格，他说他从不觉得什么人是胖子，所有的事物在他看来都是合适的，他偏爱“体积”。值得一提的是，在展馆里遇到了一家美籍华人，一家四口，夫妇带着小儿女过来旅游，用粤语跟我聊了几句。除了高大使和小金，以及一个从西班牙刚来两天做生意的温州人，在麦德林期间我再也没有看到任何华人。在美术馆的商场我买了波特罗画作的明信片，寄给朋友，万里送鹅毛。也买了几个印有他画作的杯子，自己留着，还打算做手信给朋友。

下午诗人分头到不同场所朗诵，给我安排了一个人的专场，朗诵与对话，地点在鹰剧场，我们一点多到哪里，一栋窗框屋檐都染成蓝色的房子，二层楼，外表很漂亮，里面有咖啡馆。剧场的橱窗展示我的朗读者罗德里格斯设计的工艺品和他创作的美术作品，他一一指给我看。2 点开始，来了三十来个听众。二十来个集中连片坐在靠前的位子，也有坐最后一排，或一个人坐在一个地方的。灯光投射到台上。我们分别先读了《信札》《在东莞遇见一小块稻田》《杨克的当下状态》三首诗的中文和西班牙文，听众十分安静，就像听音乐会那样。之前我跟罗德里格斯商量，《信札》太长，是不是不读了？他坚持要读，他说这首诗中的很多意象，对他来说，都是很奇异的，能够让他反复去思索，写下他内心深处的想法和渴望，就像诗当中一个女人能够唤起的那种感觉。像是在梦里，最后梦成了诗。之后提问，第一个听众问诗的叙述结构和意向象征，我从古典诗的范式说到现代诗的变化，比如《信札》运用了小说的虚构手法，将真实与想象交替，通过对话展开等来说明。第二个问爱情诗主题在中国诗歌中占到多大比例？我亦从古诗说到新诗中的大致情况。有个老外用中文提问，诗中写了各种花想表达什么意思？有问我对麦德林的印象，还有问我写诗受家庭的影响吗？一一作答之后，接着我们朗读《人民》《夏时制》中文、西班牙文。

好些个听众上来合影，有的还私聊许久。一个汉语说得很流利的小伙子说喜欢我的诗，他在桂林办学校七年了，他嫂子是北海人，他是美国人。另一个也会说汉语的小伙子想买我诗集，我说只有一本了，执意送给他，他很开心，让写上他中文名字。也有只是签名合影的。一个女孩聊了二十分钟以上，说今天朗读的这五首诗她都喜欢，想保存，我让罗德里格斯发一份电子文本给他。她说她最喜欢《夏时制》，又问我这五首诗朗诵先后排序有什么深意，是不是我代表作，我说是随意排的，因为诗歌节翻译了这五首。我个人以为《信札》写得挺好的，但不少人喜欢《人民》，前年在挪威朗诵，一个戏剧获过挪威国家大奖的70后女诗人，跟我说《人民》非常好，中韩诗会上有位韩国诗人甚至很夸张地说，这首诗一百年后仍经典。也有一个挪威人开三小时的车来听我们读诗，是因为喜欢《夏时制》。当年在日本，七十个国家的诗人朗诵，日本电视台NTV只播了《在东莞遇见一小块稻田》。姑娘强调她喜欢《夏时制》，她认为今天的听众也是。她特别用西班牙语写了几句话给我，大意是，如果从开头的《信札》到结尾的《夏时制》是美丽的巧合，你要相信第五首与第一首是“平局”，这是圣·詹姆斯的思路启发。我闹不明白她说的“圣·詹姆斯”是何方神圣。每首诗各有其命运，过后几天在美国，在北大时当林毅夫秘书、后在斯坦福研究经济的周弈特地发 QQ 给我儿子，说最喜欢《天河城广场》，十多年前东京大学也研讨过这首诗。诗必须直抵人心，而不是通过贩卖东方伪民俗来让西方读者顾惜某种特色。担任对话翻译的高大使对我说，今天挺成功的，答问真实，具体，从听众反映和鼓掌就知道。我以为，在这种场合高谈灵魂、精神、世道人心是得不到认可的，外国人会觉得你喜欢讲空话。

是夜诗人大联欢，葡萄酒、香槟任喝，点心任拿。拉美人是天生的舞者，他们的屁股和腰肢相错而动，仿佛分属不同的神经系统指挥，一个个跳得如醉如痴。女人身子如摇曳的植物，男人也都进入癫狂状态。亚洲人当然笨拙多了，我被人拉着扯着跳了两曲，先先后后有二十多个诗人和工作人员找我合影，我总是闹不明白谁叫什么名字。

13 日的朗诵安排在晚上。头天约好高先生，带我去购物。麦德林的购物城跟中国相仿，面积很大，内有各种商店，美化环境的植物与广州的商场里的几无二至，唯一不同的是把桫椤也移栽进来。当然各种品牌衣包鞋子都有卖，比中国便宜，比美国贵。我挑了一些哥伦比亚咖啡。商场对面是一家大赌场，在哥伦比亚博彩业是合法的。我们没有进去看，打道回酒店。

下午又要出门，头天在鹰剧场听我朗读诗歌和对话的一个听众，买了诗歌节有我诗歌的会刊，专程拿到酒店找我签名。他虔诚的眼神让我十分感动，一问，他叫埃尔南·佩雷斯，从事武术教练，从未去过中国。有人喜欢你的诗我以为是一个诗人的幸福，我的诗集不仅二十世纪八十年代、九十年代能卖出一些，近年台湾出版的《有关与无关》和人民文学出版社今年出的《杨克的诗》，都销售得不错。读者热爱在我甚于褒奖，三十年来，无论哪个阶段，总有几千个读者乐意买你的诗集来阅读，我以为这才叫作“献给无限的少数人”，真正的好诗同行认可，读者也要认可。

的士在市区行驶，一路上荷枪实弹的警察不少，瞥见一个警察长得极帅，是都市不可或缺的风景。最后驶到一个小山坡上，这座山是麦德林市的发源地，全城最早有人居住的地方，叫巴伊萨小村庄（PueblitoPaisa）. 巴伊萨是麦德林人的统称。在山顶上的平地，可以眺望麦德林全城和四周的风景。山上卖各种土特产手工艺品，我买了一个小酒壶，一个草编的袋子。在唯一的一家精品店，买了一种叫"植物象牙"的饰品，高大使说全世界只有哥伦比亚有这种果实，纯白，象牙似的，所以叫植物象牙。上色后，当饰物挂在身上。

当晚中国、叙利亚、土耳其、蒙古四国四位诗人在"先锋"图书馆朗诵。我照样念五首诗，《信札》有五段，每读一段，听众就报以掌声。其他几首也一样。当晚最感动的我是一位土耳其诗人，他是左翼人士，说了很长的话，批评该国政府对左派打压，很有感染力。我看到听众有父母带高中生模样的女儿或父亲带大学生模样的女儿一起来听诗。下场后，罗德里格斯说今天他妈妈也来了，我们赶紧过去寒暄，她很和蔼，也很客气，说很感谢给机会给他儿子这些天来为我读诗。我也表达了感激之意。有几个读者拿会刊来签名。我的麦德林诗歌节提前结束了。

第二天早上9点，向诗歌节主席费尔南多·雷东辞行。他叫我转告以后来麦德林的中国诗人，一定要参加全程。因为路途最远，还有很多活动未能参加，太可惜了。当天大家要去哥伦比亚首都波哥大朗诵，不少诗人在大堂整理行装。玻利维亚诗歌节主席特兰克斯过来，邀请我参加他们今年11月的诗歌节，或者明年来。他给了我一本玻利维亚诗歌节诗选，匆匆在上面写了电子邮箱。回国后我将西班牙语译诗发给他，他回复"好极了，读者和我都可以读到您更多的诗歌了"。此行我真的要特别感谢未见面的我诗歌的西班牙语译者里昂·布兰科（LeonBlanco），为我朗读西班牙语的小伙子罗德里格斯，为我翻译的高正月先生，没有他们付出的心血，我的诗不会有好些哥伦比亚或西班牙语读者当面表达喜爱，被美言"好极了"。

电视台得知我要提前走，马上过来布置场地，对我做了二十分钟访谈，问了关于我诗歌写作特点等几个问题。

在麦德林机场，办好了行李托运和登机牌，过了海关、安检，看时间还早，买了冰淇淋水果杯正喝着，听见广播用西班牙语叫我名字，赶到美国航空的登机口，美方人员叽里咕噜说了半天，我终于弄清楚，我托运的行李箱要重新第二次检查，于是跟女服务员从登机廊桥走到飞机舱门，让一个男保安领我下舷梯，步行了一百多米，到一个小小房间看开箱，所有的东西全部拿出来，先查看箱子的隔布与壳之间有无异物，然后衣服等一件件捏过，过程态度倒是十分友好，美国自“9·11”后真是怕了。不光我一个人，有好几个箱子都要二度检查。事毕，再领我到登机口，解皮带脱皮鞋，手提小包和身子再一一检验，才把登机牌给我，进廊桥重新登机。之前从广州飞旧金山，出美国海关行李箱非但不打开，连机器都不用过，挥挥手叫我走人，可见对从中国出来的人放心。幸亏早有人跟我打招呼，说进迈阿密会很严，因为哥伦比亚有游击队，毒贩和黑帮。在麦德林机场，人家哥方海关、安检都检过了，谁知美国飞机的安检人员又折腾一番。为我的麦德林诗歌节之行，画了一个有惊无险的完满句号。

第二辑　诗说心语

李白曾云，“夫天地者，万物之逆旅；光阴者，百代之过客”，感谢诗歌，像广阔的苍穹中闪烁的星辰，在时光流转中纪念并提醒着我们生命中的美与痛，照耀着这深邃的时空和天地。

我说出了风的形状

《诗经》的秋天是低矮的。

“蒹葭苍苍，白露为霜”，风飒飒地吹，芦苇弯到水湄，参差的叶片敷着薄薄的粉，河面一片迷茫，偶尔传出水鸟关关和鸣。“喓喓草虫，趯趯阜螽”，生命的萌动无处不在。

还有那来自各地的邶风、鄘风、卫风、王风、郑风、齐风、魏风、唐风、秦风、陈风、桧风、豳风，田家男耕女织，三三五五，于平原绣野、风和日丽中，恍听群歌互答，余音袅袅，若远若近，似断似续，自然之风片刻即逝，诗风流传唇齿间，栖息于心头之上。

“秋高气爽”“落木萧萧”皆是唐人杜甫发自肺腑的一声感慨，而在他生前一千三百年到一千八百年间，秋风紧贴着地面在吹，那是爱情蠢蠢欲动的季节。小女子陟彼南山采薇，为了遇见君子。《诗经》中窈窕淑女的美艳被汉语写绝了，静女其姝，“手如柔荑，肤如凝脂。领如蝤蛴，齿如瓠犀。螓首娥眉，巧笑倩兮，美目盼兮”。三千年来难以超越。美男子则一个个龙章凤质，“如切如磋，如琢如磨，如金如锡，如圭如璧”，仿佛轮廓分明的雕塑。如此高颜值的两情相悦，情欲总是涌动在丰盈的收获之时，为什么不是万物苏醒的初春？莫非彼时生产力低下，惊蛰芒种，食不果腹。人闲桂花落，家中有粮，饱暖思淫欲。所以《诗经》里的溱河和洧河，总是秋波荡漾，男男女女，手拿兰草游乐，“伊其将谑，赠之以勺药”，而“野有蔓草，零露溥兮”这样的吟唱，动人心魄，大概以诗传情就从郑风的溥瀼开始。

萧瑟秋风又吹了一千二百年，2015 年 9 月，我乘坐的高铁正驶向一条河流，窗外华北原野暮色四合，此刻手机微信晦暗，正如海德格尔所言“生存是在深渊的孤独里”。途经石门，跟城里的一个诗友用电话聊了几句，并未能排遣内心的郁闷。三天前，是一个重要日子，那天科学家第一次探测到了引力波，我也创造了单日散步 21308 步的最好成绩。当时我并不知道这个物理学的重大发现，也许将来某一天，另一个星际的高智商生命能通过它传来朗诵地球人诗歌的视频，如同新西兰的友人朗诵我的诗，用微信从南半球发到北半球的手机上。那天湖面很暗，但“只要不把它想成一只盲瞳，再黑的夜它都是一只眼睛”，只有诗，任何别的文字都无法细微准确地传达出内心的波动。远处的灯火掀开夜幕，幽光中只看见一簇柳，像伸出的手，仿佛探进幽深的湖水里，却根本无法触及水面，或许直到永远。然而，“只要不把它想成一片死水，湖面的波纹就会温柔地漾动，风会穿过密林吹弯湖底的水草”（田原《湖》）这就是生命哲学，诗也是宗教，超越时空。尽管现实并不总如诗一般美好。宇宙已有一百三十八亿年，人类历史大概也一百八十万年了，婚姻与爱情却如此短暂，大约五六千年前才开始形成对偶婚制，可二千五百或三千年前第一首汉字记录的叙事诗《国风·卫风·氓》，婚恋便已如此糟糕，从青年抱布来换丝其实是找借口来谈情求爱说起，诗中的女子讲述了初恋的美妙，控诉了婚后被丈夫虐待和遗弃。爱与伤害，是自《诗经》到我，文学的永恒主题。

次日来到淇河岸边，粒粒鹅卵石红砂遍布河滩，悠然一脉清川，澄澈见底。上善若水，这一带曾是殷商王朝四代帝都朝歌，古诗中这儿绿竹猗猗，如今已难觅踪影，两岸杨柳婆娑，野地、水洼里荇菜、车前子、苍耳、白蒿依旧繁盛。《诗经》有三十九首写了淇水，“淇水滺滺，桧楫松舟，驾言出游，以写我忧”，这些诗篇出自卫风，是卫国民间的诗歌，邶风、鄘风其实也都是卫国的诗，“投桃报李”“执子之手，与子偕老”这些至今人们耳熟能详的诗句就诞生在草根周遭，孔子周游列国十四年，在卫国十载，出于仁、出于礼，删“诗三百”时，自然对这片土地格外开恩。“风”朴素至简地叙说了人生沉淀的底色，它们让我领悟，好的诗句并不刁钻古怪。《世说新语·文学》记载，谢安问聚会的子侄们：“《毛诗》里哪句最好？”侄子谢玄说：“‘昔我往矣，杨柳依依；今我来思，雨雪霏霏。’

王国维《人间词话》第二十四曰："《诗·蒹葭》一篇最得风人深致。"说明恰恰是"所谓伊人，在水一方"这种明白晓畅的语言意味深远。唐宋也有几百首诗词写了淇水，王维诗中有画："屏居淇水上，东野旷无山。"描述了淇河两岸开阔平缓的地势，而今对岸依稀前朝的风貌。我的身影投映到水面上，我看见淇水深处，层层叠叠浮现出一张张诗的面容，隐名的与知名的，这些诗的前辈，另一个"我"，在跟我对话。他们似乎在说，诗与生命有关，与人遭遇的世界有关，与诗性直觉的哲思有关，与我们的日常生活劳作密不可分。

一年前，2014年10月，我到了汨罗江，中国诗歌的另一伟大源流，《楚辞》的语言诡秘、斑斓、纷繁，如河岸姹紫嫣红开不败的野花。至奇的《天问》神游八极，对天地神人提出怀疑和追问。《九歌》里婀娜多姿的"山鬼"缠绵多情，她也是《聊斋》里蛊魅的狐妖么？还是我诗中岩画上跳舞的女子？在汉语的语境里，人鬼神常常三位一体，立地成佛，羽化成仙。一棵树是神灵，一只黄鼠狼也来自上界。哪怕车舟同行、一席同枕，都可追溯百年千年的修行。词语的跨界亦十分奥妙，"死生契阔"本出自民谣，结果却成了佛语。此次同行的是大陆、台湾、香港、澳门两岸四地的作家，到屈子祠祭奠三闾大夫，走进山门，只见两行巨幅，那是《离骚》的名句："路漫漫其修远兮，吾将上下而求索；长太息以掩涕兮，哀民生之多艰。"诗人的大情怀与诗歌的大境界不言而喻。之前在岳阳楼，领略的同样是"先天下之忧而忧，后天下之乐而乐"的大抱负。意象纷纭不离其宗，直抵存在之核。为天地立心，为生民立命，一己之诗的思想情感和精神诉求，包涵了对人的生存困境和人类命运现实法则的诘问与抗辩。而此前十年，我就去了成都的杜甫草堂，十年前已到过四川江油青莲镇太白祠，杜甫秉承屈子的悲悯情怀忧患意识，泣血底层艰辛。李白弘扬楚狂人自由松弛、恣肆汪洋、由衷畅快的精神。作为写诗者，我向用词精确、字字珠玑的李贺、李商隐、贾岛这一路"水至清"的"小宗"诗人致敬，对不惧泥沙俱下、大江大河般的屈原、李白、杜甫、白居易、陶渊明、苏东坡这一脉"大宗"诗人顶礼膜拜！

这篇以时间的玫瑰为结构而次第张开的文字，使我想起保罗·策兰的一句诗——“你的手满握着时间”。意象破碎、深度隐喻的策兰，他的诗就像德国人制造的精密钟表，每个词都啮合精准，哲学的辩理丝丝入扣。在中国学院派诗人圈子里，近年来谈论策兰似乎成了某种可以炫耀的资本。策兰很喜欢里尔克，而给我留下深刻印象的第一首西方现代派诗歌是里尔克的《豹》，我还特别记住了这首诗的副题“——在巴黎植物园”，因为豹子不养在动物园里而是关在植物园中而惊奇。纸张早已泛黄的《外国现代派作品选》，上下两册 2.85 元，大约是当年一个大学生一周的伙食费，印数五万。很庆幸我买了这套书，成为 1949 年后第一批读到用简化汉字印刷的外国现代派文学作品的读者。我也热爱叶芝，折服有历史感的艾略特。而还是小小少年我就读歌德，可直到 2009 年我第三次去德国才拜谒了他的老宅，写下《歌德故居》一诗。其实每次抵德第一站都是法兰克福，可之前竟然二过“歌德家门”而不入。2008 年我二进德国，走了近三十个大城小城。在海德堡大学朗诵诗歌后，前往王座山上红砂岩砌成的残破城堡朝圣。当年六十五岁的歌德，在此艳遇了多情、性感、年仅三十岁的玛丽安娜，两人爱火焚烧，歌德为她写下了“我把心儿遗忘在海德堡”等二十首诗歌。歌德说:“我也只在恋爱中才写情诗。”这些简单质朴的诗，跟《少年维特之烦恼》中“青年男子谁个不善钟情？妙龄女人谁个不善怀春”一样，妇孺皆知。唯有被众多国家从精英到大众不同阶层的人阅读的诗人，才真正是世界级的伟大诗人，要是歌德毕其一生只写作《浮士德》那种艰涩深奥的大诗，他的诗歌将大打折扣。歌德本人在《歌德谈话录》中对此毫不讳言：“德国人啊真是些怪人！给什么都塞进深刻的思想和观念”，“我只是在内心中吸取印象，而且是感性的、鲜活的、可喜的、形形色色的、多姿多彩的印象……然后再生动地将其表现出来，以使其他人在听到或读到时也获得完全一样的观感和印象”。正是歌德这位大师中的大师，使我在现代后现代语境里，依旧坚信诗性直觉。我也曾经走过内卡河北岸树荫掩映的哲学家小道，辨认黑格尔、荷尔德林等人在这条小径上的足迹。像鸟屎掉在额头，被说不清道不明的浆果击中，如同禅宗的顿悟，觉悟诗是自我的表达，语言是人“存在的家”，存在于个体生命的灵魂深处。是对终极的追问和朝向永恒彼岸的远行。它的历险出自一代代的经典谱系。

2012 年在美国大峡谷，我听见美洲在歌唱，那是惠特曼飓风般的歌喉。我似乎看见了大盐湖中的鹈鹕，它与《诗经》里的水鸟也没什么不同。沿着横贯全美的 80 号高速公路，穿行于这块广袤的土地，心胸顿感坦荡。大平原上的风有些骇人，它的胃口特别大，有记载的是八十二年前的一天，一场风暴仿佛千军万马，从加拿大西段边境与美国西部草原相邻接的几个州席卷过来，以每小时 60—100 英里的速度，向东推进，挟带了美国西部干旱地区的三亿吨肥沃表土，跨越全美国三分之二的领土，一直到达美国的东海岸，最后倾泻于离岸几百英里的大西洋中。美国诗人的语言也多似“黑风暴”，比如艾伦·金斯伯格，在六十年前，他在一次朗诵会上《嚎叫》，弄得众生颠倒，一连串的“他们”有如大飙君临，充满了磅礴的气势。七月流火的 2015 年，我在拉美的盆地与峻岭之间仰望诗的百年孤独，这是马尔克斯读中学和大学的麦德林。一座座诗歌的山峰直插云天。聂鲁达的高迈、开阔，帕斯的博大、回旋，让我再次感召到天才恣肆汪洋的写作。艾略特的《四个四重奏》是欧洲大师的绝响吗？巨人一个个在二十世纪的前半叶离去，如今诗歌成了教授们在纸上练习的精雕细刻。在西班牙语系里，诗向死而生，依旧活在人民中，在大地无拘无束生长。被拉美的风吹拂，或被世界的风吹拂，让我不由想起清人诗句“飘零君莫恨，好句在天涯”。谁的诗能在风上做巢，谁灵魂的故乡就永新。

我想中国当代诗歌肯定也需要刮一场大风，驱散雾霾污染，个人疼痛，时代庞杂，包裹风云际会，沧海桑田。绝对纯粹的存在绝对不存在，诗积聚所有的一切。如洛尔迦所言：诗歌是不可能造就的可能。

2016 年 3 月 10 日

两只黄蝴蝶翩跹了百年的花园

一

庄周在梦中变化为蝴蝶，梦醒后蝴蝶复化庄周。到底是庄周曾经是蝴蝶，还是蝴蝶变身为庄周？两千三百年前这猜不透的谜，至今仍悬在国人的头顶，无解，也可无穷解。大道周行，诗经楚辞汉赋，唐诗宋词元曲，千百年来唯此为大。突然间，一百年前，一个“新青年”，放出两只黄蝴蝶，穿行在黄河与长江流域之间，偶尔扇动几下翅膀，在两年以后引起了一场新文化运动的风暴。蝴蝶头部一对锤状触角，撞破了早已成为汉语道统的诗天下。

新诗，一张新面孔。它并非由表及里全新，它的血脉，与五千年华夏文明相牵，汉语的脐带，连着文化的母体。新诗与古典诗歌一脉相承，不仅在于中国人的生存方式、思维方式、表达方式的东方性，还在于人类上古时期各大文字体系中唯一传承至今的方块字这一独特的象形文字，诗写中体现着汉字思维。譬如书法，汉字书写本身就是一种独立的变化无穷的艺术。所谓推敲一说，无非“炼字”，精心挑选最贴切、最富有表现力的字词，例如“春风又绿江南岸”的“绿”，“红杏枝头春意闹”的“闹”，且不论诗人说何种方言，读音南辕北辙，写诗时所用汉字的词义是一致的。白话文中某个字的意思，大都与古文相通。语出惊人，言志缘情，讲求意境，关乎境界，强调通感及节奏等诗的元素原在。而新诗的作者，在牙牙学语阶段，几乎都背过《唐诗三百首》，潜移默化，尽在童蒙开启中，忽飞还的那一只新诗蝴蝶，似乎依旧带着庄周的精气神。

中国古诗词代圣人立言，借景抒情，以比兴见长；格调温仁敦厚，源自中庸之道；善于赞美，亦可借古讽今，幽怨愤懑。形制上有一定范式，大家都在规则内展示才华。其中不少唱和之作，诗的立意相近，甚至雷同，没有人敢斥责谁写的不是诗。那时作品首要条件就是符合诗词的格式，彼此在同样的游戏规则内，比拼用词的精妙，境界的高下。而破茧的蝴蝶，毕竟蜕变了。新诗接纳了批判否定精神，锋芒毕露，知性理性与感悟并存，自由激荡的原创，上升为第一要求。类似于现代西洋油画，每幅不同，立意、结构、形式、方法，尽可能标新立异，花样翻新。诗直面社会人生和自然，也指向个体生命和隐秘幽暗的内心。当代生活的繁杂丰富，需要表达新的经验，特别是都市生活的精神形态，诗歌不仅呈现真善美，也要有承受肮脏的力量，这也是诗的活力所在。抒情与叙事，审美与审丑，诗歌与反诗歌齐头并进。每个人写诗的方向或欣赏诗的尺度都不同。当探索再向前一步，写出的也许是杰作，也很可能不再是诗。

一代又一代读者欣赏的古典诗歌，经受了时间的筛选，是沙里淘金的名家经典，当然印象绝佳。其实只要信手翻一下《全唐诗》，哪怕是中国古代诗歌的最高峰，也有许多应制、奉和与酬酢的差诗。而古代选本不录的诗，尽管会有遗珠之憾，相信更多的是劣作。而新诗方才一百年，精品不及三千年古典，也在情理之中。何况向远方致敬，厚古薄今，本是人性使然。把旧诗新诗各放在天平两端衡量，是不公正的。

于是编选一本《唐诗三百首》那样的新诗选本就非常必要。《唐诗三百首》是童蒙读物，所选多为脍炙人口之作，易于口口相传，然“俾童而习之，白首亦莫能废”，哪怕历经沧桑的智者，也顶礼膜拜。新诗选本的编选应恪守两个原则：首先，原创性、先锋性、陌生化是专业角度认可好诗的要素，期待语言历险和形式探索，诗中的意象，比喻出人意料，而非“用典”，进入诗歌的方式另辟蹊径，渴望天才开辟艺术的新向度；其次传达人类的普遍情感，直抵人心，有阅读快感，则是大众对好诗的期待。这两个原则没有高低之分，不可偏废。基于此，在新诗诞生百年之际，我选编了《给孩子的一百首新诗》，作为给少年儿童的礼物。它也是一本国民读本，爱诗者的枕边书。一千个读者眼中有一千个李白，我只挑了九十九首，最后一页空白，给读者抄写除此之外自己最喜欢的另一首新诗。若干年后，不同读者的选择，可再出一本新诗“集外集”。

二

二十世纪末我编选了一本《九十年代实力诗人诗选》，和温远辉合作的自序叫《在一千种鸣声中梳理诗的羽毛》，我给《2001 中国新诗年鉴》写的工作手记叫《诗歌的声音》。新诗最大的缺陷是声音的丢失，这两只黄蝴蝶的状况可用一篇小说的题目来命名：致命的飞翔。

剑桥大学近年先后举办了三届“徐志摩诗歌艺术节”，我参加了后两届，印象最深刻的，是在国王学院朗诵晚宴上听伊拉克诗人阿德南·萨伊格朗诵他的诗《流亡之路》，当年诗人四十一岁，第一次来到欧洲，坐火车穿越瑞士绿色的原野，他感觉对面女孩美丽的目光一直在阅读他的历史、他的祖国与他眼中深深的悲伤。诗中说，“我怀里揣着的不是护照，而是一段压迫史”。这是一场漫长而痛苦的交流。诗的结尾一段，诗人连用了十九个“总统”，总统的树、总统的工厂、总统的马厩、总统的云、总统的雕像……在他的国家伊拉克，一切都属于总统萨达姆，疯狂的叫喊，像锤子猛烈撞击我的心脏，残酷而剧烈。我再一次确信，诗歌能否直抵人心是由表达的内容决定的。但他朗读的过程中，有一种不断萦绕的旋律，弥漫在字里行间，异常盈耳动听，像优美的谣曲。而英语特别是汉语翻译，失掉了原作的韵律。

我第二次应邀赴日本参加国际诗歌交流活动时，一个西班牙诗人同样给我留下很深的印象，他朗诵诗时口哨吹出深林中的鸟鸣，每段结尾都是“叽啉经”的音节。在哥伦比亚麦德林国际诗歌节，听西班牙语朗诵，让人想起伟大的洛尔迦，这位不到四十岁便被右翼杀害的诗人，多部诗集都命名为歌集和谣曲集，不由让人联想到刘禹锡的竹枝词。在挪威与北欧诗人一共朗诵，他们如泣如诉，听其他国家诗人们用英语、法语、德语朗诵，轻重音节都很明显。所以去年诺贝尔文学奖颁给鲍勃·迪伦，可能评委会是想醒写作者要回到惠特曼的歌唱灵魂，重返诗歌的精神传统。其实不仅抒情诗，数万行的长篇叙事诗在过去也是口口相传的，荷马史诗如此，中国少数民族的创世史诗亦如此。有些民族没有文字，诗与历史能传承下来，全靠音韵有致、朗朗上口的传诵，诗词的魂魄本来就是这样的。

我几乎每次关于进入诗歌方式的演讲，都会专门谈论诗歌的声音。诚然，我会对诗歌的内在声音和外在声音做出区分和定义。诗歌的内在声音是指精神化的声音，传达的是诗人内心的精神力量。至于外在声音，是诗歌形式的一部分，是诗歌的音调、音韵和音律。古典汉语诗歌体现为平仄、对仗等要素构成的格律。杜甫诗句“即从巴峡穿巫峡，便下襄阳向洛阳”中，“巴峡”“巫峡”“襄阳”“洛阳”这些罗列的地名，看似信手拈来，却出自精心雕琢，因为“峡”和“阳”都是开口音，念起来铿锵明亮，这才能体现“漫卷诗书喜欲狂”“青春作伴好还乡”的激昂慷慨。曹操诗中的音调与李煜词中声调对比，鲜明体现了胸怀抱负的君王与亡国之君情感情绪的巨大差别。

鲁迅的《秋夜》有一句，“在我的后园，可以看见墙外有两株树，一株是枣树，还有一株也是枣树”，读起来，秋天的夜晚，有点凄清，有点惆怅，有点感伤，如果换成“我的后园有两棵枣树”，便急促了许多。这跟汉乐府《江南》“鱼戏莲叶东，鱼戏莲叶西，鱼戏莲叶南，鱼戏莲叶北”和《诗经》的“重章叠句”异曲同工。史铁生的《我与地坛》等经典作品，其语言风格和特色，表明除了表达的内容，文字的腔调是对情绪的准确传达，这就是“文学性”所在。语调、语气、语感构成某种语境，在汉语现代诗中至关重要。戴望舒的《雨巷》深为读者喜爱，依靠一咏三叹的回旋。徐志摩绝不是有些诗人、批评家口中的“三流诗人”，他诗歌的灵性无人可比。这么多中国诗人去过日本，包括久居东瀛岛国的华人诗人，只有陪同泰戈尔访日的徐志摩给萍水相逢的女孩写的那首诗，写出了日本女性独特的韵味，“最是那一低头的温柔，像一朵水莲花不胜凉风的娇羞”。游客参观剑桥大学，出过牛顿的“三一学院”，门票才一英镑，而国王学院的门票高出九倍，正因为游学的徐志摩在此写了《再别康桥》，这首诗，深受一代又一代中国人追捧，不是因为它博大精深，而是情感入心，它念起来很美，很能打动人。

中国新诗特别是中国现代诗，不仅与汉语古典诗歌在音律美上相去甚远，亦不及外国当代诗歌轻重音的抑扬顿挫。我认为，这是现代诗失去众多读者的根本原因。

新诗一百零一年后,“我不知道风,是在哪一个方向吹”。我郑重提议，诗人必须重拾诗歌的声音。当然，“你有你的，我有我的，方向”。

杜甫形象的千年嬗变

公元2012年初，猝不及防，中国网民揭开了纪念杜甫诞辰一千三百周年的序幕。某人将语文教材中的杜甫插图涂鸦后传到微博等社交网站，几日内引发了众多网民自发性“恶搞”，杜子美老先生化身武侠、科幻、时尚、文艺等形象跃然网络，并由此创造了“杜甫很忙”这一热点词。在继发对包拯、李白、辛弃疾等古人的涂鸦后快一个月，这桩令正统文化界尴尬的事情才偃旗息鼓。

其实，文学的产生、传播和诠释都既来源于创作主体，更取决于受体和大众的时代背景和文化需求。“一千个读者就有一千个哈姆雷特”，透过不同的文学和政治的眼睛，真实的作家也许比虚构的人物有着更丰富多样的面孔，作为最具名望和特质的中国古代诗人之一，杜甫的形象和身份在一千三百年的岁月长河中经历着诸种变化。美国汉学家宇文所安曾生动地谈到，“他的文学成就本身已成为文学标准的历史构成的一个重要部分”,“杜甫是律诗的文体大师,社会批评的诗人,自我表现的诗人,幽默随便的智者，帝国秩序的颂扬者，日常生活的诗人，及虚幻想象的诗人。他比同时代任何诗人更自由地运用口语和日常表达；他最大胆地试用了稠密修饰的诗歌语言；他是最博学的诗人，大量运用深奥的典故成语，并感受到语言的历史性”。

作为一名当代诗人、当然中国人，我愿简要回溯这千年嬗变的历程，并由此引发关于杜甫、中国乃至“何为大师”的一些感想和思考。

如今国内连小学生也基本知晓“李杜”以及“诗圣”与“诗仙”的提法，也许不少人会用“少林武当”的方式去加以想象，以为二者一开始就是并列的。其实从史料得知的事实是，杜甫一开始被接受程度和文学界地位非但远不如李太白，也不是榜眼，而两人之间交往也并非像高山流水的伯牙子期。李白很早便是扬名天下的“谪仙人”，当过皇家御用诗人，大量诗作被收入各种选本。而比李白年幼十一岁的杜甫在生前和逝世后相当长时间内，在世人和同行眼中也许就是个落魄的二流文人狂夫。润州刺史樊晃编《杜工部小集》六卷在序言说道：“文集六十卷，行于江汉之南，常蓄东游之志，竟不就。属时方用武，斯文将坠，故不为东人之所知。江左词人所传诵者，皆君之戏题剧论耳，曾不知君有大雅之作，当今一人而已。”在流传至今的十种唐人选的唐诗里，选杜甫诗歌的只有晚唐韦庄的《又玄集》，且只有六首。高仲武的《中兴间气集》专门选录从肃宗到代宗末年这一时期的诗歌，而此时正是杜甫创作高峰，选者声称要力革过去选本之弊，“朝野通选，格律兼收”，收入了当时十六位诗人，杜甫依然缺席。

杜甫和李白唯一的相遇发生在公元744年（天宝三年）的洛阳，来往约有一年，杜甫当时有点受宠若惊，仿佛新人后辈对名人大师的膜拜求教。分别后两人终生再无见面和直接通信。现传一千多首李诗中，只有四首与杜甫有关，其中两首真伪未明，而其余两首相比李白赠予他人的诗歌，显得流于礼节。令人感叹的是，杜甫始终对这位亦师亦友的天才念念不忘。据考证，现存一千四百多首杜诗中，与李白有关的有二十来首，包括了收入《唐诗三百首》的《梦李白二首》和《天末怀李白》，其中直接寄赠、思念李白的就有十首。诗句透露出种种情谊和赞誉，“终朝独尔思”“故人入我梦，明我长相忆”“三夜频梦君，情亲见君意”“笔落惊风雨，诗成泣鬼神”“白也诗无敌，飘然思不群”……更有对李白命运的担忧，“文章憎命达，魑魅喜人过”“冠盖满京华，斯人独憔悴”“千秋万岁名，寂寞身后事”。李白倘若泉下有知，多少会有点愧疚吧。

如今评论者和读者喜欢拿二人做对比：李白是浪漫主义，杜甫是现实主义；李白是道家，是飘逸，杜甫是儒家，是沉郁；李白是天才型，可望而不可即，杜甫是后天型，可望也可学；李白是激情的自然美，杜甫是人工的雕琢美；李白是年轻人自由洒脱的至爱，而杜甫则是中老年人才懂的深沉品味……这些都言之有理。其实这两位大诗人的性情、胸怀和写作方式都大相径庭，交往自然很难心有灵犀，彼此关注的程度不对等也是合乎情理。

杜甫在文学史地位的改变始于中晚唐。据学者分析，安史之乱是封建社会由盛到衰的转捩点，也是唐型文化向宋型文化过渡的转捩点。唐型文化大胆接受外来文化，其文化精神是复杂而进取的；而宋型文化各派思想主流如佛、道、儒诸家已趋融合，渐成一统之势，遂有民族本位文化——理学的兴盛，其文化精神转趋单纯与收敛。宋代理学可追溯到中唐的儒学复兴。安史之乱后，盛世气象一蹶不振，家国存亡之际，力倡儒家诗教观的韩愈、元稹、白居易敏锐地察觉到杜甫有别于其他诗人的思想特质，从而有了“李杜文章在，光焰万丈长”的首次并称。

另一方面，唐末五代文人又为杜甫发掘出“诗史”的内涵。中华文化极为重视“史”,“二十四史”传统在世界各民族中绝无仅有。从《左传》《史记》开始，到两汉乐府民歌“写时事”，再到杜甫的格律诗自觉地从个人抒情上升为对社稷、苍生的关怀，反映了安史之乱前后的各种大事件和受战火波及的社会广大阶层，诗可以证史，亦可以补史之不足。“三吏”“三别”《兵车行》《自京赴奉先县咏怀五百字》《哀江头》《北征》《洗兵马》等诗，继承了《诗经》《离骚》的爱国忧民精神，而《月夜忆舍弟》《秋兴八首》《登高》《岳阳楼》等写景抒情的诗也是心系国事，把个人的遭遇融于国家的命运中。于是唐人孟启《本事诗》提出：“杜甫逢禄山之难，流离陇蜀，毕陈于诗，推见至隐，殆无遗事，故当时号为’诗史’。”温庭筠、韦庄、郑谷、杜荀鹤、罗隐、皮日休等一批后辈以写作延续了现实主义精神，他们的大量作品记录了社会衰败现象和对君王的讽喻。

延至北宋中期，由欧阳修、宋祁等人修撰的《新唐书·杜甫传》，采用了“诗史”这一说法：“甫又善陈时事，律切精深，至千言不少衰，世号‘诗史’。”而王安石、苏轼两位德高望重的士大夫也对杜甫作了高度评价，孔仲武、王德臣、张戒等人继续沿着“圣”“忠”的道路发挥，促成了杜甫和杜诗成为理学道统的典范。

南宋理学宗师朱熹明确谈到：“予尝窃推《易》说以观天下之人，于汉得丞相诸葛忠武侯，于唐得工部杜先生、尚书颜文忠公、侍郎韩文公，于本朝得故参知政事范文正公。此五君子，其所遭不同，所立亦异，然求其心，皆所谓光明正大，疏畅洞达，磊磊落落而不可掩者也。其见于功业文章，下至字画之微，盖可以望之而得其为人。”

应该说，这是两宋士人出于当时天下大势考虑、出于推动知行合一的儒家理学，而对杜甫形象所进行的高度创造性、深层次阐释。亦官亦文的北宋士大夫，以融合道德政治和学术文艺见长，在他们眼中，杜甫无疑是适宜推广的君子圣人模范。中华文化博大精深，以儒家思想为主体，其中又以“仁”的人本主义为核心价值。杜甫对儒学的最大贡献在于他以毕生的言行为“仁德”提供了可亲、可信、可学的实例。更难能可贵都是，他一生仕途坎坷，生活漂泊，晚年更是贫病交加，却无改“贫贱不能移”的君子气节，无改以天下为己任的理想，时时处处关注天下安危和百姓哀乐。在他一千多首诗中，内容丰富，形体生动，囊括了战争、军旅、民族、官场、难民、贫民乃至山水、田园、天伦、风俗、赠别、咏物等方方面面，但贯穿始终的是那种不可磨灭、独一无二的忠君、爱国、忧民的悲悯情怀。他是理想的悲天悯人的圣贤典范，又是当代和后世儒生的生活楷模。对于万千士人而言，生前就取得功名身居高位是极幸运的少数，更多人只能度过平凡甚至艰辛落魄的一生，而跟他们命运际遇相似的杜甫，依然能够在黯淡的人生中升华出如此高尚的精神价值，那么他们能够也应该遵循此道去坚守家国道统和人生信仰。先贤所谓“达则兼济天下，穷则独善其身”；后人所曰“居庙堂之高，则忧其民；处江湖之远，则忧其君”，“先天下之忧而忧，后天下之乐而乐”，正体现着杜甫承前启后的精神价值。

至于后世如黄庭坚、陆游、杨万里、文天祥、元好问、李梦阳、何景明、王阳明、宋濂、王夫之、顾炎武、龚自珍等无数士人，或习文或从政，都不同程度受杜甫影响、激励。为了纪念杜甫，后人还在他生前流离停顿如河南巩县、陕西延安、甘肃天水与成县、四川三台等地修祠建宇，杜甫墓地则有七八处争论不休，而当中最有名的应该是四川成都的杜甫草堂了。这座当年破败不堪的容身之所，五代诗人韦庄在旧址上重结茅屋，以示怀念；北宋吕大防知成都时，重建草堂，并绘杜甫画像于壁；至南宋、元、明、清各代，草堂屡经修葺；在清嘉庆年间大修后，主要建筑和园林保存至今。现在的草堂已成为国家重点文物保护单位，建起博物馆收纳各种杜集版本及有关文物，还办有杜甫研究学会和《杜甫研究学刊》，成为旅游胜地。宋元明清历代书家也热衷为杜诗泼墨，仅收藏于成都杜甫草堂的杜诗书法作品就有出自祝允明、董其昌、张瑞图、傅山、郑燮、何绍基、康有为、章太炎、吴昌硕、于右任、沈尹默等大家的精品数十幅。

由诗人杜甫联想到武将关羽，他们被后世尊崇的轨迹有些相似。早已溢出文学和军事范畴，升华至一种精神的高度。

虽然皇家和士大夫阶层都已将杜甫视为圣贤，不过人们依然不断发掘他的新形象。梁启超别出心裁地称杜甫为“情圣”，并作文《情圣杜甫》说道：“中国文学界笃情圣手，没有人比得上他，所以我叫他做情圣”。杜甫悲天悯人不容多言，却并非只是如今教科书上的垂暮老人，他对自己人生充满向往，对名山大川，对妻儿亲友，乃至对草木虫鸟等微细生命，都充满热爱和敏感。杜甫以仁义为修身根本，同时也博览群书，与道士、僧侣有交游，道家的自然，佛家的慈悲为怀，墨家的兼爱都融化在他思想和作品中。“安得广厦千万间，大庇天下寒士俱欢”可谓是“觉有情”的菩萨心肠。

而数十年后，中国面临民族生死存亡之际，闻一多也身体力行地以杜甫激励自己和同伴。他赞誉杜甫是“四千年文化中最庄严、最瑰丽、最永久的一道光彩”，“他的笔触到广大的社会与人群，他为了这个社会与人群而同其欢乐，同其悲苦，他为社会与人群而振呼”。朱自清说“在过去的诗人中最敬爱杜甫，就因为杜诗的政治性和社会性最浓厚”。其实，从政治家到文化人，都分别在思想精神和语言艺术方面对杜甫各取所需。现代历史学家洪煨莲评论二十世纪中国时谈到：即便在所有道德的与文学的标准被掷入怀疑和混乱，政治立场和文化理念迥然不同的集团和个人也都从杜甫那里各取所需，为己所用。鼓吹流血革命的左翼分子和捍卫因循现状的右派人士都乐意引用杜甫，保守的文学研究者承认杜甫的知识广博，偶像破坏者以及白话文的拥护者也一致向杜甫致敬。这一总结精辟之极！

1949年之后，作为新政权指导思想的马列主义取代了儒家正统，文艺思想也由毛泽东《在延安文艺座谈会上的讲话》主导，强调写作为工农兵服务。不过杜甫也颇为顺畅地从“诗圣”“诗史”转换为现代语境中“伟大的爱国现实主义诗人”，尽管作为诗人的毛泽东更喜欢李白，郭沫若甚至写了《李白与杜甫》抑杜扬李，可杜甫一直获得众多文学史家的认可。

在当代文学评论的体系内，杜甫诗歌具有丰富的社会内容、强烈的时代色彩和鲜明的政治倾向，真实深刻地反映了安史之乱前后一个历史时代政治时事和广阔的社会生活画面。他的风格以“沉郁顿挫”概括最为精准,“沉郁”指诗的情感上特色,“顿挫”指诗的语言声调的错落有致。他兼具大气磅礴的构思能力和细致入微的叙述技巧。叙事写人时，他能通过富有个性的细节描写和人物对话的客观叙述，展示诗人的感情取向；抒情议论时，他又能寄情于景，融景入情，使情景交融，兴象浑融。现存杜甫一千四百多首诗中，五言律有六百三十余首，五排一百二十余首，七律一百五十一首。杜甫律诗不仅数量多，而且在思想与艺术上都达到了炉火纯青的境地。杜甫在创作中，能够根据不同的内容，选择不同的诗歌体裁。如以言志、咏怀、纪行、叙事和议论的内容，他主要选择古诗这样在篇幅和声律方面比较自由的诗体。在表现时事和现实内容的题材上，他创造性地运用了新题乐府的体裁，抑或用组诗的形式来表达。如《兵车行》《丽人行》《悲青坂》及组诗“三吏”“三别”等五、七言古体诗。在写景、抒情与创造意境等方面，他则主要运用五、七言律诗的形式，做到情与景的交融、意与境的结合。语言和篇章结构又富于变化，讲求炼字炼句。总而言之，杜甫可谓是唐诗艺术的集大成者。

现当代诗人将这位别具魅力的前辈和具有巨大可塑性的写作对象创作出精彩纷呈的新面孔。“借他人酒杯，浇自己块垒”。二十世纪至今，华语现代诗人至少有内地的冯至、叶延滨、西川、肖开愚，台湾的余光中，香港的廖伟棠、黄灿然，旅美诗人杨牧，旅美学者叶维廉以杜甫为题进行创作。每位诗人都处于不同的时政节点，透着不同的思想滤镜，运用不同的艺术魔法，去关照同一个历史对象，在跨越时空的诠释之中展现各自的主体精神。从古典情怀，到现代批判，再到后现代解构，杜甫仍在不断演绎新角色，果然是“很忙”！

同时，杜甫作为中国古典诗人的巅峰人物，也随着中国文化传播而越出国界，走向国际。从十三世纪开始，杜诗就在邻国朝鲜、日本和越南广泛传播；从十九世纪起，杜诗又被通过汉学家的创作性文字被西方学者和读者所认知。即使是文化背景与我们相去甚远的西方受众，也不难从他的诗歌和生平中发掘出具有普世价值的因素：博爱、和平、正义、信仰、忠诚、环保等等。1961 年在斯德哥尔摩举行的世界和平理事会主席团会议决定把杜甫列为次年纪念的“世界文化名人”。可以说，杜诗已成为世界性的非物质文化遗产。

至于开篇说到的“杜甫很忙”，严格说来，不属于对杜甫的创造性诠释，它体现的只是后现代文化借助互联网技术和资本动力的放大如何变得随心所欲，而网民选择其他任何一位历史人物都能产生相同的轰动效应。

内地网民俗称的“恶搞”“PS”，香港传媒和市民更习惯称为“二次创作”，属于网络亚文化现象。它是网民以讽刺、幽默、游戏的视角，来解构传统、颠覆经典、娱乐大众的一种网络风尚，凡是能够通过再编码、再创作而流行于网络的东西，无论是电影、革命歌曲、新闻人物还是普通的照片，都能成为二次创作的对象。如今国内互联网也跟随全球潮流，这次“杜甫很忙”事件当中，不管是微博类平台，还是其他社交平台都是属于 web2.0 的范畴。当所有人被“杜甫”这个符号集体认同的时候，各种形貌的杜甫成了广大网友泄愤、自嘲、解闷的工具，物理世界的身份差异消失，营造出一场数码维度的全民嘉年华。

其实，任何一个时代都可以说“这是最好的年代，这是最坏的年代”，虽然今天对杜甫的“恶搞”让人唏嘘，但当代汉语诗仍在探索中前行，

有没有新的文学伟人还是其次。杜甫是中国人的杜甫，我们跟他站在同样的大地，面对相似的时代，怀着相同的精神世界，流着相同的文化血液。“人人皆可为圣贤”，如月照万川，我们都是杜甫的化身。

只要中国人不放弃中国文化，坚持中国诗歌，我们就没有理由悲观，中华文明就不会衰败平庸。这就是我们今天纪念杜甫诞生一千三百年的意义所在。

《唐诗三百首》的另一种读法

"'两个黄鹂鸣翠柳，一行白鹭上青天。'这首诗本来我也很喜欢的，黄梨是很好吃的。经祖父这一讲，说是两个鸟，于是不喜欢了。"萧红在《祖父和我》中，非常有趣地记述了童蒙时读唐诗的情景，"我睡在祖父旁边，祖父一醒，我就让祖父念诗，祖父就念：春眠不觉晓，处处闻啼鸟。夜来风雨声，花落知多少。""这一首诗，我很喜欢，我一念到第二句，'处处闻啼鸟'那处处两字，我就高兴起来了。觉得这首诗，实在是好，真好听'处处'该多好听。"我不甚清楚小说家萧红写没写过诗，可她说出了诗的真谛。她对诗的认识不仅比许多诗人、批评家、教授都高明，连《沧浪诗话》《随园诗话》那些名著都没涉及过此话题。诗人孟浩然兴之所至写"处处",并非老师课堂上分析的那样,这个词比"到处""四处"更恰当,唯一的理由就是"真好听呀"。最初的感受反而最切近诗的本质。

很多家长从小教孩子念唐诗，小朋友识字极少，甚至一字不识，对诗的理解与长大后再读有天壤之别，有时无外乎听个声音，不解其意。而大人包括不少教授对《唐诗三百首》的解读，过于偏重"求甚解"，不仅忽略了小孩的视角，更背离了诗之本质，除了内容，还有语气、语调、语感、语境，也就是诗歌的声音。故而恰恰要反过来，大人要像孩子学习。讲读杜甫《闻官军收河南河北》，要明白"即从巴峡穿巫峡，便下襄阳向洛阳"，这巴峡、巫峡，襄阳、洛阳并非刚巧几个地名，而是有选择的，因为读这几个词时，嘴巴必须是张开。只有开口音，才能表达"漫卷诗书喜欲狂"的激动。要是换成"即从广州穿深圳"，"圳"是闭口音，情绪的张扬顿失殆尽。读李白《将进酒》："君不见高堂明镜悲白发，朝如青丝暮成雪"，便发现哪怕连对着镜子感叹生命易逝，都那么音律铿锵，这就是盛唐之音啊！我们不妨对比李煜那样的诗歌天才，作为亡国之君，他的词音调要哀婉许多。所以诗很多时候与民谣、儿歌一样，唯一的道理就是“真好听啊”。

《唐诗三百首》“为家塾课本”，“专就唐诗中脍炙人口之作”，“俾童而习之，白首亦莫能废”，可见编选初衷就是童蒙读物，老少皆宜。能入蘅塘退士孙洙法眼的，皆为朗朗上口、深入浅出之诗。上海社科院的孙琴安教授是我朋友，曾送给我他研究唐诗的专著，经他考据的唐诗选本就有六百种，从公元七世纪贺知章的门人孙季良开始编纂唐诗至今，几乎每两年就有一种选本，尚存三百余种，大多不为人知，唯有《唐诗三百首》家喻户晓。由此推论，今人选百年新诗，以为高深艰涩、技巧繁杂的所谓“难度写作”作为好诗标准，实为谬误。我倒想同样遵循《唐诗三百首》“以简去繁”的原则，为这一百年新诗选一本“枕边书”，视角更为关注飞扬灵动或世道人心之作。其实在信息化的今天，家长也不必勉强小孩通篇背诵《唐诗三百首》，繁难的记忆功能完全可以交给电脑。如同“截句”，能背诵《登幽州台歌》《静夜思》《江雪》《相思》《望庐山瀑布》等数十首脍炙人口的“短制”，而其他只是记住一些相对更为精彩的句子或者片段，例如杜甫《春望》，只记住“国破山河在，城春草木深。感时花溅泪，恨别鸟惊心”，白居易《草》只记住“野火烧不尽，春风吹又生”，张九龄《望月怀远》只记住“海上生明月，天涯共此时”，王勃《送杜少府之任蜀州》只记住“海内存知己，天涯若比邻”，照此类推，也不失为一种读法。

当然也可取一些不同的角度，调动孩童诵读的兴趣。在古代，日本和周边好些亚洲国家同属汉字文化圈，我十几年去东京参加国际诗歌节，听闻日本人票选最喜欢的唐诗，排在第一的是孟郊的《游子吟》：“慈母手中线，游子身上衣。临行密密缝，意恐迟迟归。谁言寸草心，报得三春晖！”排在第二的是张继《枫桥夜泊》：“月落乌啼霜满天，江枫渔火对愁眠。姑苏城外寒山寺，夜半钟声到客船。”“无用”的诗歌使小小的寒山寺成了日本家喻户晓的中国寺庙。再比如传闻法国一家葡萄酒厂状告中国某酒厂，其生产的葡萄酒侵犯了知识产权，律师在香港的法庭上念了王翰《凉州词》“葡萄美酒夜光杯”，证明葡萄酒中国古已有之，打赢了官司。这些道听途说，对孩子的学习不无裨益，这个例句可以理解为夜光杯里装着葡萄酒，也可以理解为葡萄、美酒、夜光杯三种并列的事物。这也是新诗常常不打标点符号的原因,作者不想限制了诗的多义性。过去私塾乡村秀才启迪童稚念诗，所说的那些与应答对联相关的有趣故事，其实有不少亦是张冠李戴。

当然父母也可与孩子唱酬应和，告诉小朋友写诗不光是押韵有节奏，“扫完堂前地，又喂笼内鸡”，尽管念念有词，少了艺术张力。“相看两不厌，只有敬亭山”，好诗要有意蕴、境界和哲思意味。

2016 年 3 月

“乡儒”的骊歌

中国乡村千百年来，有不少乡儒，他们是方圆几十里地的知识分子，或名声远播县境之外的文化名人，作为“文化细胞”，他们一代又一代地传承了中华文明基因。我小的时候，每年春节，见过不少替乡梓写对联的好手，他们的毛笔字，胜过当下许多“书法家”，且他们所写下的楹联，虽不及古人文采飞扬，却也颇有古风，自成一家。而对联这样一种文学形式，真是做到了实用性与艺术性并存、高雅与通俗统一的最高境界。寥寥数语，有情有景，亦有感有悟，读来朗朗上口。对此，我们唯有赞叹。

乡儒的功业与辞章，不在朝堂之上，而呈现在方志序言、艺文志乃至乡间的楹联上。汪曾祺的名作《徙》里塑造的晚清塾师、民国教员高北溟，囿于时代的变动和命运的跌宕，有鲲鹏之才却终难徙于北冥，贫老而终。他留给乡里的，除了一介清白书生的言传身教，还有他门前的一幅墨色浓浓的对联：辛夸高岭桂，未徙北溟鹏。许许多多默默无闻名而终老乡野的“贤士”，留下的正是高北溟远逝的背影。即使在二十一世纪，传统文化依然是现代文明的根脉，现代文明永远无法摆脱自己作为传统文化衍生之物的宿命。诗、词、曲、赋都是华夏传统文化的典型形态，而诗作为中国最正统的语言艺术形式，永远被后人毫无保留地排在第一位。

“五四”时期，新文化运动对于旧体诗的打击几乎是毁灭性的。现代社会科学技术发展畅达，文化文明底蕴渐行渐远。可时至今日，我依然不怀疑旧体诗鲜活的生命力。西谚曰：凡走过的，必留下痕迹。倘若连岁月的足迹都没能明辨，生存意义又从何谈起。然而千百年来，写在纸上的作品往往因尘封、虫蠹、火焚而损毁；数码时代又可能在更短的瞬间全盘格式化删除，或被黑客盗取无踪。生命的印记如此真实生动，又如此不堪一击。诗歌及其他艺术，所面对和反抗的正是这样的“不能承受之轻”。如果一个诗人能从时间手上接过“永恒”这个荣誉证书，他必是人类历史长河中生命最有价值的一个，无数浮尘被风吹走，他的文字却像光滑的石头留在河滩上，被后来者拾起，捧在手心，仔细凝视它细小的纹路，它的质地。清风拂过，仿佛能听到它永不止息的脉动，如同呵护一颗滚烫的心脏。几年前我曾在泾渭之滨，听清脆童声齐诵“长安一片月，万户捣衣声”，甘怡如初，顿生时空倒错之感，如果诗人不懂得时间的奥秘就无从寻找词的源头、词历久弥新的光辉。汉赋、唐诗、宋词，时间的前置性形成了历史环环相扣的诗歌生态。

中国人对古典诗歌的崇尚，那永远割不断的情结，决定了旧体诗的茂盛生命力。旧体诗追求意境的悠远，着重某种只可意会不可言传的诗意，正是从汉字本身的象形、会意的特点生发出来的。而汉语声调的平、上、去、入，也是旧体诗平仄、对仗的艺术来源。由此可见，旧体诗是符合汉语的语言规律的文学艺术体式。古典诗词的平仄韵脚，可谓将汉语的顿挫回环之美发挥到了极致。沈德潜云：“诗以声为用者也。其微妙在抑扬抗坠之间。读者静气按节，密咏恬吟，觉前人声中难写，响外别传之妙，一齐俱出。”（《说诗晬语》）叶恭绰亦云：“第文艺之有声调节拍者，恒能通乎天籁而持人之情性。”（《古槐书屋诗序》）的确如此，诗词声情之美，既悦听动情，又有裨构思和欣赏。也正是源于古诗的音韵美，精短明快，往往一个人儿时所背诵的诗词会伴随自己整个人生。

今天的高等教育，分析诗歌过于精细，条分缕析，而旧时私塾，幼童习学都讲究一个背字。《千字文》《千家诗》……先生不会多讲，学生也无需多问，识字了便是摇头晃脑大声背诵，背不下来还要挨板子。我不相信古人是愚昧才采用如此迂腐的教育。或许古人有大智慧，懂得文的本质，诗的天性。这些都是不可教，也不可解，只能感，只能悟。小孩子不能理解也没关系，等长大了，有了人生阅历，懂得赏读山水、朝霞、落雾，霎时便是恍然大悟，儿时所背的诗句拿来形容此时此景岂不是分毫不差！这便是古诗中的意境，也是古人所追求的境界。以诗浸润人生，春风化雨，潜移默化，乃人文教育的根本。

乡村很多旧体诗词写作者，就是现代社会被传统文化熏陶浸淫的最后的秀才，他们赋诗吟词，不为创新，不为突破，更不是为了成为所谓艺术大家，只是将自己人生亲历，予以诗意表达。互相唱和、砥砺，或者只是消磨时光，有益内心的文化娱乐，它们朴实传达了中国底层文化人的生存境遇。民间文本与民间书写的最大意义，在于使赤脚人生有了诗性的光芒。诗虽贵在新创，然“真”字亦是诗的根本。借得旧体诗的音韵和意境之美，畅舒真情、真爱、真人生何尝也不是美事一桩。即使一个写诗的人没有留下万古常新的只言片语，但在个体生命的某一时段，他把青葱或苍老的岁月交给了诗歌，交给了激情与梦幻，他的人生因此丰富而有意义。据最现代的超弦物理学，宇宙时空可能不是四维，而是十维，时间是一个复数。可在我们感知的时空里，时间如白驹过隙，空间如沧海一粟，因此在这个世界一切有形的东西都是虚空。而在诗歌的时空里的我们却可以去来自由，既可返回洪荒，遨游苍穹，也可神交圣贤，改写历史，当然更可以重温消逝的青春，复原荒废的乡土，重铸“耕读人家”，从而永远地守护着精神的血脉和家园。

自由的李白

读李白由衷畅快，他的旷达不拘，灵动飞扬，仿佛横空出世，在我看来是自由激荡创造精神的发轫。论语言的直觉美和诗性快感，中国古代诗人无人能出其右。六年前我替《诗人喜爱的诗》一书撰文时就说过：“我最初和最终蒙受的神恩来自中国历代大师。其中我最喜爱的诗人是李白。”

李白爱酒，“斗酒诗百篇”虽是一个传说，但说他是中国第一个把酒和诗的关系变成了一种写作哲学的诗人，大概不为过。为人为文，喝酒和作诗，都是李白自由心性的显现：他醉卧长安街市，天子呼来不上船；他把“长流夜郎”当作逍遥游，沿途翻飞“太白遗风”酒幡；他为杨贵妃写下“云想衣裳花想容”的诗句,不忧虑有讨好皇帝的嫌疑身后遭谴责；所结识的友人汪伦设宴款待他，他在桃花潭畔赠诗酬谢，不担心受赠者卑微无名致诗被湮灭；黄鹤楼崔颢题诗在前，他读罢自叹弗如，弃笔而去，不害怕辱没自己大诗人的名声；就连他自以为是个匡扶正义的侠士，稀里糊涂跑到叛军里当幕僚，人们也懒得追究，因为在道貌岸然的士大夫群里，李白的灵性太清亮了，哪怕现实再狼狈，也遮不住他通体透明的光芒。

天真率性的李白在那个时代是一个十足的异类。“两句三年得”，“捻断数茎须”，大多数人写诗都端着架子，太看重自己的诗人身份，尚未落笔便以为字字珠玑，句句绝唱，不敢有半点大意，结果，太过用心反而泄漏了匠气。唯有李白活得自由，写作状态也松弛自在，心无旁骛，他不会想着如何用诗的“微言”承担诗之外的“大义”，他把自己举重若轻的自信和精彩更多地体现在语言中：“黄河之水天上来，奔流到海不复回”；“高堂明镜悲白发，朝如青丝暮成雪”。前一句将空间层层放大，后一句把时间紧紧压缩，这绝妙的奇句，我至今读来仍能感到作者的激动狂喜，然而，诗人仿佛受了自由之神的牵引，偏偏以轻松随意的“君不见”起头，“君不见黄河之水天上来”，似乎一开口便吟出来，如同飞流直下一般自然。李白的不羁还体现在他的写作敢于遵循生命和身体的指引，他从来就不惧怕世俗生活：“烹羊宰牛且为乐”，“但愿长醉不愿醒”，那种与生俱来的狂欢和游戏的酒神精神，可谓把感官之乐释放到了极致，他既不把儒家“立言立德”奉为圭臬，也不想强装名士风度，完全以真示人。

我们今天读李白那些奔放的诗歌，之所以会常常想起李白这个同样奔放自由的人，其中是有连接通道的，这个通道就是李白的身体——他的肉身虽去，但鲜活的气味却留在了自己的诗歌中；他的写作不是苍白空洞的，而是将他自己彻底投入语言活动。时间永在不动声色地流逝，却冲刷不掉自由滚动的石头，当我们一次次逼近诗歌，便会想起将自己再度置身写作现场的诗人李白。

写 作 立 场

一. 社会学立场与文学立场

不存在没有立场的写作，凡写作必有立场。立场首先是写作的出发点，然后变成了写作的趋向和深度，以及对写作进行评价的一个尺度。

对文学的判断历来包含着对写作立场的判断，二十世纪以来的文学论争，说到底其实暗含着写作的两个看似对峙的立场，也即文学的社会学立场与文学立场之间的辩驳。坚持文学社会学立场的写作，认为文学来源于社会现实的决定，来源于外部世界变化所带来的刺激，从而强迫写作对之做出敏感的反映，因而写作必须包含社会内容，否则将失去支撑性的基石。坚持文学自身立场的写作更愿意把文学视为一个独立的领域，是一个内部事件，它有意回避文学的社会学色彩，并把这一行为当作拒绝社会历史决定文学的策略加以使用，因而坚持文学立场也就变成了对文学的“文学性”的追逐，希望给写作带来一种自由状态，带来个性的思考和情感，使写作变成与“我”有关的纯正行为，而不是社会、历史、文化、意识形态等非文学因素的附庸。

写作本身是一种虚构——文学是叙述出来的，但它并不是一种虚拟世界的无限滑动的能指游戏，因为它能“虚构”出意义，从这个角度而言，文学有其社会内容，但有时在一种二元对立思维下的争论，往往容易顾此失彼，把二者割裂开来。

就像一对孪生兄弟，源于同一个卵子、母体，却分裂为两个完全独立的生命个体。其实作家的社会学立场与文学立场是相互涵盖、纠缠又相互剥离、对抗的。一般来说，写作者的社会学立场制约着他的文学立场，但事实上一旦进入写作，运行过程中的写作惯性往往使文本抛离作家社会学立场的轨道。还有一种情况，作家的社会学立场在某些方面相近，文学立场则截然不同。二十世纪末爆发"知识分子写作"与"民间立场"诗歌论战后，我多次听到诘问："你们的立场不是很相近的么？"发问者着眼点大致在两拨诗人的社会学立场上，而在对存在的看法、对人性的态度、对文学的理解特别是对语言的理解、对当代诗歌的基本把握和判断诸方面，毋庸否认双方有明显的差异。因而讨论写作立场既涉及作家的精神与人格取向，也涉及写作姿态与艺术态度。

二十世纪的中国新文学是在革命、战争、浩劫中产生和发展起来的，动荡混乱的生存环境和国家权力话语的强行进入，使相当漫长的时期里，作家用于写作的时间支离破碎，并且常常因为非文学的原因被迫中断，一个人能持续性写作的年度有限，根本不可能心无旁骛地全身心投入艺术的创造与探索。严酷的社会现实（或许还有"文以载道"的传统因袭）使作家无法躲进象牙塔里，文学革命（新文学运动）一开始就和社会革命（五四运动）互为依托，难分难解，你中有我，我中有你，亲密得就像一对难兄难弟。因而企图通过写作"干预生活"在新文学发轫之时就成为自觉。"说到'为什么'作小说罢，我仍抱着十多年前的'启蒙主义'，以为必须是'为人生'，而且要改良这人生。"（鲁迅《我怎么做起小说来》1933 年）即使在声称"不把写小说当作甚盛的事"，"所谓讽他一下子也只是聊以自适，而于社会会有什么影响，我是不甚相信的"（叶圣陶《随便谈谈我的小说》1933 年）极少有作家能够真正忽略文学与社会人生的密切联系。尽管二三十年代作家的社会学立场无疑渗透到文本里，然而，与后来不同，充其量只是一种"精神立场"，一种隐匿的思想倾向，并未取代或者取消作家的文学立场，并未从根子上动摇文学作为审美特殊形式的属性。众所周知鲁迅对左翼文学不顾文学性，一味强调文学社会性的功利主义进行了批评，认为文学首先是"文艺"，然后才是"宣传"。况且在新文学起始的五四时期，个人主义的立场一直就比较明显，"我觉得'文学作品，都是作家的自叙传'这一句话，是千真万真的"（郁达夫《五六年来创作生活的回顾》1927 年）强调人的解放，注重个性色彩，是当时贯穿诗歌小说的一条主线。放下《莎菲女士的日记》之类的文本不谈，即便像《狂人日记》这样与社会问题密切相关的小说，也有很多个人化的东西，并没有在社会批判、文明批判中失去文学性。且作家诗人持何种立场，完全是个人自由主动的选择，不是外面的强力所至，你也可以风花雪月，就算有人批判你也不影响你的生存境遇。到了抗战期间，救亡成为全民族最迫切的问题，在当时语境这是压倒性的问题，文学应服务于社会需求成为首要的使命。这种趋势在新中国成立后的前三十年愈演愈烈，事情开始发生质的变化，体制决定一切，既不存在个人的社会学立场，也不存在个人的文学立场，文学不仅是为政治服务的工具，甚至直接成为意识形态本身。而且写作者也必须首先是个意识形态战士，而后才是个作家。“我尽力忘记自己的作家身份，从一切方面把自己变成一个和当地所有人一样的‘玉门人’”（李季《我和三边、玉门》1959 年）；“人民文艺工作者必须具有工人阶级的立场和观点以及马克思列宁主义的修养，而且还得参加火热的群众斗争，体验丰富的社会生活，才能从事创作。”（周立波《〈暴风骤雨 > 创作经过》1979 年）。写作被强调为时代的共同想象，只有外在的所谓时代精神，而没有独特的审美文本。

直到七十年代末，由于社会在断裂的阵痛中逐步转型，几乎丧失殆尽的文学元气才在修补中渐渐恢复。虽然文学史和批评界时至今日仍含混其词，但必须承认，在此关键时刻做出里程碑式贡献的是诗歌，因为首先是诗歌而不是小说使写作实现了由单纯强调社会学立场向文本重建的文学立场转移，最先出现在诗歌的“先锋”一词，主导的是艺术姿态而不是文化姿态。当“伤痕文学”尚停留在对写作内容的争鸣，也就是对“反思文革”可以容许的最大限度饶舌不休的时候，“朦胧诗”则早已完成“诗意”和“诗艺”双重蜕变，不只是注重“写什么”，更在意“怎么写”，“中国的诗人们不仅开始对诗进行政治观念上的思考，也开始对诗的自身规律进行认真的回想。”（徐敬亚《崛起的诗群》1981 年）当初指责朦胧诗出现概率最高的几个词：“古怪”“令人气闷”“看不懂”，针对的都是诗歌的形式，这恰恰说明“新的美学原则”凸现了语言革新和文体创造的自觉。另一方面，与新时期小说相比，新诗潮不但关心的是在艺术性的前提下更高意义的社会正义和人道原则等重大母题，还异常鲜明地提出要“表现自我”，而小说则一直走到“寻根文学”，基本上仍是集体话语，对“个人”的信任很低，想方设法在个人之外寻找依托，寻找共同的文化母体。八十年代中后期，“诗到语言为止”成为第三代诗歌运动的旗帜，小说的“文本意识”终于被马原唤醒，先锋作家对如何进入叙述倾注了极大的热情，当表达即怎样讲故事成了一个问题，小说的视点也就回到了文学自身。

百年来在中国被混为一码事的问题，在外国却拎得很清。西方作家同样经历了两次世界大战，其中许多人甚至实际参与了战争，例如海明威和庞德就是正反两个方面的绝佳例证。布尔什维克革命和殖民地独立运动，对欧洲的冲击更是一波接一波。作家不可能回避政治、军事、经济、民族等十分敏感的社会问题，无论“现代主义”还是“后现代”，其成因有复杂的社会背景。但具体到写作，却几乎没有一个作家丧失基本的文学判断。不像我们几十年里开口闭口都是社会学或意识形态立场，唯独讨厌文学本身的立场。

同样也是生活在发展中国家的拉美作家，许多人积极参政，动辄发表政治立场声明，连博尔赫斯这样纯粹的“作家中的作家”都做不到拒绝庇隆政权，竞选过秘鲁副总统略萨对政治参与之深更可想而知。可是略萨在回答记者的提问时如是说：“一个作家可以是激进派或保守派，但它的为人应该是正派的……作家的重要性在于作品”(《谎言中的真实——巴尔加斯·略萨谈创作》赵德明译，云南人民出版社 1997 年版）我理解“正派”指的是“信仰生活”。文学绝对不是意识形态简单粗暴的传声筒，任何理想信念，都必须有效地在对生活的真实呈现中展开，作家的诚实在于真切面对与“我”相关的人的生存，而写作的道德恰恰体现在对人性复杂性的维护。约翰·斯坦贝克有段很好玩的话：“你们还记得讲一个来自得克萨斯州的黑人少年的短篇小说吗？当神父问他是不是一个天主教徒时，他回答说：‘去他妈的吧，我不是，神父，我只是一个黑鬼，这就够了。’我也是这样，我不过是一名作家，这就够了。”(《一封谈创作的信》，见《美国作家论文学》三联书店 1984 年版）斯坦贝克否认天主教徒的身份，实际上表示文学不是教义，文学是一个自在的生命，而不是伦理的外衣，不依附“庞然大物”，坚持独立精神和自由创造的品质，不仅思想倾向偏于保守的右翼作家如此，激进的左翼作家们亦然，聂鲁达、马尔克斯和日本的大江健三郎等人的文本就是例证。1968 年，马尔克斯在接受记者阿曼多？杜兰采访时说：“我相信，世界迟早将成为社会主义世界。我希望如此，并且希望早日实现。不过，我同样也相信，可能推迟这个过程的因素之一是那种低劣的文学。我个人关于人们所了解的社会小说——介入小说的最高表现——的保留态度基于它那种不完全的、排他的、摩尼教的特点，它使读者局限于一种对世界和生活的狭窄视野……”（《两百年的孤独——加西亚·马尔克斯谈创作》朱景冬等译，云南人民出版社 1997 年版）在这里，马尔克斯对社会小说的观点与三十年代鲁迅对左翼革命文学的观点是一致的，在马尔克斯看来，小说介入社会越深，反而更有局限性。一般来说，坚持社会学立场的文学都想用介入的方式来改造社会，然而实际上适得其反，因为它已经不是什么文学，自然不能产生只有文学才能产生的意义。所幸，马尔克斯信仰的只是思想学说，假若置身于强迫人们就范的无处不在的政治权力下，想必也难以独善其身。

因此，二十世纪西方文学似乎沿着另一条线索发展，从俄国形式主义批评到后来的法国结构主义文学，都致力于清除文学的社会学观念，把文学视为叙述和虚构的产物，并认为文学的意义在于结构，而不是对社会直接反映。六十年代开始的后现代主义则走得更远。在二十世纪之前，以巴尔扎克为代表的作家写作的视角是全知全能的，他们认为世界可掌握，善恶、好坏，自己可以作判断，人物的命运按照他们的安排展开。而现代小说则认为线性时间是非常荒谬的，不符合生活本身的逻辑。意识在流动，生活在破碎，追问下去一切与个人心灵的体验有关。“我”是可以把握的，但我眼中的世界无法看到，只是呈现。在罗曼·罗兰那里，对人的存在的看法仍然守护古典文学的底蕴，相信高尚的力量，对人充满信心。再往下发展，这一观念受到挑战，卡夫卡在价值上有虚无主义色彩，他对人的基本理解是灰暗的，人不高大，不光辉，人的处境被粉碎，如叶芝的哀叹——“世界破碎了，再也找不到中心”。卑微的小人物躲在地洞里很恐惧地听外面的声音。对已有的文学艺术卡夫卡提供了崭新的经验，他是划时代的，直到今天，我们的写作仍没有超过卡夫卡的限度。八十年代中后期以降，中国文学厌倦了过多的道德精神命题，新生代作家开始着力呈现一种人的状态，如今70后的一代作家粉墨登场，“个人”更进了一步，外在的文化、社会内容在减低，更相信自己的感觉和身体的体验，写作针对自己的内心——如何平息内心的欲望。他们张扬“将身体写作进行到底”。探讨声音、身体与诗歌的关系成了当下新的课题。可见无论中外，百年来包括诗歌小说任何一个文学流派的崛起，尽管与作家的社会学立场有一定关联，更主要的与文学立场的变化密切相关。

固然，在文学之外，作家也有社会学立场问题，因为做作家必须建立在做普通人的基础上，其日常生活不可能“跳出三界外，不在五行中”，他常常要面临各种各样的选择，说到底必须负荷“良知”“道义”前行，且在这一方面，社会有理由对一个作家比对一个普通公民提出更高的要求。此外，如前所述，写作自然要从文学立场出发，可立场之外，起作用的还有理解的深度，语言的感觉，结构的能力，真实与艺术的和谐等种种因素。立场是理性的、清晰的，而写作活动带有非理性、潜意识的成分，假如过于强调和依赖某种立场，其结果只会导致这种立场的丧失。

二．当代诗歌的民间立场

二十年前，中国当代诗歌是从民间重新上路的，早期的《今天》开始了这一进程。二十年来一代又一代诗人毫不妥协的奋争，中国诗歌最活跃坚实的部分全面向民间转移早已是不争的事实。世纪之交，由《1998中国新诗年鉴》发轫，民间再度成为当代诗歌的出发点。当又一场诗学革命真正从诗歌内部推动，诗歌界板结的死气沉沉的局面终于被撕裂，久违了的自由主义的气息重新吹拂，那些闪烁奇异才华和清亮个性的新人脱颖而出，那些带着生命体温人性气息的诗篇不断催生，遏制不住的创造精神的喷发使汉语诗歌再一次奇迹般地得以激活。面对凶猛而开阔灵动、富有活性和冲击力的艺术潜流，我们有理由对新世纪的中国诗歌充满信心。

注重原创性、先锋性和在场感，体现汉语自身活力是《中国新诗年鉴》的选稿原则，它关注诗歌新的生长点，强调诗歌的直接性、感性及其直指人心的力量，守护生活的敏感和言说的活力。它所确立的基本文学立场，即“艺术上秉承”的是真正的、永恒的民间立场。它向两个方向敞开，首先它主张诗人写作，具有独立的文本性；其次是它与生活状态的真实性息息相关。

民间不是一种身份，民间的指向不是特定的几个人或一群人，民间是敞开的，吸纳的，永远吵吵嚷嚷，民间天然的复杂性和含混性，是诗歌最具活力所在。任何“纯化”民间的企图和组织化的方式从来就与民间精神背道而驰，假如步调一致同仇敌忾，大家用同样的话语发言，民间则异化为另一种形式的单位。

真正的民间立场体现在诗人的写作中，它意味着艺术上的自由主义，意味着对实验精神的坚持

（坚持的是不断创造的激情而不是曾经实验的结果），意味着保持个人写作的独立性。因而民间写作不是一个流派，更不是倡导集体仿写，它呈现的是个人的真正独特的经验，让一个个诗人鲜活生猛起来，艺术个性泾渭分明，极端像自己，互相驳诘、争鸣、反对，在诗歌中清浊自现。民间立场的自觉，必然和现存的文化秩序构成冲突。它捍卫的是写作的内在自由，反对任何意义上的权力话语，一旦民间形成新的格局，成为铁板一块的新的遮蔽，分裂势在必行。真正的民间状态就是永远的不断破裂的状态，唯有诗坛“开裂”的时候，诗歌才能够活力四射。民间不可能有的统一行动，民间自身的冲突和分歧是敞亮的，民间对待否定的态度是欢娱的，真正的民间首先要敢于反对自己，民间的勇气来自对新诗发展中遭遇的问题的洞察力和勇于面对的作为。

有一种说法，耶稣是不能被授予终生教席的，因为他生前没有著作，《圣经》里记载的种种与他的言论行径相关的博大精深的思想，也都没有出处，没有典故与索引。我想这是创造者和哲学教授的区别，也是艺术家跟知识分子的区别。

新世纪新媒介：诗原在

2000年，诗歌的新世纪与旧时代发生了根本断裂，标志性的事件是“自媒体”的出现，一夜之间，几乎解放了所有私人手稿和抽屉写作。诗歌的发表不再必须通过把持“传统媒体”的编辑之手，任何人只要愿意，都可自行将所写的诗歌贴到网络上，与他人分享。哪怕刚写完仅仅几秒钟。读者也立即可以“点赞”或“拍砖”。诗歌即时性发表与“同步批评”，颠覆了五四新文学运动以来通过报刊编发、专家评论、文学评奖、写进文学史的模式。过去一个初学者从开始写稿、投稿、退稿、发稿到“成名”，几乎需要十年，而今通过互联网，可能只要一天，一个新人便可涌现并进入诗歌圈视野。

2000年，中国诗歌的传播方式其实是返归了古典的伟大传统，回到千百年来诗歌创作与发表的本来状态。在古代，诗歌登堂入室从来就不必经过编辑允许，诗人随手写在驿站、楼阁、长亭的墙壁上、廊柱上，口口相传、私下传抄，自行刊印。

讨论新世纪诗歌，如果漠视诗歌运行机制里程碑式的蜕变，那么，只知末节，无视根本。

其实可以推前三十七天，1999年11月24日，中国大陆首家诗歌网站《界限》由“人在重庆”的版主李元胜创办，我与其他孙分散在全国各地的诗人沈方、张曙光、小海、古马、沈苇、孙磊等作为发起人积极参与筹建，并将诗歌交由版主贴到论坛上。2000年，广东深圳的莱耳创办了“诗生活”网站，随后，诗歌论坛、网站纷纷出现。

世纪初头几年的诗歌论坛，与和诗歌民间社团“沙龙”没有本质区别，只不过成员可以来自全国各地甚至海外。尽管论坛表面上是“自由”的，谁都可以到此贴诗。但与版主美学趣味相投的，才会有众多跟帖、提贴，而异趣者，因无人搭理，诗歌帖子很快就沉下去了。或者会被讥讽，于是反驳，相互吵架，遭到围攻，闹剧似的。为诗吵架其实也是诗人可爱的一面。久而久之，每个论坛留下来的“主力”都是意见相一致或者被迫一致者，美学趣味相当狭窄，在某种意义上，论坛甚至还不如主流诗刊包容。但诗歌的辨识性的确鲜明了许多，而网络相对宽松的环境，为某种流派或者写作趣味较具一致性的诗歌团体的形成提供了条件，例如“下半身”“垃圾派”这一类比较惊世骇俗的表达，要是没有网络，是难以在短期内形成气候的。而“打工诗歌”等草根性写作蓬勃蔓生，依托的主要载体也是网络。

博客实现了真正的“自”媒体，如同自家一亩三分田，想种什么就种什么。我的地盘我做主，你想来看就来，不想来拉倒。想让你评论就开通、保存，不想给就关闭、删除、拉黑。那些保留了不少劣评的，完全是博主的“雅量”。博客兴盛时期点击量也还算可观。但互动性大为降低，无法“联盟”，重塑“个人写作”。

微博摧毁了博客，粉丝可以转发，阅读几何倍数增加。诗歌“大V”相较其他行业，当然还是少得可怜。诗人的粉丝多为百余人，只有很少的诗人有几十万粉丝。但好的诗歌，不仅诗人转发，其他行业的“大V”和博友也会转发。我担任评委会主任的小学生诗歌节，王芗远《夏天到了春天还没来》有六千次转发，朱尔的《挑妈妈》有三万次转发，故而每首诗有上千万的网友能读到。远远超出了二十世纪八十年代文学期刊最火热时一首诗的阅读量。此外，在微博上写的群体也急剧上飚，仅腾讯微博上“昙花一现”的“微诗体”，两年下来就有一百二十万首，总阅读量超过三亿，微薄是继个人或群体诗歌网站、诗歌论坛、博客之后的又一网络诗歌现场。

微信是目前新兴的依然活跃的载体，主要在“朋友圈”里转。现代诗的有声传播在微信“读屏时代”迅速开疆辟土，读诗借助新媒体技术的不断更新也渐趋大众，诗歌恰恰能够在最短的时间内给低头族、刷屏族们以最直接、最强烈的感受和共鸣。微信诗歌公众号订阅量很大，无论是文字发布，还是音频传播。订阅数万过十万的不在少数，远远高于纸面诗歌刊物。至此诗歌在线传播方式绕了一圈，十五年后，重新回归“传统媒体”平台，因为诗歌公众号所发表的诗作，都是经过编辑选择，或听众推荐后由编辑编发的。当然，诗歌微信公众号的编辑方针与文学杂志还是有所区别。它的出发点不再是培养新人，推出力作。它必须考虑受众的需要。

因传播媒介的更新导致新的文学体裁和文学形态产生古已有之。在竹简作为文学传播工具的年代，以“学富五车”形容一个人有学问，作品多，而“五车”竹简能刊载的内容在今天看来相当有限。“读书破万卷”，“破”字说明反复细读，韦编三绝。然而万卷竹简的内容，也只不过相当于当今某个文化人家庭书房藏书。所以直到汉代造“纸”，唐代出现“雕版印刷”特别是元代发明“活字印刷”，唐诗的刊印、流传和保存才可能远远超越前朝，而明清小说特别是长篇小说才具备出现的条件。数字媒介带来最大变化的是小说，网络“类型小说”与纸面“纯文学”大相径庭，当然我们换一个角度表述，也可以说它们衔接了“三侠五义”一类小说的传统。存储空间的无限制，为“类型小说”动辄数百万字提供了刊发平台。

我有些讶异，诗歌是最古老的文体，按理说应该与当代高科技不相适应，然而诗歌语言最精炼的特点，诗歌一般意义上的“即时表达”、灵感的闪存等特点与微信、微博等数字时代容纳文字相对较少的传播媒介，反而达至新与旧完美契合，而诗歌写作本身，也就是诗歌的生产，并没有因为传播方式的变化而改变，在网上贴一首诗歌，通过手机发布一首诗歌，与纸上写的基本无二致。诗依旧矗立在哪里，诗还是诗。也许还为现代绝句新诗体的诞生提供了契机，让诗歌与手机短信、段子这些新形式发生了隐秘联系。微博、微信也可以用来读古诗，可以说，诗歌通过数字媒介有效地恢复了脍炙人口的特点。省了印刷环节，数万行长诗在网络上也得以呈现。

数字传播给诗歌写作带来的内在变化的是及物性，题材也更多与日常生活有关。由于自媒体特性，诗歌的社会批判锋芒更为犀利，对底层的关怀也更为直接。城市化写作，也尤为彰显。而写作队伍之众和作品数量之巨大，也是之前未有的现象。

可“自媒体”毕竟大大降低了写作的门槛，诗歌虚肿的繁荣，语言的随意性，是最显在的病灶。比如工人诗歌，虽不乏疼痛之作，但相类似的“复制性表达”比比皆是。对现实的关怀往往也流于表象。本来没有纸媒体编辑“把关”，好诗在理论上都可以呈现于公众的视野，可井喷似的“创作”，反而把好诗淹没了，难以遴选出来。一些靠事件和标题吸睛的诗，反而一再被传媒放大，严重败坏公众的胃口和对诗的期待。网络诗歌的“留存”也不容乐观，一千年前纸刊的诗作仍能读到，十年前的网站、论坛一旦消失，上面曾经发布的诗作亦烟消云散。

而数字平台之外，诗歌民刊的作用大为降低。有刊号的纸质诗刊和文学期刊在新世纪总体上依然如故，最大的问题是大都发表农业背景的诗歌，写大平原呀，高山呀，乡村呀。非热爱自然也非关心环境，而是“安全”，又显得莫名高雅，还美其名曰有“中国传统元素”。而真正的传统从《诗经》《离骚》到李杜一脉至今，是“路漫漫其修远兮，吾将上下而求索；长太息掩涕泪兮，哀民生之多艰”。是“为天地立心，为生民立命，为往圣继绝学，为万世开太平”。被看好的这些诗作既与当代世界各国的诗歌脱节，也与五四以来郭沫若《女神》和徐志摩“新月派”或者艾青、穆旦等为代表的“小传统”不搭界，与八十年代“朦胧诗”“第三代”的诗风和题材同样没有薪火传承关系，实在要找渊源，只能说与1949—1966“十七年”诗歌相承接。评奖的“短板”也一直被诟病，其实之前也存在问题，只不过当初网络还不发达，没被舆论场议论。而今网络争议不可回避，中国“主流诗歌”的困扰将长期存在。而更大的问题是，网络新媒介时代导致各种民间的、个人的、地方政府的评奖滥生，全年各种文学评奖高达上百个，导致了标准的严重失范。

这是多么美好的诗意生命

人与人之间似乎存在着某种隐秘的联系，通过文学艺术进行心灵对话，这种似有若无的关联是超越时空的，不同时代、不同地域的读者，跟作者素昧平生，却通过文字在内心的某个角落产生共鸣，甚至某个读者特别酷爱某个作者的诗文，视为知己或互为知音，这是古今中外的不老传说。然而在过去的年代，小国寡民，老死不相往来，遭遇知音有很大的偶然性，更见其缘分。因而刘勰《文心雕龙·知音》曰："音实难知，知实难逢，逢其知音，千载其一乎！"擅长弹琴的伯牙出使楚国，来到长江边，遇到风高浪险，泊舟渚下，待入夜月朗风清，拨弄琴弦；砍柴的钟子期碰巧此时经过，驻足聆听，方演绎高山流水觅知音的千古佳话。心有灵犀者，阴差阳错，实难相逢，只有通过文字相遇，可跨越年代，也可穿越异域，但这种纸上的声音，往往只是聆听者心领神会，书写者并不知晓。

当今的网络时代，地球成了一个"村"，彻底打破了人与人之间山高地远的藩篱，在虚拟空间，作者与读者的亲缘关系变得空前亲密，首先自媒体使每一个人发表作品变得非常容易，就像古代诗人或把诗歌写在客栈、驿亭的墙柱上，或即席赋咏给参与饮宴的客人听，或呈示寄赠名流达人，总之自己的作品自个做主，只要你愿意写，今天你同样可以将诗贴在论坛或博客上，瞬间传播开去，让千里万里之外的人读到，即时与你互动，或赞或弹。

尽管诗作发布出去十分容易，可想要获得读者的认同，却比纸面平添了难度。因为网友是匿名的，平等的，立马就可以和你对话的。他可以点击你，追踪阅读你，高度评价你，也可以批评你，贬损你，骂你。

其中赞美的原因不太复杂，首先是喜欢你的作品，内心某个角落被你文字的电光照亮，或者感觉到了你的诗作或写作姿态发散的某种微妙韵味给人好感。凡此种种，都可能打动网友。拍砖则可能是不喜欢作品、姿态、照片，或者就是无厘头地看你不爽，羡慕嫉妒恨。作者与读者虽无法谋面，再远的距离却阻隔不了相互通过纸条、私信、电邮、短信息等各种方法沟通、交流。

可以说，施施然是博客平台的最大受益者之一，几年前我应某刊之约为他们选发的施施然作品点评，就写道："施施然为现代诗歌打通了一种新的审视空间，呈现了诗的新形式，她的写作切合了虚拟空间视及万里之外的特性。"她"关于善恶，关于生命，关于永恒"的题材，她温婉飘逸的语感，仿佛引领读者"在午后的小花园里长时间地散步，阳光、氧气、草叶上的露珠、隐约飘过来的植物的香气，仿如溶进这大自然中"很多网友喜欢她的诗，她满足了人们对诗的期待与想象。

远在广西柳州的牛黄就是施施然的诗爱者，他读了，品了，评论了，一发而不可收，竟然为她的诗写了篇幅足够出版一本书的点评。在一个物质化的年代，为一个无实际交往的诗人做这样一件无功利的雅事，这是多么美好的诗意生命。

说的玄一点儿，诗就是灵魂的鸟儿，它朝虚无的时空叫了几声，无论诗人多么自鸣得意，还是得听懂鸟语的人才驻足聆听，伟大的听众的诞生取决于其灵魂相通，如果说诗行是流水，那么诗意就是高山，这种相遇书写者也许毫无知情，但这种遇见却是读者内心循声而入的悠然见桃源的"奇遇"。在一首诗上摊开一幅怎样动人的心灵地图？而找到了心灵密码的读者又打开一扇怎样的语言之门？是的，诗人只与潜在交谈者相关联。而诗歌则永远是朝向一个或远或近总在未来的、未知的投奔者，牛黄那么真诚地用了整整一本书评，书写了对于施施然诗之高山上一个"诗歌知音"流水般的回响。而对于施施然本人，我想面对一本读者给自己写的书评并为之自费出版，也可以浩叹"人生得一知己足矣，斯世当以同怀视之"了。

在一首诗上遇见，两个不相识的人却不为对方所知地一见如故。文字曾经知道。灵魂知道。文字的嘴唇沉默直到结束。灵魂的双手相握直到开始。这是一场多么弥足珍贵的诗坛佳话。

牛黄认为“女诗人必须写出美轮美奂的美的不可亵渎的神性，使人读后心无邪念。”而施施然的诗“是从性灵出发，向无限的哲学与美的抵达”。他的解读方式也与学院派批评家不同，更为感性，“赏析一首诗，首先是眼观。当我们从眼中体会到外表，其俊美漂亮的华丽服装，再经过抽丝剥茧，我们看到深层次更美的东西”。牛黄对达至他审美趣味的诗作，小心翼翼地呵护，他的评论文章的标题，与诗人的诗句是如此润和贴切:《虔诚:身体里庙宇香火依旧》《暂居者光阴错生的恍惚》《味其鲜活，趣其真情》他似乎也在写诗，以诗的情怀，守护美，守护这个时代已经流失的士林布卷裹的风情。

当年在广西我曾跟牛黄有一面之缘。他那时在柳钢工作，主编过这家国企内部文学刊物。而我是从广西走出来的诗人，恰巧他将要出版这本专评之时，施施然从遥远的北方来到我所居住的城市学习，因缘际会，在现实生活中本来完全不搭界的三个人，因为诗歌冥冥中有了精神交集。牛黄希望我为他的这本品读集作序，我也欣然应允，相望风雅，这是多么美好的诗意生命。

2013 年 8 月 7 日

小议几个文学关键词

现实关怀：

近日读到刘再复先生的一篇文章《虹影：双重饥饿的女儿》，他谈到对中国当代文学的期待时，说了这样一段话："我愈来愈不喜欢刻意玩语言、玩技巧、玩诗意、玩寓言的小说，因为不喜欢这种创作流向，我甚至想极端地提出'返回原始'的主张。文学的'原始'即文学的初衷是'有所感而发'，许多作家已忘记了这一初衷，忘了（甚至刻意轻蔑）对时代的感受。"我对刘先生的话颇有同感。可见讨论"文学的现实关怀"绝非空穴来风，它的必要性和迫切性不是虚拟出来的，对于当下写作的现状，这个似乎陈旧的话题应该说有一定的意义。

文学的初衷是"有所感而发"，说明文学不尽然都是内省的、写"内宇宙"的产物，也非纯粹的修辞学行为，它与外部世界有关，与历史语境有关，也与作家本人的生存境遇和日常生活中发生的事件有关。"现实关怀"和"忧患意识"从来就是中国文学的传统。

首先我们需要界定"现实关怀"与"现实主义"的区别。"现实主义"在写作的具体操作中是一种创作方法，而"现实关怀"我的理解是文学作品对生活（生存）的观照中所传递的人文关怀。现代主义作品，同样有"现实关怀"精神。正如法国作家罗伯—格里耶所言："本质上，每个人都是现实主义者。"

而对什么叫"现实"的理解，涉及作家艺术家对真实的理解。在现实主义作家笔下，真实往往是对生活常态的反映。而在抽象派作家那里，现实是抽象的；在荒诞派作家那里，现实是荒诞的。在梵高看来，世界是混乱、模糊的，他认为他画的《向日葵》是真实的；毕加索体验中的世界是破碎、割裂的，他认为他的画作本质上也是真实的。卡夫卡说人变成甲虫，像虫子一样活在世界上，也是现实一种。一部作品传递什么样的体验、什么样的信息，与作家对存在的理解有关。

一个值得信任的作家首先是真实无欺的作家，一部真正有力的作品首先是真实无欺的作品。因此现实关怀不一定非要波澜壮阔，非要重大题材，或者简单地归结为写底层生活或弱势群体。也就是说，现实关怀不等于写普遍被关注的事件或事情，因为我们不是在谈社会规范而是讨论文学。在写作中面对的是个人，作品的普遍价值表现为个人生存在历史语境中的抗争。今天的写作对“现实关怀”正予以重新阐释。

诚以为，作家应当直面身体和心灵双重的存在，让人及其存在再语言中出场，切入当下，作品蕴含更多“在场”的因素，不仅要反映生活周边的现实表象，更要揭示人在此背景下的精神状态。

然而，即定现实似乎又是暧昧不明、无法把握的，在一个浮躁不安、复杂混乱、急剧变化的年代，人们的生存方式在改变，思维方式也在改变，对新的生活形态轻易下判断我以为显得草率，用传统观念来进行道德评判往往十分无力。所以“现实关怀”不是要急于形成一种理论模式，然后用这种模式去套写作，而是批评与新的艺术经验对话。在作家，则是通过最敏锐的感性经验，尝试对现实生活的把握。

传统文艺学：

学者跟艺术家对“学习”的理解有着本质的区别,前者通过学习是要“掌握”什么,后者学习是为了“绕开”什么。一个是“学以致用”,另一个是“学而不用”。传统是一条河，学者注重源远流长不可割断的一面，艺术家则强调“人不可能两次涉过同一条河流”的另一面。一个作家当然要从前人的作品中吸收营养，但写作的本质决定了他最终不是要从已有的文学中学会些什么，而是要给已有的文学提供些什么。毕加索在绘画上另辟蹊径，并不等于说这之前达·芬奇等人的艺术作品过时了，也不是说他们的那套美学观念完全不中用了。即使到今天,我们也很难判断《蒙娜莉莎》和《阿维浓》究竟哪一幅画更杰出，有可能喜欢典雅神秘的《蒙娜莉莎》的人更多。问题是哪怕达·芬奇历久弥新，其后的莫奈、毕加索等人也必须创新，这就是一代代天才艺术家的命运。不过，任何创造最终也是对传统的加入，也是新的传统的一个部分，但那是文学史或艺术史关心的事情，而一个真正的艺术家潜心创作时所想要做的只是“断裂”和“改写”，其再创造的努力或许成功或许徒劳。这也是善于做“总结”工作的批评家对以往的创新能够接纳而对正在发生的创新往往质疑的原因。

传统文艺学的许多概念在今天已经很难直接拿来当作批评的理论资源使用，这是一个不争的事实，没有必要对古典文论进行现代改造。关键词的“照搬”无法进行，并不等于传统文艺学的精髓就完全不能延续。中国的批评家不能永远停留于“运用”西方的批评体系，假若想有所创造，有朝一日谁拿出一个自己的体系来，既需要横的移植也同样需要纵的继承，并在此基础上超脱出来，由蛹化蝶。

女性写作；

女性写作由来已久，但凸现写作者的性别和文本的女性意识在中国只是近年的事情，毋庸讳言这是当代中国文学对世界性的女权主义运动这样一个大背景的呼应。“七十年代出生的女作家”命名的初衷只是一种出版行为，以年龄界限和强调女性容貌来定义一种写作，与文学在艺术上发生的蜕变似无太大关联，以此作为一道“分水岭”，颇有强行断裂的意味，一直有点可疑和滑稽，并难逃市场炒作之嫌。但或许偶然已包含着必然，只要我们不欺骗自己的阅读感觉和经验，就会发现她们写作的兴奋点和说话方式与经典意义上的文学有所不同，至少她们拓展了写作材料并为已有的女性文学提供了一些新的因素，即使她们最终仅仅是转眼即逝的文化现象，也是一道曾经亮丽的风景。

“七十年代出生的女作家”与林白、陈染们的分野，在于她们似乎是天生快乐的一代，心灵几乎没有阴影。她们没有预设的真理，写作不再是对女权主义的“闻香识舞”，而是充满活力的身体和指头自然而然地蠢蠢欲动。她们是真正都市化的一族，天生有一种承受肮脏的能力，用十分坦诚的态度记录大都会或明亮或阴暗的各个角落，将生活毫不迟疑地照单全收，把都市生存的碎片拼装成欲望的万花筒，使读者大饱眼福。她们代表了另一种语境下的写作，只要喜好时尚的读者存在，她们的作品就会“活着”，并且活得有滋有味。我们完全有理由指斥这是消解深度的平面化写作，把她们的文字看作是跟商业文化的“共谋”，而我们的直觉却在欲望化的叙事中感到了一波波涌动的生命活力。

我觉得现在就给“七十年代出生的女作家”一个定论为时过早，这并非要逃避判断，而是我们尚不清楚她们的写作边界最后在那里，她们仍“在路上”，而更年轻的“卡通一代”正在抵达。在新的世纪，她们是创造历史的人。我唯一的祈愿，纯正的文学精神不要在网络时代被“一网打尽”，她们最终能找到一个点切入生活的荒诞，她们具有美学原创的语言世界将在她们切肤之痛的都市化现实生存中建立。

重大主题：

在我看来，写作是“及物”和“在场”的，应该呈现出一个背景，一种语境。我们所说的“心灵”与“生活”,可以加上“有责任感”“有尊严”诸如此类的限制词。仅从这一层面而言，题材不容忽视。但多年来我对粗暴的、直线思维的许多说法一直怀着警惕，因为一部作品的价值与题材的大小无直接关系。那样强调将导致从社会学的意义而非诗学的意义讨论文学。在我们的文化传统中,整体主义、社会公论的批评从来就盛行,缺席的恰恰是个人和内部的东西。而在文学作品的写作中，人肯定比历史更重要。离开了个人记忆和具体经验对此时此地生活的进入，逃避个人对欲望的搏斗，对人自身的想象，必然导致丧失人性的气息，那样的作品自然是干枯的，没有旺盛持久生命力的。

2000 年

大家的“小人之心”

说起成语“郑人买履”，我每每生疑。它的出处是《韩非子·外储说左上》。韩非子可谓，无端编故事嘲笑河南人的开山鼻祖。河南古代称谓中国，文化上太伟大了！这可是出甲骨文和老子的大地啊！这个故事没有问题，阐释的道理没有问题，韩非子给出的教训极是！郑人的脚长在自个身下，买鞋忘了带原先量好长度的物什，不用脚试鞋，偏要跑回去找尺寸，如此死脑筋，确实应被嘲讽。只不过令我困惑的是，到底是历史上真的有“郑人买履”这件事，还是韩非子别费一番心机，故意将这样愚蠢的事件安置到了老庄的发源地。可怜的河南人，这黑锅一背就是几千年，也真难为他们了。

当然，身为郑人，韩非子拿老乡开涮、自嘲也不一定。

我也曾至江西金溪讲学。抵达后，方得知这就是古代神童方仲永的家乡。其后，才明白辖管金溪县的抚州市，就是王安石、汤显祖的故里，只不过如今两位大师的老家临川县变成市里的一个区了。过此，免不了要对北宋大文学家王安石先生凭吊一番。

咱们中国文人的遗风，很突出的一点就是好为人师。这点在大文学家王安石身上也不例外，《伤仲永》便是这为人师的代表作。告诫后生不要仰仗自己天资聪慧，越是资质过人越要勤奋努力，以免江郎才尽、贻笑大方。圣人劝贤之道，本来无可厚非。我也一直相信王安石所说为道理，可当我得知王大师跟终不成气候的小仲永是乡邻，难免心生疑窦，以今人的小心眼度君子之腹，揣度王安石先生大概也是将仲永之伤狠狠地夸大了，不妨换一个角度来琢磨，当年临县到处传闻一个童稚的天才如何了得，即使大家王安石没有危机感，也难免不爽，觉得自己的风头被盖过了。想想自个寒窗苦读，才博得几分功名，而这个方仲永，竟然不识笔墨为何物就能指物为诗、开口成章。不过幸好，八股考试制度是灭绝人的天性的。越是有天赋有灵性的孩子越是不可能中举，不能取得功名，就意味着彻底的失败。于此，介普先生大概是长舒了一口气，酣畅淋漓的作了此文。一是警醒后人，不要以为自己天生有点才就自以为是；另外，也顺便巩固了自己在家乡无可动摇的才子地位！

兜了这么大一个圈子，说到底，人的那点劣根性谁也少不了。人性最大的弱点，是有共同之处才有互相敌视之处。只是表现出来的方式有所分别，市井之人的嫉妒之心诋毁之意表现的直接粗俗，圣人们则相对文雅且艺术些罢了。

中国诗歌现场

——以《中国新诗年鉴》为例证分析

回想起意编选《1998 中国新诗年鉴》的 1999 年，世纪之交的中国，体制内有如此繁多的文学机构和出版社，竟已多年没有一本公开出版的年度诗选。中国新诗年鉴编委会依靠编辑们的绵薄之力，依仗民间资本，独立支撑起汉语诗歌艺术平台。或许在有些人看来，这是一件许多文化部门、大学和诗人都有能力做的再普通不过的事情，然而毕竟只有《中国新诗年鉴》一年年坚持做下来了。至 2005 年，已编选了八个年头，《2006 中国新诗年鉴》的编选工作正在进行之中。八年时间，不短不长，但真正投入中国新诗建设的人都知道，这种坚持，不容易。多少年度选本夭折了！我丝毫不掩饰自己的这种骄傲，持之以恒的为中国诗歌尽绵薄之力的骄傲。

由于《中国新诗年鉴》的带动，这些年诗歌年选的出版日益活跃，但唯有“年鉴”可以自豪地宣称：我们至今没有动用过一分国家资金，也没有谋求过境外的任何资助；我们不仅呈现了年度“好诗”，还凸显了汉语诗歌最有争议也就是最活跃最有生命爆发力的那一个部分。而近年各种年度选本，包括多种由大学教授主编的，都是收中国大陆的诗歌和几篇理论文章了事，只有“年鉴”有非常细致的网络和纸面诗学观点摘要，以及年度诗歌大事记。每年单列一卷遴选港澳台地区诗人以及旅居外国的中国诗人作品。还先后设置了“被遗忘的诗人”“年度潜力诗人”“年度诗歌事件”“年度推荐”“年度桂冠诗人”“中国诗歌的脸”等栏目，以及诗歌网络论坛介绍和诗集梳理，入选作者简介和部分刊物发表诗歌文论目录等，特别附录过“诗歌争论备忘录”“卡通一代诗在中国”“e 世代：

‘80后’诗人诗选”“年度最有创意诗歌形式——手机短信诗歌”。我敢说，没有一个选本有“年鉴”包含如此多的艺术信息和文化含量，也没有一个选本推出过如此众多杰出的诗歌新秀。“年鉴”以勇气和胆识守护了自由纯正的诗歌精神，力图为这个急剧变化的时代留存下有价值的文本，是当下汉语诗歌的一根脊梁

前八年，《中国新诗年鉴》出版了六本，其中《2002-2003中国新诗年鉴》和《2004-2005中国新诗年鉴》两种为双年度合集。（需要说明的是，这两本合集并非编委会有意为之，而是因为相关出版社对选入的数首诗作存疑，要求删除另外补选，或者换出版社，导致时间耽搁所致）共有八百七十三人（次）诗人入选，诗学理论文章作者九十二人（次），收入的各种诗学观点摘要难以准确统计，大约四百条以上。单年度入选诗作最多者为北岛，《1998中国新诗年鉴》选了他十一首诗，原因是当时他已经有十多年未在中国大陆的公开出版物发表文学作品，这是他诗歌“归来”的第一次。

《中国新诗年鉴》第一卷均为本年度推出的新人，我们每年都把最醒目的位置给予新的一代，并非艺术上也信奉“进化论”，而是因为假若漏选了某个名家，并不会对他在“诗坛”的地位和他的诗歌被认知造成多大影响，但最能体现诗歌发生革命性变化的新人除非某种渊源很难进入格局偏狭的选本。其实所谓“新人”，写作的年头都已不算短，作品也相当成熟，更有艺术探索精神，更有清亮明朗的个性，更具有活力和冲击力。该卷是“年鉴”的特色和品牌。“年鉴”第一卷八年来共推出了九十二位诗人，（凡入选者不能重复入选）。时间证明，我们编选的眼光是准确独到的，推出的多位诗人其后被证实是有代表性有说服力的，仅以1998年至2001年前四本所推出的最具潜力的诗人为例（后两本还有待时间推移才能下结论）：其中的伊沙、朱文、阿坚、徐江、张执浩、唐丹鸿、朱朱、侯马、桑克、鲁西西、非亚、杨键、宋晓贤、吕约、沈浩波、李红旗、朵渔、巫昂、盛兴、世宾、哑石、安琪、唐欣、余怒、杜马兰、尹丽川、马铃薯兄弟、杨邪、贾薇、阿斐、宇向、宋列毅、胡续冬、小引、木桦、

花枪、庞余亮、汗漫、沈娟蕾、代薇、轩辕轼轲等，这些“第三代”之后的诗人大多数已成为当下诗坛的中坚。作为主编（前四本未设年度执行主编），我个人决定选入了他们中大多数人，尽管挂一漏万，还有许多优秀诗人有待推出，但值得庆幸的是，我当初的眼光没有大的偏差，推荐的绝大多数年度新人是经得起检验的。

《中国新诗年鉴》的候选作品由以下几个方面构成：当年度印行的民间报刊和自印诗集；自由来稿，包括当年收到的未发表的手稿；编委推荐；当年度公开出版物。为了使编务更行之有地开展，我们向海内外活跃的诗人发出约稿信，或者在网络上公布编选信息和投稿地址、电子邮箱。此举获得了广泛的热情支持，好些不担任编委的诗人和批评家还主动给予我们以鼎力相助。推荐他人的作品。收入民刊和手稿以及网络上的好诗是《中国新诗年鉴》首创，先前几十年里作为公开出版物的年度诗歌选本，均只收国家认定的“正式”出版报刊上的诗作，在“年鉴”其后出现的选本，也是几年后才开始收入民刊、网络诗歌并力推新人的。98新诗年鉴起始就明确提出：好诗在民间，真正的诗歌变革在民间。《诗经》为源头的中国古典诗歌，就是以民间方式相传的，近三十年来，“民间性”成为中国新诗的“小传统”，成为诗人的自觉行为，一批又一批诗人组织了数以千计的民间诗社，创办了数以百计的民间诗报和网络诗歌论坛，出版了数以万计的自印作品。如果不涉及民间诗歌，仅凭公开出版物所提供的诗歌资料，见到的仅是冰山浮在水面的一角，想当然地对中国诗歌做出判断和结论，肯定是不可靠的。正是“民间性”这个伟大的传统，使中国新诗没有蒙羞，成为二十世纪后期和新世纪中国现代文化的精神源头之一。

譬如唐欣的《国庆节》、尹丽川的《爱情故事》、余世存《十月诗草之五：歌拟奥登》和好些诗人的诗作，在其他非“民间性”的公开出版的选本要被选入是不可想象的。

注重原创性、先锋性和在场感，体现汉语自身活力，为逐步形成的与年鉴艺术精神相对应的选稿原则。“年鉴”从一开始就是一部具有方向感的文献性的选本，它张扬艺术的直觉美和诗性快感，强调诗应是可以独立呈现的，直指人心的，也是诉诸每个读者艺术直觉的，它主张诗与当下人的生存的真实性息息相关，与中国的语境相关，恢复诗歌对诗人遭遇的世界的命名能力，让诗回到诗的本义，即黑格尔早就说过的诗是“关于世界的诗歌”，使诗歌这只包罗这个急骤变化时代的万象和当代人复杂情感的“胃”更强健。

早在《2000中国新诗年鉴》工作手记中，我就指出需要警惕对年鉴艺术精神的庸俗化的理解，它正在伤害年轻一代的写作，以为随随便便写几句琐屑的“自然生活”就叫诗歌。其实我们早已阐释，“年鉴”所理解的生活是“有尊严的生活”，诗歌美的力量指向生活的内部，灵动鲜活的口语绝不等于“口水化”和市井俚语，而是要探索将新的日常语言转化为新的诗歌语言的可能性。在我看来，“五四”开辟的白话文方向在中国是不可能逆转的，“口语”写作的意义和贡献是要把胡适、刘半农们使用的幼稚的现代汉语变得成熟起来，而不朝肤浅化发展。尽管艺术所要呈现的是“无论如何与我相关”的事物，但生活并不取代诗歌。诗既是敞开的，也是自足的。一个真诚的诗人既要忠于生活的感受，也要忠于自己的内心。

在《1998中国新诗年鉴》编选完毕即将付梓之时，当时的策划发行人建议在封面上草拟一句话，起“画龙点睛”作用，因为那时好些书都喜欢在封面上有一句“广告”词。我便写上了“真正的永恒的民间立场”一行字。谁知出版社对此有异议，经过协商，最后加了“艺术上我们秉承”的限制词。意想不到的是，“年鉴”竟成了诗歌界自朦胧诗以来的又一场大论战——“盘峰论剑”的导火索之一，而这句话，成为命名与“知识分子写作”对立的另一个诗歌集群“民间立场写作”的关键词。

尽管“年鉴”提倡直面切入当下生活，以简洁的表达与事物相遇，把事物复杂的内在以诗的形式表现出来。但“年鉴”原则上从来是包容的，不排斥任何一种写作方式。实际上，《1998中国新诗年鉴》也选入了几乎所有“知识分子写作”诗人当年度的作品。

论战中个别言论也许过于激烈，有的话题甚至脱离了诗学范畴，有相互攻讦之嫌，但所幸这毕竟是发生在诗歌界内部的艺术之争。不能将它视为“场域”话语权纷争。就写作而言，论战涉及的现代汉诗的资源和语言问题、原创性与互文性问题、诗的感受力深度和理性深度的问题，对论战双方和其他诗人都是有启发的。“民间”是个原有的词，但“民间立场”作为一个诗学概念的提出，它对中国诗新的价值有目共睹。好诗在民间成为常识，而这，显然也对其后70后诗歌一代的冒出、网络诗歌的兴起与兴旺起到了刺激与促进作用。然而，不得不承认，“民间”是一个容易被误读的词,我个人理解,它当然属于那个为这一观念的创立而“付出”过的诗人群体,但同时也属于“知识分子”写作或别的“旗号”的写作，更属于广大的“无名”的写作者,正是诗人相互间的碰撞,激活丰富了“民间”的内涵。使大家都涵盖在“大民间”之中。

民间立场呈现的秩序就在于它的不断变化之中，这种变化也代表了民间自身的冲突和分歧，只不过这种冲突是敞亮的，分歧是挑明的。真正的民间还要有反对自己的勇气。民间立场意味着艺术上的自由主义，尊重诗人的实验精神、探索方向、价值选择、表达方式和个人的写作尺度。也就是说，民间意味着坚持写作的独立性，而指向的绝非身份认同，它甚至与诗人的现实身份无关。因为民间不是特定的几个人或一群人，不是同一种话语方式的衍生物，也不是整齐划一的诗歌成品，民间是一种艺术心态与艺术生存状态，其实它只是返归从《诗经》开始的千百年来中国诗歌的自然生态和伟大传统。它呈现的是个人的真正独特的经验，在这个敞开的、吸纳的、充满可能性的领域，没有人能独占它的含义，也没有人能够说出它的全部真理。民间的存在天然的是“一盘散沙”式，复杂而含混，这恰恰是诗歌生命活力的源头所在。那种把民间立场概括为一个流派，一种可供集体仿写的风格的企图，也从根本上离开了民间这一命名的初衷。

《中国新诗年鉴》最高印数两万册，之后有所反复，有时几千本，有时又达到一万多本。它之所以有影响力，首先不在于商业发行量，而是因为广为赠送。从《1998中国新诗年鉴》出版至今，每年的“年鉴”都赠送了中国近百家文科主要大学的图书馆、中文系资料室，以及外国一些著名大学的亚洲文学系图书馆。中国众多的文学批评家（不仅是诗评家），西方汉学家，中国报纸读书版编辑和文学期刊编辑等，还赠送给了许多中国诗人。

每年“年鉴”赠送掉的码洋高达人民币三万多元，还有高额邮资，寄往国外按水陆运印刷品这种最低邮费，每本就高达人民币三十多元，高出书的定价。这就注定了无论“年鉴”如何在商业发行上努力，都面临亏损的窘境。

这三十年来，中国诗歌在艺术本体上的成就和贡献是巨大的，然而在这个全球消费时代，并不是文学的创造力降低了，而是文学的世俗成功率降低了。《中国新诗年鉴》编委会自组成之日起，就是一个极有效率的、脚踏实地的、具有现代民主价值观念和协作精神的开放组合，它不仅由诗人组成，而是集结了从策划到编辑、发行各个环节的专才。有了铿锵错落的人员搭配，《中国新诗年鉴》编委会才有“野心”要拆掉诗歌与普通读者之间的樊篱，力图让诗选由“输血工程”变良性循环。

尽管也有佛山新华书店那样某年度的“年鉴”一家就销售两千多本的“奇迹”出现，但因种种原因，“年鉴”却只能做到减少亏损而无法盈利。

这似乎昭示了当代中国诗歌出版的宿命！

八年来，《中国新诗年鉴》曾历经外人所不知的种种挫折、艰难和苦难，（这些过程编委会甘苦自知，我想留待将来再对人们道）我们坚持了下来，这得力于隐忍的品质和坚韧精神。“年鉴”的价值还在于从一开始就很注重活力与制约机制并重。对于写诗，我偏爱艺术冲动和非理性；但对做实事，我更相信制度和程序规范所起的作用。在此，我向法国大革命到五四运动薪火传承者致敬，向鲁迅先生致敬！但我不讳言我赞同的是宪政派“体制主导”的主张，是梁启超、胡适、邓小平等改革者的信服者。“年鉴”不是中国诗歌出版的革命，它仅是“改革”试验。它是诗歌界的“公器”，不是诗人个人的“工具”，2002年以后，《中国诗歌年鉴》不再采用编委遴选、主编有最终拍版权的既有模式，而改为由执行主编独自挑选，每年度更换执行主编的方式。执行人可以是原来的编委，也可以是别的诗歌界人士。02-03、04-05、06年度执行主编分别是沈浩波、谢有顺，小引、阿斐，树才、尹丽川。他们个人大胆的甚至是带有某种偏见和歧义的选择，保持了年鉴艺术上的独特与尖锐；分别让不同艺术风格和观念的人实施其艺术抱负，保证了不同向度艺术追求的相互制衡。我以为，这一变化有利于年鉴和中国新诗的发展。

（文中许多观点或文字、资料，出自我历年所写的“年鉴工作手记”，特此说明。）

2006年11月26日

十三载，诗歌的凝眸

——2009—2010 年中国新诗年鉴工作手记

每日穿越繁忙的都市，若丧失体温的鱼游弋在茫茫人海中，广场庞大、市井喧闹，日复一日，像湿滑的礁石，遮蔽了一个人生命的似水年华。阳光散淡，泠泠地覆盖着山岭般起伏的建筑，高楼光秃秃地朝着天空，齐齐等待着春天的加冕，其实没有多少人会停下来打量城市的一张张侧影。也许只有诗歌，依旧慢下来，用它纯真的眼光，一如既往地深刻体察世界上发生的这一切。商业社会的语言实用而贫血，它已与活生生的感官经验之根失去牵连。其实人们也许更乐意亲近那些自然的风物，它们是那样真切，承担岁月的轮转，坦然接受天地的陨毁或恩赐。在物质湮灭了心灵的当下，只有诗歌才能恢复语言的丰富、复杂、具体、可感的"健康"与"活力",并有益于建造一个真正"心神健全"的现代文明，让人与自己的存在之根得以重新连接。真正的诗歌并非干枯无力的静止，仍在这个时代鲜活地生长。诗歌使人的理智"处于感官的尖端"，思想就像玫瑰一样芬芳和实在。

诗人总是散佚在世界的各个角落，能让他们的珍珠串在一起发出光芒就是编者的工作。从 1998 年到 2008 年,《中国新诗年鉴》编选了十一个年度,2009 年还做了一本"十年精选"。历经十余年朝着一个方向注视，让人感到孤独有时也觉得非常疲惫。甚至感到继续走下去的乏力，何况中国人信奉"见好就收"。但 2011 年春节前夕最终还是在多个朋友的鼓励支持下继续上路……不仅写诗，再历时经年编若干本诗选，我突然为此感到心动——这也许就是诗应该具备的品格，它们真诚、独立、拥有自身的气度和情怀。

别林斯基说过："在所有的批评家中，最伟大的、最正确的、最天才的是时间。"中国新诗年鉴正如一台摄像机，准确且负责任的捕捉每一个精彩的诗歌片段，并将之一一录制保存。不间断地进行一件事情，时间自然会赋予我们足够深刻的历史感，记得前年韩东曾对我说，伸出手拿一个杯子，只是很普通的一个动作，但十年一动不动伸直了手拿着杯子，就成了雕塑。然而真正做到不辱历史使命却绝非易事。年鉴所获得的认可，绝不仅源于我们的坚持，更多的是它自身所能承载的厚重的艺术分量。文学介入现实，但必须艺术地呈现，这是衡量一切文学作品的唯一标准，也是永恒的标准。

《中国新诗年鉴》以它所秉持的艺术观念和坚守的诗歌立场，力图持续展示新诗在一年或双年内的创作成就。作为一个有方向感的选本，它不像其他年度诗选那样每个诗人挑一两首诗了事，它还必须反映诗歌界这一两年发生的变化与新亮点，以"特别推荐"体现出来。其精神含量和技术难度还在于，十三年来，每年第一卷的推荐不重复任何一个诗人，这样新人才有机会闪亮登场。我自认对中国诗坛还算了然于胸，尚未操作，心里就很明确，作为对于年度诗歌事件的一种回应，"女性博客"和90后大面积"清发"是无法绕开的关键词。然而无论什么样的选本，它呈现的终是"一家之言"。选本的缺憾其实便是编选者阅读趣味、审美取向、经验视野等等因素上的辖制和偏颇。为此，我也深感作为编选者的责任，不能仅凭一个写作者和阅读者进入私人的诗歌世界，更应以足够的包容力和鉴赏力去芜存菁。我先后邀请霍俊明、刘波、康杉、陈亮、冯娜、黄金明、郑小琼、颜艾琳、廖亮羽、陈思楷、原筱菲、阿斐、非亚等诗人、学者初选或提供他们认为的佳作，他们都毫不犹豫地愉快接受了没有任何经济报酬的诗歌义务劳动。

网络的盛行，在一定程度上模糊了主流与民间这两者之间的分差。虽是一个完全虚拟的空间，却又容下了最真实和民主的声音。对于任何一个诗人来说，高强度的阅读流量，都是对于自身诗作最佳的赞赏和认可。而相当一部分女性诗人，借助这一平台得以自由地施展才华。这些完全从博客中成长起来的诗人，无论从诗感、诗意和诗言来说，都有其独特性。

我并不完全认同诗歌写作要以性别来界定，但仅从诗歌的艺术水准和客观认可程度（博客点击率）来讲，本年度着重推荐的博客女性诗歌确实都极具竞争力。批评家霍俊明遴选了这一栏目诗歌，他的努力使精品从泛女性诗写中脱颖而出，而作为主编，我适当进行了个别调整，例如着力推出谢小青，就在于想强化年鉴所推崇的写作立场，哪怕最年轻的女作者，也要有介入生存的勇气。年鉴首次以此种方式，将博客诗歌推向纸质传媒，是一种创新也是一种冒险，更是一种接纳新生事物的姿态。

虽然相比于“朦胧诗”“第三代”和70后写作，90后的诗歌有些稚嫩，但不得不承认，突然之间，千树万树梨花开，他们颇具规模，且异军突起。仅《中国诗歌》一家刊物，2010年底我就给他们推荐过七十九位90后的诗。继“08年鉴”首卷推荐原筱菲、蓝冰丫头、余幼幼三个90后，我曾设想新的一本让90后大面积生发，故而请陈思楷、原筱菲组稿，他们很给力，约来了众多年轻诗人。但恰恰因此，年鉴的编选陷入停顿，我一再犹豫，因为大多数的作品还是太“飘忽”，重点展示未免揠苗助长。最后痛下决心，只留存了十三人，这是个不太吉祥的数字，其他人来日方长。当然不少90后从诗歌的感知力到诗歌语言的驾驭都十分令人惊诧。我另外挑选了杨康的诗歌作为这一方阵的打头作品，他语言坚实，且与现实世界融为一体。从情感上的把握到节奏上的控制，都极为准确。年鉴需要真实、完整地呈现诗歌当下的整体概貌，对于这样一个生机勃勃的创作群落的存在，我们没有理由加以忽略。廖亮羽提供了台湾一批青春写作，他们的诗不像内地年轻诗人那样具有强烈的疼痛感和现实感，似乎想象更加奇特，意象的生发和运用也更加天马行空。由颜艾琳所提供的一部分台湾中老诗人直接加入了年度诗选当中，并没有单独列出。由于两岸分隔，他们的语言方式大陆读者也许不太习惯，这部分诗人的创作也是非常奇特的，从形式到内容都颇为新颖。对于内地诗歌创作应该有所启发。

刘波和陈亮是新诗年鉴的老朋友了，他们读博士时就为前几本年鉴付出过不少心血。陈亮负责遴选了老诗人的诗，他提供的史铁生的几首诗作，使我萌生了像当年为昌耀那样专门做一个小辑的想法。史铁生是文学的圣徒，他的离世对于中国文坛是一个极大的损失，年鉴为了纪念这位执着且坚强的作家，特意设置“史铁生纪念专辑”一栏，向诗歌精神致敬！刘波不但编选了理论文章，他做的诗学观点摘要，是十分繁琐的案头工作。郑小琼组稿的底层写作，为选本提供了真实而有力量的声音。

特别认真特别严苛的选家当属冯娜，我托其编选80后诗人这两年内的优秀作品，诗歌是不以年龄、性别为限的，“某某后”的提法在编选时也无非是便于分工。她历时近四个月，通过各种年度选本、官方、民间刊物、诗人博客、网站论坛等多种渠道，在通读大量作品后，从庞大的80后诗人群体中甄选了二十一人共二十三首作品，她大刀阔斧删去了很多初选，可她选中的有不少是我经验范围以外的诗歌。在冯娜兀自生长的诗歌丛林中穿行，我感到疑惑，一个许多人经常会提到的问题再次回到心中：究竟什么样的诗歌才是好诗？在最后定稿时我毅然保留了几乎她全部的选择，因为我坚信她为历年的年鉴弥补了80后的另一种风景。她还恳请我采用已故诗人辛酉的一首旧作。辛酉主编的《辋川》系列为我们留下了80后较为详细的诗歌文本，今日，斯人已逝，只能以此作为他对80后诗歌收集整理所付出的努力一点微薄的纪念。她说：“当我们这代人需要如此贴近地体恤生命、承担死亡之时，我想，我们的青春期也许早已呼啸而过。”

非亚提供了几个广西年轻诗人的作品，十三年了，我选诗从未对我的故乡诗人有所人情倾斜，深感内疚。原本这部年鉴我寄最大希望于黄金明和阿斐，理想的状态是黄金明会组来大批意象和思辨性的作品，阿斐则大量提供口语的、犀利楔入个人生存的诗作，这种互补将成为黄金组合。他们也做到了，但也许我交代不够清晰，黄金明选来的近三十人大多是70后诗人，而阿斐则只选了不足十个年轻的80末。当所有的编选人员完稿后，我才意识到年鉴发生了最大的遗漏，就是完全没有“朦胧诗”“第三代”“中间代”的创作，于是只好自个选了这三大类诗人作品。也就是说，本部年鉴的其他部分至少是两个选家之见，而这一大块不幸成了我一家之言。可能是个人偏爱，我以为从40后、50后到60后几乎汇集了当代诗坛所有实力名将的最新佳作。正像我在前文所提到，相比于年轻人，“中生代”们的思想性更强。深入现实的触角也更加深刻，表现得也更为透彻。从艺术技巧上来说，也接近于大象无形之境，斧凿的迹象极少。而且相当一部分诗作有浓厚的宗教气息，增加了诗歌的意指容量。同时这部分诗歌很多透过感觉的直观体验，意识的自然流动，上升到哲理的高度。诗歌有思有感，有骨有肉，且以意识的血脉连接，甚赞。部分已进耄耋之年却仍活跃于诗歌创作的老诗人。从文学史的角度也是有相当的价值，但相对于中年诗人，他们似乎已进入某种创作的局限和形式的桎梏之中。

长诗非常能够考验诗人的才气和灵气，入选“年度长诗”的四位诗人对于这一诗体都具有非常强的驾驭能力。从主题的一致性到语言的凝练和意象的统一，真正做到了长而不赘、繁而不杂。

小学生诗歌的入选也是本年鉴的最大的亮点之一，儿童诗歌的最大特点是简单透明、灵气十足，最贴近诗歌的本质、具有诗意。而这一特点，在相当程度上拒斥了贪恋过度阐释而丢失诗歌本真的学究气。

感谢研究生康杉，前文提及的有些选家只是组稿，并非挑选，她不仅承担这一大部分诗的初选，还具体编排了全部入选诗作，是付出最多劳作的一个。感谢网络时代，只有在今天，这些分别居住在不同地域的人，从未碰面讨论，却共同完成了这部年鉴。

下至几岁的孩子，上至八十多岁的老人，除了年鉴没有任何一本其他的诗歌选本能够如此丰富和完整囊括整个中国当代诗坛。从民间到主流、从网络到纸质，年鉴的容量以绝对超越性的姿态呈现中国诗歌概貌。

最后，感谢所有诗人，感谢你们写下的优秀诗篇，让人们看到一个个丰盈的生命在这个世界怎样生活过，又是怎样的一个个灵魂将穿越当下而隽永。李白曾云，“夫天地者，万物之逆旅；光阴者，百代之过客”，感谢诗歌，像广阔的苍穹中闪烁的星辰，在时光流转中纪念并提醒着我们生命中的美与痛，照耀着这深邃的时空和天地。

诗集里面都写阿斯加，他在诗歌里创造出一种地方性。在场重要，虚构在诗歌写作中也同等重要。

回到生存和心灵的现场

生活在一百年前和生活在八百年前似乎没什么太大的区别，不同的只是个人的人生际遇和独特的生命体验，而生存环境大致相似：水边竹柳，檐前桃花；鸡鸣相闻，遍地桑麻。只是我们已经无从想象一百年前甚至八百年前的人怎么说话，文字资料是不可靠的，缓慢的生活节奏使文人有足够的时间把自己的感受典雅化，他们一直沿用与日常口语有很大差别的书面语体写作。

生活在今天跟生活在一百年前则大不一样，二十世纪以来，人类的生存环境和物质条件发生了巨大的变化，科技革命和信息爆炸，使人遭遇新事物和新词语的数量都是空前的。特别是最近这二十年里，地球变小了，开放的社会心态，都市化的发展趋向，使相当一部分人特别是年轻一代迅速进入物质化的光怪陆离的后现代，人们生活方式选择的多样化，随之而来人的欲望的膨胀和感官的释放也达到极致，而商业文化正大批量制造欲望，再出售欲望的满足与消费社会遥相呼应，近年信息图像化和网络化对文字的冲击更是十分强劲，整个生存背景的大切换，在前人的文本中没有现成的经验可寻。

此时，人们的心态、话语方式无疑也发生了很大变化。农业文明背景下的言说方式肯定是不合时宜的。但是，面对写作中活跃的、不确定的、新鲜的元素，我感觉到了作家们普遍的惶惶然和失语。我们的文学语言没有足够的力量把握、穿透这个时代。

当今现实生活的荒诞往往超过了文学表现的荒诞。在中国，可能某个普通人的传奇经历和命运，比拉美的魔幻现实主义还要魔幻十倍。可当下写作在技巧上日臻成熟，在灵魂上却像长不大的儿童。文学承受肮脏的力量不如作为大众传媒的报纸，文学对人自身的想象甚至不如生活类杂志登载的写实文章，似乎作家成了埋头在故纸堆里的鸵鸟，和躲进封闭的壳里的蜗牛，文学变得陌生了，有点力不从心了，仿佛跟外部世界和读者之间隔着厚厚的一堵墙。

我想，文学颓势唯一的救赎方法，就是再次找回自身对存在的敏感，逼近当下中国人生存的前沿，恢复直面生存的勇气和锐利，使写作与生活不再是“看”与“被看”的关系，因为不管你是拿望远镜看还是拿显微镜看，“看者”和“被看者”总是分属两个世界，作家唯有回到民间，直指真切、具体、无遮拦的与生活肉贴肉的状态，真正潜入社会或明亮或阴暗的每一个角落，洞察并说出生活内部隐藏的秘密，唯此，我们的文学才能够与当下人的生存的真实性息息相关。

尽管文学呈现的是无论如何与“我”有关的生活，但生活并不能取代文学。文学是敞开的，也是自足的。文学所要建立的是高度自觉的艺术世界。只有心灵在场的写作，才能润泽人的灵魂。文学的上品，本身就是人类精神的高地。

因而文学所理解的生活是有尊严的生活，可以说，文学就其根本乃是对人自身价值的确认。它关注个体生命，但表达的是人类生存；个人记忆和具体经验对此时此地生活的进入，恰恰指向终极价值的探险，使在艰难跋涉中喘息的人们嗅到明天的气息。回到生存和心灵的现场，是对当代汉语写作的迫切呼唤。

诗意地栖居在这大地上

自从搬到广州，便一直住在珠江边上一个不太大的院落里，算算也快六年了。每天出出进进的都是文化人，彼此常常照面，但因为我不在这单位上班，只是“家属”，所以好些人并不清楚我的具体职业。当某个人得知我在杂志社供职，一般会问，你写书赚了不少钱吧？一旦听我解释清楚，反而有点替我尴尬地说：那写诗有什么用呢？

“写诗有什么用呢？”在消费社会一个最讲求务实的具体环境里，这是再自然不过的发问了。

一位曾写过诗的朋友，现在做国际贸易，几个月前她陪外商游三峡，当船过秭归，她介绍说，这是中国最伟大的诗人屈原的故乡。那老外问，既然他这么有才气，干嘛不做点别的事呢？

人们习惯了这样考虑问题，似乎这是天经地义的事情。

在一则则征婚广告中，列举了一条条身体的或物质的条件，但从来没人写上：我有爱心，我关怀人也希望被关怀。

因为说到底，爱情又有什么用呢？

当我们被都市的霓虹灯晃得头晕眼花，多想登临山巅胜境，或赤脚踩过海浪濡湿的沙滩，让如水的月华洗净灵魂的尘土，让风声涛声唤醒生命中残存的音乐。

但纯洁如初的月光有什么用呢？从树梢吹过的风有什么用呢？

在焦虑时代，有谁还记得这样的诗句：“贫穷而听着风声也是好的。”

这就是人类的近视，是今天我们的盲点所在。当稻菽、房屋和我们的双脚立在大地上，我们便感觉到了泥土，而忘了更广大的滋润着我们的空气和海水，人类的物质愈丰富，反而越发像一只蚂蚁，整天为额头的一粒“米”忙碌，使生活沦为“活着”。忘记了生命中还有更为宝贵的一面，那就是对至真至善至美甚至还包括对闲适恬情的追求。

何谓诗？诗就是那似乎没有给我们直接恩惠的精神的海洋。正如海德格尔所言，诗“无拘无束地创造出一个意象的世界并沉溺于其中”，“它仅仅停留在言说之中，它与行动不相关”，同时，“诗也没有实际效益”。早在1779年1月，荷尔德林在写给母亲的信中，便一语道破了诗的本质，写诗是“人所从事的活动中之最纯真者”。

浩浩荡荡一脉千古长江之人，游轮上的那位朋友当时这样回答老外，她说要是屈原做其他事情，那么今天我们就不再知道他了。

她的故事让我想起《随园诗话》中的一则趣闻：书的作者袁枚借用唐朝人“钱塘苏小是乡亲”的句子，戏刻了一枚印章。某日一位尚书大人路过金陵，索要他的集子，他顺手在书上盖了此印。尚书看了，严加责备。开始袁枚一再谢罪致歉，但尚书仍喋喋不休地数落，于是袁枚只好严肃地对他说：“您官居一品，以为我牵强附会与一个妓女攀乡亲不伦不类，然而恐怕百年之后，人们只知道有苏小小，却不知道有您哪！”

他们都谈到了诗是身后的“留存”，其实“雁过留声”与诗的本质无关，最多它只是诗的附属品。但另一种意义的“留存”却道出了诗的真义。同样是那个海德格尔就说过：“诗就是以词为手段确立存在的”，“使转瞬即逝者永恒留存”。《随园诗话》也表达了相近的意思，袁枚对王安石在《字说》中所云“诗者，寺言也”不以为然，他认为诗的实质并非寺庙中的那种“思无邪”的高贵典雅的语言，他赞同另一说：“诗者，持也”，把诗看作一种把握的技巧，把握事物的性情，使他们不被忽略掉。今天的诗人所要“留存”和“固定”的，是切人历史语境的所见所闻所感：将当下人的生存引入一种确定的关系之中。客观地质询生命的状态，具体的陈说此在的事件，用我们这个时代的说话方式，对生活中大量涌现的新的符码进行命名。

所以尽管写诗没有实际效益，诗所“记忆”的却必须是实实在在的生存。当我们被这些年来戏剧化地悬在“高度”之中的诗弄得精疲力竭之后，回过头去重温海德格尔对荷尔德林的解读依然意义常新：当荷尔德林大胆他说出凡人的栖居是诗意的时候，“在这大地上”这几个字并不多余，他特意指出，诗意的栖居是一种“在这大地上”的栖居，“诗并不高翔在大地上以便逃避它、在它上面盘旋。诗是那最初把人带到大地。使他属此大地的东西”，“这大地是每一个终有一死的凡人所赖以安身立命的地方。”

性感山歌

好多年前一个明晃晃的秋日清晨，我和河池师专的李果河老师从南丹月里的苗族山寨下山，蜿蜒的山间小路像老龙起伏的脊背，坎坷嶙峋，路两边多是齐刷刷几丈深的悬崖，云遮雾罩。走这种山路，必须连蹲带爬心无旁骛，使劲盯着路面，因此人也就特别容易疲惫，还不到二十里地，小腿肚子就已累得酸酸胀胀的直想抽筋。

忽然，一阵清脆悦耳的歌声像泉水“叮叮咚咚”流淌而来，循声望去，只见一个秀美的苗家女子独自坐在半山一颗突兀的岩石上头，一边梳着被云雾润得湿漉漉的长发，一边吟唱着曲调极轻快的苗族山歌，除了风声草声，只有山脚下河沟里清水浅浅流动。她唱得很怡然，很投入，她的歌唱给树听，唱给鸟听，唱给草叶子上震动翅羽的昆虫听，声音极度纯洁，原始，自然，就像是从肉体和灵魂的深处迸发而出。她纤巧的手指划弄着长发，眼神和歌声一起也顺着乌黑的长发从头流转到脚，再飘扬开去。苗语我是听不懂的，但是我却从女子炽热的语调里感受得到她是在唱情歌，也许是一首昨天招郎时才唱过的情歌，今天的她一面唱一面回味，她的喜悦长着翅膀在歌声里飞。在这样的深山里，山歌可能是她全部的通讯方式，她的生，她的喜，她的爱，她的性，他们民族千百年来的繁衍生息都绵延流传在这一如女子口中所唱的山歌里。

捻子花谢了山楂果谢了星星也谢了
一直坐在岩石上唱山歌岁岁年年唱山歌的肯定是我

这是我 1985 年写的一首题为《图腾》的诗中的句子，那时我还未登苗岭，也许是上天的眷顾，冥冥中我似乎预先看见那美丽若仙子坐在岩石上唱歌的苗女。在我的直觉里她是活生生的暗示和隐喻，一种象征，一种永恒的昭示：

山歌就是一个民族的图腾，肉体的图腾，灵魂的图腾。

山歌好比是广西的魂，广西俗称“歌海”，这片生长着红棉树的有十万大山又有独秀峰的土地，栖息着壮、汉、苗、瑶、侗、毛南、仫佬等十二个民族，每个民族都有自己独具特色的山歌，而且，这里的少数民族都没有流通的文字，他们的历史几乎都是靠坐在火塘边一代代传唱的古歌记录下来，像瑶族的《盘王歌》和《密洛陀》，壮族的《布络陀》等都是数千行的创世史诗，它们填补了汉文化叙事史诗的空白，是中华五千年文明不可多得的瑰宝，他们民族的爱情、智慧及一切风俗习惯，都可以在山歌里找到影子，山歌就是他们的生命之声。

走在很高的山上才是苗寨，那山很野，一匹匹蹲着，似怪兽无序而威严，狞厉而透出灵秀，一眼望去，让人怯怯的，总要生出几许怪异的想象来。那山又仿佛是游动的，如丝如缕，若有若无，一脉浩浩荡荡逶迤而去。千年又万年，苗民生于斯逝于斯，就像岩缝中丛生的杂木，长得有筋有骨，葱茏如歌。

我已记不清当初李老师是以什么由头叫我从南宁跟他一块来此采风的，之前我们并不熟，平常也没什么联系。寨子不大，傍着一爿好几亩宽的平展展的石板坡稀稀落落建起二十多间茅屋。苗人非常好客，待客之道是杀鸡，当我们晚宴在矮板凳上一一落座，准备动筷子，主人摆上自家酿的包谷酒，便首先把鸡头夹给最尊敬的客人吃，这是当地苗家敬客的最高礼节。苗家姑娘的衣服很传统，自己织的土布，用蓝靛漂染，裁成衫裙，再用七彩丝线绣上美丽的苗锦，她们的裙子叫百褶裙，但实际上一条裙子上的褶有五百多个，而且层数很多，有的多达三四十层。姑娘们还为自己亲手绣制花腰带、花胸兜，真是花团锦簇，另外，盛装的苗族姑娘一定会佩戴很多银饰，分为银花冠、银项圈、银手镯等，有的戴的银饰很重，她们视之为美和尊贵的象征。男的穿着打扮则跟汉族农村人差不多了，他们说买现成的衣服穿省事，也方便劳动。主人还神秘兮兮地拿出两只麝香给我看，我倒吸了几口气，这是我头一见到这种密密麻麻长满灰棕色短毛的椭圆形的囊状体，他把香囊放在我的鼻子边，让我嗅雄麝芬芳干燥的分泌物。碰巧主人的儿子那几天打到一只飞狐，这东西长着老鼠般丑陋的脸孔，又有些像狐狸，翅膀拉伸开来很长，两翼间的距离几近两米，这生物其实是蝙蝠最大的品种，而蝙蝠是唯一会飞的哺乳动物。所幸，这个夜晚它没有在我的噩梦里上下翻飞。

苗民挣钱的门路很少，全靠砍树，把两棵不太大的树用扁担栓成A型，走几十里地山路挑到山下的供销社里，那里有人收购。寨子里最穷的是个光棍，三十来岁，连半间房都没有，用几捆稻草铺开来睡在牛圈里，一问，都说此人太懒，山上砍几棵树割些茅草盖个棚子并不难，我说政府不给救济吗，说年年给棉被，都被他拿去换酒喝了。

月里不是苗乡，只在高山顶上有些散落的寨子，苗家聚居地在融水苗族自治县，我曾到哪儿参加过一个活动，是为斗马节而去的。一条条白色的小路上，人们穿着簇新的盛装走来。缤纷的彩锦，闪亮的银饰，使县城的大街小巷灿烂如虹，十字街头图腾柱上给苗家带来吉祥的锦鸡，羽翎上铮铮流淌着一千种温暖的色彩，路边没来由冲着行人朗笑的苗家少女，坦荡得就像开屏的孔雀。把广西的许多少数民族称为“龙的传人”并不准确，他们信奉的图腾是鸟，比如壮族，古称骆越，“骆”就是壮语“鸟”的意思。他们是蚩尤的后代，不是严格意义上的炎黄子孙。节日里最醒目的是那些打扮古怪的汉子，他们从头到脚披挂着金丝草，这草名曰金丝，却是碧绿碧绿的，每根尺余长，状若粉丝，远远看去，活像立着的绿色“刺猬人”，他们脸上全都戴着狰狞的傩面，有的青面獠牙，有的眼吐乌光，舌头像蛇信子卷起，他们和着高亢的鼓点，一顿一顿地蹦出场，双手屈举，像青蛙似的，舞姿异常朴拙；这就是当地有名的芒勾舞。芒勾是苗语鬼神的意思，芒勾舞就是娱神舞，原来是祭祀时跳的，渐渐演变为节日的表演了。我们有幸观看了一场芒勾舞表演，紧凑高亢的鼓点仿佛从大地的边缘漫过来，敲得你的心一阵发紧，看着“刺猬人”婆娑舞动的时候，好似一股股热浪逼来，逼得你血液滚烫，逼得你窒息，所有的景物从你的眼前消失了，现代文明离你而去，你的眼前只涌动着血，涌动着火，涌动着悲壮与惨烈。那原始生命的律动是这样的强悍，这样的雄浑，它倾注进你的血脉中，与你的身心融为一体。突然，一个舞者跳到我面前抓住了我，旁边人赶紧示意要我给几个小钱，说是奉献于神灵，我赶紧遵命，顿觉得自己好似已经得到了神灵的庇佑。

更绝的是斗马。南地的矮马，性驯，善爬山，骑着它赶歌圩，倒也悠悠然。此时却也要引它相搏，每次强拖硬拽两匹公马上场，另牵一牝马，穿梭其间，那异性既眉目传情，又遮遮掩掩，直撩拨得公马欲火中烧，勃起强烈的雄性意识，相互踢打断咬，非要争个畅快不可。有时马的前腿腾空而起，相持不下，如两山对峙，煞是威风。

抢花炮则是好几个邻村选出来的精壮青年，在场地中间点燃一根花炮，“嘭”的一声窜上天，所有的小伙子就一哄而上去抢，推推搡搡，你争我夺，非常像美洲的橄榄球运动，而那个最终抢到花炮的小伙子就是苗家的大英雄，会赢得无数女孩的芳心。

这时芦笙踩堂歌会开始了，那居中的几把芦笙，芦管竟有丈余高，手臂般粗，高高低低，像一架架山岭，吹奏起来，朴拙浑厚的音乐如风吼山谷，从人群的头上缓缓滚过，沉甸甸的，走石一般。环舞在四周的苗女手中花伞团团，身上彩巾翩翩，银灿灿的笑容，与身上的佩饰相映生辉。几十把平常大小的芦笙装饰着斑斓的野鸡翎，在悠扬的旋律中摇曳，洒脱而飘逸。

融水县就在柳州市边上，以前有“吃在广州，玩在苏州，穿在杭州，死在柳州”的说法，皆因柳州周边三江融水一带的水杉材质非常好，木板又厚又轻，且耐虫蛀，耐腐烂。现在手指大的棺材成了柳州独有的旅游工艺品，寓意“升官发财”，深得游客青睐。在柳州市区繁华地段，平地上拔起一座小山峰，它的形状如鱼鳍，山高八十八米。从山脚沿盘山小径登三百九十二级石阶，便可到达山顶。鱼峰山因柳宗元著《柳州山水近治可游者记》中称“山小而高，其形如立鱼”而故名立鱼峰或石鱼山。鱼峰山下有个小龙潭，它和刘三姐有关系，传说刘三姐被财主逼迫，就是从这里跳下去的，但是人们看见刘三姐从潭中骑着鲤鱼飞升，做了天上的歌仙。于是人们就在山上为刘三姐塑了一个骑鱼的像。天天都有无数的阿哥阿妹来到鱼峰山脚相会，他们用最真情自然的对歌来纪念三姐，并希望三姐能够保佑他们的爱情顺利甜蜜，生死不变。如果你要听广西山歌，最好到鱼峰山来听，因为这里的山歌是用柳州话唱的，柳州话是广西的标准官话，属西南官话语系，好懂。我就曾在此地记下了两首山歌，歌里这样来比喻单身汉的孤独："自己打酒自己筛，自己关门自己开，自己铺床自己睡，半边席子长青苔。"歌里这样形容恋爱中娇羞女孩子的半推半就："妹是鲜花在高台，哥想摘花摘不来，伸手出去花就谢，缩手回来花又开"。

在我印象中，最有趣的还要属白裤瑶的细话歌。白裤瑶是广西瑶族中非常独特的一支，只有两万多人，男人上身穿蓝靛染成的衣服，下身穿自己纺织的白色土布做成的裤子，裤长及膝，裤脚用黑布包边，红丝线绣花点缀，膝盖处绣着五根直的红线条，中间三根长，两边两根短，形状像手印。女的则穿绣得非常繁缛漂亮的彩裙。女人夏天的上衣很简单，只是两块布，前面一块，底为黑色，后面一块则用彩色丝线绣成各种花饰，大多是方形的瑶王金印图案。肩上用十厘米宽的黑布相连，腋下没有衣扣，全部敞开，叫作挂衣，挂衣里不穿内衣，露出丰满白皙的乳房，真是性感之极。如果说比基尼是美洲人贡献给人类的性感泳装的话，那么，白裤瑶的女夏装则是向人类贡献的性感上装的典范，当然，她们冬天不穿，否则会冻出病来的。

白裤瑶的对歌形式也很独特，赶街买卖东西之后，几个女子看见路边有几个男人时，就会停下来，隔有两三米远的样子，首先都是三两个女的对几个男的唱，其实严格来说那应该不叫唱，而是说歌，语速极快声音极低地吟诉着，呓语一般，因为语言不通，除了本族人外，大概别人都是听不懂的。一般来说他们会这样站着"呓语"一两个小时，之后，彼此中意的男女离开人群，到个僻静的野地继续用身体吟唱。

广西山歌在声乐上最具艺术价值的是侗族大歌，它是当今世界上十分罕见的多声部、无指挥、无伴奏民间合唱，穿透力极强。侗族是一个极具音乐天赋的民族，多声部山歌弥补了汉民族音乐中缺失的和声，是东方神州大地唯一的交响诗。壮族的三月三歌节是广西民间最盛大的传统活动之一，“三月三”歌圩普遍流行于整个壮族自治区，其中尤以红水河、左江、右江流域各壮族聚居的县最为盛行。据调查，现在广西有六百四十个歌圩点。节日之际，男男女女都聚集一起，碰红鸡蛋，抛绣球，吃五色糯米饭，原来的抛绣球是女的抛给看中的男人的，对方如果中意，就在绣球上绑上礼物，掷还女方。碰蛋的习俗通常是小伙子用手上彩蛋碰姑娘手中彩蛋，姑娘如愿意和他做朋友，就露半边蛋让他碰，不愿，就整个握住。现在抛绣球这样的活动也还有，但是变成类似投篮式的体育竞技活动了，就像三月三歌节演绎成了南宁每年一度的国际民歌节，宋祖英演唱的流行风格的《大地飞歌》成为主题曲，原汁原味的山歌和原生态的歌圩越来越难找到了。

“蜜蜂为花死在岭，鲤鱼为水死在河，黄牛为田死在坳，三姐为情死在歌！”（此文章中引录的山歌除这首选自《广西情歌》外，其余均为笔者收集。）看，这些可爱的少数民族阿哥阿姐对山歌的热情是不是到了生死相许的地步？

歌圩源起于隋唐，宋时已呈普及之势，南宋周去非在《岭外代答》中记载有男女唱山歌抛绣球；据清《粤西丛载》：“宾州罗奉岭，去城七里，春秋二社日，士女毕集。男女未婚者，以歌诗相应和，自择配偶。”可见山歌自古为定情而唱，吟咏专一、不掺假的爱情是一贯的主题：“我俩好，我俩生来一样高，要学嘴好心也好，不学芭芒两面刀。”手法上“兴”在前，“比”在后，用语朴实，粗野，直抒胸臆。而集广西山歌大成的《刘三姐》的歌词，要比寻常百姓所唱的“精致”得多：“山顶有花山脚香，桥底有水桥面凉”；“风吹云动天不动，水推船移岸不移”，这些经过锤炼的表达，无疑是山歌的精品。广西山歌除了爱情、劳动、日常生活以及智斗的内容以外，还有好多是关于性的挑逗和性爱的描写。早些年也曾收集出版了一些“广西情歌”，但书中却很少选摘描写性方面的山歌，而其实在少数民族的山歌中，性的挑逗和描写是最多的，而这些本来就是山歌最初吟唱的意义所在：

阿哥放牛妹放牛，

黄茅岭上要风流，
哥在这边招招手，
妹在那边扯裤头。

而下面这首可以说是广西“性山歌”的经典，绝不亚于沈从文《边城》里脍炙人口的那首湘西民歌：

冷嗦嗦，
阿哥阿妹共被窝；
铺盖盖哥哥盖妹，
席子垫妹妹垫哥。

对山歌“下半身”的舍弃是这几十年来广西民间文学收集工作的重大损失，那些被当作所谓糟粕剔除的，恰恰是源自生命的艺术精华。另有一些山歌受到意识形态的“干扰”。例如新编民间故事把许多嘲笑傻女婿的内容改头换面为穷人对富人的嘲弄，以迎合“以阶级斗争为纲”的政治需要。还有的把壮族《妈勒访天边》的传说改造成了《寻找太阳的母亲》，故事原本讲的是怀孕的妈勒（壮语母亲之意）昼夜兼程寻访天尽头，自己死了让生下的儿子继续未竟的事业。表面看来情节似乎被改动不大，但这小小的篡改简直糟糕透顶，因为“访天边”体现了壮族先民“天圆地方”的宇宙观，而“太阳”远古时代非但不是伟人的象征，在炎热的南方人们对烈日还非常讨厌，恨不能用箭将其射下来。这一改动假若未来的人误以为真，将使他们陷入古僚民天文地理认识的研判误区。我当年在红水河采风时听到过的与性和生殖密切相关的民间故事都十分恢宏壮美：山洞里天然形成的一个巨大的脚印，相传女人躺在里面就会怀孕。女人难产了，手扶石壁站着生孩子，用一个大簸箕装着米在女人两腿间摇动，婴儿受到粮食的诱惑，就会从阴道里钻出来。还有白眉老人把树叶捋下来，撒出去就是一把一把的钱。很难理解为什么这些超群的想象会被认为对今天的社会有危害。

山歌和民间文学“变形”的另一个原因是用汉语思维取代少数民族语言思维，尽管有的收集者本身是少数民族文化人，但他们在学校所接受的汉文化教育潜移默化影响了他们的记录整理，例如形容高兴极了，壮语原意是“心像伞一样撑开来了”，直译很不错，却被“心花怒放”一类的成语代替了。还有的故事里担心谈话被人偷听，提醒说“隔墙有耳”，而壮族住的“干栏”和苗家的吊脚楼根本就没有墙。还有一个因素就是不同民族的语言或表达方式无法找到对应的翻译，例如壮族山歌的腰韵，用汉诗的尾韵来译，形式上有很大的出入。

山歌缘起的广西山区以及少数民族居住的地方，山高河低，地势较平原地区错综复杂，人口也少。有时隔山为邻，彼此相望，可下山再爬到对面去要走好半天，这样他们如果还用平时说话的语气交流就听不见了，于是引吭高歌就成为必然。往往我们会看见对歌的人都是有一定的距离，或者男女各站在一个山头上，这边唱过去，那边和过来。这样，山歌当然是以挑逗调情为主要的表现内容，另外还有表现人们智慧的类似“脑筋急转弯”之类的斗嘴，比如，我们熟悉的刘三姐和秀才对歌的唱段就是最好的例证。

“唱山歌。这边唱来那边和，山歌好比春江水，哪怕滩险弯又多。”广西山歌源远流长，像江河淌水，从乡音里流出来，千年又万年。然而，这生命之源，是否真的要在我们这一代断流？

江河改向了山川改向了风雨也改向了
一直鲜红奔流远远久久奔流的红水河肯定是我

第三辑　品藻管窥

以我的人生阅历，总觉得一个人的秉性和禀赋都是很难改变的。所谓少小看一生，性格决定命运是也。只是在十八岁阶段，我们才幻想并期待爱情、婚姻或者某种生命轨迹的变化会让人洗心革面。

《君山》：马悦然推崇的长诗

今年四月，马悦然先生给我发来一封电子邮件，说他几天前应邀参加了香港城市大学举办的中国现代文学研讨会，刚返回瑞典。他认为会议很有意义。同时，他很高兴在会上遇到不少老朋友，其中有台湾诗人痖弦、郑愁予、杨牧诸君，还有批评家刘再复等人。

马悦然先生的邮件还提及，在香港，他见到了商务印书馆（香港）的总编辑陈万雄先生，他说："我希望他能再版韦丛芜的爱情长诗《君山》，它最初作为《未名新集》中的第一本诗集出版于1927年。在我看来，这部作品在中国现代诗歌史上非常独特。它的封面由林风眠设计，并由卓越的画家司徒乔绘制出色的插图。这本书可能很难找到，但如有可能，我建议你阅读。"

老实说，读罢马悦然先生的邮件，我简直是一头雾水。作为一个中国诗人，我非但懵然不知有一首享誉海外汉学界的爱情长诗《君山》，也从未听说过诗人韦丛芜。其实不单是我孤陋寡闻，随后数月我特地问过不少诗人和批评家，除了搞诗歌版本学的刘福春略知一二，其他人都对其人其诗知之甚少。

这引起了我的兴趣，我打算了解韦丛芜的生平和他的写作。无须否认，这与马悦然先生的推崇有关，他是诺贝尔文学奖评委中唯一的汉学家，这些年来通过马悦然先生的努力，西方主流文学对二十世纪中国文学特别是近二十年来中国现代文学成就的承认，无论怎么说总是一个好的开端。当然，毋庸置疑，西方评委们看好与否并非评价百年中国文学的首要尺度，汉语写作最根本的是获得汉语读者的认同。但中国的文学问题往往有特殊性，数十年里，许多作家作品湮灭也像他的肉身消失一样，属于“非正常死亡”。八十年代初，尽管“文革”结束好几年了，大学里的文学史，对沈从文依然一语带过；而在徐志摩的家乡浙江海宁县，一位中学语文老师在课堂上问他的学生：你们有谁听说过徐志摩？满堂茫然，只有一个孩子举手大声回答：“我知道，他是一个反革命！”曾几何时，一部《人间四月天》，不仅使徐诗人名满天下，同时他也被解读成了家喻户晓的花花公子。所以阅读韦丛芜之前，我无从判断他的销声匿迹是由于别的原因，还是读者自然选择的淘汰结果。

很快，朋友帮忙在北大图书馆查到了有关资料。孤本《君山》自然不可能借出，所幸八十年代中期安徽编了一套“皖籍作家丛书”，里边就有一本《韦丛芜文选》，收录了作者创作的大部分文稿。当他的文本出现在我面前，我吃了一惊，因为韦丛芜非但不是籍籍无名之辈，他在新文学运动初期的贡献，完全可以用“斐然可观”四个字来形容。

早在1924年，年仅十九岁的韦丛芜就翻译了陀思妥耶夫斯基的成名作《穷人》，这是我国介绍陀氏作品的发轫，鲁迅先生欣然为之作序，该书1926年收进《未名丛刊》出版。接着，他又着手翻译了陀氏的代表作《罪与罚》，这个译本二十余年间未名社、开明、文光等书局先后印行了十余版。终其一生，韦丛芜翻译了俄苏文学五十多部，以及美国作家德莱塞的《巨人》、杰克·伦敦的《热爱生命》等，有不少译著在五十年代很有影响。

同样，韦丛芜的写作一开始就可谓“闪亮登场”，他的长诗《君山》作为《未名新集》丛书的第一部诗集于1927年印行，鲁迅先生给予了他相当高的赞赏和具体帮助，鲁迅先生特请林风眠为《君山》设计封面，请司徒乔画了十幅插图。直至1934年，鲁迅在《忆韦素园君》（素园是丛芜的亲哥）一文中还深情地回顾道：未名社“还印行了《未名新集》，其中有丛芜的《君山》、静农的《地之子》和《建塔者》、我的《朝花夕拾》，在那时候，也都还称是相当可看的作品”。韦丛芜还有不少作品发表在鲁迅主编的《莽原》《语丝》等刊物上，1929年4月，未名社出版了他的第二本诗集《冰块》。

1946年，韦丛芜所译《罪与罚》第六版问世时，他曾在序言中写道：

“巨石下的野草在九死一生中挣扎着从侧缝里向外发展，也会摇曳在阳光与和风中，低吟着生之歌曲……巨石何时才能从野草上移去？”或许此时他并未料到，他写下的这段话，恰恰预言了他一生坎坷的命运，他就是巨石下一棵饱经劫难的小草。1926 年 3 月 18 日，北京爱国学生和各界群众在天安门广场集会，抗议日本帝国主义炮击大沽口的暴行。当他们游行到段祺瑞军政府的国务院门前时，突然间子弹如飞蝗，请愿者死四十多人，伤数百人，酿成了震惊中外的“三·一八”惨案。韦丛芜那天也走在赤手空拳的队伍中，受了轻微枪伤，所幸得以脱险。在未名社期间，他因“宣传赤化”蹲过北洋军阀的木笼。三十年代初，他回家乡创办农业生产合作社，进行空想社会主义实验，一度被委任为代理县长，可惜好景不长，即陷进牢狱之灾。然而，更大的悲剧还在后头，1955 年，肃反运动开始，时任出版社英文编辑的韦丛芜被公安机关拘留审查历史问题，半年后才得以无罪释放；1958 年 9 月，他再度被捕，未经审讯关了一年零四个月。1960 年 1 月，他两个公安人员带到一间屋子，当面宣布判处有期徒刑三年，缓刑两年，立即释放。4 月，全家被强令由上海迁居杭州，从此，他失去了安身立命的工作，且再也躲不过被从文坛抹掉的劫数，了无痕迹。

靠扫马路、摆地摊卖毛巾维持家人生计的韦丛芜穷困潦倒，给有关部门写过几十封申诉信，全都杳无音讯。他哀求道：“我是个有选举权的公民，有五十余年经验的翻译工作者，我们伟大的党何妨给安排一个临时工作，给我一碗饭吃，让我也能在伟大祖国的社会主义革命和建设中贡献一分小小的力量呢。”如今读来，令人潸然泪下。

“文革”结束后，浙江省政协于 1978 年 12 月安排韦丛芜到杭州丝绸学院任教，但此时他生命的灯已经油干芯尽。仅十余天后，韦丛芜告别了多灾多难的世界，溘然辞世而去。1983 年，上海市中级人民法院撤销当初的错判，为韦丛芜平反。而他的作品却无缘“归来的歌”，文学史家们人云亦云，无心做发掘工作，一颗文学陨石，就此被淹埋在历史尘埃中。

长诗《君山》诞生在中国新诗的草创时期，语言带有那个时代的特点，但它摆脱了当时主潮诗歌明显欧化的倾向，相当中国化，也很柔软。

请读其中的两小节：

我随伊走进楼来，
我随伊走出楼去；
伊的脚步何等轻盈，
伊的头发软得爱人。

我随伊走上楼来，
我随伊走下楼去；
在伊的食指指处，
一切都是美丽的。

在布局谋篇上，其结构环环相套，反复回旋，与一咏三叹的诗句呼应。作者显然具备了一定驾驭大部头的能力，使之前的胡适和其后的刘半农、徐志摩等相形之下显得寒碜。这是一首相当纯粹的爱情诗，应该说也是一部出色的作品，在我看来不足之处在于作品张力不够，包含的生活和精神容量作为一首长诗显得有些单薄。

而诗集《冰块》里的几首短诗我相当喜欢，不仅具有二十世纪九十年代诗人们声称“发现”的叙述元素，而且比当下孱弱的诗更有悲剧的力量。

在此，作为后学，谨以此文向诗歌的先行者致敬！

2001 年 8 月 12 日清晨写于广州

注：有关韦丛芜生平参阅了韦德亮、韦德丰《怀念父亲韦丛芜》一文。

倾听朱哲琴

我一直很难理解广东这块土地为何能产生朱哲琴这样的歌手，朱哲琴命定不属于凡尘，而是圣女。她是鹰翅上最蓝的那一片天，雪原中最亮的那一眼泉。她歌声像透明的阳光自地球的最高处倾泻进我们的心底，使我们不仅是全身心感动，而是整个生命为之战栗。在她凌空而来的声音里，非但闻不到粤菜弥漫的香气，亦听不见汽车拥挤的喧嚣，甚至没有半点阴影和杂质。我们能够感觉到的只有经筒的转动，孩子的咿呀，风铃的摇晃和酥油灯火的跳跃。她用简单的歌词表达简单而永恒的幸福，真实质朴，清新自然，传达的是最原始、最童贞的美。

中国的歌手，包括港台歌星，出版的“金碟”数不胜数，可真正值得用心魂去倾听的只有几个，朱哲琴的《阿姐鼓》和《央金玛》堪称其中的艺术精品。在大量应景之作反而被美其名曰为“精品”的当下，我使用这个词恐怕是对朱哲琴的亵渎。央金玛是西藏所信奉的艺术女神，或许朱哲琴正是由于她的附体，生命里才能流淌出如此超现实的妙音。她歌唱时吐字清晰，音色纯正，声调激越独特，可我们却往往听不明白她所唱的“具体”意思，她的歌里有许多连缀的虚词，有时为了表达无法言喻的百感交集，还用了一些没有意义的纯粹的声音。然而她的歌谁都能一听就“懂”,因为那种纯朴的情感和宗教情怀具有不可言喻的魅力，圣洁的音符仿佛将一盏盏酥油灯递到我们手中，使芸芸众生的脸庞瞬间被精神的火焰照亮。她以歌声引领每一个人走进音乐的温暖。每当我用心灵去领悟她的天籁之音，我那被世俗污染了的心地，便变得干净清爽起来。

我是个音乐素养不高的人，至今用音乐深深打动我的只有两个人。

一位是莫扎特。1990年初，有段日子我曾反复听他的音乐唱片。这位生活在地狱里的窘困的天才，他曾说："我的舌头已经尝到了死的滋味。"可他鸟瞰苦难的音乐却纯净如出自天国。我曾把他美妙的音乐比喻为暗夜里醒来的高洁的昙花。凝神谛听他的作品，指尖便真实地触摸到真善美的存在。因而我以为音乐之所以感动人，还取决于听者当时所处的环境和生存背景。另一位就是朱哲琴，她的神圣之歌，在追求感观刺激的消费社会，无疑同样是代表人、代表全人类的最后坚守。在我父亲突然病逝的这个五月，倾听她远远地为我们唱的一支歌，我的精神再度得以突破黑暗的围困，进入超越肉身、物我两忘的非凡境界。

"喝过的美酒都忘记了 / 只有青稞酒忘不了 / 穿过的衣衫都忘记了 / 只有氆氇忘不了 // 经过的辉煌都忘记了 / 只有酥油灯忘不了 / 听过的歌谣都忘记了 / 只有阿姐的鼓声忘不了……"朱哲琴，你的歌声使我清醒。多年来，我私下里难免有些沾沾自喜，以为自己一直警惕把文学当作同流合污的工具。然而，在五月，在广州霓虹灯闪烁的夜晚，我一遍遍倾听你的歌，我才知道我以往的写作是多么的俗气。

林白：在想象里脱胎换骨

——读《万物花开》

以我的人生阅历，总觉得一个人的秉性和禀赋都是很难改变的。所谓少小看一生，性格决定命运是也。只是在十八岁阶段，我们才幻想并期待爱情、婚姻或者某种生命轨迹的变化会让人洗心革面。一个人是这样，一个成熟作家的文本也如此，他（她）小说的基本模式、叙述方法，语言个性和构成自己风格的独特元素也受其思维定式限制，有一脉文气贯穿其间。因而在我看来小说批评有点像研究一种标本，或是化石。我这样表述的时候，忽然觉得自己很冷血，把正在活着的生命都看死了。

可当我读到林白近作《万物花开》，我固执起见的阅读经验瞬间土崩瓦解。正如一个女人可以变性为男人，一只冬虫可以长成一棵夏草，一朵花可以飞到过去从未抵达的边界散播种子，很久以来一直活在林白几乎全部小说中的哪个自恋、自虐的女人突然就消失了，她曾经神经兮兮，魅惑、古怪，躲在小房间里，在弥漫着同性恋倾向的窗帘下窃窃私语，裸露女性心理和身体的自我意识，或者发出像撕裂丝绸声音的尖叫。这是林白“虚拟”的女人，也是她的影子，带着她生命的体温和生活的痕迹。由此人们自然把林白的小说当成某种“私小说”，以为她讲述的都是半自传体性质的故事。然而《万物花开》却倏忽把读者带进了一片全新的天地，“我”不再是现代女性，而是一个绰号叫作大头的脑袋里长了五个瘤子的男孩，有关他的糗事发生在穷乡僻壤的村子王榨。

大头光着屁股站着，面对墙壁。小说从看守所进入叙述，号子里性暴力的场景就像一块磁铁，一下子就把读者牢牢吸引住了，于是小说回过头来讲述大头的经历，其实他“犯事”的经过很简单，从河南来的一个"大棚"演出团，靠女孩子跳"开放"也就是变相的脱衣舞卖钱，村里叫细胖的伙伴用钱把演出的小梅引到竹林里，发生性行为后相互推搡中小梅倒地，不经意被新砍竹子的竹茬尖扎死了，情急之下，细胖叫老爹给四千元钱让不满十六岁的大头顶罪。

我电话里问过林白，这件事是不是听保姆讲的，人物有没有原型，她说完全是虚构的。我想假若我来写这样的事件，只会是个短篇最多是小中篇，这可能是写诗的人叙事能力的局限。一个好小说家"生殖力"极强，她主要的工作不是简单展开故事的主线，而是演绎寄生在故事主干上的主人公林林总总的琐碎生活，拔出萝卜带出泥，作者真正感兴趣的是那些土得掉渣的东西，那些乡村寻常日子的枝枝蔓蔓，那些原生态的毛茸茸的细节。具体到王榨的大头，就是他遭遇的人和事，他的亲身经历和耳闻目睹，他的二皮叔、四丫姨、一头叫作"妞儿"的牛和村里半花痴的风流女人线儿与双兰，以及出外到发廊做洗头妹、打扮妖冶暧昧的三躲，小说描绘了这些乡村下层平民百姓的生存状态，并着力展现发生在大头跟她们或者她们与别人之间的艳俗而又生猛的情欲情节。

《万物花开》标志林白从表现自我到返回民间的蜕变，她第一次在小说中大量运用方言、粗话和俚语，以大俗传达大美。但她跟李锐等表现当代乡村的作家不同，李锐他们全身心深入到一方厚土里，在写作中置换身份，尽力贴近表现对象的思维方式，以乡民的视角探视生活的角落，笔下浓郁的地域色彩与实际也十分吻合。而林白这部长篇有点像苏童写皇帝生涯那种类型的作品，她的乡村是作者想当然地创造出来的，只在语言的叙述中存在，是她一个人的乡村。她的文字也不是为了客观传达村民现实中的生活方式，恰恰相反，具体的细节和民俗风情反过来为她的主观表现服务，使她呈现的地域和生活状态真实可信。

小说后面附录的《妇女闲聊录》篇幅几近"正文"的三分之二，是林白跟家里的保姆也是亲戚本珍聊天的辑录。它给这部小说提供了部分素材、同时也建构了小说的氛围、背景和某种风味，里面所记录的原汁原味的乡间的人和事，是小说文本不可或缺的有机部分。它不仅强化了小说的在场感，使小说的叙述更有效，更真切感性，也意味着作家在尝试新的艺术探索和实验。它再次证明：先锋的姿态有时候是向下的、后退的。

依然坑洼坎坷的世界

——读《世界是平的 :“凌志汽车”与“橄榄树”》

出版商的小把戏

我前两年就听说，美国最有影响力的新闻工作者托马斯 · 弗里德曼所著《世界是平的》值得一看，可到书店购书，才发现同一作者，竟有所谓姊妹篇两本同名汉语译作，一本是 2005 年畅销全球的《世界是平的 : 21 世纪简史》，另一本是《世界是平的 :“凌志汽车”和“橄榄树”的视角》，其实后一本的书的本名是《理解全球化 :“凌志汽车”和“橄榄树”》，该书是托马斯·弗里德曼用了四年时间写成的一本重点论述“全球化”的专著。之所以也叫作“世界是平的”，无非是该书经过中国出版商的手时，被使了一个“狸猫换太子”的“调包计”书名，借前一本书畅销托市。据说《细节决定成败》在中国也有两个版本，这让我在书未开启之前就已经嗅到了其中的商业味道。作为一个文化人，我当然希望汉语翻译应具备基本的学术严谨性。但换一个角度思考，这样“张冠张戴”“处理”同一作者不同的书，有易给读者造成混淆的方式，本身既体现“全球化”市场经济对中国的深刻影响，同时也传递了“世界是平的”某种中国特色。通过学习外国先进理念并根据中国具体实际情况加以改造的事例在现代化进程中比比皆是，无非这个“山寨版”手法有点让人不好接受。中国的出版商先为我上了一节“市场营销”案例课。

记者还是经济学家

随手翻翻即可知，该书很大程度上是从一个记者的视野来评述的。可是，很多读完了此书的人偏偏固执地认为，作者是从经济学家的角度来谈论全球化问题。我认识的某大学新闻学院传播学专业的一位博士生，也认为该书是令其头大的经济类著作，这让我感到吃惊。也许，很多人忘了作者的职业。

强调作者的记者身份，有助于我们了解一些细节，一些被我们误读的细节。更重要的是，我们就能够理解"全球化"不仅仅是经济一体化命题，还是一个意识形态话题，一个传播学课题，一个文化问题。传媒也是一种体制，传媒"网络化""民主化"趋势造成传播业者的强势话语，在当下，有时候作用比政府还强大。也许，中国的记者还写不出这样的作品，但我们却很需要这样一个俯瞰全世界的视野。当然，这个家伙有机会游历世界各地，和不同肤色的美女进餐，差不多拿着世界上最高标准的稿酬，动不动就说一个普通读者连知道都不知道在哪里的地名来混淆视听，于是他显得似乎高人一头。但是，中国传媒改革开放三十年来的巨大发展是有目共睹的，特别是北京、广州这些报刊和电子、网络媒体发达的大都市。中国的记者群体是世界上数一数二的。问题在于，即使是那些整天报道国际政经新闻的中国记者，至今仍缺乏一种全球的视野，缺少一种世界在我眼中的高度。这，其实也是思想的缺失。

我不是记者，但是我很希望看到我们能有这样的记者，因为中国现在已经开始很需要这样的一批人了。中国人已经在世界各地做生意、读书、旅游，务工，对发达国家消费者而言，中国制造的产品早已不可或缺，中国还是世界上最大的债权国，我们能没有一批着眼于全世界的记者吗？

全球化问题

任何一个读者都可以从他自己的角度来界定这本书的价值：一本宣扬创业要从娃娃抓起的励志读物，一部推动国企 MBO 或者环境保护主义的倡导书，或者是，颜色革命和平演变的另一种表现形式。然而在我眼里，该书的主要意义在于对全球化问题的阐述：全球化不只是一种现象，也不只是一种短暂的趋势。它是一种取代冷战体系的国际体系。全球化是资本、技术和信息超越国界的结合，这种结合创造了一个平面的世界，在某种程度上也可以说是一个全球村。

今天，几乎每一个人都对经济全球一体化感同身受。在过去年代，要是云南发生旱灾，对邻省天府之国四川的民众生活可能没有多少影响。可今天远在大洋彼岸的华尔街发生金融危机，立即就重创此岸广东东莞的制造企业；而东部浙江义乌某个厂家裁员，可能不到十天就会降低西部甘肃乡村某个村民全家的生活质量。连法国戴高乐机场候机厅坍塌，都会砸死两个外派进行商务销售的中国人，索马里海盗抢劫，也会殃及中国货船。此次 2008 年金融海啸，全球就很难有一个角落独善其身，无非波及有轻重缓急之分。从前贵州人爱吃“花江狗肉”，新疆人爱吃“烤全羊”，光是广东一省，潮州菜、粤菜、客家菜以及各种小吃就千差万别，可如今很多偏远县城都有一模一样的“麦当劳”，在拉萨八角街跟巴黎香榭丽大道都可以品星巴克咖啡、喝可口可乐，而吃狗肉会被一些人抵制。

信息全球化最明显的两个例子，就是美国“9.11”和四川汶川大地震即时滚动播报，在二十年前，人类根本看不到任何大灾难的“实况转播”，“耳听为虚，眼见为实”，因而远在他乡不同肤色的观众都因“目睹”双楼坍塌和地震救援现场而刻骨铭心，内心受到强烈震撼。1971 年，当严格意义上的第一封电子邮件技术发明时，这封信的接收者跟发件人是同一个人，只是从这台计算机发到另一台计算机上。而到 2008 年 11 月，全球已有十五亿人使用互联网，发出的电子邮件难以统计。在三十多年前，中国诗人北岛用《生活》为题写了一字诗：网，寓意我们生存在一个被束缚的世界里，可“网”早已被“解构”，成了人类相互沟通最快捷的渠道。新任美国总统奥巴马，就被称为美国历史上首位互联网总统。

不单是技术分享，全球化同样带来文化一体化。2008 北京奥运会口号：“同一个世界，同一个梦想”！这在柏林墙倒塌之前两个阵营对峙的年代，根本无法想象。开会穿西装扎领带，熬夜看世界杯足球比赛，动漫、卡通乃至 80 后流行的“青春写作”“玄幻小说”，这些中国人日常生活中的细节和文艺创作，无一不阐释“世界是平的”。因此电影《英雄》不再以“风萧萧兮易水寒，壮士一去兮不复还”来讴歌“士可杀而不可辱”“明知不可为而为之”的精神，反而让刺客“无名”给出结论说“秦皇不可杀”，为了“天下”。这个“天下”的潜意识就是“全球一体化”。

中国人自古以来的理想，多多少少地希望达到的一种在地球上消灭差异走向大同的愿景，这其实也是一种“全球化”理想。托马斯的“世界是平的”，在我看来就代表着现在最为强势的美国意志下的“全球化”。就算全球化是好的，不等于英美建立的所有模式也就是最好的；民主是好的，不等于英美推动他国民主的方式和手段也是好的；为全球化做出权衡取舍是应当的，不等于英美所制定的游戏规则也是理所当然的。这些可能的矛盾是全球化遭遇的现实困境，在托马斯的书中却并没有深入讨论，托马斯将英美模式和全球化天然无缝镶嵌在一起，用无数故事加以宣扬，这让我想起了《圣经》的书写方式。信基督得永生，信全球化得发展，这是托马斯《了解全球化》的核心观点。

不知为何，今天的“全球化”总让我联想起大唐鼎盛时期的全球化、成吉思汗铁蹄推动下的全球化、罗马帝国血腥旗帜的全球化，凡此种种。历史上记载的一次次文化的冲突和融合过程，让我对“民主”和“集权”这一走到极端就彼此靠近的两个东西都心存警惕：从激进到保守，从美国到印度，从柏林墙的倒掉到萨达姆的蛊惑口号。经济、技术、信息的全方位一体化很可能将导致世界的同质化和文化的单一化。

2001 年 9 月 11 日，恐怖分子也就是拉登所代表的另一种极端主义让象征全球化的双子星座倒下，其后的阿富汗战事、伊拉克战争、最近的以巴冲突，特别是金融海啸，使人们开始关注全球化更多的内涵：商业利益和文化的冲突，地缘政治和民主政治的制衡。如今，谁也无法否认，我们已经身处一个全球化的语境中，世界是平的，却依然坑洼坎坷，塞缪尔·亨廷顿在《文明冲突世界秩序的再塑造》一书中宣称新世纪“将成为文明之间的战争”，并没有如托马斯·弗里德曼在本书中断然宣布那样“错了”。并非如本书所宣称“在全球化世界，所有的朋友和敌人都变成了‘竞争者’”，战斗仍未有穷期。

被封为“全球化教主”的托马斯没有回答“第三世界如何全球化”如此艰深的问题。他把那些烫手山芋丢给了大众，并因此在大众心里种下了各式各样的种子，这也许才是托马斯希望写这本书的真正用意。我们用要求耶稣的方式去要求一个代言的使徒，这或许是我们错了；但他这个使徒，为什么要将耶稣的荣耀顶在头上？

凌志汽车和橄榄树

很多读者也许和我一样，最想先知道的是为什么他把凌志汽车和橄榄树罗列在一起？

当作者参观凌志汽车生产线的时候，他被那些机器人迷住了。该厂一天生产三百辆汽车，有六十六名工人，三百一十个机器人。

其实，全世界都很佩服日本人的战后的经济奇迹。作者感触，当二战之后的世界进入冷战，为所谓的橄榄树而计算着你我的时候，小小的日本却在废墟上制造着世界上最现代化的新干线火车和世界上最豪华的汽车，而且用的还是机器人。

“凌志汽车”是全球化的典型代表，“凌志汽车”代表更高的效率、更好的产品、更激烈的竞争、更自由的资本流动、更广泛的合作以及更尖端的科技，它将人们带入一个对全球化经济理解新的道路中；相对于这种理念，“橄榄树”则代表家庭、民族、地区性、独特文化等更为传统的因素，它们为人提供内心需求中稳定的一面。托马斯·弗里德曼在本书中用生动的故事、已有的术语和概念，突出了凌志汽车和橄榄树的冲突——全球化体系和文化、地理、传统以及社会的古老力量之间的紧张状态。他在书中说，我突然发现，凌志汽车和橄榄树实际上就是冷战后时代最好的象征：半个世界专心致志地在全球化体系中繁荣他们的经济，一心一意地搞着现代化效率化和私有化；而另外半个世界，有时是同一国家的一半，有时是同一人的一半，仍在最终由谁占有那些"橄榄树"而战斗不止。因为"你不能单独一个人生存……你毕竟是人类整体的一部分并扎根其中,是'橄榄树'丛的一根小枝","如果忘记了我们属于谁，那么我们之中某些深刻的人性也将丧失殆尽"。而一个中国的知识分子，更有在全球化浪潮中守护并光大东方文明和中华五千年灿烂文化的责任。

如果冷战时期最明显的不安是在固定和稳定的世界里，被你十分了解的敌人所击败，那么在全球化时期，最明显的不安，就是害怕一个你看不见、摸不着且感觉不到的敌人所带来的迅速变化——你的生活会在任何时候被无形的经济和技术力量所改变。

在冷战时期，我们有白宫和克里姆林宫之间的热线——它是一种标志，表明我们被分开了，但至少两个超级大国还负责任。在全球化时期，我们有因特网——它是一种标志,表明我们都连为一体,但彼此无须负责。

在冷战时期问得最多的一个问题是："你们的导弹有多大？"在全球化时期，问得最多的一个问题是："你的调制解调器有多快？"

合上书本，我不禁感慨，尽管有些人不喜欢全球化这个论调，但是，作为一个现象和一个趋势，它是值得我们思考和研究的。中国作为新兴的崛起中的大国，在世界经济市场和政治舞台上，如何加快全球化进程，参与并分享一个大国应有的那一部分掌控权利，今后到底该如何迈步才能够走好呢？我们有着大国的古老文明，我们有着冉冉上升的综合国力，但是，我们在某些方面却无比脆弱。全球化的课题对于中国人来说，是怎样的一场考试，我们如何答卷呢？

普通劳动者的心灵志

——写在《向劳动致敬·我们的诗》前面的话

鲁迅先生在《且介亭杂文·门外文谈》中对诗歌的起源提出了一段著名的猜想：

> 我想，人类是在未有文字之前，就有了创作的，可惜没有人记下，也没有法子记下。我们的祖先的原始人，原是连话也不会说的，为了共同劳作，必须发表意见，才渐渐的练出复杂的声音来，假如那时大家抬木头，都觉得吃力了，却想不到发表，其中有一个叫道“杭育杭育”，那么，这就是创作；大家也要佩服，应用的，这就等于出版；倘若用什么记号留存了下来，这就是文学；他当然就是作家，也是文学家，是“杭育杭育派”。

后人以“风雅”喻诗歌，说明诗不仅仅起源于劳作。还可能与祭祀、娱乐、爱情、战争、别离有关，亦是上层社会举办典礼或宴会时演唱的乐歌。但“风”采自民间，劳动者的日常精神感受，无疑是诗歌最重要的“本源”。随着历史的变迁，诗歌逐渐演变为文人雅士的个体创作。今天对于绝大多数都市人，特别是生活在北上广深一线城市的人们，仿佛生存于以大数据为标识的移动互联网世界中。工作、理财、交际、娱乐、出行，乃至吃饭、租房、求医、购物、处理纠纷等每个环节，低头之间，全部交由薄薄的手机处置。无形之间，我们似乎拥有了随意跟这个星球上任何一个人发生接触的空前本领。数十年前社会学家命名的“全球化”“地球村”日益成真。然而对于维持、推动这庞大的社会机制得以运转和繁荣的无数个制造业、交通运输业、服务业、IT 业的千万个普通劳动者，人们又有着多少理解、多少尊重呢。这些“熟悉的陌生人”是否又蜕变为车水马龙都市里的一群会走动、会呼吸的符号，屏蔽在坚硬冰冷的机械和庞大的光纤矩阵后，被寥寥几个企业巨头和商界翘楚的名称所覆盖，异化为精英阶层迈向更美好生活的工具呢？

如今这本貌不惊人的诗集，正是抗争这种异化的努力，我要感谢一批有心人，正是他们的努力，为这“沉默的大多数”保存了心声。《向劳动致敬：我们的诗》收录了国内特别是深圳较活跃的劳动者诗人的作品，共一百人，近一百五十首。在我看来，这是以绵薄之力向一万个正在写作的和亿万个未曾写作的中国普通劳动者致敬。他们是中国的脊梁，倘若缺失了他们，我们赖以生存的城市群落将马上瘫痪，我们沉醉其中的现代化生活立刻烟消云散，露出其赤裸荒凉的背景。

我留意到了这本诗集最为特别之处，它详细标注了每位作者的籍贯，不仅突出深圳地域的全国性色彩，更绝非可有可无的细节。当中既有深圳、揭阳、梅州、饶平、揭西、陆丰、肇庆等广东地市，也有全国其他省市县的地名。这些地名在硕大的中国全景地图上只是密密麻麻的一群小点，在电子版地图逐层放大后，你才会看到这些听过或未曾听过、也许永远不会亲临的地方。于我而言，当中既有听闻过的，更有我陌生的：重庆、四川乐山、内江、自贡、仁寿，湖南衡阳、耒阳、邵阳、永州、绥宁，广西南宁，湖北荆州、黄冈、荆门，山东郓城，安徽阜阳，内蒙古通辽，福建莆田、宁化，江苏徐州，河北保定、文安，河南郸城、漯河，浙江绍兴，贵州遵义，甘肃环县、镇原，江西崇仁、修水，陕西商州等等。

我不厌其烦地念出这些地名，因为它们不单是一个个劳动者诗人的身份标识，它们是故乡，是无数人世代生息繁衍的一方水土。近三十年来，无数的人硬生生地与祖先的土地剥离，来到大都市，他们的血泪与艰辛，成就了国家也包括个人的梦想。成千上万的劳动者，就是来自这些地域的普通一员。我们理应向他们致敬，如同在一座庄严的纪念碑上刻下每一个人的名字。时代巨轮轮缘上齿轮啮合，使得东部的大都市与千里之外一个陌生的小地方，生活脉络发生了隐含的牵引。

以珠三角为主体的广东，是外来普通劳动者孕育和释放巨大社会潜能的重镇。正如诗集里《一个民工的时光志》："民夫放下尚未读完的百草经 / 进入这个沿海城市 / 他们将金属、木材、淡水、火焰、土方 / 凝造成未来主义的线条、模型 / 在天地间 / 为这个城市卜算他未来的梦境 / 这是一个城市时光书的古典数据 / 在历史的数字群落中间 / 高高的建筑物，那是毕昇时代符码 / 他们像是虔敬的古代人一样 / 在那建造一座属于未来的城池"。他们涉猎不同的工种，遭遇了身份尴尬，渡过了艰辛的生存困境，甚至消殒了生命，写下了灿若繁星的诗作。尽管北京、上海同是外来务工者重要集中地，却没有形成广东如此规模性的打工诗潮。这跟广东特殊的地理位置和当时主导的劳动密集型加工制造业有关。低廉的劳动力市场，吸收了大批没有受过高等教育的内地农村青年，他们生活在城市，却不是城市人，工人的称呼前缀竟然是农民的标签，这种特殊的人生经历决定了他们不一样的生活方式和情感体验。他们在社会摸爬滚打中，经历时代风雨的洗礼与个人痛苦感受的抽打沉淀，完成了人生阅历与社会经验的积累，领悟和思考一系列或细微或重大的生活和心理问题。他们需要寻找自己发声、倾诉情感的渠道，加上QQ、论坛、微博、微信的普及，自媒体渠道助推了众多普通人发表作品、寻觅同道的愿望。

随着逐首逐行的阅读，我渐渐进入他们的心灵世界，当中大部分诗歌是对"乡土中国"的怀念、想象和崇拜。他们基本不凌虚蹈空，不矫揉造作，不卖弄智识，而是忠于创作主体的切身感受和原初经验，浓缩着乡土中国都市化进程中底层生命的身份困惑和灵魂颤动。这些朴素的文字，在物质和精神两个层面同步推进，将乡土和城市、历史和未来加以融合，真实而一定程度上艺术地反映打工族的人生境遇和思想情感，已经成为当代中国人心灵历程的一个独特部分，必将作为现代中国社会转型的一份特殊的精神纪录。更为重要的是，这些文字及其主人在现世中的活动，表现的也许是古典的、乡土的，指向的却正是现代的、历史巨变中的大时代。

作为社会转型期寻梦者特殊的经验书写，命运不经意地就会被无形的经济和技术力量瞬间改写，他们的身体和灵魂被揉捏着，他们的生命感悟着疼痛。而这些生命中不乏敏感的、羸弱的却闪烁着人性光芒的高贵的诗心，他们泣血的歌吟，呈现了全球化新经济体系和人的生命尊严以及文化地理传统之间的紧张状态，也见证了这个时代社会底层卑微的草根一族的生存镜像，记录了一代人的牺牲、奉献、屈辱与担当，他们写下了古往今来从未有过的民众文学，见证着、捍卫着劳动的价值和中下阶层的尊严。这既是特定的社会制度、经济生活和文化活动的必然产物，也是中国工业化城市化的大环境下特有的文学现象。这一文学现象揭示了一个时代一个特殊群体的生存状态和精神世界，所呈现出来的传统与现代后现代、乡村和城市变迁的二元矛盾与张力，在全世界是独一无二的。正是对农业文明的消失、颓败或者整合加以呈现、并给人类生存提供一种新经验的探索，为未来留下了珍贵的记忆。我甚至感到，这是二千多年后集体无意识书写的新《诗经·国风》，是众多非精英写作者对拥有数千年传统的汉语文学史的新贡献。

不得不说，近年随着媒体、专业文学圈有意识的介入，一些打工诗人逐渐被有选择性地吸收为城市中上阶层和文化圈中人，出现了郑小琼、郭金牛、邬霞等代表性人物。然而，这种光环有意无意间容易使人产生错觉，忘记了绝大部分劳动者仍默默无闻，处于冰山的底部。曾有统计，当今中国，起码有一万名普通劳动者诗人，默默地用诗句记录自己的喜怒哀乐，而广东就占据了不少份额。他们大部分时光藏身于永不停息的流水线上、日夜轰鸣的马达旁、车水马龙的道路上。很多“劳动者诗人”在城市没有自己的不动产，跳槽多次，没有固定的通讯地址。很少有人在意他们的想法，即使写下诗句，也难以正式发表，少有人听到。在这个喧嚣的世界里，这个辛勤劳作的庞大人群成为最寂静的无声者。

这部诗集所能做到的只是从亿万个普通劳动者中选出区区一百位，以点代面，呈现的正是“不可为而为之”的致敬之意。这部诗作看似普通平实，背后却是在现实生活中为温饱奔波劳碌，而在自己精神世界里屹立不屈的成千上万以语言为自己匆匆生命留下卑微印记的作者。倘若这世界忽视、遗忘了他们的心声，时代精神必将浅薄和缺憾。诗集编者在后记中提到，不少作者已经在编辑出版的期间失去联系，而当中还有已经过世的。这状况正是普通劳动者颠沛命运的一个缩影。

经过三十多年改革开放，中国“后乡土”的特征已经凸现。随着大批农民离开土地和家园，涌入城市，从小数变为多数，从新形态转为新常态，从匆匆过客转型为新本地人，从谋三餐一宿到谋安居乐业。进入新世纪后，广东和国内的产业升级转型，新一代外来务工群体，带动了整个南粤乃至全国的劳动者文学继续演化，深圳也萌生和造就了具标杆意义的新城市文化。这种文化给我们带来新的生活方式、行为方式、价值观念与新的城市精神。劳动者诗歌验证了当代中国文学具有特殊性、现实性、沉重性的社会学特点。它传递的人性、底层关怀，也是国家文化道德层面不可或缺的。劳动者诗歌对亿万青年农民工的社会与文化素质的推动功不可没。社会各界大力帮扶劳动者文学发展，在我看来，这也是一座现代城市“文明”的标志。

在结束这篇序言时，我突然想起约翰·列侬的《IMAGINE》，这首看似毫不相关的歌曲，听起来分外暖心和惆怅。半世纪前，这位嬉皮士的精神领袖唱出了自己最高贵的大同之歌；而全球化的今时今日，经济和科技把人们拉得更近，却同时又隔得更远更孤独。无论打工族还是脑力劳动者，终究只是芸芸众生的平凡一员，是拥有最大共名的“我们”。也许对于国家民族的城市化、现代化历程而言，“我们”只是历史的棋子、时代的尘埃。要捍卫人的生存痕迹，要做地球村的主人而不是过客，就要为自己、也为其他人的心灵留下印记。这需要一部、一批乃至一整套地球村公民的心灵日志，《向劳动致敬：我们的诗》正属于这样的心灵日志，向可爱可敬的劳动者致敬，向大地、海洋、天空致敬。

约翰·列侬的钢琴伴唱余音袅袅：“我希望某天你会加入我们，那样这世界就会融为一体。”藉此，祝福入选和未入选这部诗集的所有劳动者的诗意灵魂，感谢为这部书面世付出努力和帮助的仁者！

漫步在诗歌精灵的国度

——简述 90 后的诗

一

诗歌的历史是非常源远流长的，从《吴越春秋》中《弹歌》到当代诗。诗歌的历史是和人类文明协同一致而前进的。人类在语言上的提升也正是人类在智力和能力上进步的真实显现。诗歌是一门最完美的语言艺术。

现代纯诗论认为，诗歌最重要的要素即为音乐性，诗是连续、不间断的节奏和声音的单元，任何可辨知意义的、约定俗成的、理性或知性的意义，与诗的本质价值无关。布赫蒙曾讲，声音超过意义的诗，可以将我们带至一种接近宗教情愫的沉默之境。纯粹的诗歌可以带领我们在瞬间穿越俗世，产生一种无上的神圣感和愉悦感。剥离意义与所指的层面，仅站在语言艺术的审美学角度直视诗歌中意象的生成，在刹那间我们所碰触到的就是一种无可比拟的近乎无言的美学享受。

不管是西方的各种诗歌流派，还是中国古典诗歌和现代新诗，其实都是圆融相通，互不抵触的。中国古典诗歌从意象出发，止于对超越尘世的体悟，濯足于生活而浣洗生活，留下的尽是诗意和禅意。西方意象主义讲求直接反应事物，诗韵源于乐感。中国现代新诗是在吸收了中国古典诗歌和西方各种流派的精髓中成长起来的，因而是与生俱来的具有相当的艺术高度和审美价值。

诗人是一个美妙的称呼，一个高贵的尊称，是集浪漫、学识、禀赋和高尚品质于一身的。诗是最感性的抒发，是最美丽的语言艺术，诗来于生活而源于内心。诗不是思考的深度，不是分析的深度；而是感受的深度。每个孩子都是天生的诗人，因为他们尚未完全受到理性教育的辖制。而诗恰是感性的，是能指与所指的剥离，是语言物质性存在的典型表现，90后所写的诗是人类审美天性的自然显现。他们怀有有一颗天然而自然的心，能够从美而真的角度去发现世界的真相，去感受存在的本然。他们也没有被约定俗成的世俗所束缚，他们不知道语言的能指已被怎样的所指捆绑拘禁，所以可以毫无顾忌地运用文字和语言去诗意的阐述自己眼中的美丽世界。虽然如此明晰孩子们的心境，但是读到他们的诗，还是会不由得惊诧这些精灵们怎会这样灵动地去运用我们的语言而描写出如此令人诧异而震惊的诗境。

二

仅仅一年前，进入诗歌界视野的90后诗人，似乎只有原筱菲、蓝冰丫头、高璨、苏笑嫣、余幼幼和李唐这六个中学生。五个女孩和一个男孩，分别居住在京城与东北、东南、西北、西南的不同省份，各自默默写作，又似乎有某种精神纽带牵连着，组成了变声期的“独唱团”。当然还有其他潜伏的写作者，他们在暗中“小荷才露尖尖角”，不像当下这几个如此“头角峥嵘”，被许多民刊和主流报刊大量选载。在不少给过他们具体帮助与扶植的前辈中，我也算较早关注到90后写作的一员。早在2007年，就见过沈奇倾力举荐的十二岁的高璨，后来我主编的《2008中国新诗年鉴》和《60年中国青春诗歌经典》，曾分别推荐了原筱菲、蓝冰丫头、余幼幼几位，我还做过原筱菲参加的校园文学奖的终评委，并先后为原筱菲和李唐的个人诗集作序。他俩的集子都是由出版社主动组稿，在诗歌普遍自费出版的当下，这是很难得的。可一年后，他们稚嫩的面孔突然长开了，几乎都进了大学。《人民文学》《诗刊》等杂志也都发了苏笑嫣、李唐等人的诗作，连湖南卫视都推出了一期90后诗人特别节目。前些天当我把收到的七十九位90后诗人作品转给《中国诗歌》主编选稿时，我相当吃惊。因为这还不包括那些自己往编辑部投稿的作者，且一定还有不知道编辑“90后诗歌专号”或不屑于投稿的诗人。遍地90

后“忽如一夜春风来，千树万树梨花开”。

最早出道的一批90后诗人中，高璨仍在念中学，读她的诗，嘈杂的世界瞬间隐去。纷乱的人群消失了，一个纯粹唯美的自然和有着细小生命的天地铺展开来，静谧又温馨。我们在字里行间完全看不到青春、迷惑、诗歌、岁月和历史之类的字眼，但是我却被她的文字深深触动。头顶上仿佛生出了一对奇特的眼睛，直愣愣的竖起来看到了一片久违的仅在童年的幻想中出现过的风景。在成人的视界里，那对奇特的眼睛早就寂寞的关闭了。但是高璨却让它们重新张开。纯真地注视着有着朦胧的“纸月亮”的，有着“野鸭”和“小草虫”的，有着鸽子飞过的天空的，有着爬满青藤的夏天的，有着雪地上印着鸟儿小脚印的可爱的世界。

那些冰冷的静物，那些渺小的蛐虫，那些早就被人所遗忘的山水和月亮在她的诗歌中竟然都如此生动活泼，熠熠动人，充满了美感。连最平凡而普通的镜子在她的诗中变成了有灵魂的眼睛，而且是一双睁开后就“不再合上的眼睛”，我们在镜子面前看过就走了，镜子却在惆怅的内心中“情不自禁地爱上 / 每一个路过的人”。秋天是一个被诗人写透了的烂熟季节，高璨却轻而易举地解答了我的疑惑，原来秋天与收获无关，秋天与萧瑟无关，秋天更与喧嚣或寂寥无关，秋天是鸽子飞过碧空时“天空被揉碎的声音”，周作人曾翻译过日本一句俳句“夜凉如水”，高璨的月色让聒噪的野鸭游走，让活泼的鸟儿回家，让小虫“盯着一株草尖发呆”，这纸糊的月亮发出微弱的光满，静悄悄的从来都不会打扰人类“如同油菜花美好”的睡眠。

高璨的诗如同童话，“墨，要在溪水中 / 多少次扩散 / 才会形成层层远山”。我不厌其烦地引述，是因为它开启了90后写作的一股潮流，那就是贯穿在50后、60后、70后、80后世代中的愤懑、质疑、痛苦、黑暗仿佛都烟消云散，起而代之的是本真、纯净的品质，他们的语言普遍明亮而温暖。诗教会了他们善良、责任与爱。真的搞不懂他们，因为他们的生活背景跟前辈们已然不同，在他们的时代语境里国家没有发生政治动乱，物质条件与精神生活逐渐丰富；综合国力冉冉上升。所有的不如意似乎他们都能接受，因为他们就像为奥运火炬传递在国外挥舞五星红旗的同龄人一样，相信明天会更好！

花朵、蜂蝶、梦和月光都同样成为原筱菲诗歌的主题，她的心是每个女孩子的心，关注着所有美丽和幻想。沉迷于生命赋予她的美好，也对远方和未来抱有无限的遐想。如果仅是如此的话她的诗歌便少了一些厚重，我们可一个给她评价仅是最典型的少女写作而已。但实际上原筱菲的诗歌当中有着很轻盈的哲学思考，这些思考非常独特地和诗歌的艺术融为一体。她的思考不但不会使她的语言变得晦涩，反而给自己的诗加上了一双隐形的翅膀。“我在风中刻画一只脏兮兮的陶罐，/不知道上面的那只蜘蛛是否也该画上去。/按理说它不属于静物，/但在风中，它比陶罐更安静。//它身体的形状和颜色像极了陶罐，/就连高光和阴影都是一样的。/唯一不同的是它有脚，/极有可能在我还未画完的时候/它已爬到了旁边那只透明的酒杯上。”她的诗就像她的画，没有给什么答案也没有确切地说出自己的专断。正是因于此反而让人在扭身寻找诗意的片刻竟看到了穿透时空的光芒，她的思考从生活中从绘画创作中而来却化到诗意中去，两者圆融一致。

余幼幼是个另类！当女孩子们把诗的意念、情绪和节奏控制得恰到好处时，她秉承了以往女性诗歌刻意桀骜狂妄的姿态。

余幼幼的诗犹如给一面平静而温暖的湖面投入了一块寒冷的坚冰。她用自己独特的尖叫方式“去引诱”我们的“耳膜”，让我们从温暖和快乐的诗歌梦幻中清醒过来。那一块块毒疮，我们早就不再介意也根本不屑一顾。但是孩子闪亮的眼睛准确地捕捉到了世界最真实的一面，她用属于自己的诗歌的语言尖叫着向我们诉说。诉说“黑暗的河流里/已经生育了小孩”的坏女孩；诉说“多年以后/身体被男人磨得很平/乳房被孩子吸得很扁”的女人，她的身体和灵魂都被榨干，却依旧在“疲惫”中不断“忍耐”着；诉说被沉重的夜色压住在一片情欲的水域中沉沦的男女；诉说人与人之间的冷漠。虽然在读她的诗时我在心中强烈地喊着“如果我的女儿写出这样的文字，我一定抓狂”，可是我真的不得不承认这些隐含着“失贞”“堕胎”“性爱”“暗夜”意象的诗句在余幼幼的笔下确实产生了非常令人震撼的语言艺术效果。

对于生活中阴暗和潮湿的一面，熟悉了社会游戏规则的我们早已变得冷漠而麻木。对于这一切我们觉得无所谓，对于贫穷、衰老、人与人之间的冷漠和欺诈、性爱的沉沦我们都觉得无所谓，因为即使我们不张口去提起我们也都明白这一切确实都一直存在着，就那样骄傲而寂寞并极有生命力地存在着。可是它们竟被一个孩子如此淡定的叙述出来之后，我们就真的被生活的痛楚结结实实的给一拳打上了。我们真的要思考也要反思，生活我们的生活到底出了多大的问题，才让本该在太阳下温暖的微笑的孩子，也要去体味女人“追着那无法把握的变数”“不知道什么时候会被 / 少女的俏皮可爱淘汰 / 什么时候小三会占据我的位置”时的悲凉和无奈，去体味“南方某位少女的情怀 / 她独居在潮湿的房子里 / 吃隔夜发酵的晚餐”其中贫穷所带来的耻辱。

不管女孩是否曾经“在黑暗的河流里 / 已经生育了小孩”，也不管这“黑暗中被生育的小孩”是因欲望而来还是因爱而生，那个孕育他的女孩直到“枯叶落下来”时也还是个“长不大”的孩子，即使狂躁的酒瓶、即使沉郁又落寞的香烟也无法阻止她的春天还会再次到来，不管经历了什么、不管青春给了她怎样的痛和迷惑，“不到二十岁”的她依旧可以奢侈地对自己说我的一切都会重新开始,因为她充满生机的生命用自己“不懂衰退的容颜”告诉自己一切都会可以重新开始。

爱情真实存在着，而主人公和故事却都在虚构着。从英国到法国从伦敦到纽约，来来往往的男女都被爱情这通病控制着。诗人从每一段混乱的感情中迅速地抽出了其中的要害，扔到桌面上再冷笑着看已经被揭穿的你们，如何再无聊而盲目地去演绎自己所谓的美丽。

三

让我信马由缰，再解读一些其他诗人的作品：

真真的诗给人一种忧伤而沉默的感觉，她有一颗极为敏感的心。所以这世界上的情感都满足不了她所渴望的温暖，都填补不了她在描画自已灵魂时刻意保留的留白。诗中一再出现的一句话“就算了吧”是她对人生的洒脱，更是她对生命的无奈。她的诗中也有花儿，“如今”却“早已腐败”，她的诗中也有回忆，可都化为“往事的尘埃”。所以，她会落下眼泪，落到自己往事的尘土上去浇灌自己青春的花儿。

她的诗在抒写着青春，也在抒写着爱情。与苏笑嫣那平实、温暖而幸福的爱不同。真真一直在爱的路上迷惑着。她不确定他是否像自己一样深爱着他，甚至不确定他是否知道自己对他一直以来的坚守与爱。这让我想起来，茨威格的《一个陌生女人的来信》中对爱情的执着。正像有人所说的那样“爱情只是我一个人的事，与你无关。”因为她清醒的了解“你并不知道 / 我不知道 / 我却知道 / 你不知道”，所以在她的诗中小提琴的声音对小提琴说“那些永远不会发生的事 / 就算了吧”，月亮对千万年来追求着她的青鸟说“会发生的事 / 就算了吧”。所有会发生的事都算了吧！所有不会发生的事也都千言万语化为了一句叹息“就算了吧”。隐隐浮现在真真诗中的他者，让真真迷惑着、心痛着，她一边在心里呼喊着想要得到他的回应，一边却又试图劝解自己“算了吧”！但是在她的“算了吧”背后，永远不变的是她对爱情的坚守和追求，即使“玫瑰花藤刺破她的手指”、即使只有“时间的手编织出无数个像是重逢的夕阳”而“她已不再年轻 / 他没有回来”，她也是怀抱着满满的“爱情”，最终化为了站在天边望夫的石。

陈曦写出了青春的迷惑和落寞。他说自己已经“结束了看情书掉眼泪的日子”，但是为什么又告诉我们“曾经幻想着的乌托邦已经成了颓圮的城墙”呢？只是因为他也一直在迷惑，不明白如何让自己“告别了草样年华”的年纪把“青春花样的怒放”。他用诗歌抒写自己的对青春的迷惑，而诗歌又何尝不是他绽放自己青春年华的方式呢？他告诉大家“十七岁”是“嫁给诗歌的年纪”。在诗歌的怀抱中他无法自拔，这里没有青春的痛楚和迷茫，却充满了那唯美的意境和深情的旋律，直到青春与诗歌融为一体升华成“夜色中”美丽而“深沉的昙花”。虽然短暂却美得令人触目惊心。

李唐的诗擅长于或者说倾向于描写一些宏大的意象，诸如大河、太阳、高山、大地等等，这是他作为一个男子汉所生发出来的独特艺术感受所引发的诗意。他从流淌在平原上的大河感悟到了自己生命的呈现方式，明白早晚有一天自己的灵魂和躯体都会像大河一样“成为冲击平原的一部分”。幼小简单的生命个体和庞大宏伟的自然景观之间用诗歌架起了一座桥梁，诗人站在桥拱之上抒写自然也抒写自我。生命当中有些东西是可以更改的，但有些是永远也改不掉并且不能改的，比如自己的理想追求和兴趣。诗歌与众不同的书写方式和诗歌所带来的具有颠覆性的深刻的思维方式，往往使诗人具有桀骜不驯的艺术气质和个性十足的性格禀赋，或许正因于此诗人更容易被人视为另类。李唐在《修改》中表达了自己在创作过程中因为某些外在原因而产生的迷茫和痛苦，但在这痛和惑中他坚守自己的阵地，坚持自己的理想和追求。

陈有膑的《夜晚》写得非常精妙，夜晚在他的眼里有了长度、深度和广度，夜是衣袖是酒瓶也是眼睛；是虱子跑不到边的衣袖，是夜色装不满的酒瓶，是灯火照不明的眼睛。多么奇妙的意象组合。而《黑夜的女人》最后一节“她紧闭双眼，似乎已睡着了 / 但从灰棉被裸露的奶子 / 仍然醒着 / 像两只孤独而胆怯的眼睛”对一个看似平静的单身女人的深深的孤独和寂寞，还有时刻张开着的欲望的灵魂之眼，描写得入木三分。

一直都很认可诗歌的艺术魅力主要是来源于修辞的运用、意象的生发、词语组织结构的重组和颠覆，但是宫赫的诗却让我们看到平淡与口语化的语言也是可以产生诗意的美。他的每首诗都是一个完整的生活意象，既没有转喻也没有隐喻，却往往能从这种完整平实的意象中生发出自己独特的人生思考和怅然禅意，颇得中国古典诗歌的真谛。

潘云贵的诗作非常的成熟，语言和意象的历练到位贴切，他的眼里是诗心里是诗笔下更是诗。《少年的树》树是少年眼中的树，树是少年自己，树是往事也是回忆，透过叶间他看到了过往的事，触着树皮他感到了逝去的情怀，果实落地时的声响是有人在呼喊他“流着鼻涕的小名”，整个意象浑然一体，声色完整统一，立体动人。这个真诚的少年极为热忱的关注着人与岁月的对抗，关注着时光带给苍老的疼痛无助之感。所有平和美丽的风景，所有快乐单纯的往事都无法抵挡岁月带给苍老的疼痛，所以少年思考“在路上，我们”如何“寻找一种方式 / 去缓解一个老人 / 和时光对抗的疼痛”。可是孩子，肉体无可避免的衰老死亡与精神在艺术上的生机永生，永远都是人无可颠覆的矛盾存在，年轻一如你这样的年纪又如何能够轻易地对此释怀呢？是否正因于此你才写出《一个人的乌托邦》中人在社会和世界中强烈的虚无感呢？以至于“阳光越来越晃眼，他突然 / 看不到任何一道影子，包括他自己”。我们生活，努力地生活不就是为了对抗生命无止境的虚无和空虚吗？可是尽管如此，我们也经常会迷失了自己，认不清世界啊！

郭诗语的《读诗》让人们透过他的眼睛，知晓了诗歌是最真实最灵动的心灵的声音，是主宰着每个人的内心的神灵的声音。写诗的孩子必定是早熟的,他们永远有着纯洁无助的眼神,却带着前世的记忆来到今生，一眼就看穿了太多，一眼就明了了一切。所以看他们的诗总是会忽略他们的年龄只能看到一颗沧桑而透明的心，然而透过一首《青春》我们还是找到了青春的幻影，迷茫、寂寞、美丽和无助。所以最后孩子美丽的梦“全都变成了泡沫,风一吹就破了”让读诗的人也瞬间感到惆怅与无奈。

程川的诗语言感觉非常流畅自然，他似乎已经知晓文字的密码可以很随意的颠覆着音韵和意义之间的距离，化整为零，化零为整，自信与洒脱的抒写气质昂扬与字里行间。

火燃的一首《火光》让我想起了，雨果曾在自己的诗集《光与影集》序中说过的这样一段话“不论可怜的牧人怎样，但他生平至少总有那么幸福的一次：沉醉在花香里、眩晕的星光下、让他的赤足浸湿在他的绵羊正在就饮的溪水中而喊道：我要成为皇帝了。”（雨果《论文学》）我们都是这可怜的牧羊人，都会在生活的不经意间因大自然的美丽而震撼，而呼喊自己是幸福的。可是“凡人呼吸,艺术家吐纳”。“诗人有两只眼睛，其一注视人类，其一注视大自然。他的前一只眼叫作观察，后一只成为想象。从这始终注视着这双重对象的双重目光中，诗人的脑海深处产生了单一而复杂、简单而复合的灵感”，而此时诗句这一灵动而优美的语言艺术也随之就在诗人的笔下诞生了。

凹凸能够在生活的细腻与微妙中发现真和美，也很愿意认真地沉入这微小和细腻中去沉静的活。他说自己就叫“小”可以“不惊醒任何人”地隐藏起来，安静的生活。他还说自己是“远方的一粒尘埃”在江河、清风与时间中，“睡进生活中的空白”。他还很喜欢在直白和简单的事物中去捕捉生活的真谛，他可以“呆呆地坐在村庄”“吮着小指头”“仰望天空”仰望“空中的云朵”，他在云朵中寻找自己的童年、寻找自己村庄、寻找母亲的身影，寻找一切简单而温暖的爱。他还可以在纯洁的白开水中让世界的声音都绕开，然后一切都变得简单又明了。

可是沉静只是凹凸的一面而已，他也有自己躁动而不安的另一面。“四月的布谷鸟”叫出了黎明，也唱出了诗人笔下的诗句。不再安静的世界，毫不犹豫地引出了那头栅栏中的小兽。虽然这小兽很坏很野很暴躁，但是它的小主人用亲情、友情、爱情还有各式浓浓的爱把它喂得饱饱的，它也就放下了它的坏脾气，变成了一只纯洁温柔又可爱的小兽了。

一般的诗歌句子都比较短促，韵律感和节奏感较强。但是若非却擅长于在诗歌中用长句来表达，诗歌的意境也随着句子的延展而变得更加悠远动人。

光婴的诗中充满了强劲的语言的暴力，这些恍如重金属的文字毫不留情的一拳拳把我们打倒在冰冷、黑暗充满了尸体和血腥味道的早已变为废墟的空城之中。“知识分子荣耀的姓名”在一个镀金的刑场上写满了墓碑上的所有意义,纯洁而神圣的雪域高原下到江南的是“一百位妓女”，“亲人，爱，面包”被谁一一抬走，我们渴望“站在亲人死去的地方 / 生下第一个好人”，却始终不明白“春天，要种下什么”。诗人把一切都颠覆了，却同样疼痛的渴望拯救自己拯救这个世界，所以他在最美丽纯洁的晶莹露珠中用宗教的虔诚，在“人的寺庙里 / 把第一个人 / 做成星星的样子 / 做成太阳的样子”，星星是图腾、太阳也是图腾，人类是神灵、人类也是最伟大的自然。当一切都毁灭，有谁能来拯救我们？答案是只有我们人类自己才能拯救自己。

苏笑嫣的才情与沪上的才女张爱玲有些相似，她们都喜欢在世俗平凡而真实的生活中去寻找艺术的本源。“昏沉沉的天”“一路的暴风雪之旅”丝毫没有让人感觉到寒冷，却让人因这紧紧地靠在一起“很红 / 很暖”的围巾而打动。连“八元一支”“小小而瘦弱”“不十分贵”的向日葵，在她的眼中也经受仰望。

雪花是苏笑嫣重复使用的意象，我相信诗如其人。她的灵魂大概也是接近并向往着雪花的纯洁轻灵与美丽，所以才如此深情的去书写每一个下雪的有着温暖的或一任这美丽的精灵飞舞的日子。

苏笑嫣的诗没有沉重，没有沉默却也不会十分的活泼。只是清凌凌的滴落，就像江南的雨季，一滴一滴，屋檐上的细雨清脆地落到青石板上的声音。天然之中就是一种美和妙，不是学来的也不是练来的，只是从她的生命中自然而然的生发出来的。

陈思楷的诗语感非常好，他的诗中有一种天然的韵在诗流淌。因为音韵把握得非常准确，所以诗歌又在节奏的跳跃中生发出丝丝古典的意蕴。我不知道陈思楷为何如此钟情于桃花，但是我却感觉他的桃花与人群的意象是相重叠的。古语有云“人面桃花”，“回家时，桃花已枯萎。/ 桃花枯萎的过程，我正穿越净土”桃花的枯萎是诗人回家路上萧条的风景，也是诗人如桃花般消逝的生命，而这生命消逝的过程中每一个在尘世中挣扎的人也都要穿越一片净土，不可避免地陷入俗世的沆瀣中，深陷其中而无法自拔。

在有限的篇幅里我无法对所有入选者的诗进行一一评论，在此我特别向魏晓运、徐威、高源、关晓宇、金帛、孔祥宇、魏菡、张琳婧、曹振威、杜成、何培牧、洪天翔、黄国焕、老祥、黎奕君、马列福、墨海潮生、吴群冠、向征、闫志辉、杨闻韶、余博文、钟艳榴等诗人致歉，并向他们的写作致敬！（或许这个名单里夹杂了几位 80 末诗人）同时我也相信即使没有被收入其中的诗人，杰出者亦大有人在。

结　语

在 90 后的诗中我仿佛看见，一匹匹头上长着犄角的浑身洁白的小鹿矗立云端，睁着晶莹闪亮的眼睛跳跃着进入艺术的殿堂，他们沉浸与艺术的美，同时也用手中的笔拓展着这诗歌艺术的天与地。这些个性奇特的小兽，用一首首自由灵动的诗铺展开了现代新诗的希望与未来，更是传承了人类对于艺术与美的不间断发扬。

诗是人类灵魂对自由和美好追求的象征和表现，诗也是最能发挥人类美好天性的艺术形式。孩子们给诗歌这一陈旧的书写方式注入新的血液和力量，让诗歌这颗古树上长出幼嫩而清新的嫩芽；现代诗歌是需要思维的颠覆和语言的重组的，而诗歌这一厚重却又灵动的语言承载了很深的文化和历史含义，是引导人类来重新认识世界的方式。我们之所以推崇 90 后写作，不仅是因为他们掌握了诗歌这种古怪精灵的说话方式，更是因为新诗让他们的灵魂得以自由而轻灵的飞翔。

骄傲的贫困

一

2005年“撒娇派”创立的这个秋夜，我在广州这座喧嚣都市的一间静谧的小书房里，默默读着二十年前一个叫“默默”的诗人在中国另一座大都会上海写下的文字，他那时也刚二十出头，激情和里比多在身体里燃烧，眼睛清澈而明亮，沉醉于幻想和理想，以及从头到脚的自信，天生的叛逆和潜意识里朦朦胧胧的对自由表达的渴望，掺和着“文革”童年时光浸透骨髓的对“革命”和“造反”的盲目推崇，使他相信自己（和这一代人）无所不能，以为一夜之间就可以摧毁僵死的文化专制的围城，他从民刊《海上》脱身而出，整天忙着为创办《撒娇》奔走呼号。

尽管我很反感动辄就把一个初学写作的人称为文学“天才”，也几乎从不使用这个词，但回过头去看1980年就活跃于上海地下诗人群中的哪个十五岁的身影，和他还带着孩子纯真语气却独具了反讽和荒诞感的诗歌，（它们至今在艺术上依然毫不褪色）我实在找不到比“少年天才”更贴切的词组来命名当年的默默了（当然那时早慧的朱伟国还没用默默这个笔名）。但“英雄”与“时势”相比，我以为我们都更要感谢的是伟大的八十年代，那是全国人民疯狂热爱文学的灿烂岁月，那种人人都想要为文学献身的时代永远地一去不复返了！只有亲历过八十年代的人才真正理解和体会什么叫生命力爆发的“青春期写作”，不会将人生创造力勃发的阶段打上贬义色彩，因为当“第三代”诗人的绝大多数进入三十岁时，他的“青春”已经伴随着那个璀璨年代的终结而凋谢，而对于其后的70后们，三十岁，几乎所有人的写作才刚刚开始。

《骄傲的贫困》里的八十八首散文诗全部写于八十年代，它见证了一个“在中国长大”的孩子二十四岁前在散文诗上的语言天赋和恣肆汪洋的想象力。它和这次作者出版的其他体裁的九本书一道，再度阐释了“天才出于勤奋”这一对艺术才能最本质的注解。它们属于伟大的八十年代，尽管那是个物质生活远远没有今天丰富，精神向度更没有今天多元的年代，尽管那时候刚出道的诗人都是清一色的贫民，没有谁是“中产阶级”也没有谁自以为是“小资”，但那年头一代诗人就像一头头豪猪在诗歌领域横冲直撞，想怎么嚎叫就怎么嚎叫，就算满身是血败下阵来，还可以撒撒娇。

呵呵，八十年代，你的我的他的，我们骄傲的贫困！

二

现在请允许我从对八十年代的回望中转过头来，进入具体文本，解读默默的一首散文诗。

先看全文：

启示录1　东方的吻

前　景

1：一九八一年你用低沉的羞涩和浑身的腼腆，把我带上青春的悬崖

2：一千年以后，春天，你躺在我怀里

布　景

1：我紧紧地抱着你，多么害怕你是一个立体的倒影

2：我原来不是个孤独者，在东方奔跑，跌倒一次，就赢得一个东方的吻。许多吻在我心里闪烁，一个孩子

第一次

当你说，永别吧，亲爱的，我仿佛这才从摇篮里睡醒，愣愣地打量扮演幻想角色的保姆。突然我多么希望我已经老了，所有使我颤栗兴奋过的，都成为优雅的怀念

声　音

1：亲爱的，我多么想为你摘下月亮呀，可我够不着，

2：开门吧，亲爱的，我敲累了

请闭上眼睛

在满地碎玻璃上跋涉，忍着飘逸的剧痛，跟在你背后，回头望望我吧

睁开眼睛吧

那双整个冬天抚摸你，带给你欢腾的手，现在捧着脸为命运苦闷

格　言

1：只要是太阳，就不要担心向日葵背叛

2：命运啊，哪怕腿断了，也要威严地屹立呀

十

全世界都说你悬在脑后的两只美丽发环，是一副镣铐

十一

总有一天，你会吓得头也不回地走出上海的梦。

十二

后来你回过头，真的结束了。要哭你就哭吧

这是一首十分注重艺术形式的散文诗，跟现代诗不同，汉语写作在散文诗领域还极少有人致力于对修辞的发现，这跟散文诗作为一个独立的品种受到许多诗人的忽视有关。该散文诗以“戏剧情景”结构全篇，这种写法在八十年代显得非常大胆“新潮”，放在当下来观察，依然鲜见。

诗人以“说话”出场，整首散文诗就像一个人站在爱情舞台上的内心独白，个别句子也可以看作旁白。

散文诗的语气是叙述性的，细节和场景徐徐展开，但散文诗的语境却是抒情的，叙事作为动力把抒情往深里一步步推进。抒情与叙事在别人的表达方式里不敢说截然对立，至少互不相关，默默却使它们构成了超乎想象的因果关系，这两者的结合相当完美奇妙，了无雕琢的痕迹。

我必须还要提及的，是默默在这首散文诗里关于时间的把握。例如开篇的《前景》：“一九八一年你用低沉的羞涩和浑身的腼腆，把我带上青春的悬崖 / 一千年以后，春天，你躺在我怀里”。在这里，“一九八一年”是过去时，是对当初的追忆；而“一千年后”是将来时，“你躺在我怀里”又回到了现在时，只不过这个“现在进行”是将来某一刻发生的情景。这种时空交叉比比皆是。再如《第一次》：“我仿佛这才从摇篮里睡醒”，“突然我多么希望我已经老了”，时空跨度之大，转换之迅捷，让人惊讶。

全篇人称的变化也一直处于流动状态，作者跟我们讲述《东方的吻》，不是以人们常用的第一人称或第三人称开头，而是以“你”带入，但紧接着的《布景》，第二人称不再，换成了第一人称口气，其后的《第一次》再度完成了从第二人称到第一人称的跳跃，后面几节，除了《格言》是典型的第三人称，《声音》是第一人称，其余均为第二人称。第二人称的使用无疑给这首散文诗增添了特色，人称视角的不断变化，衔接得非常自然圆润。

词语的巧妙搭配组合，在这短短的篇什里同样有许多值得称道之处，“浑身的腼腆”这种少有的偏正结构，把少女充满每一个细胞的怯生生羞涩凸显得活灵活现。用“青春的悬崖”来感受“你”爱情的逼近；用“忍着飘逸的剧痛”来形容“在满地碎玻璃上跋涉”；特别是“一千年以后，春天，你躺在我怀里”一句中“春天”一词的加入，都使本来很平常的诗句陡增了光泽。而“只要是太阳，就不要担心向日葵背叛”的格言，把“太阳”和“向日葵”这种这一代熟知的政治术语偷换过来比喻爱情，更起到了化腐朽为神奇的妙用。

这首散文诗不仅形式独特创新，作品内在情感的呈现也很丰盈，它带着孩子气的纯真，那种初恋的感觉让人怦然心动。默默不像人生哪个阶段里的许多人那样，用繁复的形容词来尽情倾诉幼稚的爱恋。他的词语干净简洁，发自童心的清澈与透彻，似乎对爱的理解一开始就抵达澄明的境界。

诗是可以言说的吗？诗无达诂。

三

在某种意义上，诗无须细读批评！

感受，用心感受，这就够了。

我们来读《骄傲的贫困》中的六个片段，第七首是完整的一篇。

背　景

1：一个孩子给马克思雕像做人工呼吸。等马克思活了，我要把他带回中国，听马克思唠唠叨叨

2：从你们的眼睛里走出一群残废的大象，源源不断

请闭上眼睛

雪覆盖了小红袄的主人，露出一排纽扣，许多许多孩子

格　言

雪也怕冷

十　六

野狗袅挪的睫毛，啊琴弦，荒凉啊灵魂

十八

一座雕像笑了，它梦见重新变成泥土和石头

表姐

蒸汽雨清洗着你的墓，墓顶上颤抖着勿忘我，我悄悄走近，原谅我，表姐，那时我还没墓顶高我是来捉蟋蟀的。

难忘你隔着瀑布哄我喝药，难忘你跪在地板上帮我洗澡；我长大了难忘你孔雀般的注视那双忧郁 、寂寞胜过绝密文件的眼睛。墓顶用白霜冷冷地看我，看我走近，覆盖我头顶，怀念你把悲哀寄给春天。我要把你再带回家。

跪在你的墓前
跪在你的墓碑前
一九五九年一月你生在北方
一九六四年七月我生在南方

不用导读，不必阐释，当你的灵魂一点一点接近默默的世界。你已经知道：这，就是好诗！

四

当我再次从语言的存在回到现实生活的存在审视默默，我发现在他身上（其实包括几乎所有的“第三代”诗人身上）显现着突兀的悖谬，那种永恒的灵与肉的内在冲突，构成了人生哲学的两重性。中国传统道德（特别是性意识）禁锢的土崩瓦解是从我们的青少年时期开始的，物质欲望的膨胀导致了爱情的脆弱和婚姻的解体，人们平静地接受这一切变化。奇怪的是，对纯洁爱情的礼赞，在我们的诗篇里不仅比后来者甚至比前辈更加神圣，即使是那些表面上放荡不羁的篇章，骨子里依然是精卫填海般疯狂的对真爱的追问。可以说，我们是现代汉诗叙事时代最早的诗人，却也是抒情时代的最后的诗人。

由此我想到以《查泰莱夫人的情人》闻名于世的小说家劳伦斯的一段话，这个“我们时代最伟大的创作天才”（F.R. 利维斯语）的极端个性在他的一系列文艺随笔里同样有异常卓越的表现。他在《陀思妥耶夫斯基》的开篇写道：“艺术是艺术家之意识与潜意识自我的见证，几乎所有的戏剧和悲剧都存在于意识与潜意识的冲突之中。在意识中，伟大的艺术家几乎总是保守的、贵族气的。但在他的潜意识中，他则要颠覆旧的秩序。”

无论是对人类普世价值的接受，还是写作立场上所经受的现代派洗礼，“第三代”诗人都是“自由主义”者，他们也似乎都能适应市场竞争的法则，就像美国曾经“嚎叫”曾经“在路上”的“垮掉的一代”作家最终归属一样，如今许多“第三代”诗人要么是学者教授，要么是成功的生意人。但就像作为个案的默默，在写作里本质上仍是个“左翼”人士，一个反抗强权的革命者。这种对“庞然大物”的反抗不仅表现在意识形态上，同样体现在他们对世界政治格局的思考上，对市场话语的抵制上。永远站在弱势和卑贱的“底层”一边，为贫穷的人、疾病和战争的受害者、灾难中挣扎的生命呐喊，为平等和正义抗争，或许跟一个人思想上的“左”或者“右”没有多大关系，这就是文学的宿命！

哪怕撒娇，也是一种笑里藏刀的反抗。

我的命令

把母亲还给儿子
把天空还给鸽子
把我还给我
饮泣了多年 试飞了多年
寻找了自己多年

把革命还给我

把故乡还给异乡人
把理想还给少男少女

把她还给我
手握苍凉的枯藤多年
人群里找她多年
把爱还给我

手里的石头攥成了黄金
怀里的鲜花抱成了武器
我站成了一个巨大的敌人
我不是一个人
不只是学了一生的夜莺唱唱风中的挽歌
看呀，从我怀里正不断挣脱出汹涌的海燕

这是默默在八十年代终结时写下的一首诗，我把它的内在精神看作默默先前写作的延续。而默默的这本书，和我的这些文字，都是对一个逝去时代的纪念

是的，“首先你音容笑貌消失，然后你的名字没有了，最后你的年龄离开你。”

但：

“他的悲伤他要让人类知道”！

2005年9月9日

没有意味的写作是诗的悲哀

在中国，职业阅读有时候是一件很烦很痛苦的事情，编辑和批评家许多场合充当了这一角色。我们很难说某个具体的诗人写得不好，而是他写得太“媚雅”，跟诗歌圈子中正“通行”的所谓“好诗”太一致。当你单独看一个人的作品，没什么好批评的。可要是你读了五十个人写的诗，你很难区分张三李四。既然五十个人写诗与一个人写的差不离，一个人写五十首跟写一首类似。那么，为何还需要这么多人写？每人写这么多呢？所谓先锋，所谓探索，包括所谓主流，气息太相似了。

远去的家国情怀没了声息，艾略特曾强调：任何一个二十五岁以上还想继续做诗人的人要具有的不可或缺的历史感也已经或缺。境界，气韵，辞彩等古人对好诗的苛求亦不见踪影。诗人写作当然要从细微处进入，但生命的开阔度和时代的纵深感应该隐含其中，而这些元素，在叶来的这几首诗里，相当稀薄。

叶来这批短诗大都捕捉了生活中平凡的一瞬，以慵懒或者可以说是要酷的情调表达出来，如果我们对诗歌、对文学的要求是“透过表象揭示事物的某种本质或精神内核”的话，叶来的写作欲望显然志不在此。妇女整理羊头（《傍晚》），城中村的出租屋（《出租屋》），造访徐文选乡间农家（《白扣子》），坐车驶过乡村公路（《乡间的公路都是灰的》），下班女工经过道口（《道口》），收纸皮时造假的老男人（《老板抽支烟吧》），他写得相当平静，零度抒情。他的诗歌源于生活，既不高于生活，也不低于生活。问题是诗歌必须等于生活吗？他关注生活、感悟生活，甚至有种摆脱生活深处的思想的欲望。

这些情景及其文本，仿佛让人看到作者当时也许就是打火锅后、喝了一肚子啤酒微醺走在路上，眯着眼睛以冷漠而得意的心态看待身边的人和事，涌起言语的欲望，回家或喝杯烈酒杯、或点着香烟，或独自发呆，优哉游哉地白纸黑字或者敲键盘的过程，沉浸于自我的快感。在高度抽象的心境独白的《秋风斩》中，这种个人化自我迷恋、游戏人生去到了更露骨的程度。也许叶来就是反其道而行之，钟情于制造陌生的身边人、身边事。他只写“熟悉的陌生人”。可这并非他独辟畦径，而是沿袭了三十年来许多这样人为的故意的没有抱负没有大情怀的写作。一代人的悲哀，忘记了一个诗人，必须有朝向伟大诗篇的努力！

叶来对摄影、影像有独特兴趣和一番个人见解，因此毫不意外，他的这些诗宛如加工过的照片的旁注。可诗歌难道不再像一束光，照亮人内心的幽暗？去年我在诞生了马尔克斯《百年孤独》的伟大国度哥伦比亚，向聂鲁达、帕斯这些拉丁美洲的诗歌高峰致敬，沉迷于洛尔迦西班牙语动人的歌谣中，面对另一种语言的诗歌，我为我的汉语诗歌兄弟姐妹们朝向卑微的写作汗颜。

再回头说叶来的《老板抽支烟吧》，乍一看甚是诡异，“裸着身子的瓷砖 / 他用膝盖一压 / 咔嚓。压出一丝悲愤”，但造句的陌生化其实并没有那么难，写诗如果不服从内心的需求，炼句就很容易，根据一定的语法策略，可以把东绕到西，黑变成白。近年正是因为过多的字词陌生化操纵，以及恶意变异，特别是不负责任的写作恶习，给中国的现代诗歌带来很大的危害。过多主观随意性个人的思维图像，让句子破坏意境的生态。这些“整”出来的诗篇让很多诗人沾沾自喜。《老板抽支烟吧》这个日常生活片段，诗只是写日记一般进行记录。那个收纸皮的老男人，作假的行为，无疑是一种败坏诗意的行为，诗人没有鞭挞，没有反讽，更无尖锐呈现。诗歌仍然在诗人们今天的任性中受难。如果《老板抽支烟吧》不分行，连一篇小散文都可能不合格。只能说是日记。

再看《道口》，可惜了被糟践的月光，这种片段的补丁，缝缝补补的镜头，意味明显不足。读了这首诗，我很是后怕，今天做一个诗人是不是太容易了？做一点记录，加上东一句、西一句混乱思维，就叫好诗了？

总的来说，《老板抽支烟吧》也好，《道口》也好，败笔之处，在于句深而意不远。也许时间才是最好的仲裁。但我还是提前说一句，而今诗歌的批评常常下笔千言，喻古论今，却不指要害，多碍于人情，却不顾诗情，新诗危矣。

奢靡幻镜折射的生命困境

——田流沙画作解读

三五成群的时髦女子充斥光怪陆离的画面，她们乖戾、冷艳，奢华的背景十分浓烈，让人有些喘不过气来，痛感消费时代物质的重重压迫。这就是田流沙的画。一个出生在广东，毕业于广州美院，却具有国际视野的70后画家。广州这座中国南方最商业化城市的缤纷色调，构成了他“随类赋彩”的本土底色，尽管有别于传统绘画以意境、笔墨取胜，他却“气韵生动”地传达了当下生存的时代镜像，其“骨法用笔”不仅准确刻画了人物的身份气质，整个作品更如同拳头劈面猛击过来，思想的锋芒砸穿世相的面罩、直抵心魂的血脉。

田流沙是中国卡通一代艺术流派创始人之一，是该流派代表性艺术家，但最初却是以行为艺术在圈中成名的。早在1994年，在广州开往上海的列车上，他和几个朋友以给每个车厢的陌生人派送玫瑰的方式，完成了一次以“流动的玫瑰”为主题的带有理想主义色彩的行为艺术活动，目的是消除旅途中陌生人之间的隔阂，传递温暖与和谐……

后来田流沙的艺术逐步转向了虚拟而又真实的卡通世界。霓虹闪烁的都市里，形形色色的产品、花花绿绿的人们、密密麻麻的建筑，正演绎着一出出现代都市神话故事。卡通前卫的少男少女是黑夜里的亮点，也是故事的主角。田流沙被这种充满神秘又极具开放性和欺骗性的夜生活吸引，开始了他的艺术之旅。

从九十年代初的“红色的影子”系列、2000年初的“中性人”系列、再后来的“飞天”系列……这或许就是他艺术世界的归宿、他第五维度的家、他的伊甸园或者卡通乐园。长十八米，高两米四的巨幅油画《夜宴》，以《韩熙载夜宴图》为原型，以社会学的高度，穿越式地表现了改革开放后中国人的夜生活状态。在“盛唐”般的世态平面展现中，竖琴、琵琶、现代摇滚乐三种跨越时空的音乐形态并列，是现代版的《韩熙载夜宴图》，呈现了当下某类群体的众生相。而《富二代系列》《大消耗——广州故事》《懒美人之一》等，丰腴的人物几乎都是大嘴在吞咽象征巨大财富的美酒佳肴，仿佛每个细胞都充满了消费社会的商业元素，她们是活色生香散落在城市“高尚”住宅区别墅里的名媛，与中国古代文人画里消瘦枯槁的隐士有天壤之别。

对于当代城市生活，社会学家、文学家、大众传媒和互联网都有着琳琅满目的描述方式。都市人的根本特性也许正是复杂性和由此突变的歧义性、荒诞性。今天城市人只要掏出钞票、点击电子支付便可享用送货上门的食品、服饰等聚集了各种生化技术的衍生物、而早已遗忘或陌生了农田、乡村、走兽、飞禽、花草等大自然的本来面目；我们从矿石和油田中变魔法似的制造出能搭载肉体高速移动的汽车、飞机，却总是抱怨工作和家庭有着层出不穷的束缚；我们也许在虚拟社交网络有千百个以头像方式存活的好友，却跟血肉至亲日渐疏远无话可说；我们也许瞬间了解光纤所及世界各个角落的及时动态，却对眼前的重大问题视而不见；我们在影视、小说、游戏等娱乐消费品中不费功夫地穿越古今、轮回生死，却对阴晴圆缺、四季流转无动于衷……当理想主义消退于精神空间，物质消费主义的外力骤然乘虚而入，灌入、膨胀、滋生、变异，发酵出当代人独有的心理病症。这便是这位身处二十一世纪转型社会的画家的精神炼狱根基。

田流沙的绘画在中国与西方之间徘徊，在理想和现实的边缘游离，两股原动力，时而剑拔弩张，时而耳鬓厮磨，形成了不可思议的一股合力，构建了一个属于自己的“混血”世界。正如他的比喻，一个东方人和一个西方人的结合，他们生的小孩，具有两面特征，很美，是另外一种新的生命、新的感觉。

田流沙无疑是智慧的。走过了“发展就是硬道理”的现代化阶段，在逐渐迈入后现代“深水区”的当下，他不偏激，不孤傲，既不同于很多山水人物画家或新文人画家，沉迷于对古代田园风光的想象和模仿，他们笔下的风物在客观现实中其实是看不到了的，消失了的。也不同于另一些书写当下生活的作家诗人，他们进入都市的方式仍旧是乡村人的视角，停留于一种“城乡结合部”的写作，或者是波德莱尔式的诅咒，可他们并不逃离自己口口声声厌恶之地，真的去到山野中做闲云野鹤。田流沙存在于城市，以平和的心态接受城市的合理性，揭示荒诞、融合又游离其间，这才是真实的艺术，也是全新的艺术。他的取态和行动，不再是“我眼里常含泪水，对这块土地爱得深沉”，也不是愤世嫉俗要与大众优渥安泰的生活一刀两断、独善其身返回前工业化的桃花源或圣贤飞升的天堂，而是在精神与物质的冰火两重天之间跋涉，锻造了一柄自我嘲讽与自我救赎的双刃剑。

借用古希腊哲人所说“命运，便是拖着人走，便是人拖着走”，既然现代化、信息化、城市化是人类整体生存演化不可逆转的总态势，抗拒、退隐和时光倒流都不是出路，何不宽容正视，与物质消费这头巨兽同行。以画为镜，可以阅世，可以观人，可以问心，“我们是谁，我们从哪里来，我们往何处去”。屈服于物欲，我们便被压扁，挤入画作中的世界，挣脱出来，我们也许就能活出丰满的自我。这就是田流沙的重要性和意义所在。

静水流深涌动的生命狂喜

——读谷川俊太郎《嫉妒》

我曾在北京见过谷川俊太郎先生，留下了极好的印象。先生平和、素朴，看上去身板硬朗而温文尔雅，仿佛有徐徐清风自身体内部吹出，发散着幽深的文化底蕴。这样的形象在经历了太多战争、革命和政治运动的当代中国的老一辈诗人身上极难见到，他使我想起古代中国的“士”。譬如天宇的一轮朗月，光华如水，波澜不惊。激情是内在的，球心里有大火，熔岩在沸腾。

《嫉妒》诗如其人。虽名曰“嫉妒”，却写得一点儿也不乖戾尖刻，也没有宣泄怨恨和愤懑之气，反而显得十分宽宥，诗人始终怀着一颗爱心在写作。这首诗仅读其显在的意思，不进行任何阐释，它也完全可以独立呈现。可以理解为表达诗人对大地的热爱，以及这种挚爱无法满足的遗憾（嫉妒）。而其隐在的意味，不同的读者则通过不同的管道进入诗的核心。在我看来，它表现的是对女性的渴慕。诗人以假定的身份开口说话：我如果成为王者，我会渴望征服你的全部疆域。包括细小的河流和偏僻的角落。然而，可惜这仅仅只是幻象，“其实，我连一张地图都不成拥有”。急转弯似的感叹，十分绝妙，从一个拥有大地的王者，到其实连一张画饼充饥的地图都无法得到，瞬间落差异常巨大，残酷而给人以震撼，道出了深深的无奈。紧接着又遭遇第二重失落：“当我走在自以为熟悉的路上 / 却突然看到从未见过的美丽牧场 / 我的身体仿佛冻得僵硬迈不开脚步”——本来自以为“阅尽人间春色”，却突然发现自己在天地的大美面前原来一叶障目，“我宁愿那广袤的土地是一片沙漠”这个句子终于透露了诗人再也掩饰不住的嫉妒。而更加令人丧气的是，“毋庸说征服 /

连探险我都无法完成 / 便迷失在你的森林里 / 说不定将会倒在路边死去”。“我”唯一奢望并将感到慰藉的是，“为我而歌的那首挽歌，除了我，不会传入任何人的耳朵”。开始时诗人对爱的野心和期望值都非常大，发展到最后只下剩可怜的一点奢求，全诗一波三折，表面上步步为营向后退却，却在暗地里将情愫层层推进，叙述的陷阱体现了美学上的良苦用心。

这首诗在整体上朴实无华，语境平和，不使用刁钻古怪的意象，但却无处不涌动着生命的狂喜。平淡就是激烈，朴实就是奇崛，这就是谷川俊太郎诗的基调。

由简美达至清澈

——读代薇诗集《随手写下》

似乎已经些非常久远了，其实只不过是一百年前，大师罗丹仍健在。据说有人曾向他请教雕塑之法，罗丹回答："减去多余的部分。"

一个世纪后的午夜，巴黎置换成广州，愚笨如我者一边阅读代薇"随手写下"的一首首诗歌，一边假想，若向她请教现代诗写作，她必定回答：去掉累赘的语言。

"一万年的海水只溅起一滴"，代薇这个生活里的完美主义者也是个不可救药的艺术圣徒，她的文字是这样地节省，每一颗就像钻石，不敢轻易抛撒。她只把自我最纯净、最绝对、最无可挑剔的那一个断面呈现给人看，那是她生命的雪或者蝴蝶，她深信只需要一个有效的支点，她就能撬动语言最大的力量。诗歌与人的一致性在她这里得到了最好的体现：

一个有秘密的人
就像身藏着一笔不为人知的巨款
走在人群中
危险刺激　有毁灭倾向
……

——《秘密》

语词锋利，留白的缝隙藏有许多密码，有种致命的张力。

而某个深夜听见一列火车由远而近，她的联想竟如此奇异，想必那车厢里曾坐过她期待的人：
　　一节黑夜的抽屉被拉出来
　　它关上的时候
　　就像多年后我回头看了你一眼

——《深夜，听见一列火车经过……》

极致的简美，使这些诗宛若骨感美人，很酷，有点冷冰冰的，好像代薇是个诗的白骨精。但一个女诗人的优秀肯定不仅是她诗歌的质地，更在于她丰盈的感性。所以我更喜欢代薇那些看似更随意的可以触摸到肉的诗歌，它们更带有她的气味和呼吸，她生命的质感，例如《衬衫》："那是我要的衬衫 / 纯棉　旧 / 无数次的漂洗　晾晒　收回 / 它比我的皮肤更像我的皮肤 / 比朝夕相处 / 更无话可说 / 穿了很多年 / 阳光　雨水还有风折叠在一起 / 全串了味了 / 又那么平淡 / 没有需要时时回头张望的东西 / 皱褶里的疲倦　天气和疼痛 / 书籍　孤独的较量 / 好比一份从容真挚　得体的爱 / 贴身　体己 / 适合我的一切"日常性的加入，诗有了人间烟火。灵魂并不因此就虚化，反而安居在有血有肉的活色生香的身体中。

而《早晨》才是代薇真正随手写下的诗：

早晨

在乡间醒来是多么美妙的事情
阳光照射进来
像一杯刚刚挤出来的泛着泡沫的牛奶
还带着牛棚和干草的气味
睡衣的颜色
身体像镂空的花边一般单纯
正如我对你的想念
它已没有欲望
我会想念你

但我不再爱你

这才是代薇最清澈的呈现，它是一汪湖泊，一眼能看见底，却透明得触目惊心，让人不敢凝视，这洋溢的鲜活的美，让每个走进它的人，都怦然心动。

传统乡土风情与现代女性意识的碰撞

——读庄凌《红高粱》组诗

庄凌的诗让我感动。也许在今天还谈论一个人的诗如何触动了阅读者的内心显得有点老土，但正是她诗歌中“土”与“洋”同体，让个人化色彩强烈，生命主体和身体意识异常鲜明的写作，具有了道地的乡土中国的底色。渗透在现代感里久违了的气息，那种泥土的气味，蜀黍叶子和高粱粒儿的苦涩和清甜，使我对这个 90 后诗人刮目相看。三十年来，当代汉语诗歌要么高蹈到不食人间烟火的虚空，要么跌落在土疙瘩里。而庄凌的写作方向，让全球化与本土性合二为一成为可能。

一个有潜质的诗人往往通过微小的个体呈现更广阔的生命和时代空间。我们来读《秘密》这首诗，作者从细微处着手，将日常生活中小小的“我”作艺术化处理，以饱满、真实又冷峻的方式表现了女性身体隐秘的苏醒，要是仅就这一个层面，那么她与 50 后至 80 后女性主义写作没有本质差别。可之前的这类诗作背景是异常模糊的，云里雾里，主人公仿佛置身于浴缸、窗帘、咖啡馆这些全世界同质化的事物之下。而庄凌的诗，不可能出自欧风美雨沐浴下的大都会豆蔻年华，也不会来自非洲草原野鹿一般奔跑的少女。她诗歌中展开的环境是非常中国的，那是北方乡村女孩略显清贫而又幸福萌动的童心。诗中“白萝卜”这一意象极妙，将青春期少女白嫩肉感的形象塑造的惟妙惟肖，又有独特的地域性。《手》巧妙地写了乡村少女对异性的初次认识，这种认识来自一双有着泥土味的少年的手，它带来的感觉如轻音乐一样美妙，这样的画面与感受让人无比怀念，还散发着淡淡的清香，把人带回少男少女的时光。而“玉米的叶子与胡须也碰触过我的身体”给“我”带来过刺激，让“我”流连爱的味道，而“我”也不自觉得用手去抚摸路边的花朵，又害怕这种感觉被发现，表现了少女的纯真与对爱的好奇与渴望。《关门》中的“门”一语双关，具有暗示性多意性，这些意象给读者无限的想象空间，美与思同行。《关门》既表现了母亲与“我”不同的生活与思想，折射母亲悲剧性命运，更以此表现整个时代女性的命运悲剧。诗作审视传统文化与陈旧观念，批判现实，追求自由与个人价值，以我及人、独具女性与时代视角。更重要更有意义的是，现代诗经历四十年折腾，终于从“黑夜”“容器”这些女权主义桎梏中逃逸，开始摆脱美国自白派女诗人西尔维娅·普拉斯为代表的西方影子，既有现代女性观念，又有了中国文化的辨识度。

答应庄凌为之写一则短评之时，我并未见过这个90后作者。后来在《十月》举办的诗会匆匆见过，我只去了半天，都没说上话。她的外表时尚洋气，可读她的诗，跟对人的印象反差非常大，我才知道她来自乡间。《红高粱》这组诗是以书写故乡与亲情为主，却远远超越了传统这类题材的乡愁写作。她不仅是写乡村与亲人，更多的是以此为基点表现下层人物的人生命运与心灵的火花，《五娘》《父亲进城》《布娃娃》用镜头式的语言摄录下乡村生活中的爱与疼痛，有残酷有隐忍有无奈更有思考。《与母亲一起洗澡》中“我”的年轻与母亲的衰老形成鲜明对比，将母亲的命运悲剧赤裸裸的呈现出来，但诗人做得最好的一点却是加入了自己最真实的感受与想法，“带给我一种男人抚摸时的快感，我为这种快感感到一丝羞耻”，对于一个刚刚二十岁出头的女孩，这种想法是特有的，它区别于儿童的痒也有别于中年人的习以为常，恰恰这个时期的女孩在生理与心理都是最敏感的，可以说这一句诗是诗人区别于任何一首母爱诗的独特作品。再读《父亲进城》中的一段：

20年腿疾
走路一瘸一瘸，每走一步
那些拥挤不堪的高楼大厦就摇晃一下
到处都是要倒塌的感觉
我搀扶着衰老的乡村

走的很慢，很慢
身边的奔驰，宝马飞驰而过
把我们远远甩在后面

是的，一个日新月异的国家，经济一日千里奔驰的国家，他的乡村和人民却被远远甩在了后面，望尘莫及。这就是真实得令人心疼的写照。对城乡差异、贫富悬殊的感喟与思考，比起那些美化乡村生活的辞令，这才是一个诗人的真本色。

《红高粱》是一首象征诗，这株红高粱不仅仅是一株农作物，更代表了像庄凌祖母、母亲一样具有红高粱品质的山东女性：一生没有被浪费的光阴。不论在过去还是现在，这群红高粱女人坚强正直、善良温暖，为家庭和社会奉献一生。《宠物店里的小鸡》《人生如戏》写到城市生活，对现代生活中“宠物”与“小三”，给出了不同的解读与认识，宠物小鸡的命运也调侃了想做“宠物”女人的可悲命运，《人生如戏》里的小三则具有批判的况味，“女人拥有万紫千红的春天，才有资格拥有坏脾气”，一语道破天机，回味无穷。

从诗歌的意味上，庄凌无疑要感谢生于斯的土地，哪怕人生有过困顿，也是生命最宝贵的财富。一个诗人，贫穷而听着风声也是好的。

旧情调笼罩下的当代世相

知堂说过文章有三种，一种是讲究文以载道，要面红耳赤地卫道或声嘶力竭地辟邪；一种是要音调铿锵，可以摇头摆脑吟诵的；最后一种是话里头有见识和趣味，语句又能恰如其分把这意思表达出来。也许第三种最符合庄越之内心的审美要求，他的写作正在朝着第三种文章的方向走去。

我曾经给庄越之这个年级的学生上过一学期课，以我的诗歌趣味，似乎应该跟“后阳台诗社”的一帮小子更情投意合，他们有点嬉皮士的做派，在台上朗诵自己创作的诗歌，会嚎叫一声，把手中的吉他当场砸碎。而庄越之则反其道而行之，有点古代书生谦谦君子的模样，他的文字颇有古意，似乎人生浸淫在中国古典文学的染缸中，额头冒几丝“青出于蓝”的紫气来。其实我骨子里是喜欢这类学人的，对传统学养深厚的人士，我向来高看一眼。要是可以选择，我会犹豫到底该穿越到希腊，还是穿越到宋代。维纳斯那样生命力洋溢的美让人激动，可寺庙里青灯伴读遇到妖媚的狐仙也是挺魅惑的。然而当年庄越之发给我看的第一篇文章，却是批驳国学热的，颇有一些青年人的意气。如今这本《半近古村半近城》中的文字，却承继了晚明性灵小品、民国京派以至当代汪曾祺、阿城一脉散文的遗风，舒缓、恬淡又克制，体现的是一种古典审美取向。他写沙岗墟，引了《青箱杂记》；写榕树，引了《广东新语》；其他文章也多处引中山本地的方志，可以看出这几年他是读了一些古书的。类似的转变也发生在许多当代作家的身上，这一方面可能出于文化寻根的自觉，一方面也跟个人年龄和际遇有关。他的文字，飘逸，恬静，透露出来的是一种“适者自适”的情调，写身边的花木、街巷与掌故，不求宏大叙事，只是在世事、人情与物理之间寻觅一些有趣的细节。

新文学似乎向来主张“一时代有一时代的文学”,这本有关中山的书，在旧式情调的笼罩下,讲述了当代的世相世貌。中山是典型的珠三角城市，外来人口不少，书中不少篇什写城中村，岭南民居俨然如旧时，如今成了外来务工人员栖身之所，夹杂着不同方言的喧闹与物化的繁荣，越之写他站在闹市的街头，听摆地摊卖皮包的小贩用扩音机放广告，这样的市声,与知堂写北平街巷的叫卖声是如此的不同。在《岐头风物》与《张家边市声》二篇文章中，都提出一个“原住民都到哪去了”的时代命题，呈现出城与村、过去与现在的时空维度，丰富了文章的叙述层次，至于答案，那实在不是文学能够解答的了。

庄越之的语言明显得益于中国古典文学的阅读，好用短句与古文词汇。文章本没有一定写法，有人近欧化，有人似古文，均无不可，但是好文章的特征是在语言上呈现出强烈的个性化和辨识度，通篇用人用过的词汇，写人写过的句式，即便文从字顺，也算不得好文章。越之的文章体现出了他对语言个性化和陌生化的追求，是一个非常好的起点。

在文章的布局架构上,作者也花了不少心思。如《岐头风物》和《门外旧墟名沙岗》，通篇写实，在结尾处忽然笔锋一转，写一口遗失多年古钟传来的钟声和处处透露怪异的菜市场，一下子空灵起来。散文并非一定要写实，同样可以具有现实的超越性，如苏轼的名篇《后赤壁赋》结尾写道士化鹤，亦真亦幻，一下子把文章的境界打开了。

庄越之还有另一副面孔,在文中中喜欢用“玩得很嗨”“刷存在感”“傲娇”一类的网络新奇词汇，让人想起他毕竟只是个85后，是一个e世代。然而他在骨子里是以正统与保守自持的。《旧日学宫今何在》写对儒家文化的追慕与向往,《从黄花岗来到翠亨村》的一段，写他凭吊黄花岗七十二烈士墓的心情，又可见传统士子的家国情怀。

人生有时候挺奇怪的，庄越之这一路人，我本以为他的最终道路是读研，做学问的，可他却当了电视台的记者。当然这并没有什么不好，生活是一种态度，也许后者生命更为精彩。可新闻工作的职业习惯，使得他的文章大多数篇幅短小，同样这也并没有什么不好，但我总觉得一个人还是要有几篇厚重点的作品，搭配起来，如此更为相得益彰。

越之在朋友圈说过，他愿意做一位回望传统的现代人，新与旧的杂糅在他的读书生涯中尤为突出。回到这本书上来，昔日宁静乡村成为今日繁华城市，流年暗换，新旧交替，汇聚与冲突处自然滋生了许许多多值得记录的风景与人物，这样的写作，大概也是他试图化杂糅为贯通的一次有益的尝试吧。

诗意中国的演绎

——读杨林《春夏秋冬》

汉语诗歌显然还没有穷尽一切可能，孜孜不倦致力于对虚构的发现，试验某种新的艺术形式的大有人在，当我翻开《春夏秋冬》诗稿，看到“中国首部接龙长诗”这一花样翻新的宣示，既没有发现“新大陆”那样的激动，也不急于质疑。诗歌始终是质朴的，需要心平气和地读下去。湖南诗人杨林的这部长诗，也可称为组诗，共九十六段（组），每段（组）依次以中国农历二十四节气、七十二候为题，约十句、近百字，全篇近千行、约一万字，每段的末句是次段的首句，而全诗的最后一句“走向春天”恰恰呼应了诗篇第一段《立春》的首句“走进春天”，整首长诗首尾相衔，循环往复。

很多年前我写过一首诗《1999 年 12 月 31 日 23 点 59 分 59 秒》，呈现的是一个中国人在跨世纪跨千年那一瞬间的感受，诗表达了这样一个意思，如今我们使用的公元纪年和格林尼治时间来源于基督教，是线性的，直线发展的，很多人也许根本没有想到华夏文明几千年来这是第一次“跨世纪”，因为之前十二生肖、六十甲子等计时方式，时间是周而复始的圆圈，像滚动的铁环。即使用皇帝的年号，新君即位立即改元，并没有在位超过百年的皇上。中国人的时间观文化观决定了人们似曾相识巡回反复这样一种模式的文体。有不少成语、诗词乃至人名、歌名、剧名接龙等，但那是零散语句之间仅有单个语素相同的简单联系，每句之间接法不止一种，而且接出来的文本并无整体意义，更谈不上构成一部作品，因此它仅是一种游戏过程。对古代诗词有些了解的朋友或许会想到“回文诗”，它是古代汉语特有的使用字序回环往复、顺读逆读皆可的修辞方法，经过历代文人墨客的反复雕琢，开发了连环回文体、藏头拆字体、叠字回文体、借字回文体、诗词双回文体等样式，其中最有名数《璇玑图》，左右横竖环绕不同读法便变化出不同版本。稍加对比便可知道，它在文字序列玩弄的技巧远比《春夏秋冬》繁复。有熟悉西方经典的朋友会想起但丁巨著《神曲》，它以连环三韵体贯彻通篇，且三大篇章《地狱》《炼狱》《天堂》都以“群星”为末句末词相照应，寓意了圆满合一。不过，《春夏秋冬》每段重复的是行句，而非单词押尾韵。更为重要的是，《春夏秋冬》的意境是循环更新，吻合传统中国对时间的认知，而《神曲》主旨“地狱—炼狱—天堂”则是单向度的升高，是西方线性时间宗教观的诠释。

说到诗歌语句首尾重复的环状结构，我首先想起的倒是墨西哥诗人、诺贝尔文学奖得主帕斯的长诗《太阳石》，该诗长五百八十四行，该数目等于墨西哥古代“太阳石”历法中一年的天数，其中首尾六行重复（但内文再无其他行句重复），并综合运用超现实主义手法融合了古今、生死、现实与神话。帕斯本人在亚洲长期游历，深受中国、印度、日本等东方文化影响，他翻译过大量的唐诗宋词，钻研了佛教文化，多次尝试采用环形文本。《春夏秋冬》和《太阳石》体现了文化人类学意义上的同源，无论中华文明、阿兹特克文明或其他东方文明，都是以日夜四季循环为特征的农业文明宇宙观。然而就文本的表面结构而言，两部作品仅有全文首尾语句重复这一点相似。

至于其他有运用字、词、句的重复或循环的古今中外诗作，此处不再一一对比，虽然它们跟《春夏秋冬》相映成趣，但就我有限的视野而言，汉语诗歌尚无像杨林这部长诗以分段首尾句重复、全文首尾句呼应连接的环状结构文本。当然，这种构思并非从天而降的灵光一闪，而是源于文化传统和艺术范例在诗人心灵的投射，尽管我以为杨林本人称之为“接龙”尚不够准确，此称谓在学术上尚可以进一步完善。然而，《春夏秋冬》文本结构的确可谓是当代诗歌界开创先河之作。

在作者勇于探索诗歌形式的背后，其实我更看重作者别出心裁的用意，《春夏秋冬》究竟为读者了带来什么？被称为“湖南新乡土派”的杨林并非热衷惊世骇俗的先锋技巧，运用旁人未尝实验过的结构方法定有非如此不可的寓意。在我看来，昼夜更替，岁月循环，中国人在生存的大地艰难地走过了漫长五千年，《春夏秋冬》正是对这跋涉的由衷礼赞。“二十四节气、七十二候”是古代人民特别是中原地区（黄河中下游）群众根据太阳在黄道的位置、总结天气、土壤变化和动植物活动现象的概述，起源于春秋战国，《逸周书·时训解》见雏形，至秦汉基本定型，《吕氏春秋》《淮南子》有明确记载。先民以五日为候，三候为气，六气为时，四时为岁，构建了感性的农耕文化和日常生活时间表。虽然中华文明的前期（夏商周秦汉）以中原为发源地，然而经过历代疆域扩展、人口流动，这一节令观念在江南、两湖、两广、西南、东北、西北等开枝散叶，由于中国东部地区大致上是温带大陆性季风气候，故而各地人民因地制宜把“二十四节气、七十二候”推挪删减，使之具较高实用参考价值。更为重要的是，经过历代大一统王朝的官方修订，一代代农民身体力行、言传身教的传播，节气早已上升为中国人衣食住行、求学动土、嫁娶丧祭的共通准则，并沉淀到民族基本心理和思维层面，成为克服地域悬殊、族群繁杂的凝聚力，跟儒道佛及其他重要范畴一同塑造了四季更替、生命不息的循环宇宙观，孕育了天地人合一、万物和谐的价值观和审美情趣，也让“节气”自身成为中华文明的一个象征，是全体中国人共享的“非物质文化遗产”。

然而随着中国和世界的现代化进程，这美好的一切似乎都冰消雪化。首先西风东渐冲击了中国人的文化传统，然后是工业化和城镇化让农村和土地疲惫不堪，接着便是生态污染和气候恶化，于是连我们自己的生活和内心也日渐荒芜烦乱，终日面对机械、电器和屏幕，日子僵化，生活变质为上下班，季节抽象为工作日和周末，春节、清明、端午、中秋等几个一息尚存的节日异化为消费娱乐的桥段。

为此，谁向往“鸡犬相闻”的复古生活若非虚伪便是愚昧。杨林虽被归为所谓新乡土派，却绝非梦回汉唐、不知今宵。他站在现代人立场，以普世生态文明意识和民族文化复兴为自觉，这部数年酝酿，据说十天喷薄写就的长诗，通过真切可感的文字，以传统诗意的目光去观照当代人的生存困境，创造新的精神家园。

该诗九十六节虽以气候为题，却绝非对农历的通俗解说、对古代哲学的白话翻译，坊间本就有《增广贤文》等蒙学，有农业科普读本，有周易风水、四书五经的插图本、通俗本，杨林何必多此一举。我建议读者别先入为主看附录的“二十四节气、七十二候”古文，而是通读长诗，有所体悟，再加以对照，便得知《春夏秋冬》乃是对传统文化“九方皋相马，得意而忘形”。诗人没有停留于写景绘物，没有拘泥于先民农耕生活的见闻，而是借题发挥，寓意抒情，以一个当代人的目光重新凝视民族文化图腾，游弋与新农村和城市之间，抒写着“我”“你”伴随着大自然的节律，尽情地唱和身边一切有形生命和无形生命的灵魂共鸣。因此他笔下不是中原的气候档案，不是湖南的乡土风情，而是中国人的生活环境和心灵氛围；他抒写的不是古代田园的朴素民谣，而是对天地之间历千年万载的大循环的艺术再现。

尤为难得的是，诗人没有因主题的博大悠远而目眩神迷，既没有刻意地把作品写成宏大叙事，也没有拘泥古意、故作深沉。无意构建大的场景、人物和情节，没有居高临下的主旋律腔调。九十六首诗，仿如精短的绝句小词，犹如寥寥数笔的水墨写意，只读任何一段，都从小见大、意在言外，体现着“一花一世界，一叶一如来”的东方思想。也许有人觉得传达传统文化需运用文白夹杂、冷僻字句或另创“新古文”，如此技法当然能够自圆其说，不过杨林既然“得意而忘形”，采用的自然是流畅自然的现代汉语，“走进春天 / 我拉着又一根时间绳索 / 离开冬雪浩大的气势 / 潜入一棵油菜抽苔 / 心情黄灿灿地开始”，将一个现代人对生命脉动和时空变奏的观感娓娓道来，“如人饮水冷暖自知”，平白之中领悟大道。

至于每段之间重复的“接龙”句式，乍看之下你也许会疑惑是否削足就履。其实岁岁年年看似重复循环，土地、人生和万物却在运行生长不息，同一句诗在上一段作末句表达的是一种陈述，而在下一段作首句却引向新的抒写，这种微妙的变化见证了诗人对大自然的洞察，在连续中创造跳跃，在熟悉中提炼新奇。而当你读完诗篇末句“走向春天”，回应着全诗首句“走进春天”，正所谓“一元复始，万象更新”，既是结束也是新的开始，心灵仿如经过整整三百六十五日，怀着平静与激动，充盈与期待。年复一年，诗与人，阅读与生活，前辈和自我，有着异曲同工之妙。更奇妙的是，即使你从其中任何一段开始阅读，也能自然而然迅速融入诗歌，大自然和生命的每个节点其实都是平等的、连贯的。“人生自在呼吸间”，“当下即是”，九十六段小诗，仿如九十六颗念珠，伴随着清脆的木鱼或清越的敲钟，一下一声，一声一下，将人蒙尘染污的心灵带到澄明苏生的境界。

也许有同行懊恼为什么自己错过了这一熟悉的题材。其实，诗歌不是商业专利，没有抢占先机可言，杨林所运用的元素、所赞颂的风物跟千百年来《诗经》、唐诗宋词元曲在本质上并无不同，文化传统和大自然是诗歌取之不竭用之不尽的资源。这部长诗，恰好证明了艺术万古常新。我们无论是否写气节，无论是否运用接龙文本，从前、现在、将来都可以而且都应该写出自己心中天人合一的中国情怀，在诗性文字中养精、养气、养神，充分体验生命的吐纳。

这便是属于中国人的心灵长诗，愿你感受生命不息的——春夏秋冬。

反向推进：从身体后退到语言

——广西女诗人散论

“浴室里的雨是有温度的 / 在一朵莲花谢了之后 / 雨落下来 / 那么多泥 / 一朵莲蓬上的雨 / 似乎有点不够力度 // 雨里的水草没有骨骼 / 停止细密的风 / 停止尘土和碎香浮动 / 重新添加鱼类的泡泡 / 难堪的湿重。黏滞。下垂 // 另一种雨落下来 / 这易碎的珍珠重返水中 / 盐味被无限地稀释 / 荷叶一一倾斜 / 浴室里的雨越来越大 //”(琬琦《浴室里的雨》)解读这首诗歌，以及将要涉及的几个广西女诗人，一开始就构成了“诗如何在”的问题。貌似复杂实则简单的方法，就是用“女性诗歌”相关概念阐释她们的作品,既呈现“全球化语境”视野,又方便引用西方诸多学术著作中的观点，显示论述的博大精深。我并不否认以“女性意识”分析这类型诗歌的合理性，“作为一个女诗人，女性经验的生物学的东西在我的作品中自然也具有重要意义。”[1]

现代化的进程也就是“西化”的过程，近三十年，持续开放舶来的思维、生活方式和政治、文化模式对古老中国的影响持久而深刻。作为黄皮肤的东方人，不仅学人早已习惯了“拿来主义”，把西方批评方法直接照搬过来指认中国当下的文学作品，写作者无疑也受了西方文化符号的浸淫，不然你很难设想，琬琦这样一个居住在边疆省区小县城的女子，会醉心于写“浴室”，在语言的镜像里触摸自己那如“一柄白的芭蕉叶”的身子，凸显生命隐秘的湿重，黏滞。在溽热潮湿的岭南，人们一天数次冲凉，去热的功效目的跟北方泡澡洗尽污垢不尽相同，加上淋浴较为频繁，也不是在很私密的环境里，身体的本能欲望难以彰显。唤醒她这种敏锐感受的与其说是活泼泼的生命本身，不如说是源自女权观念，哪怕不出自西方文本，至少也来自对她老乡——林白那代作家的二手阅读，或者受翟永明“她们”的“启发”。《女人》《眉毛》《身体》，琬琦这一首首诗歌的标题非但不令我愉悦反而让我窒息，为一个写作相对成熟却任意挥霍自己语言天赋的诗人离奇愤怒，我看不见她具有“独特的面部表情”[2]，看不见艺术“作为一种最古老——也最简单的——个人生存方式，它会自主或不自主地在人身上激起他的独特性、单一性、独处性的感觉，使他由一个社会化的动物转变为一个个体。”[3] 在她自以为个人化的想象里，传递的却是“女权”集体意识。却未能发现对已有“女性写作”“身体写作”的超越或重新创造。

而在我过往的阅读印象里，琬琦的诗温和而轻柔，她恪守传统美德，以美化的生活细节来表现“家里的女子”也就是一位母亲、妻子的日常忙碌，从两情相悦走向两性战争，似乎一个“好女子”强迫自己扮演“坏女孩”，从中可窥见广西女诗人的多舛命运。她们整体上在中国诗坛不够显山露水，锋芒较弱，于是急于摆脱旧有的“自我”，但并没有找到合适的方式，仿佛一个弱女子决定要豁出去大胆一把，却早已有更大胆的，题材上亦步亦趋，形式上也捉襟见肘。

因此我决定拒绝再用“女性意识”去套所有这些女诗人的作品，它曾经误导了如此多的定力不够写作者，本质上那也是意识形态化的单向判断，把鲜活、原在、独立、自足的“诗”，人为地归结为只传达了某种思想，这比“言志”说更令人气馁，因为“志”还有可能是各种各样的，而“女权”一旦成为“主义”，很容易落入窠臼，把一切现代女性的诗读成一首诗。因而我常常怀疑好些批评家没有阅读诗的能力，他们只是用掌握了的理论去大而无当地发挥。诗不是“格式”，不是对应科学分析的衍生物，它永远是具体的、灵动的。袁枚在《随园诗话》说他深爱杨诚斋其言：“从来天分低拙之人，好谈格调，而不解风趣。何也？格调是空架子，有腔口易描；风趣专为灵性，非天才不办。”他还赞同许浑的说法，吟诗就好比人的精气，骨子里没有诗就不要空读。[4] 所以我宁愿冒着被指责为“无教养”的危险，以诗论诗，回到一个怀抱诗心的读者最初的阅读，返归语言，凭个人的“经验”给出这一首首诗的结论。

然而，将女诗人放在一起解读，形成的独特场域，也许就已经构成了“女性批评”话语，这也是无法绕过的悖论。

我不无遗憾地指出，谈论广西的女诗人，只能从新世纪说起，这既比好些省份慢了二十年，跟小说也不可同日而语。尽管二十世纪八十年代以来，广西有不少女诗人付出过她们的才情与努力，但讨论一个地方的文学，无须看桂林岩洞中像韭菜般的一茬茬石笋，只需看独秀峰足矣。小说有林白一人，就可以跟当时的中国女小说家对话，而女诗人们并没有谁对朦胧诗以来的诗歌发展做出有效的呼应，或一定程度上介入这些年现代诗的话语场。我还固执地认为，评价一个诗人的优劣，只需看他的几首代表作，而广西女诗人那个时期的写作也缺少相应的高度。这种空缺不一定是“坏事”，它恰恰给后来者提供了上位的机会。这也是女诗人普遍的境遇，我曾跟翟永明开过玩笑，中国新诗，从冰心跳到郑敏，再跳到舒婷，就到她了。女权主义者那么敌视强大的男性文学话语权，其实对单一的作为个体的男诗人而言，那才是难以逾越的障碍和如此巨大的包袱。仅九叶诗派和朦胧诗群，不相伯仲的男诗人就很难筛选。那种以为抬出一个穆旦就可取代艾青的想法，只能出自不会写诗的学院派批评家，他们读诗受惑于表面的深刻，不明白好诗乃是一种气象，作为语言的“场”,诗不单看语义,所谓微言大义往往只需读者意会,还有语调、语气、语感诸多元素。相对于“诗义”，“诗意”才是“万口传”的根本。

近几年的广西女诗人，她们大多写生命的细微感触。时间，自我，归宿。以及挣脱某种羁绊的感觉。一个在广西诗名远远不如琬琦和好些女诗人，或许暂时只能称为新人的文青，我之前没有读过她任何诗作，可她写春天的小诗却让我欣喜，她的诗呼吸着大海带鱼腥味儿的气息，那是她每天推开窗户就能嗅到的，在她的诗里，阳光“爬上心尖舞蹈 / 在树叶花瓣草片上尖叫 / 在建筑玻璃上撞击翻筋斗 / 在海面上跳荡变幻 / 那些精灵……/ 那些精灵……// 大地喝足阳光开始打饱嗝了 / 我们开始唱歌 / 每个细胞都嘴嘟嘟的”(《春天·感恩阳光》) 语言相当蹊跷,随意看去，她的诗题材老旧，使用的“舞蹈”“花瓣”“跳荡”也都是些很普通的词，可一旦连成诗句，却立马化腐朽为神奇，巧妙的组合搭配使她的语言像早晨的树叶，新鲜而湿漉漉地生动，带有方言的蛛丝马迹。我们不妨完整读她的一首诗：

这双放出春天的眼睛

这双放出春天的眼睛
你笑什么？
阳光在你的光彩中皱眉

圆圆的乌亮乌亮的春天
我想在里面照出自己
清浅，神秘，深不可测

有探测器探进来了
花是探测器
月是探测器
水是探测器
伤害也是探测器
一切的一切都是探测器
从眼睛探到心底

“波浪来了。”
有人在说话
是心在说话
睫毛没下
浪已到眼睛
是泪水
或又是春天

“花是探测器//伤害也是探测器”。从一朵花怎么会联想到探测器呢？

但这是“心”在说话呀，诗无邪，便生妙语。她唤醒了我们内心照见眼睛里的春天的某种东西。“波浪来了。”“诗的音调也许与诗人的自然音调有着极其密切的关系”，[5]“找到了一个音调的意思是你可以把你的感情诉诸自己的语言，而且你的语言具有你对它们的感觉”[6]

李冰和黄玲娜这两个80后属于典型的校园诗人，她俩的幸运在于“相思湖诗群”很好的写作氛围。李冰曾这样回忆她最初的写诗经历：“几个学生一起写，写完了就互相交流。如果别人对我的作品有疑义，我就马上在帖上阐述自己的意思，讨论得激烈时还会跟他们吵起来。”[7]作为在校生，李冰出版了《一棵白菜的阴谋》，黄玲娜出版了《她的名字》，这得益于方方面面的支持帮助。他们这个群体的可贵我在给黄玲娜写的序里已提到，“我特别看好的，是她和她的诗友们，一直像一个诗人那样写诗，而不是老是像学生那样写诗。对比之下，许多年龄比他们大一倍的师哥师姐，至今还津津乐道自己当年是‘校园诗人’。她的《白鸟过境》、她的《兄弟》、她的《饥饿的苏丹》体现了一个诗写者对人性深度的挖掘，也表现了驾驭语言的娴熟”。她们的诗分别入选过多种年度选本。即使在出版已变得容易的今天，她俩的成绩仍相当不俗。

跟前辈不同，尽管她们身上烙着少数民族血统的印记，却很难在她们的文本里寻觅到本土文化基因。这是中国特色“大一统”教育培养的一代，又是互联网、电视等“全球化症候”患者，在这个“总体性”的空间里，“每个人不论出身如何，都不停书写和改写着文化特征”[8]她们如同世界公民似的写“同一个梦想”：“我看不出有什么惊人之处 / 这张脸愈来愈陷入一座城堡当中 // 从墙壁上长出的脸有水泥味 / 这张脸有说话留下的水迹”（李冰《脸》）；“一只鸭脚拖鞋 / 游过 / 十九年浅出往世的沼泽”（李冰《十九往世》）。这样的情怀既可以出自黑发少女也可以出于金发少女，李冰自喻她的写作“思考方式呈放射性状态”，“主题腾空于现实之上”，“玄思意味浓厚”[9]，即使她写《中秋节》，甭说地域色彩，连中国语境也十分稀释。这跟李冰的学者抱负有关，她过于沉浸于所谓哲学沉思的智慧空间，忽略了个体“争取差异的权利”[10]。人类情感的普遍性，植根于表达的特殊性之中。

我希望李冰今后的诗里多几棵白菜，“大米们、甘蔗们、红薯们……，你们的著作可还在某间阴暗的粮仓”。正是同一的文化背景，黄玲娜被来自遥远北方的《一只苹果的天赋》击中，从而联想到了异国的牛顿和孩子脸上的雀斑，却无意中遮蔽了身边野山野岭的龙眼和柚子。所幸“我们成为艺术家的代价是：将所有非艺术家称为‘形式’的东西视作内容和‘事情本身’”[11] 正如李冰的诗活在冷峻理性的“音调”里，黄玲娜存在于弥散性的，润如酥的喃喃细语中：

现在这小东西趴在我的肩上安心的睡着
我轻轻地拍他的背
他细嫩的小手把脆弱环在我的脖子上
这不单是我给予他的，他也在给予我一个
温暖，一整个安静地挂在我的身上

——黄玲娜《晚安，宝贝》

广西女诗人的姿态总是安静的，一如“那株绿萝 / 在民族大道的草圃里，不为人知地 / 绿。素朴，不苛求阳光 / 不合群。多么像我，也曾经 / 不为人知地生长。”（陆辉艳《绿萝》）她们摇曳“簌簌簌簌簌”的声音，语言平和，内敛，哪怕使用大量的、密集的意象，“这些静静的花蕾”依旧“既不唱歌也不说话”：

椭圆形的羊齿叶，你见过的，白白的
——它的耳朵。有一只，那里
有一点点被树枝刮过的痕迹。但它好像
——已经忘记了。在深秋的阳光中
安静地站着。那风干成了瘢痂的
也在深秋的温暖中，散发出像血一样
晕晕的热。更远的地方，芦苇轻轻的
茫茫的成了一片海。风中万物波浪倒伏

旷野如此空阔，如此广袤。它就这样
站在天空之下，站在大地中央
——站在我内心的位置，一直这么站着
很多年了，一直这么……悄无声息

——许雪萍《一只孤单的羊》

消隐了事物跟他者的冲突，我为这女性平缓的内心世界动容。在“要想多怪就多怪”[12]的文化消费主义浪潮下，她们就像久违了的乡村音乐。

我不清楚广西女诗人的“慢”是不是受到前行者的影响。作为她们中间最早在刊物上露面的黄芳，也是迄今发表作品较多的代表诗人，她诗歌的特点就是像呼吸一样轻柔。她曾在《诗观》里如是说：“对于我来说，诗歌是细，是慢，是静。是一种安宁美好而又忧伤的气息。我最大的愿望，是让这气息能更长久地在我的生活中停留。”

是的，风一直在吹。她怎么可能不感觉到风的劲猛呢？可她却躲进自设的私密花园里不为所动。“风一直在吹。/ 从地面到树梢，然后消失在更远的远方。”（黄芳《风一直在吹》）“看见树梢的摇摆。/ 她知道鸟儿就停在上面，”（黄芳《在 8 楼某间空旷的房子里》）“而在风的另一面，/ 有更潮湿消失得更快的光和暗。/ 我看着，握着，缄默着。”（黄芳《风一直在吹》）她像热爱自己的父母那样小心翼翼地守护古典情怀，拍打着那睡去了的抒情年代。她渴望诗歌的质地总是如丝绸一般。“与父亲并排坐着的母亲，已经习惯。/ 她膝盖上的毛毯，质地柔软，花色斑斓。”（黄芳《我的父亲母亲》）

我们来读她的一首代表作：

一直很安静

“你一直很安静。”
你来的第一晚，风很大。
我来不及辨别方向，

风中的声音，轻轻地打开某个词汇暗中的深度。

很久了，我失去了所有的能力：
观望。悲伤。一只手抓住风中飘落的木叶。
——我陷于某个深不见底的泥淖之中。

“你一直很安静。”
你来的第二晚，风渐渐地远去。
你用温暖的手按住厌倦、离别。
——按住生活压下来的沉。

多么轻的端详啊，我在你衬衣的第一颗纽扣，
听到了生命里最温柔的低音。
我返回了最初的洁净。

这首诗歌无可挑剔，黄芳最大的缺点就是没有写出明显有缺陷的诗。唯有尝试才会失误，唯有失误才有新的可能。

广西女诗人在我看来有些静宓过头了，如同游离在诗生活之外的“一只孤单的羊”，难免让人气馁。这是一群“乔姐姐”吗：“然后你俯身。继续拔野蒿子 / 暗沉的天色踩着你的背。你的背是 / 一张丢失了箭的弓。你踩着冬天的草地 / 软。那上面睡着一个孩子”（陆辉艳《乔乔姐》）。我倒希望她们更野性，更癫狂，拉开张满的弓，搭上锋利的箭镞，射出刺耳的尖叫，如魔女咒，如夜鬼哭。拿破仑说过：“在爱情方面，唯一的胜利就是逃跑”[13]。

写作，也是一种反抗！
一大片。在野外，它们有最柔弱的腰
它们放肆，没有经过驯服，随风

自由地摇晃。它们撞击我的手臂，湮没我的
肋骨，它们的边缘尖利，擦着我的脊背

——陆辉艳《野外，一大片白茅》

注释：

[1] 朱迪丝·怀特《谈一谈诗》(《准则与尺度》399页，北京出版社 2002.11)

[2] [3] 约瑟夫·布罗斯基《诺贝尔文学奖获奖演说》(《20世纪外国重要诗人如是说》301页，河南人民出版社 1992.11)

[4] 《随园诗话》卷一·二5页（吉林人民出版社 1996.5）。

[5] [6] 山姆斯·希内《进入文字的感情》(《准则与尺度》453页，北京出版社 2003.1)

[7] 欧洪梅、蒙夺《李冰：诗样的青春，思考的人生》(《相思湖青年》第九十六期)

[8] 让·巴詹《普遍化族裔研究》(《全球性症候》225页，天津社会科学院出版社 2001.3)

[9] 李冰《广西女性诗歌创作现状》

[10] 让·巴詹《普遍化族裔研究》(《全球性症候》224页，天津社会科学院出版社 2001.3)

[11] 尼采《权力与意志》第一编第十一章3页（漓江出版社 2007.2）

[12] 帕米拉·罗伯森《对麦当娜谈什么？何时谈麦当娜？》(《俗文化透视》天津社会科学院出版社 2002.1)

[13] 尼采《权力与意志》第一编第十一章7页（漓江出版社 2007.2）

这个民国走来的女子

——读施施然《柿子树》

这个民国走来的女子，身体里仿佛存有流动的光阴。在如此一幕幕细致的场景中，我们也恍若跟随她游走于岁月之前、人生之后。施施然说她爱古典戏曲的“慢”，爱为了台上一分钟“唱、做、念、打”的十年砥砺，爱它精致到一个眼神的流动、细微到一句唱腔的转换的那种一丝不苟的完美。我想她的诗也是她的戏，这戏中有情有景、有感有知，而永远贯穿其中的是她细腻无骨却又真挚感人的小女子的心性！

她一登场就破茧而出，用胀满生活的浓稠汁液粘住了读者的眼睛。一个新人在博客上只贴诗，短期内能有如此高的点击率几近奇迹。她拼贴旗人与江南，穿越现代与古典，长袖善舞在湿软的语言舞台上。我想像台下的看客们，也许他们就像坐在满眼露脐装的地铁车厢里怆然若失的乘客，遥想“叮咣叮咣”开动的有轨电车上一袭阴丹士林布蓝旗袍。他们要寻觅的绝不是消失了的那个黑白默片的旧时代，只是怀念曾经的“腔调”。也许其实跟这一切都无关，施施然的幸运仅仅是偶然与巧合，她一开始写诗就碰到博客取代论坛的机遇。

然而当我翻开《柿子树》，之前定格了的关于施施然诗歌的印象瞬间就她被颠覆了，她仿佛来了个朴素转身，原来她也曾写过如此之多真切的带泥土味的诗歌。施施然在自家的柿子树下，斑斑驳驳看到的都是母亲的影子。她在自己与母亲相似的操持家务的场景中感受着母亲存在的方式。母亲留下的记忆中的细节，她无处可寻，世间万物都在不断幻化，物与物之间、人与物之间都如此。思念和悲哀没有任何仪式化的表达，却又那么深入骨髓、刻骨铭心，无时无刻不在，飘散于最寻常且看似平淡的日常生活中。她如此用诗歌这样一种文学艺术形式去控制自己强烈的感情，很有力道。明代文学名家归有光在《项脊轩志》中，将自己对祖母、母亲、妻子，所有的亲情、爱情，旧事旧物，于文之末一并溶于了“庭有枇杷树，吾妻死之年所手植也，今已亭亭如盖矣”，一字不提伤，却最为让人情撼神动，感人至深。

施施然对诗歌节奏的把握相当有可圈可点之处，“去年它就已经有三层楼那么高了。密密的枝叶 / 一把弧线优美的绿伞，支在高高的半空 / 邻居从树下经过，我总是愉快地回答她们：那是柿子树！”看着生机蓬勃的柿子树，诗人心中的喜悦是自然而然，真实且合理的。“那年春天，燕子衔来雨水，你买来树苗。并亲手 / 把它种在了窗外。我欣喜地畅想将来一树黄澄澄的圆灯笼。而你就在旁边 / 畅想我欣喜的笑容，忘记洗去手上沾染的泥土”。诗的第二层交代柿子树的由来，第二人称“你”介入拓展了文字的延展度和内容的意指含量。但是情感基调依然是喜悦和轻松的。而诗的第三层“如今，柿子树一长再长，想象中的黄灯笼 / 却从未见着。莫非它也知道我已是你留在世上的遗物 / 使命，只是一年一年地陪着我长？”，“如今”两个字将我们从过去的美好中拽到当下的现实中去，而情感也随着时间的转换，激流飞转。诗的前两层所营造的美好气氛在第三层急剧跌落，诗人所要传达的悲伤之强，也随着这种落差，毫无疑问的准确生成在读者心头。

如果说宗教是一种安抚力量，它培养驯顺、自我牺牲和沉思的内心生活。那么诗歌呢？我想诗歌也具有安抚力量，但诗歌不是使我们的内心驯顺，而是唤醒沉思的内心生活，唤醒我们最真实的自我。诗歌心智的直觉的、超越性的眼界可以对奴役于“事实”的理性主义或经验主义的意识形态提供生动的批判。只有诗歌中具有超越性的想象力才能够成为贫血的理性主义的一个挑战。

所以诗歌注定要用感官去解释这个世界。而视觉永远是最重要和最能够捕捉生活美意的直觉。在施施然的诗中，我读到的更多的不是文字，而是画面。在这样一种直感的营造中，她游刃有余地表达自己对于这个世界的感知，表达这个世界中的自己和属于自己的世界。古人评摩诘诗，誉为“诗中有画，画中有诗”。我也一直暗自认为这是对于诗歌创作的最高褒奖，中国古典诗歌于诗中韵情，于画中韵诗，于禅中韵画。诗、画、禅、意交融，是王维诗的最大特点，也是古代汉诗最为迷人之处。现代诗，引入了西方诗歌思辨甚至是雄辩滔滔的特点，在艺术上自有其独特和创新之处。而施施然能够运用现代诗去创造自己的诗歌画面世界，同时也融入自己的独感奇情实属不易。

女子的诗是将才情揉成水，男子的诗是将壮志炼为骨。这个柿子树下的奇情女子，让我们在一颗颗软柿子砰然掉落中读到了时光的一声喟叹。任流水腐蚀，施施然的诗终归是给了这些年被后现代粗鄙狂轰滥炸得遍体鳞伤的读者，些许流水潺潺的感动。

何处寻觅三家巷

在孩提时代，我对“广州”的概念完全得自于一本叫《三家巷》的小说，以及一个小学生从语言的虚构展开的自以为是的联想；如花似玉的女孩，穿着白夏布或绿花绉布短衫，衣袂飘飘走在白麻石铺就的巷子里，那漆花或绿油木屐，“踢里踏拉”敲出一地细碎的南音，浅浅的，脆脆的，非常悦耳。昏黄的街灯，将枇杷树叶的影子，疏疏朗朗地撒在长条石凳上，坐在上边的靓仔，赤裸着壮健的上身，浑身散发着热力，随时准备着为革命和爱情献身。远处秀媚的珠江，流着淡绿色的江水，天空好像一幅黑缎子，又暖和又柔和，闪着光……

我独自躲在空空荡荡的教室里，读这些描写大革命时期广州一群青少年男女的文字，外面的“文化大革命”正如火如荼地进行。无论是所受的教育，还是男孩子骨子里好动和好斗，都使我对这场“革命”既羡慕又渴望，沉浸在节日的狂欢之中。可由于年龄的原因，我们这一拨人只能是革命的旁观者。大串连、大字报、大辩论、大武斗，甚至惨烈的枪战，都是比我们大一茬的哥们姐们的事情。由于置身事外，我也几乎没有感觉过恐怖，反而莫名地亢奋。我想学儿童团的前辈那样给“前方”送弹药，却不知该上哪儿报名。唯有当亲人被批斗，自己坐在会场一角，逃避四周钉子般投射过来的目光，才体验到运动的触及灵魂的和惊心动魄的威力。

许多回顾十年浩劫的描述，都认为“革命”的铁扫帚把一切角落的“污泥浊水”全荡涤了，就像一把篦子将头发上的“虱子”仔细滤了三遍。可就像在那个开口闭口似乎已彻底革命化了的年代也有人偷情一样，春草并未被野火烧尽。我就偷偷摸摸读过古今中外许多“毒草”。之所以选择无人的教室看书，并非日后要标榜当初多么有远见或勤奋好学，而是我家就住在学校里，在那里更便于逃避家长的监督。如今的小学生一般还稚气未脱，我们那一代要早熟一些，恐怕是经历过更多风雨的缘故。偷读禁书颇有地下工作者的味道，使人不自觉地扮演某种冒险的角色，那种高度戒备的状态，让人觉得刺激异常。

我那时遇到小说表现恋爱与情欲的章节，受好奇心和窥视欲驱使，尽管面红耳赤，却忍不住一看再看，直弄得心旌摇曳，精神恍惚而难以自拔。这也是我们在成长岁月生命中所缺失的一面。时下的小字辈，从电视里特别是VCD影碟中更直接、更具体目睹其详，早就见怪不怪，认为我们当年老土了。然而文学有比影视更具魅力之处，那就是读者能够充分发挥想象力，按照你心灵中美的认知去“套”作品主人公的模样，而影视中某个不符合你审美观念的演员简直让你倒胃口。除了几本《今古奇观》之类的书，以及十九世纪之前的外国文学，我们当时能接触到的，其实不外乎“社会主义现实主义”作品，根本不知道西方以卡夫卡为代表的优秀作家的存在。在我今天看来，《三家巷》艺术平平，它当年在众多同类主题的小说中给我留下了较深的印象，乃因为其中大面积描写了少男少女的爱情。

我解读的私人经验是片面的，应该受前辈们责怪，在我却是很真实的坦白。“革命”不仅在别的小说里同样发生，在现实里每天都在迅猛进行着。但南方特有的潮湿气息，那种脉脉温情，像白玉兰馥郁香味弥漫在这本书的字里行间，历史时间因而注入了生命情感。勇士佳人相拥吻的非常柔软的嘴唇，那黑得像发光的漆的眼睛，都给那个时代的读者留下了深刻印记。《三家巷》里不仅有彩虹般眨眼就逝去的美人儿区桃，还有陈文婷——一个娇气、任性、爱使小性子的资产阶级小姐，她苗条身材，鹅蛋脸儿，才十三岁就十分逗人喜爱，模仿哥哥姐姐们追逐卖懒，深深陷在爱情之中因而一度成为革命同路人。陈文婷小心眼，喜欢跟朋友怄气，学校恳亲会要演出白话戏《孔雀东南飞》，她心跳跳也想参加，可一旦得知周炳区桃演男女主角，而安排她扮演母亲，直气得从那深棕色的眼珠子里溅出两颗泪珠来。她冷冷地说：“不管怎样，反正我不高兴演戏！”她对演戏这桩事儿本身，也狠狠地咒骂了一顿：“演戏这个玩意儿，到底算个什么行当？当着这么一千几百人，摸摸捏捏，挨挨靠靠，还有个羞耻？说起话来，尽说些肉麻的话儿，叫人听了，起鸡皮疙瘩！你在戏台上和桃表姐成了夫妇，你将来也能和她当真是夫妇吗？女孩儿演上几回戏，不知要赚来几个丈夫呢！”几段对话，陈文婷的尖酸刻薄跃然纸上，无意中恰恰留下了林黛玉的影子，一颦一笑，注入了色香味，人物反而平添了几分真实可爱。

在天天讲阶级斗争的大背景下，在一个崇尚“铁姑娘”精神的环境里，陈文婷明显属于异类。尽管在理性上坚决排斥她，但她所代表的不可回归的浮华，那种微弱烛光所辉映的玫瑰花瓣的橙黄色情调，对我们这些在冲冲杀杀中过着拮据生活的孩子，潜意识里却有着某种不同寻常的夺目光彩。这有点像《钢铁是怎样炼成的》里的冬妮亚，这位林务官的女儿，另一个阶级阵营的小姐，在很长的一个阶段里，一直是整整一代“革命接班人”的“梦中情人”，她栗色的头发，领子上有蓝白相间的水兵服和浅灰色短裙，她如歌如梦的贵族气质，宛若她水兵衫的飘带，曾多少次在穿着补丁衣服的少年的想象中飘动。她活泼亮丽的美，使保尔后来交往的几位“政委”式的女性黯然失色，读者甚至没记住她们的名字。由于冬妮亚纯真的爱情没有附丽在解放全人类的大目标上，保尔最终与之分手，我们在思想上不得不肯定保尔的同时，内心却深深为他们惋惜。数年后，在清除铁路工地积雪时，这对久违的恋人偶然相遇，保尔用劳动人民的“粗鲁”，狠狠羞辱了冬妮亚彬彬有礼的“酸臭”。这一章写得过于剑拔弩张，大失对小女子呵护关爱的男子汉风度，使人极不舒服，觉得在感情上难以接受。很多年以后，我从一份资料得知，冬妮亚确有原型，但“相遇”这一情节却是作者为了主题的需要凭空虚构的。可见一切反人性的写作，在真实的生活面前是多么捉襟见肘。

二十多年后的今天，我也成了广州芸芸众生中的一员，通过一部传记，我知道在这座讲求实惠的商业城市，也曾有过可歌可泣的学人风骨。这片南土，曾经蛰伏过一颗桀骜不驯的灵魂。谁说九十年代广东无文学，一部《陈寅恪的最后二十年》，足矣！正是这本书，为我们提供了广州五十年代末六十年代初政治气候的“云图”。岭南偏于一隅，自古远离权力中心，当时的广东省委，也较之内地的领导者更为“开通”。也许两代作家在价值观念和艺术追求上相互并不认同，但无可否认，《三家巷》里充满了人情味的温馨描写，得益于彼时南国相对宽松环境的润泽。

我们不妨比较一下同一时期两位学者的不同境遇：身居中山大学的陈寅恪，暮年“膑足”，将其悲剧人生推至深渊，精神上遭受的凌辱更令其万分痛苦。但在世俗层面的生活上，他可以说享受到了广东领导人无微不至的礼遇和照顾。不仅特别为他供应副食品和进口药物，还派了“三个半护士”夜以继日轮班看护他，向他赠送了牡丹牌收音电唱两用机，为方便他散步而在其家门口专门铺设一条白色水泥路。他著书立说，也有专职助教为他记录整理。而就在天子脚下的穆旦，这位是二十世纪中国最重要的现代诗人之一，从美国芝加哥大学返回天津南开大学任教，不久就因当年参加远征军赴缅抗战，被打成“历史反革命”，“接受机关管制”，逐出讲堂，到图书馆监督劳动，从事整理图书、抄录索引以至打扫厕所之类繁重工作。当然，无论年龄还是资格，穆旦都是后学，无法分享“尊老”的文化情结，但待遇的天壤之别，南土的温暖和北地的寒冷泾渭分明。令人敬仰的是，穆旦白天要劳动，晚间要写“检查”材料，在恶劣的环境的抑郁心情中，利用了几乎所有的工余时间和节假日，用本名查良铮翻译了俄国早期象征派诗人丘特切夫的抒情诗和拜伦数万行的长诗《唐璜》。在去世前一年，穆旦骑自行车在昏暗的学生宿舍楼区摔伤，股骨骨折，为了不给因他的“问题”受苦的全家再增加负担，竟未让家人送医院检查。病中不但继续普希金诗歌的改译，这一年他还写下了二十七首诗作。当疼痛难忍时，他才让“烧一块热砖给他热敷止痛”。他说“不让我工作，就等于让我死”。他在“绝笔”《冬》中如此自画像：“我爱在淡淡的太阳短命的日子，/临窗把喜爱的工作静静做完；/才到下午四点，便又冷又昏黄，/我将用一杯酒灌溉我的心田。/多么快，人生已到严酷的冬天。”我用如此多的篇幅插入与岭南风物毫不相关的穆旦，是想向国人揭示，我们在景仰陈寅恪“独善其身”，“入污泥而不染”的传统文化人格的同时，对穆旦那样受西方文化熏陶，将生命的辉煌发挥到极致的知识分子，同样应该表达由衷的敬佩。

中国当代文化人受政治环境的制约是非常明显的。在我的印象中，只有经济学家顾准，在逆境中一直未停止对真理的求索。而被打成“右派”的作家诗人，大多停止了创作，直至平反才重新“出山”。可见他们并未将写作视为自己的生命，反而过分倚重“发表”。

回过头，重新谈《三家巷》，故事的背景地应该是广州的西关。先前河涌网脉纵横交错，“一湾绿水对城东，棹歌添得荔枝红”。夏令时节，游人如鲫，从荔湾漫延至沙面及白鹅潭那边。唱着“咸水歌”的艇妹，悠然划着紫洞艇、小花艇和舢板，将热气腾腾的艇仔粥和炒田螺送到游客手中。管弦声，叫卖声，嬉笑声交织一片。

因为地价平，后来诸多富户筑豪屋于此，商铺连绵，成为旺地，娇生惯养的小姐，就像书中的陈文婷，娉娉婷婷摇曳在街面上，浑身散发着慵懒的气息，构成了独特的文化景观。然而真正使西关文化发扬光大的，是潘仕成那样的富商，他建的别墅“海山仙馆”，回廊曲径，水榭轩窗，十分精美。其内收藏的金石、碑刻、名帖、古籍之多，被誉为“南粤之冠”。他不惜花巨资刊刻成“海山仙馆丛书”56种，492卷，并分经、史、子、集四部，共120册。他还搜罗了历代书法名家法帖，雇请工匠精心镌刻成千余块石刻，陈列展览。其他还有“陈氏书院”各类精湛的木雕、石雕、砖雕、灰塑、陶塑、钢铁铸等装饰工艺，美轮美奂，这座建筑本身就是民族艺术的奇葩。可惜这一切，已成为明日黄花。

有次李陀等北京文人来广州，我请他们到江湾酒店喝茶，其中的张旭东还是从美国飞来的，我读过他翻译的本雅明的《发达资本主义时代的抒情诗人》，却想不到他竟如此年轻。李陀问有何去处能听听粤人吹拉弹唱《雨打芭蕉》和《彩云追月》，我不甚了了。广州长大的张梅，也只能指着前边说：“那里有家保龄球馆。”每当我走过下九路和十八浦，在人头攒动中寻觅一代儒商的伟岸身影，想象陈文婷她们对情人不计贫富的缱绻，一颗找不到归依指向的心灵怅然若失。

我在每个瞬间听你的侧影，很久

“我在每个瞬间听你的侧影，很久”。

这是皮佳佳随手写下的慨叹，她的一隅心声。在她灵魂的湖泊里，那深不可测的潜意识中，也许这个词灵光乍现的片刻，映动的是她自己轮廓清晰的脸。“湖水以影的美丽强调真实”。她常使用的影像，有好几张都是侧影。这位刚入学北京大学哲学系中国美学专业的博士生，多年孜孜不倦追求的美学浸淫和天生的钟灵毓秀，对触及的事物在审美上有极好的诗性直觉。她当然清楚自身生命的特色，那就是东西方浑然天成的美，即有湘女的柔美妩媚，体态娇俏，明眸皓齿，又有高挺的鼻梁，白皙的前额，属于希腊女神和维纳斯的那种立体感分明的精致五官。而旁侧的摄影角度，对其颜值与身形是最佳凸显。

初次见面的人，倒有不少问过她：你是不是新疆人啊？潜台词里她这个汉族佳丽容颜似乎隐约有胡姬的面影和韵致。她是湖南常德人，而今常德市境内仍有一个维吾尔族村，村民早已汉化。保不定她祖上娶的是美丽的维吾尔姑娘，身上有者西域佳丽的血统。当然这只是无真凭实据的猜测，她有一篇小说叫《方死方生》，又有一篇小说名《夜色无色》，关于她前世今生“1+1 的哥德巴赫猜想”，类比可谓若有似无。

皮佳佳甚至不能说是传统意义的常德人，她是军营里长大的孩子，随父辈时而湖南，时而四川，后来在广东工作，现在去北京读书，用她自己的话说,他们这代是没有故乡意识的人,生活在喜欢的地方就是家乡。她看上去很抢眼，洋气而时尚，像留洋的 80 后女生，可她的血液里，却流淌着修远的中国古典文脉，她写《松湖挹春》的词里有一句，“平湖枕屿疏烟漫，松声过，鱼痕乱，惊凫缘浦动菡萏……”那微妙的感觉，这生命的才情，在我看来是与生俱来的，这并不是懂训诂、掌握平仄、娴熟记住词牌就能做到的。而时下不少旧体诗词，尽管格律精准，却流于僵硬而失了通透的灵性。

我都记不清最初是怎么认识皮佳佳的了，想必未见其人先闻其声。她的《吊袁崇焕赋》获了全国征文一等奖，让人好奇这种似乎耄耋老翁才能娴熟创作的古老体裁，竟然出自年轻女性之手。她很不忿有次《作品》征文我们几个评委只给她优秀奖，因为那个外省老先生写的是通吃的“获奖体”，宏大而欠缺个体生命的融入。我特别吃惊的，是她词赋里的铁血浩气。不知是部队大院养成，还是狮子座天生的霸气，她的诗词里有弹铗而歌的大丈夫气概，看她的自况词《定风波》：“不恨秋心黯草凉，十年负气却潇湘，椎髻贱躯无贱志，魂寄，江山纸旧了藤黄。情罢落花霜铸剑，也算，红妆换酒叱虎狼，雾满千山巢父隐，弹尽，悲风古调赋高唐。”慷慨悲歌最见巾帼豪气，再看她的《八声甘州·赋英雄》：“道鹰扬剑指美人肠，嗟乎白头将。过苍烟鬼谷，当卢飒雾，臂月昏骧。银甲惊鼓如猥，万里颤流光。抱死绝尘宿，谁诉离殇。待我容膝一一，倾酒诗漫雪，老卷微黄。叹行时折泪，犹辨羽镞怆。梦觉了、山河不待，旧彤管，春涩画秋霜。英雄赋，饮孤声尽，踏武陵香。”有次笔会，外省来的几个男作家，想当然认为美女无非花瓶，一读她的作品，却被其学养才华震撼了。

皮佳佳也写小说。一出手就被《小说月报》转载。在《收获》《中国作家》《作品》等也屡有斩获。她不写那种女性意识的“私生活”，用大批评家孟繁华的话说：“如果从谱系关系来说，皮佳佳延续的还是新文学以来的小说传统，这个传统强调作家与生活、与社会的关系，强调价值与意义的守护，强调人物塑造和想象力的重要。”她有“好看”而“带有鲜明的个人印记”的小说，在刑事案件或者中外时空的交错中，呈现了混乱、物欲的当下生存缝隙里人与人之间的纠葛，弥散暗淡中的一抹温暖。同龄批评家陈培浩也说：“我所讶异的是，作为一个青年女性，皮佳佳何以动念写一个这样‘非我’的小说。很多女作家是‘自我’甚至于‘私我’的，她们更乐意沉溺于私人经验的表述，在细腻精致，甚至黑暗疯狂的书写中释放孤僻和才华。可是，另有一类‘非我’的小说家，他们善于将主体性客观化地投寄在不同性别、年龄、民族和时代的个体身上。简言之，便是善于通过他者讲故事。这本是传统小说家必备的技艺，可是自从现代主义催生了种种剑走偏锋的藏拙技巧之后，这种小说的至简大道反而被很多作家忘却了。”皮佳佳既有《庭前谁种枇杷树》那种传统意象为核心的写作,也有《时间在弥顿道没有离开》将哲思融于生命的解读，还有《夜色无色》的现代性与抒情的复调叙述，对定格了关于她小说印象的读者，成功地来了一次突兀的“变脸”。她在后记中写到，“从这个意义上说，我的写作才刚刚开始”。刚刚开始，意味着一种饱含文学底蕴的成熟写作，也意味着另一种可能，可能在小说的纵深求索中，寻找属于她的印记，那笔调冷静、调侃式的灰色幽默，植根于真实的生活现场，如广角镜头般的宽阔视域,以及隐秘而细微的哲学式诘问。在每个故事里，她的目光不止停留在当前存在，而是指向不同的精神与价值层面，并将这精神与价值回溯进现实生活。

皮佳佳最让我感到不可思议的，是她竟然读了这么多中国传统经典，包括大量的宗教著作，且熟记于心。而国学恰恰是二十世纪八十年代进入写作、唯西方现代主义马首是瞻的我辈诗人的最大缺憾。当我在诗歌里使用“和光同尘”“真空妙有”几个词，发到微信朋友圈才十秒钟，她立刻跟帖，把里面关于中国儒释道三教关系的源流和典故分析出来。有次一个文友发了篇著名作家的文章，内中称妻子为“夫人”，另一个教授朋友对他使用敬称来自称表示质疑，我觉得好像可以，却说不出个所以然来，一问皮佳佳，她说：“黄庭坚对自己两任太太墓志上都称夫人，胡适也说过我的夫人。”无一字无来历，这才是做学问的严谨态度。但对于学问和文学，她分得很清，绝不让堆砌的典故损害了性灵，时时在她的文学世界里保持“窗前草不除”那份生意和活力。

皮佳佳不喜社交，文学活动都极少参加。硕士毕业后她已工作十年，这几年下班后几乎所有的空余时间她都是独处，用于学习。她是能耐得住大寂寞的人，有决断力的人。像我这样忙于蝇营狗苟应酬文友，相较之下十分汗颜。天地不仁，以万物为刍狗。这个世界只有极少的人能重临丢失了的时间起点，大多数人都无法如此。或者无才华，或者怀才不遇，更可能被磨损了，放弃了，或者就是命运，机会过了，便永远过了，在琐事缠身中虚度一生了。可她竟然重新起步，报考北大哲学系博士，她就是想要，为了一纸薄薄的录取通知书，带着绝望和孤独苦读。知道不可为而为之。幸运终于眷顾有准备的人。一个人百折千回，只为追求心中渴望的道。夫复何求！

第四辑　思行天下

在世贸大厦的废墟上，两柱光芒射向浩瀚的天宇，它们和周遭的建筑融为一体，交相辉映，似乎在提醒人们：只有不回避现实的理想才具有感召力，就像生命只能在身体中苏醒。

现代化的脆弱

2008年初，一场八十年不遇的严重雪灾覆盖了我国中南二十个省市区，一百五十万平方公里的翠绿山川瞬间冰雪皑皑，直接受灾人口达一亿。我们途径京珠高速公路广东境内最北端乐昌、乳源两县的坪石、梅花、大桥、云岩等灾情最重的乡镇时，一再有白发苍苍的老人说，他们长这么大，还从来没有见过这么大的冰雪。我们进入被迫停水停电已长达十天的郴州，目睹了一座现代化城市的凋敝景象，当汽车经过城郊，那没有人气的死一般凄美的水边别墅，显得如此的突兀、渺小，镇政府办公室内的天花板也挂着长长的冰条。穿行在高楼林立的街道上手机却没有任何信号，内心瞬间涌起无法言说的凄惶、茫然甚至是恐惧。在京珠高速北和下边的坪乳线公路两旁，每一根细长的茅草，竟裹着手臂粗的冰，每根小树枝都成了冰柱，每一条电线都是冰绳，斜斜飘着密密麻麻尺余长的冰凌，那是风的形状。

这一场自然灾害的形成带有一定偶然的因素，总的说来这是全球变暖大气运动紊乱的拉尼娜现象造成的。南方大范围长时间低温，像京珠北，往年低温一般都是两天左右，然后缓解，过一段时间寒流再来，而今年低温持续十天以上，每天零下二到零下五摄氏度，同时西南暖湿气流的影响强劲，湿度特别大，冷湿交聚，长期不散，形成绵延不绝的冻雨。这比严寒的北方下大雪危害更大。雪花是疏松的，飘飘而下，电线和光秃秃的树枝挂不住，不仅行人衣服不会湿透，地面道路也没有那么滑。而冻雨一刹那就结冰，进而让岭南冬季不落叶的树木竹子每一片叶子上最终都凝聚了比它重几十倍的冰，每一条高压线也超负荷承载比设计高出几十倍的重量，屋顶也不堪重负，塔倒房倾，大地覆盖着厚厚的冰铠甲。

极端天气造成了电力系统瘫痪，交通运输中断，食品与日用品短缺；加之临近春节，上亿人同时迁徙的行程突然堵塞在路上近十天，巨大的压力令天灾下的中国社会问题凸显。可以说，这是一次典型的公共危机事件。

这不禁让人联想到2003年冬春之交的SARS事件。“非典”肆虐最严重时我也曾去广州多家医院采访，最初那场席卷全国的疫情暴露了政府在面临危机处理时的制度软肋，也引起了学界对政府危机快速应变能力的大讨论。而五年后的2008年雪灾，则是对我国公共危机管理体制的再度考核。

尽管最终抗冰救灾交出了较为满意的答卷，但唯有更深入地总结经验教训，讨论这次灾害发生之后各个方面应对的进步与不足，结合国内外既有危机管理案例，提出意见与建议，今后遭遇偶发事件才可能有更充分完备的紧急预案，防患于未然。

由于长期缺乏危机教育，无论是政府还是老百姓个人，危机意识普遍不足。人们盲目相信现代化的优越性，而快速、便捷、舒适的网络化的生活方式，在自然或人为的灾难面前，往往比农业文明背景下的传统生存境况更脆弱。

有数据显示，中国每年因突发事件造成的人员伤亡惨重，经济损失占GDP总量的6%。以2004年为例，全国共发生各类突发事件五百六十一万起，造成二十一万人死亡、一百七十五万人受伤，造成直接经济损失超过四千五百五十亿元。中国是世界上受自然灾害影响最为严重的国家之一，安全教育却严重缺位，同时危机意识也相对低下：早在2005年8月，由北京专业调查公司发布的《城市居民危机意识》的调查报告显示，北京市民中有四成不知道哪里有避难场所，更有近七成根本没有想到过有朝一日需要避难。

没有危机意识就是最大的危机。这次冰灾一到，号称“经济规模今年可达到世界第三”的泱泱大国，顷刻间南部城乡交通电力大面积瘫痪，到处告急，连一向引以为傲的东部沿海发达地区也陷入窘境，影响了大半个中国。人们不仅会发问，如果是战争，后果岂不是不堪设想？

2月3号傍晚，我在梅花镇的一个加油站，看到了既有趣又心酸的一幕。虽汽油柴油储量充足，但停电造成设备无法运转，无办法给一长排嗷嗷待哺的车辆加油。一辆自驾返老家的豪华小车上，一家几口焦头烂额。看上去他们生活相当不错，女主人衣着透着富贵气，怀里还抱着一条宠物狗。这时外面天色已黑，他们没有手电筒，没有蜡烛，因为不吸烟，也没有打火机乃至一小盒火柴。戴着名贵的手表，高级首饰，车上却没有预备面包、方便面这些最普通的食物。而旁边肮脏不堪的大客车上，回家的打工妹，搂着洋娃娃，也许她过年想把时尚的喜气带回小山村，此刻却不如小时候在山路上兜里揣着一个发烫的烤红薯。

在古代，一个秀才上京赶考，耗时数月，怎么反而路上能应付呢？因为他出门前就有备而行。带足了干粮和一应用品，事先也做了打算，想好路上在哪里落脚投宿。可如今高速公路快车直奔目的地，最多尾箱里有些矿泉水，要是路上一堵，前不着村后不着店的，顿时抓瞎。

城市里一旦停电停水，立马上厕所就成为首要问题。别说十天，哪怕停水一天，卫生间就恶臭难闻。而即使高级住宅区，如今也难觅公共厕所踪影。取水，没有扁担，没有水桶。家里也没有多少现金，取款，银行互联网停顿，哪怕储蓄所有备用发电机也不行。二十年前，各家各户存粮至少几十斤，现在一般家庭就几斤大米，两顿蔬菜。没有电，信号台发射不了讯号，手机成了废物，即使有信号，手机电池充电也会成为问题。一旦无法加油，所有交通面临瘫痪，也不可能有驴马这些代步工具，这些传统上担任交通任务的牲畜连在农村都不多见了。

因此突然遭灾，不单是政府需要如何设法应急，个人也需具备一定的自救能力。随着人类文明的进步，人们维持日常生活所必需的抗击力反而日渐弱化了，因为我们早就习惯了依赖社会服务的生存。殊不知“现代化”的“高效率”是有条件的、相对的，只能在“正常情况”这个特定条件下才能存在。一旦“情况异常”，“高效率”便转化为“0效率”甚至“负效率”——离开了“电”这个“特定条件”，电灯就不如蜡烛，电气机车就不如内燃机车甚至蒸汽机车。

一台烧煤的蒸汽车头，哪怕被俯冲的敌机扫射，只要不被打中要害，火车照开不误；而一台内燃机车，只要被打中，油便有可能燃烧，造成此趟列车不能动弹；最先进的电气机车，即便只倒掉几座高压电塔，也可能全线瘫痪。在过去年代，灾难的扩散范围相对较小，往往是局部的、地方的，也就是区域性的。而今，灾难的扩散是规模化的，动辄波及一大片，全国乃至全球。电网、互联网、铁路网、公路网，一个点出事，就可能导致多米诺骨牌效应。再者，传统的灾难有既知性，它经常是重复发生的。而今却是未曾面对过的新型灾难，带有未知性。过去信息渠道不畅，封锁、瞒报谎报成为压制恐慌扩散的手段，而今新闻媒介，互联网发达，消息瞬间遍布世界，只有公开透明才能有效制止谣言传播。

在这场灾害面前，国民整体心理素质备受考验。冰雪灾的教训须唤起政府对公民危机意识培养的重视，我国也应在今后逐步建立起系统的安全教育体制。

公共危机具有不确定性、聚焦性、破坏性和紧迫性四个特点，如未得到及时妥善的处理，往往会对社会系统造成巨大的伤害。

俗话说：有比较才能有鉴别。在 2003 年 SARS 疫情暴发初期，尽管有关疫情的传闻已在社会上闹得沸沸扬扬，并通过手机短信息继续广泛传播，却一直没有政府部门出面对事态发表声明。以至当疫情被媒体首先披露后，便在百姓中引起了更大的恐慌。

相较之下，本次雪灾中政府的应对速度有着显著提升。铁道部早于 1 月 18 日便做出预判，将原定的春运启动日期提前了六天。25 日灾情明显加重，政府相关领导迅速赶赴各地，现场指挥救灾。温家宝总理 25 日视察涿州高速春运现场，28 日到 30 日急赴广东和湖南。29 日，专门应对雪灾的国务院救灾中心成立。从全国灾情加重到统一救灾中心成立，仅用了四天。虽然这比起某些危机管理体制成熟的国家还不算快，但相较于以往，本次雪灾中政府危机管理的反应速度有了明显提升。

有关政府部门和相关国企，也都做出了迅速反应。具体到各级领导者，好些同志对灾害的预判都比较敏感。例如广东省公安厅，往年从没有为春运特别召开过大会，今年 1 月 18 日召开了全省公安系统电话电视会议。韶关电力局在高压线路没有断电，刚发生跳闸的阶段，立即决定派出两辆供电车，从湖南境内绕路迂回到坪石。及时保证了油库抽油的电力。既解决了沿途汽车加油的油料供应，又保证了临时烧油发电的港资坪石B厂的正常运作。正是坪石B厂这颗冰雪严寒中没熄灭的“火种”，为一小片乡村提供了光明，后来作为南方电网复电第一推动电源，起到了无法替代的作用。而乐昌市和坪石镇在公路堵塞车辆大量滞留的第一阶段，果断命令政府接管镇里的几大超市，保证了平抑物价和免费派送救灾食物衣物的正常供应。相关部门相互间也能积极配合。

早动去年12月11日，国务院应急办就发出了开展暴风雪应对准备工作检查的紧急通知；去年自12月19日至今年1月21日，又连续发出五个预警和加强防范应对工作的通知，各项重要工作部署同时在政府网站上陆续公布。各个部门和地方的新闻发言机制也对中央宣传做了有效配合。铁道、公安、交通等部门每天召开新闻发布会，集中发布最新道路交通情况。国务院新闻办在接受吴小莉专访时也提到：“湖南的新闻办十一天搞了十三场新闻发布会，有的是一天搞两次；这个对于安定人心，对于调动方方面面的积极性，众志成城来抗灾都起到了积极作用。”除了传统的政府宣传渠道，手机短信在此次防灾抗灾的宣传上起了很大作用。广东等地就利用气象短信发布平台，紧急发送了几千万条交通提示短信，保证了普通市民对灾害信息的实时掌控。

然而，无须讳言，这次雪灾也暴露了政府危机管理体制的不足，英国著名危机管理专家麦克尔·李杰斯特曾在《危机管理》一书中明确指出，“不管对危机的警戒和准备是自发的，还是法律所要求的，危机管理的关键是危机预防”。最有效的危机管理不在于危机形成和爆发以后的干预和补救，而在于事先消除可能导致危机的各种可能性，从源头上防止危机的形成和暴发。可见应对灾害，事先预防和事后补救，其结果有着天壤之别。

1月10日至2月2日，短短二十多天里，我国南方地区连续四次遭遇大范围低温雨雪冰冻天气过程。负责天气预报有关部门，可以说正常预报了天气状况。

“南岭静止锋”是气象专家多年来观察到的一个独特气象现象，成因是北下的冷空气和南上的暖湿气流冬季经常在南岭一带交汇，一旦双方强度势均力敌，就会形成灾难性的冰冻雨雪天气。然而，危机管理的事前预测原则并没有落实到气象预报的具体细节上。我们天气预报全国以省会为单位，各省以市为单位，播报的范围基本上是城市。可京珠高速公路却是穿越多省市的跨越式狭窄长线，气象部门不一定有专门针对运输线的预测。其他地方像南疆铁路，也屡见大风沙把运行中的火车吹得千疮百孔危机乘客安全的消息。即使气象部门提前发现了运输线即将面临的严重天气灾害，据了解也没有直接管道通报给高速公路管理公司或铁路局。这次京珠高速公路北首次出现上冻，交警部门依据往年经验，立即封路，一关了之，以为一两天后就化冻，殊不知反而加快了道路的结冰。因为让车缓慢行走，路面反而较难结冰。假如事前气象部门或是其他相关部门早预警，让人们提早知道这场冰雪的来临和它对交通可能造成的伤害，不仅相关部门可以采取预防措施，上路的人和车也会有足够的准备。可见我们预警和应急机制看似健全，其实大都过于表面化，不具有实战效力，或是应急机制不完善，不能很好地解决实际问题。正如国家气象中心副主任端义宏所坦言：“我国在气象预报精细化方面还需要进一步提高，长时效预测中对灾害性天气的持续性和强度估计不足，与世界先进水平差距较大。”因次，我国更要尽快建立健全重大气象灾害应急处置和信息共享机制。由国家有关部门牵头制定重大气象灾害的政府专项应急预案，构建气象灾害应急处置社会联动机制。

这次灾害，也有人为造成的因素。京珠高速云岩段为广东境内最高处，海拔八百米，连续上坡后又连续下坡，各有二十余公里的大斜坡，设计非常不合理。据说当初外国专家就有批评，当地群众也说，若能用隧道，或者线路低一些就好了，仅差十多米，冰雪影响程度就明显不同。广东目前正在加快京珠复线（广州到乐昌高速）的建设，整个工程控制在海拔六百米以下，弯度半径全部大于一千米。二广高速（二连浩特到广州）的规划也在紧张进行中，这将成为广东出湖南的第二条高速公路（也被称为新粤湘高速），一旦通行，以后可彻底免除广东境内高速公路冰封阻滞。

这次冰灾造成部分电厂煤库存急剧下降。1 月 26 日，直供电厂煤炭库存下降到一千六百四十九万吨，仅相当于七天用量，有些电厂库存不足三天。电煤供应告急，除了电力中断和交通受阻，也有一些煤矿提前放假和检修等因素，不能否认存在为保春节期间不出矿难而人为停产的现象，这也是行政命令干预客观规律的恶果。

信息不明确、含混，或者同是权威政府部门，所发布的说法相反，是本次冰雪灾和春运最大的问题。我们一行曾前往火车站，无论执勤的武警、警察、还是志愿者，包括记者，火车站工作人员，谁也无法回答旅客最关心的到底哪些列车能开的询问。广州电视台“新闻日日睇 G4 出动”记者褚浩霖整个春运都在广州火车站做现场报道，他说，大屏幕一直都是黑的，没有发布列车消息，作为媒体，应有的责任，是让信息到达大众，可我们都收不到信息来源。

堵在外围的旅客，也分不清楚到底人民北路口、环市路口等几个方向如何轮流放行进入广场。一个红衣女子，来了四天了，说身上没钱了，她说上午她跑来跑去好几趟，一下说这里放行，一下又说那边放行，她说被骗，要求我们解释。我只能告诉她在某一个入口死等，谁也不知道那儿会放人，越跑越乱。一个推自行车的女子，跟不小心碰到她裤腿的男旅客吵架，女的反而火气很大，她指了指民航售票处后面，她就在那里上班，却绕了好几个圈都无法进去，公司在禁区之内。

看见一个父亲举着牌子寻找一对儿女，我们以为是走失，一问才知道他是住在广州的，十多岁的儿子和五岁的女儿从长沙来，应该早上到了，但他进不了接站，儿女没有手机，无法联系。我们说这样满世界寻人不是办法，叫他找警察广播找人。其实最好的办法是在车站附近设一个公共走失中心，广播通知任何失散的人都到那里汇合。

我们 2 月 4 号从郴州采访完毕往韶关赶，当时京珠高速北已打通，但路两旁还堆着冰块，只能走单行道。在良田等地，路上车堵得很长，望不到头，一堵就是几个小时。但你弄不清楚到底是堵了几公里还是几百公里，是等半小时就能走还是要在路上过夜，因为你完全不清楚前方发生了什么事。可想而知，那些在路上堵了十天八天的旅客，是多么的焦躁。

缺乏协调统一的救灾系统，使政府资源无法得到最优整合。不确定性和紧迫性是公共危机的特点。面对千钧一发的危急时刻，若依旧遵循政府日常办公的程序,层层上报灾情,或得经过繁复的手续批示赈灾款项,显然已无法达到处理危机“速度第一原则”的要求。每当遇到公共危机我们都能看到政府各部门的总动员、大出击，这固然显示了政府领导全国人民共渡难关的巨大决心，但责任条块分割的现状也暴露了政府跨部门，跨省市、跨区域协调调动能力的不足。举广州火车站为例，如果火车站进站大厅三十米范围内发生事故，属铁道部负责，三十米开外则是越秀区警方的责任。很难想象在这种责任分割的制度下政府各部门能够合作无间。而高速公路更是复杂,有专门的公司打理,有独立的交警体系。有了大问题，地方政府一时间也闹不清是否应当积极干预，地方公安也没有上路的执勤权。救灾更涉及武警、军队方方面面，这就迫使我们的政府必须建立起高效的公共危机管理机制，建立协调统一的，直接对最高权力直接负责的救灾机构（如美国联邦紧急事务管理署 FEMA）。只有这样，才能避免各部门互相推诿责任，政府资源调动不利以及应对速度缓慢贻误战机等情况的出现。

此外,面对自然灾害,政府灵活性不足,社会力量无法得到充分调动,政府的危机管理主题显得单一。地方政府大多过分依赖中央，无法在中央命令到达之前，相对灵活地依照本地情况做出应对行动。而更为堪忧的是，在天灾面前，我国非政府组织等民间自救力量并没能发挥其应有的作用。

这次救灾，广州市民很热情，纷纷捐物，捐食品。有个在番禺经营的外地人，做了三千个馒头，打算自己送去给候车的旅客，他不知道应该联系民政部门还是火车站。最后才明白火车站不能收没有包装的不安全食品，三千馒头就这样浪费了。尽管民政部门后来设立了十个捐助点，反应还是太慢。政府在整合民间救援力量上的不足体现为两点：一是对筹集而来的善款和物资，并没有给公众一个所用何处的答复，而这恰是政府与民众建立信任的合同；二是在政府过度严格的管理下，非政府组织缺乏生长的空间，民间救助的能力没有发挥的余地。媒体人梁文道评论说，政府包办所有的救灾活动，“只不过是把全部的资源都集中在一个水龙头而已，而在全世界的危急救灾行动之中，最无效的恰恰就是只有一个大水龙头的做法”。

今冬南方史无前例的雪灾中，受影响最严重的可能要算是交通了，交通的阻塞最直接后果就是成千上万的民工无法回家过年，车站、机场无不成为不稳定的地点。年年春运难，而今年更是雪上加霜，民工要回家过年，而运输总门突然要在很短时间内投入几亿人的运力，就是美国、欧洲也很难完成。

为什么这些民工要到千里之外去谋生，谁都知道根本原因是经济发展的不平衡，而造成这一发展不平衡的原因除了发达地区地处沿海的优势而外，还有一个最重要的因素，就是从七十年代末改革开放以来，从建立经济特区开始，沿海特别是珠三角、长江三角地区享受着国家特别的优惠政策，经济迅猛发展，而内地却长期以来受政策陷制，经济发展相对滞后，当沿海工厂林立的时候，内地省份只能靠输出农民工来缓解巨大的人口压力和创收，所以说政策的不平等同样是导致经济发展不平衡的原因,结果必然导致人口向沿海流动,其后果就是造成国家的不稳定，从长远来看，每年如此大规模的人口流动如在无灾难、无战争的情况尚只能免强渡过，如遇更大天灾、甚至战争的威胁，必成国家命运攸关的大事。因此，国家必须调整经济政策，甚至可以把以前对沿海的优惠政策放到内地,让内地更快发展起来,让更多的民工在家门口都能找到事做，扭转东西部的巨大差距。唯此，造成上亿人春节从某几个“点”向广大地区运动，节后又反过来大规模迁徙的被动局面才可能遏制，这光靠改进交通设施是不够的，只有进一步深化改革，促进国家经济政治文化全面进步，才能让全民和谐过春节，达至长治久安，国富民强。

2008 年 3 月

官涌桥随思

现在官涌的水是彻底的脏了。今年的春天特别潮湿，石板上都长出了霉斑，可毕竟夏季还远，狂风暴雨还躲在云层的深处，只见绵密的雨点在我们一行人的额头上、鼻尖上一粒粒凸显，可打在水面上，力道过于轻软，瞬间便了无痕迹。河底不断涌起泛黄的泡沫，水面影影漫漫漂浮着一滩滩油污，和几个白得刺目的塑料饭盒。东莞早已是世界工厂，虎门的经济总量一直是全国百强县镇首位，自然生态环境的破坏有其自身的问题，然而这 178.5 平方公里土地，确实也替整个世界特别是欧美的青天绿地承担了大量的污染。

三孔石梁上，唯余铺砌桥面的几块长石条，边角残缺破损，表面坑洼斑驳，仿佛路人曾经歪歪斜斜踩下的脚印。昔日的桥墩，两端石砌分水尖已被波浪磨平，只剩下暗暗灰灰的断垣，昭示着岁月的无情。

现实里的官涌桥诗意荡然无存，有谁会相信那几只站着的麻雀与电线构成现代音乐的五线谱呢？月光下河边滩涂痴长的莞草，永远比头顶上的高压电线好看，它们曾经三株两株，碧绿、柔软，高挑的杆茎涨过姑娘的额际，一杆一枚花穗，轻曳水面，穗尖上窜过丝丝清风。时间越往后，妙蔓的莞草越影影绰绰，膨大成球状的茎节涌动繁盛的绿色，如同铺展开的长卷，那时候河汊纵横，三角洲遍布稻田、甘蔗地、香蕉林、小村落。乡民耕耘，收获，走村串户，采稆负贩，全凭一支咿呀的桨橹。康熙年间的虎门，活脱脱一幅鱼米之乡锦绣图。

盛世也有海患。康熙十九年，虎门城寨被“海逆”攻破焚毁。康熙二十六年，莞人募捐了七千两白银，用红糖、糯米掺在泥土中，以增加黏性，夯筑了一百八十六丈围墙的新寨，内置门楼、炮台，设垛口百余处，成为珠江口水上雄关。两年后，满人晋淑玉署任虎头门协副将，这个“武进士”出身的军官，比科举出仕的士林中人更具人文情怀，他轸念民谟，体恤乡人，发现虎门寨城与赤岗、北栅、怀德及长安一带乡村全凭舟楫来往，极其不便，便盘算自缺口司经寨城绕丫纱帽山，铺一条麻石路至官涌渡，造石桥，建关帝庙，修衙置。其间，苦于经费不够，便下令从兵饷内每两抽捐一二厘，用于修桥铺路此般公益善举。

很快路通桥通，四乡百姓莫不欢天喜地，似过节一般。村民们烧鞭炮，搭戏台，唱粤剧，舞麒麟。家家户户煮麻虾，炒膏蟹，蒸油鸭，其时《竹枝词》有云：“西风报道明虾美，还有膏黄蟹更浉”，就说的是咸淡水相连的虎门虾蟹独特鲜美的味道。最让晋淑玉自豪的是官涌桥，三孔三条石樑，桥长二十八米，宽二点一米。落座在卢屋村头。该村卢梁两姓，原本梁姓为主，后来卢氏分衍成为旺族，梁姓徒迁各地，村子得名卢屋。明清时村前的码头常有官船靠泊，故名官涌。

谁料福之祸所依，同僚作梗，挑起兵哗，众多兵丁画圆圈签名，上告晋淑玉克扣粮饷，他终获死罪。行刑之日，百姓夹道哭奠，大雨倾盆。淑玉死后，乡民建城隍庙供拜，庙中的晋公依然是官服加身，面孔“坦荡慈和”，此庙香火极盛，延绵不绝。

历史好似一段戏文，晋淑玉无端命丧黄泉，令听者无不唏嘘感叹。当年沿途百姓的眼泪洒进河流，满河波澜，随流水絮絮叨叨传唱至今。后世的文人则像一尾尾青鲤溯流而上，倾听伤感的往事，而历史的真相则早已湮灭河底的淤泥。

站在河边，看万颗水珠奔星似的飞动，我突然间想透了这个故事。康熙朝廷还算清明，若真如口口相传和文人所述，晋淑玉善莫大焉，就算遭奸人陷害，也罪不至死。即使昏聩上峰将他错斩，也会有平反昭雪的一日，不至于成千古奇冤。

以乡民的立场，晋淑玉何错之有？可兵丁也是草民，非大户人家，挣的那点饷银无非卖命钱。晋淑玉不是通过募捐，让兵丁自愿认数，而是一刀切，强扣军饷做他个人主张的善事，士兵当然哗变。以今天的常识也不难对此旧事做判断，我的一个朋友，在经济不发达地区任小学教师，工资很低，老师已是当地领薪水最大群体，每逢募捐救灾，乡镇领导就通知学校，一律扣每位教师相同数目的钱款，这事私底下老师也很怨愤。由此可知未请示上司、未经士兵同意就扣人军饷，确有不清不白之嫌。

云居寺偶感

在上车去云居寺那一刻，我才头一回听说这个地名。

云居住的寺庙，太有禅意和诗境了。一座深山大刹伴随贾岛的诗句从脑海里倏地跳出，“只在此山中，云深不知处”。

北京的近郊，在冬天依旧如此苍凉，如千年古画。萧疏的山峦，寥寥几笔枯枝，衰草敷霜。迷蒙的雾霾中，一条公路逶迤而去，提醒现在是2016年的冬天。

车渐近寺庙，头顶那一圈儿天空，竟然蓝了起来，露出些微儿透亮。

这座古寺雷音洞的洞窟曾发现珍藏的两颗佛祖赤色肉舍利，与八大处的佛牙、法门寺的佛指，并称为“海内三宝”。另两处我去过，新建的法门寺可谓金碧辉煌，八大处也还算是香火鼎盛，游客如织。可眼前香客寥寥无几，也没见有和尚，护庙的只是“石经陈列馆”的工作人员。

哪怕只看文物，始建于唐代贞观年间的云居寺也称得上北方巨刹。砖砌的辽塔，楼阁、覆钵和金刚宝座一体，形制独特罕有。几座汉白玉唐塔，字迹依稀可辨，十分珍贵。而云居寺冠盖天下的是藏经，从隋唐碑刻伊始，有石经4196块，木经77000多块，纸经22000多卷，如此千年福地，佛缘绵长若高山大河，南方那些近年新建却香烟缭绕的寺庙，相比之下简直是黄口小儿，难道是京城古迹太多了，实在不懂云居寺人迹罕见的道理。

不知道是比丘祖慧刺破舌尖用鲜血写就的华严经看着瘆人，还是别的缘故。无论是趴在库房的窗口瞧一叠叠石经，还是在偏厢房浏览各种材质的历年经展，背后都阴冷飕飕的，我平生第一次感到了鬼魂的存在，不敢蓦然回头。墙上一张表格，列明千年来，历朝历代的刻经抄经数字，那得多少人锲而不舍地劳作？他们的精魂，一定蹁跹在这个场域，细小空隙，都是栖居的空间。可我并不害怕，也许我等能来此参拜，便是有福报的人，这些生前一心向佛的善鬼，想必会给我们以善待。

云居寺一日，让我相当汗颜。这些和尚与供养者，为了要保存他们心中的道，不惜时日与精神，甚至生命，锲而不舍，也要把他们的信仰之书刻在石板上，以其保存，并流传后世。《中国新诗年鉴》编了十九年了，没用过纳税人一分钱，在当今社会，这是个异数。中国，诗歌也是经，文以载道。可比之高僧大德，呕心沥血，前赴后继，十九年，一瞬间而已。

2016年冬

随想琐记

一

被称为“西学东渐第一人”的容闳，也是个“洗脚上田”的农家人。他呱呱落地的小村子，而今是珠海市属地。他打小就开始干活，九岁那年随家人迁往澳门，进了伦敦妇女会主席在当地办的教会学校。后随校转往香港。又因为英语好，被美国一所中学的校长相中，带往大洋彼岸。书中自有颜如玉，他总能沐到贵妇人的恩泽，在美国一个妇女组织的资助下，以优异成绩考入耶鲁大学，成为近代中国的首位留学生。

容闳十分聪慧，有次中学校长带学生到海边，要他们抄写一块石碑上的英文，大家尚未抄好，潮水便淹没了石碑的下半部。在金发碧眼的同学们的吵吵嚷嚷声中，容闳从容不迫地交了卷。原来他是逆着碑文由下往上抄的。他大学毕业时入了美国籍，信了基督教，极易在新大陆谋到薪水丰厚的差事。可他眷念桑梓,心系中华,毅然返乡。在异国的学府，他一介华裔竟两次获英文论文头一名，但回到故土却弄不懂国情。经洋人介绍进上海海关供职，听说总税务司一职需由英美法三国人士轮流担任，愤而辞职。人家赶快给他加薪一百大洋，他也不干，于是一度失业。

容闳的故里珠江三角洲，如今已是浮华富庶之地，其中翘楚广州，更是今非昔比。不久前我的一个朋友回他的母校中山大学，谈及感受，他说毕业才几年，变化最大的是学校里已不见苦孩子了，这“苦”字，指生活境况，亦指用功的程度。假如容闳转世，按他的家境，是再也挤不进骄子们中间，问题是挤进又如何？今年广州已宣布，用人单位一般不再接受大学本科生，只要博士硕士，可见此地人才之济济。

然疑念顿生，那为何当年全中国只容闳一个留学生，也无供他五斗米的一官半职呢？但转而一想，此一时彼一时，不能同日而语也。

二

看电影《辛德勒的名单》，有一个镜头感触颇深：纳粹党卫军拿着辛德勒提供的花名册，对排列成长长一串的犹太人点名；恶魔嘴里吐出的竟是天使的声音，被叫到姓名者战战兢兢地站过来，进辛德勒的厂子干活，其余的继续走向死亡营。当听到生存召唤的人走来时，纳粹军官会挨个问：“你会干什么？”回答说自己会某种手工技能的可以通过。这时一位有幸听见自己名字的老头凑过来，纳粹一听他自报家门是教师，马上粗暴地将他推向死亡那一边。于心不甘的老教授边倒退边嘴里嘟囔着说：文学、历史，都是没用的吗？

前几日一个应届大学生给我打电话，他念书期间获过几次诗赛奖，跟我熟悉。他说他到人才交流市场跑了几趟，别人往台子前一靠，学的都是计算机、对外贸易等，叫得很响；而他一说自己学的是考古专业，四周的人都望着他笑。他找我不过是说说而已，明知我帮不了他的忙。我也只能好言相慰，跟他大谈风水轮流转，说我们1982年毕业时，一位女同学分到银行学校教书，个头不够高，被退回银行工作，还为专业不对口哭鼻子，现在她不正好歪打正着了？

然难免困惑，无论是政治暴力还是商品暴力，首先要驱逐的都是人文学科吗？但转而一想，花非花雾非雾，不能同日而语也。

三

我十六岁那年下乡，赶上了“知青”最末几班车。同伴全是高中生，只有一个老兄十年寒窗，却未上完小学。这位仁兄心地善良，长相却有点像越南片《山村女教师》里那个口唱“拎拎开，拎拎开，妖魔鬼怪快离开”的巫士，便得了个绰号叫“鬼师”。女同学拿他取笑，打赌说只要他能写出生产队全体女知青的名字，每人便给他五元钱。那时我们一天工分只值人民币一角四分一厘七，这无疑是天文数字。“鬼师”和我上山放牛，我看书看到有趣处禁不住发笑，一旁的他觉得莫名其妙，弄不清书这劳什子中有什么值得一笑的。但千万不要因此便以为“鬼师”的日子枯涩。子非鱼，焉知鱼之乐乎？我们下田插秧，他直起腰来，用《夜半歌声》中“花乱落,叶飘零”的唱腔,突然大吼一声“我卵啰,一条筋”，惹得大伙哈哈大笑，女同学觉察不该笑，赶紧捂住嘴巴。“鬼师”更绝的本事，是收工后蹲在门槛上，用二胡或手风琴拉革命歌曲，令吾辈自视有文化的器乐盲汗颜。有次我问他，你不识谱，怎么会拉歌呢？他说我是摸出来的。直到多年后,我才似是而非地有点悟出这摸石头过河的道理。

最近看到《读书》上的一篇文章，说诗人杨炼浪迹天涯，从一个陌生的城市漂浮到另一个陌生的城市，走在街上看不懂街的名字，听不懂人的话语;对于异邦的人们,他就是异邦。失语的杨炼体认自己成了“鬼”，既找不到回家的路，又建立不起新的中心，只能对镜独语，“最后一次自己做自己的客人”。书写本身在他是一个抵抗的姿势，在自己与自己的对话中，挣扎着不要没入灭顶的失忆，直抵空空如也的虚无。这自然让人联想到另一位诗人顾城，他之所以凶残地置妻子谢烨于死地，是否当谢烨这根语言的拐杖弃他而去，以自我为中心的他将从此无法在这个世界独自行走，因而陷入疯狂的、彻底的恐惧。

由是突发奇想，天才与白痴往往只有一线之差。但转而一想，洋插队跟土插队，十年河东十年河西，不能同日而语也。

四

容闳当年境遇略有改善，就上书清政府，建议向美国派遣留学生。在洋务派首领李鸿章的转圜下,得到批准。容闳受委任亲自负责此项工作，每年挑选九至十二岁的小孩三十名，连续四年，官费赴美。这群中国第一批外派的学生到美后，耳濡目染，逐渐西化。他们组织了捧球队，穿起了西装，到教堂接受了洗礼，有的甚至剪掉了辫子。消息传来，清廷龙颜震怒，李鸿章亦颇有微词，于是“中学为体，西学为用”的喧声鹊起，清政府决定撤回留学生。谁料到这些不肖子孙中，后来竟出了爱国工程师詹天佑，还有北洋政府总理、外交总长、清华大学首任校长，以及海军司令和诸多舰艇司令，其中十余人在中法、中日海战中牺牲。

弹指百年，终于轮到了吾辈上大学，此时报刊上又为有人留长头发穿牛仔裤指责不休。余曾组织过校际文学社联欢，凡跳“摇摆舞”者，当年都未能评“三好生”。真乃斗转星移，十年后竟兴盛老年“迪斯科”。然，波平波起，万古长新，“新三届”中的佼佼者张艺谋、陈凯歌们好不容易从外国捧回几个奖，便遭“东方主义”“后殖民话语”一族斥为“用伤口和脓疤去让西方人感到刺激、感到陶醉或者恶心”。中国电影世纪奖，更是干脆对最具活力的近二十年不置一词。

于是私底下感叹，历史总是惊人相似。但转而一想，山外山天外天，不能同日而语也。

五

帕斯卡尔说过：“人只不过是一根苇草，是自然界最脆弱的东西，但他是一根能思想的苇草。人的全部尊严就在于思想。”这是外国哲人的话；但转而一想，中国的苇草在墙上，“头重脚轻根底浅”，不能同日而语也。

废墟下已没有任何生命的迹象了，但俄罗斯搜救队坚定地要把这位男子“救”出来。经过十余小时奋战，他们终于将死难者的遗体带出了阴冷黑暗的废墟，用担架送上殡葬车。“生命是有尊严的，我们应该让他们走得尊严些！”

这则短消息让我感动。也许有人会指出这是不分缓急的呆板作风，应将宝贵时间用来搜寻可能的生还者；但是俄搜救队员们对发现的遗体无法置之不理的心情，也同样让人肃然起敬。也许此刻，家属们正在废墟上悲痛万分，尽快妥善地带出他们亲人的遗体，已是对在世者能尽到的最大宽慰。

更何况，对遗体的尊重，就是对生命的尊重，是人道主义对生者的呼唤。这让人想起了丈夫背上亡妻，用摩托车送往殡仪馆的照片，让人想起了六十多名日本搜救队员并肩而列的镜头，他们正在为一对逝去时紧紧相拥的母子默哀，所有人都泪流满面。

政府部门已于近日制定"'5.12 地震'遇难人员遗体处理意见"，对遗体处理方式等提出了明确要求：如能确认身份，由民政部门根据情况安排火化或土葬。无法辨认身份者，"要尽力对遗体进行编号、记录、拍照、提取可供 DNA 检验的检材，并由公安部门统一保管和检验，建立'5.12 地震'遇难人员身份识别 DNA 数据库。"

中华民族对遗体是长存敬意的，我们的山川河流便是由盘古"垂死化身"而来，在此时，我们更是要尽力寻找每一具遗体，让其后人每年清明能在青冢前献上一束鲜花，凭吊思念。我们还要记住遇难的每一个名字，将其刻入石碑，而不只是统计的数字。

同时，落叶归根是许多逝者的愿望，对于家属提出迁坟改葬的要求，对于回族等少数民族土葬的习俗，政府也应根据国务院《殡葬管理条例》予以尊重。

此外，我也想恳请新闻媒体避免拍摄死者的面部和全身图，除了同情和悲伤，遇难者更需要我们的尊重。很多网友上传了灾区的图片，许多都鲜血淋淋，还有孩子们横七竖八倒在废墟之中的，让人目不忍视。正如新浪博客的倡议书所言："发布信息，是展现真实，但是无需展览残酷。这是为了避免生者的痛苦，更是为了让逝者能够安息。"

今日已是为汶川地震中死难的同胞下半旗致哀的第三天。对每一个国民生命的珍惜，便是国家存在的最高意义；而对每一个死难者人格的尊重，就更是庄严国格的体现。希望我们能尽一切努力，妥善周到地安置这些湮没在废墟里的身躯，为了不忘的纪念，为了死者不朽的名，更是为了生者不朽的爱。

生与死的 N 种形态

“生存还是毁灭，这是一个问题”——哈姆雷特的困惑一直困扰人类。广义的生与死有 N 种方式，一场足球比赛进入最后几分钟，手球破门，被裁判员看到，判无效，险些失败的球队起死回生，要是裁判没看见，则被射进球的队完蛋。

有许多这种非生既死的泾渭分明的时刻，可生与死的临界点也有很模糊的。根据佛教的说法，每一瞬间，既生既灭。生命科学也认为细胞时刻都在新陈代谢。也就是说，一个人整体生命活着期间，细小的局部，一直在方死方生。

在将“脑死亡”定义为人的生命彻底结束之前，曾经有很长一个时期，以心脏停止跳动作为某人死去的医学判定。某国一个富翁，长期欠交个人收入所得税，被告上法庭。他质问公诉人：“死人要交税吗？”回答说：“不用。”再问：“何为死？”法官给出结论：“心脏停止跳动。”富翁立即底气十足争辩：“我无须交税，我早就死过了，我现在是人工移植的心脏。”

另类死亡的模糊性有时会被人利用，二十世纪五十年代，日本电影管制条例规定，影片中人体只能裸露到肚脐眼，否则电影送审时就要被“枪毙”。据说有个导演故意拍了女演员露到肚脐下边的镜头，然后大肆渲染，一时间影迷纷纷参与传媒的讨论，肚脐眼的界限到底是指它的上面、中间还是下面？此举非常轰动，使该片创下了当年最高票房。

近来人们又热衷于“永生”话题，3D 技术可以打印人体某个器官，也许未来可以打印出一个你来，这打印者的身体到底还是不是你的身体？或者克隆出与你几乎一模一样的人来，你已经死亡了还是依然活着？还有通过生物技术给人装上千里眼顺风耳，改良身体的某个部位？你还是你吗？或者，你是否还是人类？

暗物质，暗能量……既然我们对世界的认知是如此的少，还不及冰山浮在海面的一角，那么，有脱离死亡肉体的独立的魂魄存在吗？

李白死了一千二百多年了，可他活生生的生命在诗句中流动，他存在于我们的阅读中。可我们读不读他的诗，又与那个早就死去的李白有何相干呢？

生与死，一个古老的哲学命题。不仅仅意味着具体生命的终结与开始。

突兀民风

广西在中国的政治版图上其实是不显眼的，“百越文身地”，这是历史对广西的评说，在经济的棋盘上，它也是颗普通卒子，排位常常中间偏后，大多数时间里不温不火，没有什么大的起色。千百年来，广西的少数民族几乎从不闹事，他们世代相随的民风是温和隐忍的，在我却觉得一直有点“软”的。这里不像儒雅尚文的江浙，不像彪悍好武的湘鄂，广西许多时候都是一个默默无闻的地方，无论是历史风云还是叱咤枭雄，好像都是和广西没有什么直接的关系，就像广西的十万大山，连绵起伏，却多是丘陵低缓，并不险要。

广西的地势还有一个十分鲜明的特点，常有山峰平地间崛起，例如桂林的独秀峰，柳州的鱼峰山，这样的山很多，大山凌空也很多。好似平地上拔出的一个尖，在周围一马平川似的旷地上，显得如此突兀。这仅是地理现象，还是文化态势使然？我每次看到独秀峰，都觉得它就是广西的性格。象征着广西人文环境中相类似的一个特别现象。

如同异峰突起，近代很多惨烈事件发生在广西。

广西是不争先冒尖的，可一旦有个什么事让广西给参与上了，这个事件又往往是不容历史和时代忽视的，就像太平天国，就像桂系军阀，就像百色起义，就像“文化大革命”的武斗……

清代，洪秀全只身来到广西桂平县金田村，创建了拜上帝会，于咸丰元年发动起义，一时间应者云集，冯云山、石达开、李秀成……这些一直沉默憨厚的广西人揭竿而起，突然间成了叱咤风云的英雄人物，就像平地上的惊雷。十几年前我站在金田村那个叫营盘的小山包上，怎么也想象不出，这样一个平坦得让人没有任何强烈一点的坡度感觉的土堆，竟能坚如磐石，耸立起一个短暂的王朝。

熟悉民国史的人就应该清楚，军阀混战的结果，是除了桂系以外的其他军阀，基本上都不可能再跟蒋介石较量，但是李宗仁、白崇禧却在一个不起眼的省份凝聚了唯一能够跟最富庶的江浙抗衡的势力。红军长征时最惨烈的“湘江之战”，一役被打掉四万人，就是在桂林附近的兴安灵渠跟桂系打的。抗战时期，国民政府能对老百姓交代的几场大胜仗，台儿庄大战、血战昆仑关，要么是李宗仁亲自指挥，桂系担任主力，要么干脆就在广西境内决战。当年在徐州的台儿庄，李宗仁还愤愤地抱怨，川军怎么这么不能打！传说衣衫单薄的广西兵开进北方，冷得牙齿咯咯直打颤，只好命令部队跑步进城。当地人见了纷纷议论：广西人青面獠牙，还没看见敌人一个个就咬牙切齿的，难怪打仗厉害！

抗战时期的桂林文化城也是个异数，在兵荒马乱的年头，天下鸿儒多流落至此，钟灵毓秀的山水给了逃难的文化人和中国的文学艺术喘息之机，夏衍等人办了《救亡日报》《十日文萃》，新中国成立后成名一时的散文家杨朔就在报社做记者；范长江、胡愈之、黄药眠等办起了国际新闻社；诗人艾青编《广西日报》副刊《滴水》，并和戴望舒合编诗刊《顶点》；其他人办的还有《诗》月刊和《中国诗坛》；《漫木旬刊》刊载黄新波、赖少奇、阳太阳、廖冰兄等人的漫画和木刻，此外香港被日军占领后停刊的《大公报》也在桂林重起炉灶，司马文森办了《文艺生活》，巴金、茅盾、端木蕻良等作家也先后来到桂林，还有“抗宣七队”“四维平剧社”“新中国剧社”“抗宣九队”等，它们演出了《黄河大合唱》等许多节目，最为隆重的要数欧阳予倩担任主任、田汉担任副主任、瞿白音担任秘书长的“西南剧展”，历时三个月，一千多名戏剧工作者参加了汇演。一时间不仅是文化的一大幸事，也是广西的一大幸事。

这跟广西人内在的倔强不无干系。发达的广东省内，从河南等地过来讨饭的人不少，广西再穷，可几乎从无广西人去讨饭。广西人以前穷死了扯根扁担上山当土匪也不讨饭。改变了中国历史进程的一代伟人邓小平，选择广西发动“百色起义”，成就了他人生的第一次辉煌！

广西醒目的所谓“壮举”从来不是一波接一波的，每次瞬间“爆发”

出绚丽的火花过后，归于长久的沉默和平淡。1949年后，除了“大跃进”爆出亩产十三万斤稻米的特大“新闻”，很长时间广西都没有什么动静。可“文革”中广西一夜间却成了中国武斗最厉害的地区，不仅使用了步枪机关枪，甚至动用了大炮和炸药包，个别地方还出现了吃人现象，骇人听闻！八十年代我本人亲自听柳州地区文化局局长说过，“文革”期间他在武宣县，赶街的日子就发生过把批斗被打死的人身上的肉割下来用瓦片当街煮食的悲剧。该局长六十年代参与过歌剧《刘三姐》的写作，有些名气，传闻说他当年不被杀了吃掉，是因为半夜里被造反派的人摸过，以为太瘦。他笑笑说没哪回事，“吃人”是偶发事件，并未大面积发生，没有传说的那么玄。他是被人偷偷从牛棚里放跑掉了。那些吃人的人跟死者并没有什么深仇大恨，只是“文化大革命”把人性里最恶的部分唤醒了。八十年代后期，一个写作的朋友作为工作队队员被派下乡，遇到乡民为土地山林纠纷械斗，他跟我说，那些村民用染料把手掌涂红，像花山岩画上的人物似的，立即便疯狂起来，满眼通红。也许，他们被唤醒的是远久文化的承袭？

其他省份的学人，都像韭菜一般，一茬一茬冒出来，但是广西的文化不是这样的，那些个大师级的人物，没有任何背景，也看不到任何文化上的传承，没有什么谱系，他们如同独秀峰独自挺立，一旦冒出，必是学问大家，南天一柱，傲视群雄，国中无人能及其项背。

广西并无多少研究语言学的人才，连像样的学生都可谓凤毛麟角，然而出一个王力教授足矣。在古汉语研究领域，王力先生创造了文化中国的高峰，他的高度以后想必也再难有人能够企及。曾有多少大师在北大授业解惑，而中文系所在的五院唯独设立了王力资料室，可见王力对于汉语言的意义。

在丧失了独立思考的年代，不仅郭沫若那样的“大诗人”抛弃了自己的人格，连冯友兰那样的大学者都被迫放弃了自己思想的结晶。然而，一个叫梁漱溟的桂林人却并未泯灭内在精神力量的灯盏。这位毛泽东的同龄人早在1918年应蔡元培之聘，任北京大学哲学系教授时，便在杨昌济（杨开慧的父亲）先生家中与未来新中国的领袖相识。建国后，梁漱溟被选为政协委员，他多次当面跟毛泽东表述自己对事物的真实看法，不怕惹祸端。朝鲜战争爆发后，毛泽东征询梁漱溟对中国人民志愿军赴朝作战的意见。明知毛泽东出兵援朝的决心已定，梁漱溟还是阐述了自己不赞同此举的观点，他认为百废待兴就卷入与美国人直接打仗绝非上策。最为有名的是在 1953 年 9 月政协全国委员会常委会扩大会议上，梁漱溟发言重点讲了农民问题：“据我所闻，乡村干部的作风，很有强迫命令、包办代替的”，他强调改善农村人口的生活迫在眉睫，不能造成城市和乡村“有‘九天九地’之差”，指出忽略或遗漏了中国人民的大多数——农民，那是不相宜的。后来很长一个时期农民差不多成了中国的“二等公民”，直到今天三农问题仍相当严重，需要政府下大力气解决，可见梁先生当初发表的不仅是真知灼见，更是远见卓识。想不到却在大会上被毛泽东当众批驳，指责他用笔杆子杀人，其间梁多次站起来替自己申辩，这种勇气在新中国的历史上绝无仅有。对“文化大革命”以及后期开展的“批孔运动”，1974 年梁漱溟更是明确表示反对。这段公案活脱脱闪现了这位令人尊敬的现代大儒的东方士大夫气节。

此外像皓首穷经研究太平天国史的历史学家罗尔纲，有关著述十分丰富：《太平天国史纲》《太平天国史》《太平天国史论文集》（十集）《李秀成自述原稿注》《湘军兵志》《绿兵志》等学术专著达四十多种，论文四百余篇，仅在中华书局一家就出版了四百多万字的著作，也是学有专攻的大家。

这些大家都没有恩荫广西前人的思维，他们完全是独立建树，自成风格，用一个个生命的高度构筑了广西文化的一座座独秀峰，这是自然地理给广西的独特暗示，又通过他们把一个独特的人文广西陈列给文化中国。

而我最想特别介绍的是一个至今默默无闻的人，跟“功成名就”的大师相比，他实在太普通了，就像那些不知名的野山野岭，但这个“先知先觉”的无畏战士在黑暗岁月里那像火炬刺透黑暗的思想光芒，照亮了一个曾经瞎了的时代。

他叫刘振武，跟王力教授同乡，也是博白人，1948 年参加游击队，次年5月加入中国共产党,“文革”时他是博白一所中学的校长。目睹“文革”种种怪相以及对大规模武斗的忧思，经过深思熟虑，他于1968年5月用二十多天时间写成了两万多字的文章，一篇是《宣言》，一篇是《对当前全国各地两派争论的意见》,他思路清晰、见解深刻，极有政治远见，他不仅对“文革”进行了彻底否定，对“大跃进”和庐山会议以来的许多反常事情都进行了批判，明确指出“‘四个伟大’的圣人论是反对辩证唯物主义和历史唯物主义的”,“个人高于一切”“个人决定一切”就是“私国、私党、私军”的封建主义。他对问题剖析的深度和对事物的明察，比之同时期的遇罗克和后来的张志新绝不逊色。

刘振武把上述两篇文章寄给玉林军分区政治部、司令部，被认为是一起“特大反革命匿名信”案件，不久即被逮捕，在审讯中，刘振武丝毫不隐瞒自己的观点，并在“交代材料”中说:“在对资本主义的认识上，我认为资本主义社会也有它发生、发展、衰亡的过程……在中国发展某些资本，只有好处，没有坏处。”

由于胃溃疡病急剧恶化，他不能站立，被架住“示众”展览，才一个多月便含冤死在监狱中。死后的第三天，军管会宣布定他为“现行反革命分子”,仍然对其“判处死刑，立即执行”。“文革”结束后，1983年，有关部门做出了为他平反的决定，1984年国家民政部追认他为烈士。这盏黑夜里的灯火尽管早早熄灭了，可他当年就对“文革”有如此深度的反思，无疑是中国思想解放的先驱者之一，他的文字和羸弱的身躯，是屹立在华夏大地的一座丰碑。

思想学术如此，文艺皆然。无论京派还是海派，就像系在一根绳子上的一个个结，或者一连串蚂蚱，由此衍生出一部部在同一文化环境下一脉相承的作品，让人不难感觉它们陈陈相因的微妙关系。比如王安忆笔下的上海，就摆脱不了张爱玲叙述过的上海的影子。而广西文艺的崛起同样是没来由的，八十年代初期，第五代导演张艺谋、陈凯歌、张军钊在广西异军突起，于影视艺术相对落后的地方开始了中国真正意义的现代电影。当长影、上影、八一等大电影厂在艺术探索上了无作为的时候。二类小厂广西厂拍出了《黄土地》《一个和八个》《大阅兵》等第五代开山之作，从此改写了中国电影史，使中国电影在短短几年间跟西方电影站到了同一起跑线上。

喜欢唱山歌的似乎跟“现代派”最不搭界的广西，1980年举办的南宁会议是中国1949年以来第一次讨论现代主义文学的会议，朦胧诗崛起的理论形成雏形。在八十年代，漓江出版社出版了大量具有很高艺术价值的外国文学作品，其中诺贝尔文学奖获奖作家系列极有影响。

现代文学广西几乎是空白，除了出生在百色的梁宗岱，并未出现过什么大诗人，而韦其麟五十年代在念大学时写出的长诗《百鸟衣》，却是那个时期出现的极少的优秀作品。在漫长的平淡之后，近年的广西文学异军突起，比起周边的省份来，艺术探索上要先锋得多，林白的《一个人的战争》是中国女性主义写作的扛鼎之作，使她成了个人化写作的代表作家。李冯、东西、鬼子、凡一平的小说以及他们编剧的影视作品《英雄》《幸福时光》《寻枪》《理发师》《天上的恋人》《永远有多远》等，是商业主义时代市场和艺术双赢之作。八十年代末九十年代初的诗歌民刊《自行车》和《扬子鳄》双星拱月。不谦虚地说，本人多年来在诗歌上的参与和努力，也在一定程度上改写了当下南方诗歌乃至现代汉诗的走向。

观察皇帝的一种方式

台北的故宫博物院依青山而建，外观仿北京旧制，尽管也是琉璃瓦大屋顶，却再也无法返归那种烂熟的古色古香。真正的老房子像一件朴素的旧衣，随意，亲切，而“克隆”建筑则如同一棵被风吹折的疯长的树木，断裂处发散着青涩的气息。远远望去，人为的晦暗捂不住新馆群落的明艳，浓荫中，依稀前朝江山的背影。

然而一旦走进内里，台北新舍的魅力便顿时令北京的老宅黯然失色，国民党1949年带走大批价值连城的艺术珍品，其量与质之高，为世所称颂。那些经年累月行走其间、朝夕与文物相伴的人员，举手投足由内而外渗透出中华文化的独特韵味。特来接见我们的老院长，一口浓重的湖南方言，副院长素白的布纽扣唐装，以及名曰“上林赋”的餐厅，所有这些交织成博大精深的氛围，令人仿佛回到风骨犹昔的礼仪之邦。前来参观的学人，自然首选毛公鼎、散氏盘、颂壶、宗周钟等青铜器，其上铸镌的长铭巨制，历久弥新，惟上古残存的文字史料。而一般的俗人，则率先奔向那片天然的“红烧肉”石头，微微隆起的肉皮和五花肥肉，肌理清晰，真假莫辨，天工绝品可谓举世罕有。躺在冷光灯下的碧玉白菜，是当年皇家格格的陪嫁品，象征黄花闺女清清白白地来到婆家。山河依旧，物是人非，当初人面更比桃花娇媚，如今人面连同贞操观念早已成了落花流水。

我在这些或恢宏、或缜密、或繁复、或雅致的器皿间流连忘返，这半日的最大收获，是对中国历朝皇帝有了重新认识，其中最让我刮目相看的就是明宣宗朱瞻基。

在英文里，中国（CHINA）即瓷器，在西方人眼里，瓷器即代表着中国。

台北故宫博物院的陶瓷收藏相当丰富，多达二万四千余件，其中仅宣德一朝的官窑瓷器就有二千件左右，占了总数的十二分之一。明宣宗年号宣德，在位只有十年，在漫漫历史长河中不过是极短暂的一瞬。然而假若将这十年删去，中国陶瓷史乃至华夏文明史都将改写。由于宣宗的欣赏、推崇与大力扶植，宣德官窑产量丰厚，一日胜于百年，为后世清宫所藏瓷品之首。且器类繁多，或大如天球瓶，或小不盈握之砚滴，凡日常用物，几无所不及。釉色也多变化，釉下彩（青花）兼釉上彩（红、绿彩）高温、低温两次分烧而成，此技术亦始于宣瓷。明晚期张应文《论瓷器》篇有云："我朝宣庙瓷器……即暗花者、红花者、青花者，皆发古末有，为一代绝品。"清代朱琰《陶说》称许"此明窑极盛时也，选料、制样、画器、题款无一不精。"评价之高，说明宣德官瓷无疑是匠心凝聚的经典之作。

过去史书所称道的皇帝，从秦皇到汉武，从"贞观之治"到"乾隆盛世"，要么是开拓疆土的枭雄，要么是发展经济的巨擘，电视剧《雍正王朝》所讴歌的那位"好"皇帝，呕心沥血全为了国库殷实。而明宣宗朱瞻基，在经国济世方面了无作为，自然不为人所道。可他在位之年，民族文化得以弘扬光大，其功绩亦可圈可点。

我不由得想到广东新会的那棵大树，它枝干扭曲，盘根错节，无实用价值。但天长地久，枝繁叶茂，凉荫广布小岛，成为远近闻名的"小鸟天堂"。阿里山上让人一代代膜拜的"神木"，直到被雷击断，也没派上过什么用场。一个人对人类文明的贡献，与创造蝇头小利相比，孰优孰劣，不言自明。

朱瞻基是个好皇帝，这是我在台北故宫博物院的那个上午得出的结论。

1999年9月11日

“9.11”：“理想主义”的终结

——大劫难半年祭

一

六个月后的这个万物复苏的春天，或许直到未来若干年后的某一个夜晚，人们才更有足够的勇气直面2001年9月11日，那天晚上9点多钟，西北的一个文友在电话里告诉我，快打开电视，美国遭袭击了。紧接着深圳的朋友也打来电话。在子夜的另一面，那个叫作美利坚的国家本是黎明，却突然被黑暗吞噬。那些名叫“迈克”或者“凯瑟琳”的鲜活的生命，瞬间从人间蒸发。居住在远离纽约十万八千里的中国广州城里的我，和世界各地数十亿人一道，通过现代传媒目睹了空前惨烈的恐怖大劫难的全过程。

“9.11”，二十一世纪遭遇的第一场另类战争，它对世人内心的震撼性，恐怕不仅仅因为事件本身暗含了某种寓意，也不仅仅因为这是人类有史以来第一次进行了“实况转播”的大悲剧。而在于它发生在珍视生命（说到底其实也就是珍惜具体的有血有肉的身体）已成为普世共识的当下，发生在美国这个视个人世俗生活的权利远远高于某种所谓“神圣道义”的国度。

如果不是以一个人的良知作为判断事物的底线，仅仅讨论恐怖行动从策划到实施的全过程，“9.11”可以说是邪恶想象力的巅峰之作。试想，在此之前，我们就是想破脑袋，有谁会以为当今世界哪一个国家或组织还有能力对唯一的超级大国发起攻击？谁都会觉得这种想法简直是天方夜谭。可恐怖分子不费一枪一弹，就摧毁了美国作为经济巨人和世界第一军事强国的象征，真实的事件使所有关于恐怖袭击的西方影视作品顿时像小儿科把戏一样拙劣，也让人认清了近年中国诗歌中那些咏叹“黑暗”呀“死亡”呀的所谓“深度意象”的肤浅。据说福州的一位批评家恰巧在电视里看到了世贸双塔被飞机撞击的画面，他竟以为是播放好莱坞大片，懒得再看，第二天一早读到报纸才知道真相。

至今我没有能力也不打算从地缘政治、民族、宗教诸方面复杂性剖析这一事件，在某种特定的人文观念上，我丝毫不怀疑本？拉登和担当肉弹的劫机者是“理想主义者”。一个富可敌国的巨商跑到穷乡僻壤去生活，大把大把地掏钱资助一种“斗争”，而他的追随者不惜拿生命作赌注去实现预设的目标，你无法说这是出于私欲，他们其实在为自己心目中的“理想”献身，但我们不难判断这种视无辜平民生命为草芥的“奋斗”是多么血腥和灭绝人性。悲哀在于，一百年来，几乎所有反人性的大恶都是打着各式各样的“理想”旗号进行的，形形色色的“理想主义”之花，在实际生活中，恰恰更多导致了对人类最基本权利的践踏。即便在声称思想和精神重于一切的年代，改造一个人的思想也绝不是让被改造者闭门思过，而是通过摧残甚至消灭一个人的生活方式和肉体来进行的。因为谁都清楚，一个人一旦身体消失了也就无法“思考”了，没有身体也就谈不上承担了。因此，“理想主义”的旗帜非但不会天然地具有“合法性”，反而常常带有更多地欺骗性和虚伪性。

在中国语境里，对满嘴“大词”的人我历来是很警惕的。一个人让我觉得亲切而温暖，首先不是因为他动辄声称人文精神，而是在日常生活中他内心是个柔软的人，他生命的痛感来自一切具体的卑微的事物，他温和地关爱一个找上门来寻求帮助的进城打工的亲戚。何谓人文精神？当我们回到“文艺复兴”这个源头，它的涵义恰恰跟中国几年前的那场大讨论相悖，人文精神彻底否定的是中世纪神权的桎梏，返归对世俗欲望的讴歌。这就是我在世纪之交的写作中坚决否定那种用鲜血写诗的狂妄，捍卫世俗生活权利的动因。“9.11”逼使人们从政治、经济、军事、宗教、文化等不同层面和角度重新直面当下人的生存境遇，面对更为真实的黑暗，面对生命的脆弱导致的人性的悲哀，我再一次确信，那种与人的生命无关的写作，在这个时代没有什么意义。

二

自由与和平从来就是人类的美好愿望，毋以暴易暴亦是现代文明所秉承的基本立场。

“9.11”不仅在本质上跟穆斯林的信仰相悖谬，更撕碎了虚幻的全球一体化的美好图景，摧毁了美国本土半个多世纪形成的根深蒂固的绝对安全感，对和平主义者的信念也造成了深重打击。

首先被波及的是言论自由和人权高于一切的美国价值观。如果从前乘飞机安检要脱掉鞋子、照X光，报纸专栏作家和电视节目主持人因胡乱开玩笑被“炒鱿鱼”，美利坚肯定一片哗然，各行业精英们也会站出来抗议。然而这次几乎所有的人都在关键时刻“明智地”选择了沉默。应该承认，美国的自我修复机制是相当有效的，大劫难过去未到半年，新闻界便向国防部可能为反恐怖的目的发布假消息发难，导致总统下令撤销此类新设的机构，公众的知情权再次获得了保障。但有此先例，是否表明至少在特殊时期，言论和新闻受限制在民主国家也是理所当然的事情，照此类推，其他国家甚至被美国视为“无赖”的国家，是否也同样可以把“非常时期”作为借口，限制其公民的正当权益？

在各国政府普遍赞同打击恐怖主义的背景下，作为个人仍完全有理由站出来表达反战的意愿，既然某个人的身份不代表政府，也就无须一定要对整个世界的秩序负责，他可以更充分地表达和捍卫人类的某种理想。然而和平主义在今天显得十分尴尬，因为在现实困境里一味呼吁“对话”显得十分软弱无力，不仅解决不了任何问题，还可能导致延误铲除恐怖组织的时机而酿成新的大祸。

当今不仅恐怖主义对世界构成威胁，强权政治一意孤行的可能性也一直是存在的。当美国公民和以色列公民的生命受到无端戕害，他们的政府和军队能够实施有效的介入来予以保护。然而，当某个阿富汗平民无辜被战争机器碾成齑粉，特别是当以色列总理沙龙同样有可能丧失理性滑向战争狂人边缘的时候，谁来对庞然大物进行监督和制衡？以某个组织的名义杀害平民是暴行，难道以国家的名义杀死普通老百姓就有了正当理由？既然国家的领导者会犯错，谁又能保证世界的领导者永远正确？

当自己身边有不义的事情发生，不再有人敢像当年的左拉那样站出来："我控诉！"当国家和世界有不义的事情发生，更没有人愿意挺身而出。对一切具体事件闭上眼睛，奢谈空洞的"理想"和所谓"更高的社会正义"，这就是我们时代的怯弱！这也是"我是流氓我怕谁"比"知识分子"显得可爱的地方，他们多少还体现了一些勇气，尽管采用"解构"的方式。

在世贸大厦的废墟上，两柱光芒射向浩瀚的天宇，它们和周遭的建筑融为一体，交相辉映，似乎在提醒人们：只有不回避现实的理想才具有感召力，就像生命只能在身体中苏醒。

并不遥远的自行车

北大两个毕业生考招到广州某报社，在珠江边上租了房子，我告诉她们说这里交通很方便，从住处走一百多米，就有公共汽车始发站，坐三站地就是报社，急的时候打的，刚跳表，不会超过十块钱，遇到堵车，还可乘摩的，广州摩托仔搭客屡禁不止，这段路程四块钱就能搞掂。我觉得已经把通行方式介绍得非常清楚了，这时她们中的一人发问道："能骑自行车吗？"

我一愣，这种曾经最中国的代步工具，我怎么压根儿就没想起呢？真是千里不同俗，上周我去北京办事，早上还看到满街上班族骑车咧。我说广州现在除了底层打工仔，几乎没有白领骑自行车了，没有私家车和公车坐的人，要么打的，要么乘大巴、地铁。

我说不清楚广州数百万人骑单车上班的习惯具体是从哪一年开始消失甚至终结的。记得二十世纪九十年代初，我刚调到广州，那时还是有许多人骑车。印象最深的是报到后，我通过火车用集装箱托运的家具行李和日常用品竟要一个多月才运到，那时精力旺盛，中间我骑车跑过十几趟北站询问，每次都不了了之。骑自行车的好处是迅速熟悉一个你刚进入的城市，大街小巷，人情风土，不出一个月，跟自己的掌纹一样清楚。骑车上班晴天一身汗雨天两腿泥，当然辛苦，却也有很惬意的时刻，最美好的记忆是阳光明媚的早晨经过二沙岛，那时岛上还没有星海音乐厅、广东美术馆和别墅群，晨风里满岛屿的芦苇袅娜起舞，沿着窄窄的马路从中间穿行，十分诗意。有时还能看到歌星拍 MTV。

广州最早限制自行车行走是东风路，当时在报纸上还引起大讨论。人们普遍担忧日后如何上班．后来好些道路和大桥隔开机动车辆跟自行车道的铁栅栏先后被拆除，路面也渐渐被机动车挤占，骑车的人自然愈发稀少。当然这还与社会物质进步有关系。九十年代中期的民谣，一等公民“大奔载小蜜”，四等公民才轮到“单车雨衣伴老妻”。而此前十年我从大学出来，要搞到一辆“永久”牌自行车，还要女友通过上海局级的亲戚帮搞票才有配额。可见世界日新月异，没有什么堪称“永久”的事物。

在我几乎快要遗忘骑车技术的二十世纪末，一夜之间又突然跟自行车结缘。1999 年我到北大做访问学者，住在中关村中国科学院的黄庄小区，离校园也就两三里地，骑自行车往返最便捷。更主要是北大校园挺大的，在里边穿梭停放，没有任何交通工具比自行车更灵活自由了，上自白发苍苍的老教授，下到刚入学的新生，人手一辆。我进校第二天就买了一辆新车，开始挺小心的，两把锁，回屋扛到五楼门前存放，慢慢就烦了，不太在意，不出一个月，无翼而飞。到校里的修车铺再买二手车，不久又丢。只好求助于诗人阿坚，他能帮人买到又便宜又破的自行车，这在京城文化圈是出了名的。经常帮我弄来十八元、二十二元一架残旧不堪的“垃圾车”，不是少脚踏，就是缺刹制，除了铃铛不响，骑起来车身散架嘎嘎直响，想不到这样的破车也有人顺手牵羊。一年间，我换了六七辆车。最难受的不是车被盗，而是冬天半夜两点跟同学从学校边上的茶室喝茶出来，零下十二度冒着凛冽的寒风骑车回住处，身子就像一把筛子，全是洞眼，风直往里钻。手跟耳朵冻的生疼。我最后一辆二手车是八十元买的，七成新。快离校时，《我们》文学社的社长从本科直升硕士，打我手机想叫我转卖给他，一代代旧车就是这样“薪火传承”的，我叫他到勺园等我，送给了他。这是我最后的自行车。

似乎文字比肉体更为久远，精神的自行车，却一直伴我行驶至今。广州老照片中，我以为最有震撼力的一张，就是俯拍的早晨海珠桥成百上千辆自行车景观。我有一首诗《风中的北京》，写的就是沙尘暴中骑车的真切感受。而二十世纪九十年代初我在南宁跟朋友创办的《自行车》诗歌民刊，一辆行动着的《自行车》悄然上路，时间已证明它是当时广西最重要的文学事件之一。我那沾满烟尘的文字的轱辘，仍在朝向历史最黑暗的深处驶去……

断头教堂

建筑也有生命，如同一个人，有诞生、成长、衰老的过程。“断头”教堂呈现的是生命的残缺美，生命曾经的悲痛与苍凉。永恒的残缺是无法复原的，就像断臂维纳斯，就像东方另一座伟大的园林圆明园，肃穆的断头教堂无言叙说着战争带给人类的灾难，废墟旁崭新的崛起，象征着德国战后的新生。

当大片蓊郁葱茏的森林扑进眼帘，来自世界另一个大陆的人，很难想象这是一座后工业文明和商业社会的国际城市，欧洲经济最发达的国家的首都。柏林三分之一都是树木，林带并非环绕在四周，就在市中心，分布在不同地块。它们也不是我们熟悉的“绿化树”，那种人工种植在道路两旁的林荫乔木，而是天然森林，其间遍布湖泊和草地，从未被成片砍伐。这要归功于两百年前普鲁士皇家园林总监林奈对柏林城市绿化所作的出色规划，在树林里面繁衍生存的野生动物，跟外面巴洛克和洛可可风格的楼房、巍然耸立的教堂、富丽堂皇的宫殿和椴树下大街、夏洛滕堡大街上的车水马龙和谐共处，年复一年，兽与人相安无事，让人啧啧称奇。

但柏林给我留下鲜明第一印象的却是“塔邦”（Trabi）车。德国是汽车王国，宝马、奔驰、大众、奥迪傲视天下，随便那一个品牌都堪称现代德国的符号，是科技与艺术的结晶。塔邦车欧洲一绝，就在于无论车的外观、性能、舒适度、工艺都不值一提，哪怕跟中国出的最差的车相比，都像“破烂”。该车是当年东德生产的小车，很便宜，外壳不用金属，用的是化纤。造价低廉的塔邦车缘于一个理想，而理想总是美好的，那就是让每一个工人都买得起车。但计划经济实际上常导致货物短缺，买得起并不等于就买得到。当年东德的工人往往要加班加点，义务劳动一百小时，才能分配到一张买车的抽签票，却不保证一定能抽中，以概率计算，一般都要加班上千小时，才能拿到购车票。可还要排队数年，才能拿到车。分到住房和汽车，是东德普通劳动者梦寐以求的幸福。

统一后塔邦车停产，如今成了稀罕物。好在德国并不规定汽车使用多少年后必须报废，只要你修得起车，还能跑路。保养老旧的名车成本非常高。近百年的“老爷车”开起来不但威风，还很光彩，是身份的象征。所以德国公路上不乏古董车，其中也偶见塔邦，柏林还专门开设了一条市区旅游线路，专走塔邦车，当它们一辆跟着一辆开过街道，路人无不侧目，觉得特好玩，纷纷跟车上的人打招呼，驾驶的人也觉得很过瘾。在名牌服装、皮包、化妆品的橱窗前，简陋似乎象征了另类高贵。

其实在德国自驾游，很容易租到最好的车，租金并不贵。其缘由是绝大多数人都买二手车，几近 80% 的新车无法销售。车行于是想出办法，把新车出租，六个月后再当作二手车卖出去，差价就靠这半年的租金弥补。

可见“老旧”的事物在德国颇受欢迎。任何东西一旦成为历史的活化石，便具有了文化底蕴。第二次世界大战中，德国众多城市的建筑毁于战火，柏林市战时曾遭到英国皇家空军十三次大规模空袭，1943 年 11 月 22 日首日空袭英国派出轰炸机达七百六十四架次，其后有九次的轰炸规模在五百架次以上，苏军攻克柏林，使用了两万两千门大炮，因而市区 90% 的建筑被摧毁，经过战后六十年“修旧如旧”，几乎全部恢复了原貌，完全看不出“克隆”和新修补的痕迹。所以曾任中国驻德国大使卢秋田评价说，在德国，任何东西都可以被炸弹摧毁，不能摧毁的是文化。

然而，柏林却有一处名胜保存了战争留下的巨大创伤，也许它还是德国境内外观上直接呈现伤疤的唯一建筑，这就是著名的“断头教堂”。

它的本名叫威廉皇帝纪念教堂，是耸立在柏林市繁华地段布赖特沙伊德广场上的一道独特风景，在 1943 年英军首轮大轰炸中，塔尖被削掉一半，原来一百一十三米高的塔楼只剩六十八米。镶在教堂外的时钟，指针至今还停留在被炸的一瞬。战后柏林市政府曾提议恢复它的原貌，想不到却遭到市民激烈反对，经过一番争论，建筑家埃贡·艾尔曼教授提出了一个折中的设计方案。在废墟上加建了一座现代风格的新教堂，和一座六角型的新塔楼。教堂于1961年建成。如今远远看去，就像一个无头巨人，高高耸着半截残损的脖子，非常刺目。两个教堂紧贴，形成了并列的“双峰”，对比异常强烈。作为反战的标志。它成了真正意义上的“纪念教堂”。

二战毕竟是德国发动的，如此彰显战争的记忆，在外人面前“丢人现眼”，并时时提醒国人反省，需要极大的勇气，它让人直观感受到了德国人强大的理性精神。而在暧昧的亚洲，不仅是日本，即使不为曾犯下的罪孽和错误辩护，也会装着什么也不曾发生，故意“遗忘”。

教堂边上砌了一道矮墙，一个个水泥的小方格，里面镶嵌着彩色玻璃，这些玻璃都是原来教堂窗子上的，当年被炸碎了。人们把碎片一点一点收集起来，拼成五彩图案，小心翼翼地呵护老旧的岁月。

我们去看断头教堂的那天是8月16日，天空上的云层比较厚，并非透明的蓝，却已足以使人珍惜和平的神圣与美好。然而广场边上的马路停了好些警车，平素难得一见的高大威猛的男女警察三三两两地聚在车旁，一打听原来格鲁吉亚人申请游行抗议俄罗斯在南奥塞梯的军事行动，警察事先布置警戒线。作为中国人，自然对格鲁吉亚总统萨卡什维利不爽，此君趁北京奥运开幕，在8月8日轻率出兵，导致冲突迫在眉睫。当然这其中的缘由错综复杂，小小的地区冲突背后是地缘政治和大国博弈，南奥塞梯牛气冲天是因身后站着俄罗斯，格鲁吉亚敢公然挑战则是美国暗中使劲。俄国用科索沃的耳光掌掴欧美，你不是才主张“人权高于主权”“全民公决”是普世价值吗？怎么立马就双重标准了？欧美把极权的帽子戴到对手头上，说科索沃只是独立，你北极熊想吞并南奥塞梯，跟当年希特勒妄图“统治”他国领土如出一辙。我不想剖析这里边的是非曲直,但在“反战”了几十年的广场抗议正在进行的“针尖”大的战争，这件事本身就很悖谬荒诞。

我的手指抚摸着围墙“皮肤”，久久注视着教堂的“断头”，顿悟建筑也有生命，如同一个人，有诞生、成长、衰老的过程。“断头”教堂呈现的是生命的残缺美，生命曾经的悲痛与苍凉。永恒的残缺是无法复原的，就像断臂维纳斯，就像东方另一座伟大的园林圆明园，肃穆的断头教堂无言叙说着战争带给人类的灾难，废墟旁崭新的崛起，象征着德国战后的新生。

德国就是如此新旧交替。柏林另一段仍在生长着、变化着的鲜活“历史遗迹”是著名的卡尔·马克思大街，这里曾是东德的阅兵大道，气派恢宏，今天它依旧是繁盛浩荡的长街。两旁高大雄伟的苏式建筑，楼梯走道的墙边有直通底层的倒垃圾通道，各家各户的卫生间安装了抽水马桶，这在当年是多么令人向往的住宅啊！楼群外观上的伟岸、单调、整齐划一，跟临近西德那一边相对矮小，却风骚各异的房子对比强烈。法律规定这条街的任何房子都不能拆，因为它呈现了德国特定时期的历史，也代表了另一种审美风格。

德国伟大诗人歌德曾这样论述建筑，“艺术早在其成为美之前，就已经是构形的了”，而柏林最雄伟的“构形”无疑是乳白色花岗岩筑成的勃兰登堡门，1793年，雕塑家戈特弗里德·沙多夫在此门顶端设计了四匹飞驰的骏马拉着一辆双轮战车，战车上站着一位背插双翅的胜利女神，她一手执杖一手提辔，一只展翅欲飞的普鲁士鹰鹫立在女神手执的饰有月桂花环的权杖上。歌德还说：“不要让现代的美的贩子的软弱学说弄得你太柔软了，以致不能欣赏有意义的粗野，那样弄到后来，你的变柔弱了的情感将除掉无意义的流畅以外，什么都忍受不了。”勃兰登堡门体现了几乎所有的德国建筑的一条定律，或者应该反过来说几乎所有的德国建筑跟此门相似，勃发出力量、强悍的美！它们的命运也一样，门顶上这个德国最著名的雕塑二战期间被炸毁，勃兰登堡门也遭到严重损坏，现在的青铜驷马战车及女神雕像是文物修复专家根据在二战中抢拓下来的石膏模型和档案照片重新铸造的。从大门下横穿市中心的菩提树下大街，是欧洲最华丽的大街之一，在它的映衬下，庄严也变得妩媚生动起来。

但我以为，在柏林，真正让历史无法绕过的反而是最粗陋的建筑，那就是柏林墙。我对该墙第一次明晰而深刻的印象不是来自图片，也不是阅读资料介绍，而是学生时代读到的诗人艾青的一首诗《墙》，1979年，中国诗人艾青访问德国期间参观了柏林墙，即兴写下《墙》并当场朗诵：

一堵墙，像一把刀
把一个城市切成两半
一半在东方
一半在西方

墙有多高？
有多厚？
有多长？
再高、再厚、再长
也不可能比中国的长城
更高、更厚、更长
它也只是历史的陈迹
民族的创伤

谁也不喜欢这样的墙
三米高算得了什么
五十厘米厚算得了什么
四十五公里长算得了什么
再高一千倍
再厚一千倍
再长一千倍
又怎能阻挡
天上的云彩、风、雨和阳光？

又怎能阻挡
飞鸟的翅膀和夜莺的歌唱？
又怎能阻挡
流动的水和空气？

又怎能阻挡
千百万人的
比风更自由的思想？
比土地更深厚的意志？
比时间更漫长的愿望？

诗人是预言家，启示者，在柏林墙被推倒之前十年，艾青就洞悉并道破了柏林墙脆弱的真相。我之所以不厌其烦在此引用全诗，既是怀念一段青春的阅读时光，更因为其他啰唆的文字，尽管也言说了难以抹去的这道伤疤是一个民族的哀伤，却无力揭示这道伤疤的悲哀本质。

战后尽管分裂，可最初柏林市民是能在各区之间自由来往的，随之而来的冷战，东西柏林的边界1952年关闭。到1961年，大约有二百五十万东德人逃入西柏林，于是东德政府1961年8月12日夜间在边界一侧拉上铁蒺藜路障，后改筑成顶上拉着带刺铁丝网的混凝土墙。筑墙不久，一位十七岁的东德青年就试图翻越柏林墙，被东德军人开枪打死，成为柏林墙下第一位也是最年轻的一位罹难者，1989年2月，最后一个企图翻墙的东德人在此被射杀，在该墙矗立的二十八年零三个月里，人们采用各种方式翻越柏林墙，共有五千零四十三人成功地逃入西柏林，三千二百二十一人被逮捕，二百三十九人死亡，二百六十人受伤。德国人的严谨，从这些残忍数字的准确统计可见一斑。要是发生在亚洲国家，对悲剧的描述可能会莫衷一是，各种官方民间版本众说纷纭，甚至相差十万八千里，但都是一些含混的整数。

柏林墙现存两段，其中一段就在我们租塔邦车的车行不远处，我们请的导游李航指着墙一侧的楼房说，当年这些办公大楼朝向西德的窗户都被用砖砌死，以防有人利用来逃跑。可有一对父子，在厕所里躲了一整天，半夜里成功把绳子抛过墙那边，接应的亲戚把绳头钉住，他俩拽着绳子由上往下滑了过去，边防军并未开枪。人们称赞军人的仁慈，可直到两德统一，记者采访才弄明白，原来的边防军班长说，他们还以为是夜间自己国家派过去的间谍。

柏林墙倒塌一年后，一百余位来自世界各地的艺术家，应邀在穆尔恩大街上两公里的一段上面绘满各自的作品，使之成为闻名的“艺术长廊”。十八年后的今天，经受阳光的长年照射和风雨侵蚀，更主要是很多普通人在上边涂鸦，这些画作已遭破坏，但仍值得一看。最让我感动的，是车行旁孤零零的两米长的一段残墙，上面画的是两个青年男女，隔着墙在墙头上拥抱，人类永恒的爱，以及一个民族全身心地对统一渴望，在一瞬间，被艺术家表达得淋漓尽致。

隐形的柏林墙如今安在，那就是经济的藩篱。如同柏林有两家国家美术馆，两座埃及博物馆，时时唤醒游客对这个已经统一的国家的双重印象。司机弗兰克是西德人，他说东德如今还是弱势。80后大学生妮歌则觉得东西德现在没什么分别，父母那一辈才有这个概念。无非一边有钱一些，另一边穷一些。为了国家平衡发展，往原来的东德地区投了很多钱，但东德人还是觉得受歧视，为了就业，很多人只好从东往西迁移。

三十多年来，波茨坦广场跨越着柏林墙，是一个无人区，柏林墙倒塌之后，1993年至1998年间，这里成了欧洲最大的建筑工地。建起了二十二层高的德比斯大楼,其巨大宽阔的正厅内设有机械雕塑,索尼中心，奔驰大厦，德国铁路DB等等，在此共同形成了新柏林的标志。购物中心阿卡丹，内有各式商店、餐馆、电影院、活脱脱成了娱乐中心。德国人的夜生活就是吃喝，我们到达的第一晚，就在这儿的菩提啤酒饭店就餐。咸猪手是很有名的菜肴，但人工太贵，店里缺人手，上菜极慢。听说德国人深夜无车时刻过马路也不闯红灯，我们自然也要有耐心漫长等候。李航二十世纪九十年代初从西安到德国留学，那时波茨坦的建设如火如荼，很多学生都学建筑专业，如今德国又回到许多城市十年不建一座新高楼的“老欧洲”风尚，学建筑的都没有工作，李航也成功转型做起了旅游商务。我们一行喝着啤酒，想着刚离开一天的祖国，首都北京正举办奥运盛会，鸟巢、水立方、巨蛋，无数后现代建筑的梦想正成为现实，我们居住的广州，邻近的东莞、深圳，以及中国大大小小的城市，每年都在数不清的簇新建筑拔地而起，如此的兴旺，如此的杂乱，如此的喜新厌旧，对一个民族的建筑文化，尚殊不知是福是祸?

夏雨的广州

这两天终于等到了暴风雨之前窒抑却又凉爽的空气了。

在广州久居的人不可能不熟悉那种天气：漫长的夏日里，每每积雨云自远而近堆积，土地开始蒸腾一天所吸收的热汽，天空忽地变暗，然而不知从何而来的光线仍然将一切映得惨白。先是闷热，闷得仿佛每走一步都在推开看不见的水汽的墙，被先前强烈的阳光紧紧压在地面上；俄顷便起了微风，忽地风就变大了，雨珠随即重重地打落下来。

这个时候，所有的树叶像是在一瞬间打开了它们的毛孔，空气中弥漫着新鲜汁液的味道。人们惊慌地蹚着积水，商店早早拉好的雨篷哗啦作响。那些古旧的街道，骑楼下是最好避雨处所，也方便行走。雨下得大的时候天地间变模糊了，影影绰绰地望见一辆跟着一辆的汽车溅起巨大的水花，水味盖过了所有气味，那可不太愉快——它马上让人联想到濡湿的地板，潮乎乎的墙，晾不干的衣服，那是刚刚过去的短暂溽闷的广州的春天。人只想待在干爽的地方，任窗外风雨飘摇，悠闲自在。

此时如果在路上，无疑会一身水，而那些身在大大小小公司里的，只想着雨什么时候能停。广州偏偏处在亚热带的边缘，不像新加坡，雨虽大却不长久，过一会就晴朗一片，积水很快便干。广州的暴雨竟也是可以连绵数日的，直到天字码头涨水，立交桥下深可及膝。幸好珠江像手指岔开了，再大的水也罕有淹城的洪灾。

每天都有无数的人从各地来广州，一迈出火车站便感到了茫然，在“别人的城市”，打工者像新鲜的枝桠楔入大树，有一种生生被嫁接之痛。在人头攒动的火车站广场，需提心吊胆地小心扒手，粤语、潮汕话、客家话让人一时找不到方向。地铁还顺畅，大巴和的士一路走走停停的堵车经历，都是广州留给一个初入的“异乡人”定格的记忆画面。

就像我十几年前“移植”到广州，全国各地如今仍有大量的人涌到广州和珠三角，特别是每年春节后的十几天，如同一场疯狂的大暴雨被土地吸收。如果说美国是个移民国家，鉴于广州明代“十三行”就开阜的悠久传统，羊城也算得上半个移民城市了。

然而广州让许多来自五湖四海的朋友感到舒服的是，南粤文化以她特有的温润气息，给人一种落地生根的归属感。广州带有浓郁生活气息的市民文化，一幢幢现代化高楼鹤立鸡群，周遭都是闹哄哄的食肆和“士多”店，少有上海外滩的华贵和北京皇城的高高在上。星巴克和哈根达斯在这里也常常人满为患，小孩上蹿下跳，嘈杂不已。所有稍微“洋气”些的舶来品，一落地羊城，都难免变得“土巴巴”起来，就连麦当劳，也被老广按上了个“M记”的名号。

广州人善从商且作风务实，只要肯掏钱，不管哪儿人都是上帝，全中国都难再找如此待客和善服务殷勤的地方，上至正佳广场的售货员，下至菜场里卖鸡蛋的阿婆，都憋住了劲儿要用“普通话”跟你推销商品。不像外省人去到北京或者上海这样的大城市，说不出儿化音或者吴侬软语，就算不“低人一等”，也多少带些隔阂感。在广州，从来不觉得出入高档场所是身份的体现，老板和打工仔同穿二三十元一件的“华伦天奴”。囊中羞涩者与腰缠万贯者都能找到自己的乐土。在许多地区，失业下岗有如灭顶之灾。在广州情况就好许多，看那满街的“走鬼”和小贩，管理者也是睁一只眼闭一只眼，和谐社会嘛，岂能为了自己眼目清净，断了他人的谋生的路子？尽管城市街道乱些，但是比起在北京走上两里路买不到一篮水果，广州的生活是市井而又惬意的。

文化人在广州也不扎堆，各过各的小日子。

还有满街的癍痧凉茶，小巷深处的艇仔粥，新鲜出炉的大塘烧鹅，生猛的海鲜河鲜蛇虫鸟雀。还有清晨提着鸟笼溜达的老者，傍晚呼喊儿子回家喝汤的阿妈，饮早茶时的喧闹嘈杂，常年大减价的店铺里的人仰马翻，一切都透着浓郁的平民生活的气息。广州的市花——木棉被称为英雄花，不过我认为将其当作“市民花”更为恰当。不但开的红红火火，还丝毫不摆架子，绿叶还没露出芽芯儿，红棉早已争先恐后地绽放枝头。

雨夏，广州的空气是灰蒙蒙的，充满生活的味道。

2008 年 5 月 6 日

广州的现代隐喻

广州无疑是近现代以来中国最重要的城市，这首先得益于西风东渐。广州是海上丝绸之路的起点之一，康熙年间所设的广州十三行，是中国最早的专做对外贸易的垄断机构。明末清初的著名诗人屈大均（其墓在离我而今居住的楼盘不足十里地的宝珠岗）在《广州竹枝词》有云："洋船争出是官商，十字门开向二洋；五丝八丝广缎好，银钱堆满十三行。"道光十九年林则徐奉谕任钦差大臣到广州传讯洋商，将收缴的鸦片集中于虎门销毁，中英鸦片战争由此发端。尔后三元里抗英，就爆发在离今天广州火车站两里地之处。而太平天国将士原本就被称为"粤贼"；其后孙逸仙发动辛亥革命推翻千年帝制，为建立共和牺牲的七十二烈士血洒黄花岗。黄埔军校、北伐都是这座城市抹不去的记忆。广州起义、农民运动讲习所则是诞生红色中国的脐带之一。1949 年后的三十年，广州进出口交易会是中国对外贸易的唯一场所。改革开放至今又三十年，广州这扇敞开的南大门更是朝向太平洋、全世界。

百年广州，就是百年中国现代化进程的浓缩精华。曾经的"东西南北中，发财到广东"，到当下城市化迁移大学毕业生用脚投票"北上广"，都说明这座商业消费之都，与政治文化中心北京、时尚与资本重埠上海三足鼎立。

然而，广州却是文学叙述最为弱化的城市。北京从老舍到王朔们，上海从张爱玲到王安忆们，在文字中一再被反复塑造。多侧面立体化地耸立在语言的家园中。除了客观存在于地平线上的遍布高楼的堵车的现代都市，尚可解读主观描述的存在于心灵中的一座座胡同里的四合院或弄堂里的石库门，构成更为永恒的文学地理。而广州，哪怕居住经年的鲁迅，也只是在日记中记下跟生于斯的许广平到中山四路的“妙奇香”吃饭而已。这家饭店毛泽东也曾和柳亚子喝茶，写下了“饮茶粤海未能忘”的诗句，十几年前我在文德路上班，也常跟文友们光顾。对广州唯一像点样的叙说只有一部革命文学，这也是我写下散文《何处寻觅三家巷》的原因。

不过这也为我们的写作留下了空间和可能性。二十年来，本人就写了一系列呈现广州本相的诗篇，例如《天河城广场》《火车站》《广州》《经过》《在商品中散步》《1992年的广州交响乐之夜》《真实的风景》《杨克的当下状态》《岭南》《小蛮腰》等等。早在二十世纪九十年代，我在创作谈中就引用了海德格尔“诗就是以词为手段确立存在的”，“使转瞬即逝者永恒留存”的说法，而中国典籍中魏朝宋均注的《诗纬含神雾》和清代袁枚的《随园诗话》，都以为“诗者持也”，诗人通过语言把握事物与时代的性情，留存于确定的关系中。诗不同于小说，不追求展示世俗生活细节与城市肌理的局部，选择广州，是为了表现整个中华文明从农业文化朝向商业时代的大断裂和再生，赋予电话、股票、警察、玻璃、模特、博客等都市符号以现代隐喻，让困囿于麦地、月亮、秋天、荷塘这些凝固意象的汉语诗歌再度涅槃。因而书写当代广州，意味着汉语写作的一场深刻革命。

德国国会大厦

建筑是城市的脸，不同的表情，凝固了不同时期的灵魂。冷硬的大理石属于专制时代，沉重、威严；透明轻盈的玻璃则代表了现代民主，但却易碎，而用非政治的美学视角观察，前者是文化的，后者是科技的。国会大厦是德国历史的表征，它不太漫长，却变化莫测，在不同的空间，烙下了不同时代的印记。

引领我们参观国会大厦的 Roland Wirth 博士是这栋有着一百二十多年历史的大厦的管理者。他中等身材，个头不算高，头发、胡须有些灰白了，却修剪得很整洁，西装革履，人也精神。他说他每天都骑自行车上下班。见我们露出惊诧的表情，他解释道：这是为了环保。

这一天是北京举办“绿色奥运”的第八天，我不太清楚北京人民大会堂的管理人员是不是也会改骑脚踏车，但在柏林的街道上，时不时就能见到三三两两停放着的自行车，上面锁着一把长方形的锁头。一打听，才知道这些自行车都是属于火车站的。德国是汽车王国，这个国家的出租车宝马居多，连许多公共汽车和大货车也都是奔驰。“BMW”这三个字母，旅居德国的华人开玩笑说它的意思是“别摸我”，西方人则解读为事业（Business）、金钱（Money）、女人（Woman）三个英语单词的首字母，拥有宝马汽车意味着拥有这三者，是成功男人的标志。铁路宣称火车更为环保。虽然,从一个城市到另一个城市,很多人倒是能接受乘火车，但下车后无代步工具，便不如开汽车去。于是铁路想出一个办法，在城市的许多地点摆放自行车，你往印在锁头上的号码拨个电话，对方告诉你这把锁的密码，你打开径自骑走，到达目的地，你锁上车，停在路旁，留给下一个需要使用的人。租车的费用可从你的信用卡扣，也可从你的手机话费里代扣。服务的周全和管理的缜密，窥一斑可见全豹。

德国国会大厦最近一次修复是两德统一后的二十世纪九十年代初，国际竞标。中标的英国建筑师福斯特有意保留了一段二战原貌的残壁，好几面墙，上面布满当年苏联红军士兵乱七八糟的涂写。德国的俄语专家曾经被派来仔细辨认，却不明白写的是什么，后来还是俄罗斯的学者过来，才搞清楚是些骂纳粹祖宗十八代的方言俚语，以及姓名，坦克部队番号之类。1945 年 4 月苏军攻克柏林，光是为了打下国会大厦就牺牲了六千人,这是一场异常惨烈的血战。实际上自从希特勒借“国会纵火案”迫害政界反对派人士独揽大权以来，这座大厦自 1932 年起就没有开过一次会，形同虚设。然而它的象征意义十分重大，纳粹党卫军最精锐的部队部署在这里，四个角楼中有两座被改建成高射炮掩体，大厦的窗户被砌死，整个就是一座大碉堡。德军逐个房间逐个楼层死守，使苏军每前进一步都付出了惨重的生命代价。很多人脑海里都记住了红军战士在大厦圆顶的装饰雕像插上苏维埃红旗的镜头，这张历史照片标志着纳粹政权的彻底覆灭。胜利了的士兵们狂怒地表达他们对造成众多战友死去的纳粹的仇恨，当然还要写下他们部队的功勋，以及能在战争中最终生存下来的荣耀与喜悦。Roland Wirth 博士说他曾询问来此参观的一群俄罗斯小学生，看见在别人家里乱抹乱画有什么感觉。孩子们说很好啊，就像回到自己家里一样亲切。我们在家里的墙上也写写画画。

一座建筑有一座建筑的独特命运。国会大厦是典型的“大杂烩”，古典式、哥特式、文艺复兴式和巴洛克式乃至高技派风格，显现在这座巨大殿宇的不同部位。德国形成统一的国家也就三百来年，却国运坎坷，在建成国会大厦的短短一百二十余年间，国体不断更迭，衍生出历史的各个侧面：它先是威廉皇帝和铁血宰相俾斯麦的帝国议会；后来议员菲利普·沙伊德曼在它的窗口向民众宣告共和国成立；再之后发生了欧洲历史学家至今都没有弄清真相的纵火案；冷战时期，坐落在柏林墙隔离带的大厦一直闲置在冷落荒凉里。各个历史阶段的反复修建，使得国会大厦这张柏林的脸，以不同的表情，凝固了不同时期的灵魂。专制时代是冷硬的大理石，沉重、威严，现代民主则像玻璃，透明，轻盈，也易碎。

而用非政治的美学视角观察，前者是文化的，后者是科技的。国会大厦是德国历史的表征，它不太漫长，却变化莫测，在不同的空间，烙下了不同时代的印记。

国会大厦最让 Roland Wirth 博士引以为傲的是其环保理念。石头外墙如今包裹的内里是重做的钢架结构，它脱胎换骨，蜕变成了现代化的崭新建筑。整座大厦使用的多为可再生能源，我们参观的会议室、办公室，都是天然采光，不用开灯，就可以看书写字。屋顶不是整块的玻璃，博士仔细指给我们看，朝向太阳的一方由无数细小的玻璃镜子组成，它们把太阳光反射回去，这样房间里既有足够的光明，却不那么热，减少空调的耗电。窗户是双层玻璃，外面的一块是能够推离开窗框边一点儿的，这样冬天关严保暖，夏天轻轻推出，凉爽的风就会从玻璃周边渗进屋子。细节决定成败，在每一处都完美体现。

我很奇怪德国也有如此众多的人参观国会大厦，在大门外的广场，排队的人龙长达几十米，我过去一直误以为西方民众对政治场所不感兴趣。要是按部就班等候，直到傍晚关闭，我们一行可能还挨不到大门的边。由于是德国官方邀请来拍建筑和写作的，事先有沟通，我们受到特别关照，一经接洽便从侧门直接放行。在德国采访的第一天竟也走了“后门”。

其实前一天我就感受到了理性德国圆通的另一面，在广州白云机场办理汉莎航空登机牌时，因为头等舱有好些空位，也许我们一行买了多张经济舱，也许碰巧德国驻广州总领事送人顺便过来寒暄，航空公司临时给我们免费调了两张头等舱，我也就有幸第一次乘坐可调低躺下来休息的座位飞抵法兰克福转机。礼多人莫怪，当然觉得德国亲切好客。

Roland Wirth 博士领着我们挨个看了会议大厅，最后上到玻璃圆顶。玻璃穹顶从其顶端悬下一支漏斗状的柱子，有环绕的路径通向最上段的圆环看台，可鸟瞰四周的风景。参观的人摩肩接踵，熙熙攘攘。“漏斗”上镶嵌着三百六十块活动镜面，把阳光折射进下面的议会大厅，能源则来自屋顶上的太阳能电池，为了不让直射的阳光晃眼，在镜面内侧安装了可移动的铝网，由电子计算机按照太阳的运动自动调控朝向。

然而用玻璃取代被二战炸毁的钢制穹顶绝非只为了节能，而是为了体现透明政治理念，这种构思首先出自波恩的西德原联邦议会大厦。挂着铁制双头鹰国徽的大厅，不仅可以在楼上旁听议员讨论国是，任何一个在顶上走来走去的人，随便瞥一眼，就能看到议员的举止，哪怕他只是打个哈欠。这也是一种小小的监督。

从国会大厦出来，已是下午6点多了，匆匆前往一家中餐馆，跟中国驻德国大使馆新闻参赞张军辉等共进晚餐。席间谈及德国民众当下对中国的观感，他们觉得中国改革开放三十年了，经济有了很大的发展，奥运也办了，普遍希望中国政治体制更透明，当然中国国情不同，不可能完全照搬西方，但在人权、环保方面，总可以更推进一些吧。这也是中国驻外机构需要直面的新的舆论环境。

回旅馆的路上，看见一个穿着民族盛装的姑娘，提着篮子，跟几个姐妹边走边唱歌，一打听，才知道这是德国的民俗，女孩就要做新娘了，在告别快乐的单身生活之际，要跟自己平常最要好的几个女伴，用篮子装满自个做的巧克力饼逛街，遇见的行人可上去取饼，随意放下一点钱，然后姑娘们用这些钱到酒吧一醉方休。我们跟她们一道走了好长一段路，尝饼，请她们唱歌，她们很兴奋，笑语不断，非常快乐。看来一个国家最重要的不在于国会大厦如何宏伟，而是给老百姓惬意的生活。

美女，沙滩椅，结婚树

以中国人的审美，或许会认为她的线条硬了些，可西方人的看法不同，他们更注重女性面部雕塑般鲜明的立体感而非柔和的光影。

几乎所有德国城市的“名片”都是建筑，而最有代表性的建筑又都是教堂，蒂门多夫海滩的沙子上不可能砌摩天大厦，旅游局局长 Christian Jaletzke 先生便出主意，选了一位褐发碧眼的“沙滩小姐”做形象大使。

蒂门多夫只有九千居民，假如男女各半，女性便是四千五百人，按平均寿命七十岁计算，每十年占一成的话，十八岁至二十八岁的女子，大约有六百五十人。这里边很可能三分之一的人已经结婚生子，于是女孩子也就剩下四百三十三人了，若出类拔萃的美女占少女总人数的 5%，那么候选人仅有二十二位佳丽。这个算法很残酷，也令人绝望——显然搞对象的更悲惨，除了要排除谈婚论嫁了的，余下的女孩也不可能每个都有机会认识。很多年前，一个居住在山清水秀的小城的朋友，振振有词跟我说起他之所以找不到对象，就是被这个算式所害。

但蒂门多夫的选美冠军仍称得上标准的日耳曼美女。她身材挺拔，脸上的轮廓分明，鼻梁挺直。跟众多德国女人一样，衣着倾向中性，调子偏暗。那天有点冷，她身穿高领夹克衫、牛仔裤，笑得很甜，微露洁白的牙齿，略显腼腆。她一路陪同我们参观，话不多，也不会说中文，担任英语讲解的另有当地旅游局的女官员。以中国人的审美，或许会认为她的线条硬了些，不如随同我们走了好些城市的女大学生妮歌，柔美而窈窕。可西方人的看法不同，他们更注重女性面部雕塑般鲜明的立体感而非柔和的光影。

蒂门多夫给我更深印象的反倒是一位外表有点粗笨的渔夫，他的船和渔网就晾在码头上，其妻很热情，把他介绍给我们。他有问必答，长年累月被海风吹得发红的大脸盘，憨厚地笑着，很开心接受来自遥远中国的电视台的采访。到了这个海边小镇，我才知道现代德国依然保存夫唱妇随的古老劳作方式，丈夫每天下海打鱼，妻子在海边的鱼档卖鱼为生。海堤上，是一溜儿的小门面，一店一户，里面有各种刚捕上岸的海鱼。这里也许称得上是德国最新鲜的鱼市场，鱼都是从出海方归的船卸下来的，一个中年渔妇独自给海鱼开膛破肚，按顾客的指点，切下一段过秤。生意显得很冷清，每个摊档也就三几个买主在帮衬，我不清楚个中缘由是天气寒冷影响，还是本来小镇人口就不多，总之有些纳闷，就算鱼的价格贵，可一条机动船，一个小店面，成本并不低，就那点销量如何养家糊口？况且还要过上欧洲高品质的生活。

本来计划是安排渔船带我们出海的，可巧那天的渔船要么没返航，要么就在维修，只好临时换一艘游轮。当地报社的记者也随我们上船。在大海上遥看海岸，才发现到处都是沙滩椅，成千上万张，沿岸边摆了几里长。这种椅子，是蒂门多夫名副其实的符号。身临这个沙滩椅“反复叙事”的世界，我想起法国一年前刚离世的思想家波德里亚的深刻洞见：“富裕的人们不再像过去那样受到人的包围，而是受到物的包围。”

为了无限放大沙滩椅这个当地独特的商业符号，蒂门多夫可谓挖空心思。在七国峰会期间，他们特意制作了一张很长的沙滩椅，让发达国家的七个领导人一并坐在上面合影留念。只是他们选出的“沙滩先生”马丁我实在不敢恭维。马丁是小镇的健美冠军，自然不能说他体态臃肿而丑，用壮硕来形容比较合适；他跟“沙滩小姐”坐到一张椅子上供我们拍摄的时候，谓之青蛙王子与人鱼公主更为贴切。这位先生的长处不在长相，而是他经营的沙滩椅生意最好，男财女貌，倒也符合消费社会的规则。我们在镇上的小广场遇到的一个帅哥倒是名副其实的冠军，当地官员热情洋溢介绍说他是打马球的，彼此亲切交谈了几句。可冠军已如此之多，闹不请他是世界冠军欧洲冠军还是德国冠军。蒂门多夫沙滩椅的独特之处，那就是忒适合中老年人休闲。德国社会福利好，年轻人忙于打拼，开着好车四处旅游的大多是养老金丰厚的退休老人。海滩上风大，平常阳光灿烂的日子也不是很多，当地居民考虑周到，给沙滩椅砌棚，四边也围起来，坐在上面脚比较暖和。一对年迈的夫妇正在小憩，一打听，都八十好几了，老头说，他太太腿脚不大灵光了，不方便到处行走，他们很喜欢这儿的休养方式，来度假好几次了。

在当代德国，休息是公民“神圣而不可侵犯”的权利。法律规定周末商店不能营业，每天晚上8点前所有门市都要谢客，哪怕此刻顾客已经来到收款处，服务员也不会拖延哪怕一分钟为你“做好事”，老板也不能责怪员工眼睁睁看着递到手边的钱竟然拒收，否则就违法。而很多私人开的小商店下午4点就打烊了。在中国人看来最不可思议的是，双休日你可以洒扫庭除、修花剪草，可要是在自个家里做重体力活，如维修、施工什么的，邻里就可以举报你犯法。法律鼓励国民休息，但德国人却有从小培养孩子热爱劳动的传统。从前西德的法律就明文规定，孩子到十四岁就要替全家人擦皮鞋等。事无巨细立法，诚然有法可依，确也繁文缛节。

德国的很多事情不该被视为刻板，只能说他们认真，哪怕只是个游戏，都会有板有眼地玩上百年。前一天，我们闲游奥伊廷市，特意拜访了一棵最有名的老橡树，有的说它叫未婚夫妻树，又有的说叫结婚树。这棵古树在森林深处，树干三四个人都环抱不过来。它四周长满了高大的榉木，每年都有商人进到林子中来，选中某棵树，得到管理部门批准后再采伐，据说砍下的木材是卖到中国——通常都是在几十棵大树中挑一棵，不能影响森林的繁茂。

这棵老橡树的故事相当久远，传说当年巧克力商人的儿子，在林间邂逅守林人美丽的女儿，一见钟情。可他们的爱情遭到家长反对，便利用老橡树上的一个树洞传书，倾诉相思苦恋。一个把写好的情书放进树洞里，另一个再偷偷来取回去读，回信如法炮制。最终他俩的痴心感动了上苍，有情人终成眷属。这个故事原本并不出奇，离奇的是，德国的邮局竟把树洞设立为爱情邮箱，无论是在邮政国有时期还是在私有化之后，上百年来，风雨无阻，每天都有邮差替痴男怨女到此投信。你只要地址写上德国奥伊廷市老橡树，就算你发自上海，爱情的漂流瓶都能准时抵达这个树洞里，收信者只能是路过的人，或者专门到此的旅游者。

寒来暑往，还真的有人被这根红线拴住过。东德的一个女子，跟西德的一个男子，当初就是这样相识相知相爱的。可柏林墙还是把他们挡在天各一方，统一后才喜结连理。我们到达那里，见到一个数十人的旅游团，清一色的德国老太太，围坐在余晖下，似乎在寻找苍凉远去的苗条背影，追忆一颗萌动的春心。没多久，就见到有邮递员前来，我们怂恿一个男孩子爬上去，他取出三封信，其中一封是德国一个有恋足癖的男人，写给冥冥中的理想美人的。他在信中说他酷爱穿红色长筒靴的女孩，还仔细画了好几双长靴的样子，特别注明他的意中人不能在身体上穿洞带装饰物件，他最痛恨这类女性。我们理解他指的不是耳环，而是厌恶在鼻孔、肚脐或私处带这些小玩意。愿他早日遇上梦中人。

你不知道的另一条黄河

还有几天，就是小浪底水库一年一度泄洪的日子。当泄洪洞和排沙洞次第打开，那巨浪排空，淘尽黄沙的气势，可谓惊天地泣鬼神。以每秒一千五百立方米水量下泄的洪流，将冲刷下游淤积的河床，伴随滔滔大水奔腾入海的黄沙，直抵山东垦利区入海口。这十来年“悬河”河床下降了一米多，黄河三角洲东营那片共和国新增的湿地由每年扩大两万亩减少到一万多亩，千百年来在宇宙中腾挪的这条黄龙自有其不可知的奥秘，但也无须讳言，近年人为的调水调沙功不可没。

从黄河入海口溯源而上，行到甘肃定西，黄土丘陵那一望无际的沟沟壑壑，就像老农沧桑的脸，五千年的皱纹纵横交错。这天下极贫处，国人需多多施以援手。中国奔小康，最根本的是要改善贫困地区的民生。千百年来，这地头面朝黄土背朝天的老百姓，穷而开心，他们的民歌特好听，还有很好看的民间剪纸，婆姨们用它装饰窑洞，表达对家的爱。她们过年捏很多面花儿，隔老远歌喊“苦情”:拉手手，亲口口……可见，文艺不尽然是现实的反映，它表达的是人心对美好生活的向往。

由定西再往上一百公里就是兰州，黄河流至此城，还是清水河。全河年均输沙量十六亿吨中有九亿吨来自兰州至壶口这一区间，还有五点五亿吨来自禹门至三门峡河段。皆因黄土台塬水土严重流失，造成黄河下游河道淤积，连年改道，光是近两千年间就决堤一千五百次以上。

沧海桑田自古皆然，很难说黄土地植被的破坏全是人力所为。据估计唐朝人口在三千七百多万到五千二百多万之间，还不及现在广东的一半人口，但从李白和王之涣等诗人的名篇里，我们读到的大河早已姓黄。由此我联想到青海湖，在尚无人类的数百万年前，就曾干涸多次。然而人类对环境的有意保护，确也有成效。在天水市麦积山开凿于峭壁上的龛窟外，放眼望去，周边数十里山峦，绿色葱茏，受惠于佛教圣地，一代代人不砍伐开垦所致。说明至少在黄土高原边缘地带，人为使黄土变绿是可能的。

这条绵延在历史图腾上的河流，承载了中华民族不灭的魂魄。黄河是中国人的生命之河，即使在直观上，它的黄肤色也跟我们的血缘是如此亲近。在中国的古文中，"河"字仅指黄河。只有黄河才配称得上是"大水""活水"，千川万水、又有哪一条流水能与黄河相提并论？作为中华文明的精神脐带，它承载了一个民族深邃绵长的情感。

然而许多人不知道还有一条数字黄河，行走黄河之前我也孤陋寡闻。在河南省郑州市金水路 11 号黄河水利委员会大楼内，水资源管理与调度局水量调度处的调度室，整面墙上就是一条从源头至河尾的数字黄河，在一台台电脑的控制下，它监督、统筹、协调整个黄河流域生活、生产和生态用水，哪一个地方正从黄河引走多少吨水，每分钟都会一清二楚显示相关数据。这里的电脑不给信号，万里黄河任何一个闸门都无法启开。过去一个副县长就能下令当地开闸放水，或者农民送只烧鸡管水员就私自供水的情形，再也不可能发生。

黄河第一次干涸是在 1972 年，之后的二十五年间，有十九年出现由下而上的河床干枯，二十世纪七十年代断流九天，八十年代断流十一天，最严重的是 1997 年，利津水文站竟然二百二十六天无水经过。这不仅给经济、生态造成灾难性的影响，当外国报纸刊载黄河龇牙咧嘴露底的大幅照片后，也给国家形象造成了挺坏的国际影响。可见黄河从来就不仅是一条原型河流，它绝对还是政治黄河和文化黄河。1998 年 1 月，中国科学院和中国工程院一百六十三位院士联名呼吁："行动起来，拯救黄河。"当时各类传媒的报道铺天盖地，某些科学家言之凿凿，预言二十一世纪黄河将变成季节河。

可 2000 年以来黄河再也没有断流。据说这跟太阳黑子十一年周期有点关系，这几年雨水又丰沛了。就像悬河下降，不能完全归功于黄土高原水土保持治理成效一样，黄水若干年挟带河沙多，若干年略少，自古皆然。就像岭南种荔枝，收获大年后，会遇到小年，并非是人力不勤。随着国家现代化进程，这十年水缺口更大，比起二十世纪，下游的水量减少了四十亿立方米，黄河能重现奔流到海不复回，全赖“黄委会”科学调节。这一切先在黄河水利科学研究院试验厅的“模型黄河”进行模拟分析。打个比方，之前上游好几处同时用桶打水，造成下游滴水未至，如今受限制只能用盆装杯盛，下游当然有水。

有的人不理解，觉得这是“黄委会”耍手段欺瞒国人，制造河水盈盈假象。其实这对黄河生态十分有利，而今入海口芳草萋萋，百鸟翔集，栖息着一千五百二十种野生动物，河道刀鱼洄游，滩涂每根电线杆上都有白鹳的大巢，再现白日依山尽，黄河入海流的动人景象。

“今天我们去看足球”

汽车在高速公路上行驶，像在一张阔大叶子上移动的昆虫。在德国的每一天，有个词语一再进入我的思绪：广袤。视野中的德国大地有点像华北平原，就是乘火车从郑州到保定那段路给人的感觉，大片大片的玉米地，一望无际，只是道路两旁要比中国的北方更加林木葱茏。难得见到高大的乔木，大多是些树干内径五六寸的小树，车速一快，像是鼹鼠穿越灌木丛。村落也很稀少，但很精美，房舍都不高大，红砖红瓦，有点像中国大学校园里古色古香的建筑。德国给我的印象就像她的国民，高大、魁梧，却又显得笨重，动作慢吞吞的，也许在啤酒里浸泡太多的缘故，发胖的人居多，好些人如同在大地上滚动的啤酒桶，中国的大胖子到了德国都会显得偏瘦，而我们中间身材单薄的同伴，被大家开玩笑说成了纸片儿，似乎消失在空气中，存在可以忽略不计。

我在广州居住了十多年了，早已习惯了喧嚣浮躁，自然会觉得德国的日常生活单调沉闷，除了在酒吧和在家里喝啤酒，人们似乎不再有别的娱乐方式。在多特蒙德市，夜里不到十点，不仅商店早早关门，居民也全都闭户，街道上几近渺无人迹。只是偶尔会有几个打扮怪异的青少年骑自行车飞驰而过，他们的尖声狂叫像锋利的刀片划破万籁俱寂的夜空。我们几个中国人成了唯一的夜行客，最吸引我们眼球的是灯光半开半闭的车行，这个连“的士”都是奔驰的国度，一辆很棒的二手轿车往往才标价八百欧元，让人羡慕得流鼻血。德国的高速公路很少见到限速标识，似乎车能开多块就多块，有人号称晚上能开到每小时二百公里。而飞驰的汽车之外，一切节奏都相当迟缓。

“今天我们去看足球！”

这事说了好两天了，每每提起，主人都相当郑重，这是 JEYER 啤酒集团赞助的门兴格拉德巴赫队主场比赛，我们早上九点就开始乘大巴，直到下午两点多，才渐渐接近球场，这时车子越来越多，高速公路上也排起了长龙，好些人是全家出行，自行车就置放在“宝马”顶上，靠近球场，行人跟着也多了起来，气氛也愈来愈热烈，很像过去中国乡下热热闹闹的赶集，人们一个个兴高采烈的，像是过节。

我们饿坏了，在球场旁边 JEYER 的餐饮大棚里，数千球迷一起吃自助餐，我们被安排在十多平米的“贵宾区”，跟 JEVER 的上层一块。酒保端着装满一瓶瓶啤酒的大盘子，样子挺可爱的，我们都争着跟他拍照。汉堡市长这时也不知道从哪儿冒了出来，走过来跟我们寒暄。正说话间，我被叫了出去，懵懵懂懂跟着几个人下到球场边上，穿上门兴格拉德巴赫队 002 号套衫，这时球场观众席人山人海，鼓乐喧天，我内心的火焰呼地被点燃了，赶紧向 JEVER 球迷打出“V”字胜利手势。

足球瞬间照亮了平时好像挺拘谨的德意志民族，我浑身冲撞的激情喷薄欲出！

这一刻，在这个热爱啤酒的表面上软塌塌的民族身上，我发现了他们精神世界潜藏着的巨大的爆发力。

我明白了沸腾的足球对于德国人生活的意义。

开赛了，我们被领到贵宾厅，隔着大大的玻璃窗观看。门兴格拉德巴赫的门将抱着可爱的女儿进来，主人介绍说他受伤了，今天是替补上场。还跟我们说他的妻子很漂亮。

也许是开场前给我穿的那件 002 号球衣昭示了厄运，这场球门兴格拉德巴赫技不如人，盘带传球进攻显然都逊色，以 0 比 2 败给法兰克福，我们和赞助商看得都很没劲，原拟赛后让我们见球员的活动也临时取消了。场地一端法兰克福队的球迷自始至终情绪高昂，鼓声号声歌声敲击手上塑料棒的嘭嘭声极富节奏，而另一端门兴格拉德巴赫的球迷开始还激情洋溢，随着时间推移，气氛变得愈来愈郁闷。中间地带的观众倾向性不太明显，尽管表情也很热烈，但还是体现了德国人理性的一面。

电视神话

当今的文化载体，再也没有比电视更无孔不入的了，它几乎侵占了一切私人空间。夜幕下的都市，除了少数上班一族和街头的游魂，所有休闲在家的人，无论男女老幼，目光都拴在电视画面上。谁也无法统计究竟有多少双眼睛在看着同样的图像，多少只耳朵在听同样的声音。电视指导你购物，教会了少男少女如何初尝爱情的禁果，电视连续剧的主题歌一夜之间在泱泱大国的版图上众口传唱，明星的服装发型成为时尚，代表了最新的品位和潮流。曾几何时，电视这个科技时代的骄子成了主宰消费社会的“神”，成为庶民大众的“启示者”和无所不能的“大百科全书”，那种在各家各户的小房间里读各自的书，交谈不同话题，接受分门别类的知识和信息的情景，仿佛已是非常遥远的开始被现代人遗忘了的传说。

谁也无法否认，电视大大拓展了作为个体生命的人的视野，大大提高了文明社会的资讯能力。也不管你是不是秀才，你根本不需要出门便尽知天下事。巨大的冲击波爆发叠叠光浪，那是高倍天文望远镜摄下的“彗木相撞”的奇异景观；坚硬的蛋壳一点一点地碎裂开来，露出了怪异的脑袋，那是一只小鳄鱼啄破生命的最后屏障诞生的过程；若非借助荧屏，绝大多数人一辈子都不可能“目睹”这些远离我们日常生活的景象。电视还往往把彼时和此地瞬间沟通，共同构成一幅荒诞不经的漫画：一家子其乐融融，边吃饭边看非洲干瘪的饿殍，既心生怜悯又爱莫能助；情侣俩在沙发上让世界充满爱，突然伸来一管喷火的枪口，巴尔干半岛的血正汩汩地流。奇妙的电视还把普通人带到从未到过或者永远也没有机会涉足的地方，诸如冰天雪地的北极，深不可测的海底以及微观的昆虫世界。电视这种二十世纪的新发明将过去只能耳听的“虚”变成今日可以眼见的“实”，增加了未曾亲历的事件和未必直接接触的外部世界的可信度。它传递新闻的速度比文学更迅捷，使我们朝闻道而夕死足矣。

每逢世界杯期间，实况直播便把在场数万球迷的幸福扩散为电视机前数亿观众的幸福，感谢电视，马拉多纳、罗马里奥、巴乔、贝贝托成了举世瞩目的英雄。体育因为有了电视转播才产生了巨大的商业价值，广告效应不可否认地推动了体育运动同时又无可奈何地伤害了体育精神。不过现场直播害苦了居住在其他时区的昼夜颠倒的足球拥趸，甚至造成心脏病发作或引发夫妻争吵，从此埋下家庭不和的种子。

对电视非议最多的是文化精英一流，批评的焦点也往往集中在肤浅和媚俗上。电视作为泛文化传播媒体强调“戏说”和“搞笑”，电视剧为了故事有趣宁可扭曲历史真实，不惜用种种手段剥夺其接受者的思考权利，它注重感观愉悦的需要而忽视对灵魂的拷问和精神的提升，所以电视诞生了几十年“造”了流萤满天的“星”，每夜星光灿烂，却始终推不出思想艺术大师。电视的大众性使它在今天完全有理由蔑视例如诗歌这种小众性的艺术。可正是后者才能产生屈原、但丁那样的人类智慧的高峰。电视工作者们当然不必理会一小撮追问终极价值的艺术家。在一次华文电视研讨会上，台湾的电视人发言时就画了一个三角形的金字塔，塔尖很小而塔底很大，以此说明艺术性愈强而观众愈少。他们并不遮遮掩掩,开宗明义申明“裹脚布般”的电视连续剧就是为家庭妇女们演绎的，拼命煽情不外乎是要骗取观众的眼泪。假如播出一段时间后收视率下降，电视台主管会当机立断尽快结束播放，这就是商业操作的铁的法则。幸亏电视的观众中有我这样的居住在广州的也写诗的人，明知节目已没有多少看头还盲目地耗下去，十几个台来回选择，往往要看完《明珠 930》打字幕的英语故事片，到深夜十二点才开始写作。广东基本上都能通宵收看电视，为此每个人花费的时间也多于内地，我想这也是此地搞纯艺术的人略少于他乡的原因之一。对电视的来自社会的指责是宣扬了暴力和色情，人们想当然地把犯罪率上升归咎于电视，但我们不妨设想一下，假如没有“刺激的”电视把人们圈在家中，而是大家一窝蜂拥上街寻找消遣，那么罪案将以怎样的速度直线飙升？这同我们习惯将一个人的堕落简单地归结于受文学作品影响一样可笑。哪怕是最坏的角度进行分析，就社会犯罪率而言，电视也是功大于过。

无论你赞美还是诅咒都无法改变的事实是，电视已成为我们生活中不可或缺的人文风景。我这篇拉拉杂杂谈论电视的文章写写停停，就因为写作期间穿插着要看电视。假若此刻突然停电，将有多少人觉得度“时”如年？与其说是无法忍受黑暗，不如说是现代人的夜晚不能没有电视。中央电视台要是停播春节联欢晚会，十几年来已养成在歌舞升平中共度除夕的中国人，至少有一半人口不知所措，再不知道该如何守岁。本文的这句结束语我敢说一点儿也不夸张：电视这个闯入二十世纪的文化怪物，已经使以笔为象征的人类文明史再度改写。

1993年

露天电影院

每个国家和城市都有电影院，那些充满过去年代气息的一座座电影院，就好像每个城市的一部历史。在荷兰参加“亚北欧诗歌行动”，曾安排我们乘坐四小时邮轮，到小岛上一个废弃的电影院里朗诵诗歌，那座影院的墙全部是一根根木头垒起来的，绝无仅有，珍贵、古朴而有诗意。在中国，奢华的迷迭香一般让人沉迷的旧式影院当然存在过，那是昔日辉煌的上海滩，它们跟坐黄包车去看电影的阔太太和妖娆小姐，我辈在“新中国”出生和长大的孩子也是从电影镜头里看到的。中国曾经有三十年都在“破旧立新”，人人平等的“贫穷”，所以在我的记忆里，确实没有什么值得回忆的“老牌”电影院，我进过的高档电影院，基本上都是最近这一二十年内修建的。

在二十世纪六十年代，跟同龄人相比，很幸运我在上小学前和“初小”就看过许多革命电影，因为那时我父母在一座矿区的学校教书，矿区有好几万人，有三家电影院。每个礼拜每家影院有三个晚上放电影，看电影属于一种“福利”，本单位的小孩票只要三分钱，跟买一根绿豆冰棍相当，所以看电影是孩子们最好的游戏和娱乐。

那时的电影院并不是专门的影剧院，而是礼堂，不放电影的时候大人们可以用来开大会，有舞台，也可以演出文艺晚会。只是大多数时候舞台口挂着大银幕。礼堂里有木制的靠椅，跟当今皮质的一样可以翻起。音响设备周围的墙上似乎有简陋的木板消音设施。除了北京上海广州等最大的几座城市，这种礼堂式的电影院在当年算很好的了。许多年后我参观召开“庐山会议”的礼堂，当年中共中央委员们曾经上庐山在此批判彭德怀，并不比我们那矿区的电影院档次更高。每场电影放故事片前都要有新闻纪录短片，小孩都不喜欢看，耐着性子等，故事片电影制片厂的片头一出来，如果是一个有“八一”的五角星闪闪发光，孩子们就拼命鼓掌。因为八一厂出的基本上是战斗故事片，那年头小屁孩们看电影就是为了看“打仗”。

其后一直到七十年代乃至九十年代，中国广大乡村包括铁路沿途小火车站等。都是露天放电影，天当房，地当院。电影院其实就是一块平地，中间栽两根木桩，人们从家里搬来椅子或者板凳，满满坐一地。十六毫米的放映机架在人群中间，当试映时，坐在放映机射出光柱前边的观众，常常用手捂在一起做各种姿势投影到银幕上，像各种小动物，男女老少，很多人都会玩并乐于玩这种把戏。

不知是为了图人少空气好，闹个心境舒畅还是故意标新立异，每次都有人坐到露天影院银幕背面去看电影，哪儿看到的图像左右是反过来的，幸而人物头脚并不颠倒，不影响观赏。

七十年代上半期在农村普及“革命样板戏”，碰到芭蕾舞剧《白毛女》这样的影片，没有对话，全靠舞蹈语汇来展现剧情，很多老农民看不太懂，这时候放映员手持一麦克风，嘴里念叨过不停，边放映边讲解。比如漫天风雪中喜儿的爹爹杨白劳舞蹈着出场，放映员就说道：“寒冬腊月雪花飘，雪花飘飘年来到。”搞得自以为能看懂的小青年们烦躁不已。这种放映员兼讲解员的独特放映方式，全世界恐怕就中国的这一特定时期有过。

露天放映的风气甚至影响到八十年代的大学校园，因为学校礼堂坐不了太多学生，周末常在有围墙的体育场内放电影，很多学生搬椅子去看，票价比室内便宜，还有这间学校学生跑到那间学校去看的。这也是谈情说爱的好场所，有相好的男女生并排看的，也有心仪某人的同学故意搬椅子坐在人家后面的。顶着满天星光，看银幕上演绎的动人爱情故事，内心的小九九拨拉不停，想入非非，是改革开放初大学生周末生活一景。

当时社会上也流行露天看电影，尽管城市建了不少电影院，但那时尚未有空调，都是电风扇。在南方炎热的夏季，许多恋人宁愿选择到工人文化宫的球场或者展览馆的露天展场看电影，不是图省钱而是图凉爽。而八十年代早几年，看电影是青年男女约会的主要方式，所以电影很火爆。到这种露天电影院不需要带凳子却要带报纸，垫坐在白天太阳暴晒夜里还发烫的一级级水泥台阶看台上。八十年代中期随着电视的逐渐普及，录像小放映厅变成时尚，电影开始式微，露天电影院这种中国特色的事物，也在中国的城市销声匿迹了。

城市身体的变化

九月我到台湾参访时，几乎每晚的新闻都是“花博会”。如今花博开幕了，我从网上看到照片，台北市区因花博变得更漂亮了，特别是圆山一带，映衬着灯火的夜景，缤纷亮丽。

而亚运会就像一阵阵渐强渐暖的风，在广州市民的周遭窜来窜去，最近开始迎面扑打到了脸上。先是地铁（捷运）安检，你不再能随随便便拎个包就直接进站了。我看见一个打工的小伙子，提个小铁罐，似乎是给空调加雪种（冷媒）的，他一再争拗，说是空瓶，但就是没人敢通融。接着是车辆开始按照单双号行驶（私家车车牌尾数单号者只能在单号日开，双号同理）。最实惠的是，市内各类公共交通设施一夜之间全部免费乘坐，都不要自个掏钱买票了，可惜只施行一周。只比花博迟六天，亚运会在珠江岸边盛大开幕。

我去了珠江新城，在新建的广东歌剧院和博物馆、图书馆外流连，还登上了俗称“小蛮腰”的广州塔，发现广州这座城市的身材变得高大了许多，那大街小巷，就像城市的鼻孔，空气清新，呼吸通畅。大大小小的建筑，那一张张城市的脸，变得光鲜而洁净，看上去格外精神。

特别是那些臭河沟，原先就像患了便秘，几十年都没治好，现在全都水静流深。不信你去看看新荔枝湾河涌，好像到了人间仙境。改善最明显的要数各条道路，四通八达，就像人身上的血管。不仅地铁增添了好些线路，几乎所有马路都改造得很现代。原先都以为水泥路面是最好的，搞了亚运会才明白其实是沥青，既可降低噪音，又能减少灰尘。要是票选当今世界上最热爱体育的人，我相信票数最高的肯定是建筑设计师跟施工承包商。

在广州为办亚运东挖西补的阶段，我跟英国来的朋友说，你别看现在到处乱糟糟的，亚运开始前二十天，一切都会井井有条。这就是“举国体制”的特色，它有这样那样的不足，但你知道最终它是一定能按时完成任务的。台北的做事方法当然跟广州不同，需要经过更多程序，也许更合理，却也可能某些项目到时无法竣工。其实两岸举办这类大型活动的方式差别不大，主要都是政府独自大包大揽，忙得不亦乐乎。政府就像人一样，哪天要邀请贵宾登门，出于面子也好、好客也好，总会把家里收拾收拾、整修整修的。

市民很长一段时间出行难，或觉得哪方面存在问题，自然要牢骚抱怨。广州又恰好是个舆情相对宽松的城市，在大陆其他地方这不过是饭桌上或私底下骂两句的事儿，唯有在广州可能经常登上报纸版面，致使广州的市委书记和市长多次就诸多整治工程、道路维修造成市民生活的影响，一再向民众道歉。甚至出现一个“口罩男”，背着展板、戴着口罩在广场上与广州市建委负责人对话，要求叫停将主干道路沿一律换为花岗石这样铺张浪费的行为。有《南方周末》和《南方都市报》等大胆发声的报纸，正是广州的可爱之处；而台湾媒体对花博的各种争论，更是社会的一种进步。这也是两座城市与生活在它身体中的民众息息相关、血脉相通的所在。

如今这一切都成了后话，夜幕降临，五光十色的华灯将城市装扮出前所未有的美，璀璨灯火，拂去之前的纷纷扰扰，让城市的魅力映入世界的眼眸。